U0466875

作者简介

　　谢思球，中国作家协会会员，安徽文学院第五届签约作家，现为枞阳县文联主席。主要作品有长篇小说《大明御史左光斗》《大泽乡》《抗倭名将阮鹗》《大徽班》和散文集《风云徽商》《垓下的月色》等多部。《大徽班》入选安徽省"十四五"重点出版物规划，《大泽乡》获安徽省社科（文学类）三等奖，《程长庚传奇》入选铜陵市"揭榜挂帅"重点文艺项目。中短篇小说散见于《青年文学》《清明》《广州文艺》等刊。2024年获评首批"铜都英才"。

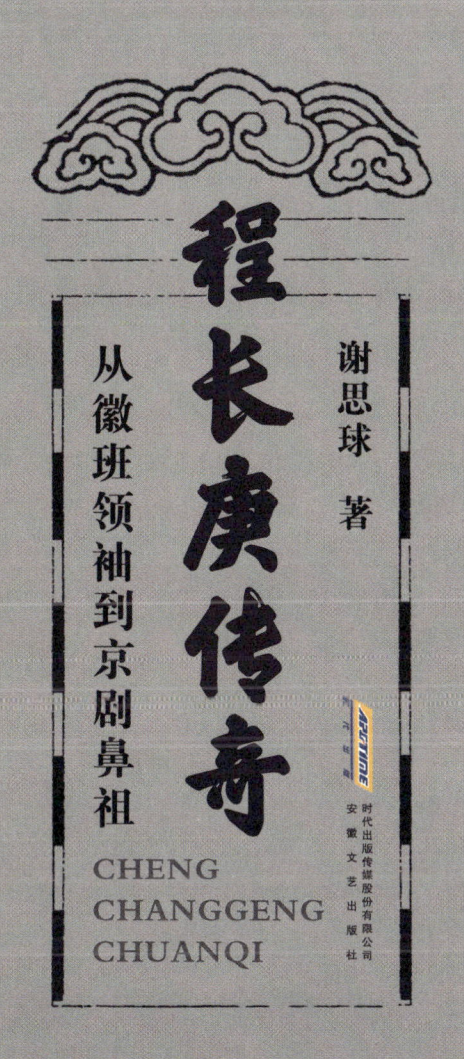

程长庚传奇

从徽班领袖到京剧鼻祖

谢思球 著

CHENG CHANGGENG CHUANQI

时代出版传媒股份有限公司
安徽文艺出版社

图书在版编目（CIP）数据

程长庚传奇：从徽班领袖到京剧鼻祖 / 谢思球著. -- 合肥：安徽文艺出版社，2025.4
ISBN 978-7-5396-7864-1

Ⅰ．①程… Ⅱ．①谢… Ⅲ．①长篇历史小说－中国－当代 Ⅳ．①I247.5

中国国家版本馆CIP数据核字(2023)第201255号

出 版 人：姚 巍　　　　　　　策　划：姚 巍
责任编辑：张妍妍　姚爱云　　　装帧设计：马德龙

出版发行：安徽文艺出版社　www.awpub.com
地　　址：合肥市翡翠路1118号　邮政编码：230071
营 销 部：(0551)63533889
印　　制：安徽新华印刷股份有限公司 (0551)65859551

开本：700×1000　1/16　印张：17　字数：260千字
版次：2025年4月第1版
印次：2025年4月第1次印刷
定价：52.00元

（如发现印装质量问题，影响阅读，请与出版社联系调换）

版权所有，侵权必究

序　言

吴新苗

谢思球先生找我为他新创作的长篇小说《程长庚传奇：从徽班领袖到京剧鼻祖》写序，还真不能不写。

谢先生和我是安庆老乡，机缘凑巧，成为朋友。程长庚也是我们的老乡，是生活于十八世纪的一位"乡贤"。程长庚是京剧鼻祖，著名的"老生三鼎甲"之一，而我是一位戏曲研究者，京剧是我的一个主要研究领域。有这三层原因，思球兄提出来，我就不好推辞了。

程长庚，安庆潜山（今安徽省潜山市）人，道光二十年（1840）左右就已经成为北京戏曲界的佼佼者，和同时代的余三胜、张二奎齐名。后两位比他去世早，程长庚活到了光绪初年。他长期主持四大徽班之一的三庆班，又是北京梨园行管理机构精忠庙的庙首，所以成为梨园领袖，被人们称为"大老板"。在京剧艺术形成史上，程长庚的贡献主要是以昆曲唱法、表演来规范来自民间的皮黄，所谓"熔昆弋声容于皮黄中，匠心独造，遂成大观"（张肖伧《燕尘菊影录》），将皮黄发展成雅正的京皮黄（京剧）。他文武昆乱不挡，精通多个行当，以老生行最为擅长，《文昭关》《群英会》《让成都》《镇潭州》《捉放曹》《战太平》《状元谱》《战长沙》是其代表作。他善于刻画人物，"盖于古人之性情、身份体察入微，一经登场，不啻现身说法。故为大臣则风度端凝，为正士则气象严肃，为隐者则逸逸，为员外则神恬，虽疾言遽色，而体自安详，虽快意娱情，而神殊静穆，能令观者如对古人，油然起敬慕之心"（陈彦衡《旧剧丛谈》）。文献记载，他演关公出场时以袖遮脸,放下袖子一个亮相,即刻令观众肃然起敬。程长庚还是德艺双馨的楷模,他曾革除"站台"的陋习,关心同行,为人公正、自律。近代中国乃多事之秋,程长庚以微末之优伶的身份,而抱有家国情怀。晚清文人陈澹然在《异伶传》中说,咸丰间天下纷乱,程长庚不愿意在国家多事之秋宴乐演戏,所以闭门谢客,在家专门教授子弟。这不仅是他的拳拳爱国之心的表现,他还在此时培养了一批京剧后备力量。因此,程长庚在京剧史上享有崇高的地位,被誉为京剧界的"圣贤山斗"(王梦生《梨园佳话》)、"伶圣"(徐柯《清稗类钞》)、"泰山北斗"(波多野乾一著,鹿原学人译《京剧二百年之历史》)。

思球兄选择程长庚作一部历史小说,是颇有眼光的。程长庚值得写,也应该写,需要有人写。以前也有人写过。民国时期,戏曲还是非常流行的都市时尚艺术,所以梨园题材也成为小说创作的一个热点。张秋虫、汪仲贤等海派小说家创作的以近现代戏曲史为主要叙事题材的小说,小部分结集出版,逐日在报纸上连载的,不可胜数。其中翘楚,该推潘镜芙、陈墨香创作的《梨园外史》和徐凌霄、徐泽昱的《古城返照记》,这两部小说也都写到了程长庚。这些小说都是以谈掌故为主,将各种梨园掌故连缀成文,趣味是很足的,但很多时候也流于趣味主义,而显得过于油滑,感觉闹剧多而正剧少。

思球兄写的却是正剧。虽然他说自己并不懂京剧,但他在翻阅和研读大量史料的基础上,写出了一个具有鲜明历史感和时代感的京剧"伶圣"形象。当然,这不是程长庚研究著作,不必要求小说中的描写和情节都必须完全符合史实,但程长庚在京剧史上的地位,程长庚的人品、戏品和民族气节,包括京剧发展的大体脉络,都是符合历史的。小说笔法使得程长庚的这些贡献和为人显得更加鲜明生动,而并非史料中那种干巴、抽象的标签。因此,这部小说是对程长庚伟大人格的一次烛照,也是对安徽历史文化的一次发掘。

我知道思球兄近年写了好几部关于安徽历史名人的小说,这是很有意义的事。希望他能在自己的田地上继续耕耘,获得更多乐趣,也收获更多果实。

(作者系中国戏曲学院教授、《戏曲艺术》主编)

目 录

第一章　叫天 / 001

第二章　鸦片之患 / 015

第三章　变局 / 028

第四章　谢却歌台 / 041

第五章　程家井 / 054

第六章　掌班三庆 / 068

第七章　整班 / 083

第八章　"三鼎甲" / 096

第九章　徐小香 / 112

第十章　圆明园献艺 / 127

第十一章　卢台子 / 140

第十二章　劫难 / 154

第十三章　洋枪 / 168

第十四章　祭园 / 181

第十五章　罡风烈 / 195

第十六章　《三国志》/ 209

第十七章　骂曹 / 223

第十八章　不奉召 / 238

第十九章　英雄血 / 253

第一章　叫天

一见须白心好惨,点点珠泪洒胸前。冤仇未报容颜改,一事未成两鬓斑。

——《文昭关》

师父说:"玉珊,你只等一个机会,就可以重新出山了。"

师父叫米喜子,是真正的名角,尤擅关公戏,在这偌大的京城,鲜有匹敌之人,故有"无米不开台"之誉。师父在说这句话的时候朝他做了一个劈手,进一步肯定地说:"你的脑后音已经练成了,相信我,只要有个机会,你很快就会红的。"

当时,程长庚正在练戏。他扮着《战长沙》里的关公,手里拿着那柄青龙偃月刀,跨步、捋髯、怒目、抖动盔帽,满头绒球乱颤:"军校与爷把马带,夺取长沙把功开——"他压低软腭,一股气流从嗓子眼汩汩而出,就像他老家潜河里的水一样,欢快地奔腾着。气流进入鼻腔和颅腔,再回环喷射而出,在练功房里炸开了。四角的蛛网像突然被一阵风掀动了,抖了几下,网中央的蜘蛛不知发生了什么事,吓得落荒而逃。

红?唉,哪个唱戏的不想红呢?只是不敢想而已,能在这京城顺利搭个戏班,有个吃饭的地方,就很不错了。师父说他只缺一个机会,可机会在哪里呢?机会像天上的浮云,神秘莫测,高不可攀。不走麦城就不错了,关公那样的汉子,临了都挣脱不了一个败局。他程长庚有多大本事呢,是说红就能红的吗?

师父不过是在安慰他而已。

人生就是一个戏台,活着,你就得一直演戏。你不明白自己怎么来到了这个戏台上,又为什么要演戏。你只知道要演下去,不演就无路可走。从一个戏台到另一个戏台,从一个角色到另一个角色,演着别人的喜怒哀乐。你迷失在了角色里。你是别人,那你自己呢?

大幕闭上,响器息止。也许,你就是那个隐藏在戏台阴影里的人。

晚上程长庚照例喝了一碗粥,吃两只焖炉烧饼。躺下后,他回想着师父说他要红的话,越发觉得不可能。迷迷糊糊中睡着了,醒来后,他又想起了师父的话,再也睡不着,于是披衣出门。才五更天,出了城,寒气逼人,借助天上寥落的星光,他裹紧破大衣,沿着城墙根向西北方向走去。他的肩上还背着个布袋,里面插满了竹笛,都是他亲手制作的,待会练完早课,他还要到集上卖乐器去,挣几个散钱糊口。

一路上,陆陆续续也碰到一些早起练声的同行,程长庚总是低着头疾步走开。按理,天下梨园是一家,同行见了面,打个招呼点个头也在情理之中,但程长庚从不和他们说话,更不会和他们一起练习。到了西直门附近,天仍没有亮,程长庚的身上已经热乎乎的了,皇宫里一辆辆到玉泉山拉水的骡车刚刚出城,再向北走一段路,到了积水潭附近,就人迹罕至了。

所谓遛嗓,旧时指伶人清晨早起,步行至空旷之所或无人之地(以河边或城墙根为佳)遛嗓吊音。一则可以屏气凝神听到自己的回声;二则这些地方空气新鲜,对嗓子有益。遛嗓可一边走一边喊,为的是使嗓音婉转如意,走者为的是气壮。城墙上结了层薄薄的冰,程长庚在墙根前站定了,这里是他每天固定的练习地。他对着那亮晶晶的冰面,开始行腔运气,一口热气从丹田发出,在力量的作用下源源不断地喷出,形成了一股气柱,冲向城墙。程长庚唔、咿、啊地练习一番,由低而高,由高而低,反反复复。气柱喷射之处,薄冰化了,夯土墙上出现了一条明显的水渍。

嘎——程长庚一愣,气柱折了,寒空中的一声鹤唳打断了他的练习。此时天色已亮,程长庚看见空中飞过一只鹤。不错,一只孤零零的鹤。别看它离群了,可鸣声嘹亮,如钹炸响。难怪《诗经》中说"鹤鸣于九皋,声闻于天"。鹤都是成群结队而行,这只鹤怎么离群了呢?又要到哪里去?这么冷的天,它能不能活下去?程长庚满脑子疑问,肚子却饿得咕噜咕噜地响了。

天光大亮,人越来越多,今晨的练声也就此结束。程长庚开始往回走,依旧是低头疾步,远离人群。自三年前在京城梨园首次登台却败走麦城那天起,他的头好像就没有抬起过。

那是他终生难忘的一天。他的舅舅张坦四处送礼求情,好不容易在大栅栏外的一家戏园子替他谋到了一个登台的机会。他才十三四岁,毕竟还是个孩子,哪里撑得了那等大场面?几百双眼睛都在看着他,一紧张,难免手脚哆嗦声音颤抖,安庆土音一个接一个地蹦了出来,什么把"马上"念为"马山",把"路旁"唱为"路盘",把"被窝"念为"被笼"之类。这下好了,砸锅了。有人骂道:"什么玩意,乳臭未干呢,就想当角儿?"还有人骂道:"话还不会说呢,就跑到台上唱戏,这不是欺负咱们是外行吗?"喝倒彩声四起,叫喊的声浪一浪高过一浪,程长庚感觉自己被推到了波峰上,又突然跌进了浪谷里。啪的一声,一只鞋子打在他的头上。他一蒙,还没回过神来,什么花生壳、香蕉皮、脏手巾把子之类嗖嗖地朝台上飞来。京城的观众都是戏虫子,对伶人的要求很高,尤其喜欢轰新人下台,没有点绝活休想在他们面前打马虎眼。舅舅冲上台,一把抱起外甥,狼狈地逃出了戏园。

到了外面,舅舅啪啪地打了自己几个嘴巴子,说:"都怨我,一心想让你早点红,心急吃不了热豆腐,没想到弄砸了。"

程长庚哭着说:"舅舅,怎么能怪你呢?明明是我没有唱好。"

"孩子,你没有错。放心,我带你拜师去,我就不信你红不了!"

就这样,舅舅带着他辗转找到了米喜子府上。幸而米喜子爽快地收下了他。师父先安排他到保定和盛成昆班学习了一段时间,然后,他就一直跟着师父。三年来,程长庚跟着师父勤学苦练,再也未登过台,他像从京城里消失了。

程长庚也不知道自己究竟练到了哪个份上，什么时候能登台，他现在一点也不着急，倒是希望那一天迟点到来。他怕京城里的戏迷，对于三年前的失利，他至今仍心有余悸。可师父昨天说，他现在缺的只是一个机会，言外之意不是说他可以出师了吗？

程长庚在集上卖着笛子，他吹着长笛，十指翻飞，吹的是名曲《梅花三弄》。程长庚吹得气韵悠长，清脆嘹亮的笛声如梅花一路沿街开放，引得众多百姓驻足观看。这是他招徕买者的手段，一曲终了，果然有不少人来买他的笛子。

这时，程长庚看见师兄丁四急匆匆地来了。到了程长庚跟前，丁四说："师兄，师父让我来叫你回去，快收拾收拾吧。"

程长庚一边收拾着卖剩下的笛子，一边问道："师父叫我回去何事？不卖笛子我吃什么？"

"我怎么知道？不过，看师父高兴的样子，应该是好事。"丁四说，"我告诉你，你可别说是我说的，刚才有人来叫唱堂会。"

程长庚心想，师父唱堂会是常有的事，让我回去干什么呢？难道是要带我一道去？就算师父有心要带，可唱堂会的都是像师父一样的名角，自己名不见经传，叫堂会的会同意吗？

带着一肚子纳闷，程长庚回到了米宅。见程长庚回来了，米喜子支开了其他弟子，对他招了招手，示意他过去。米喜子低声对他说："后天穆彰阿相国府上有一场重要的堂会，穆母大寿，你代我去，唱好了，时来运转，说不定你从此就不用再卖这些笛子了。"

程长庚惊得一个哆嗦，手一松，布袋滑到地上，笛子滚得七零八落。穆彰阿程长庚听说过，知道他是道光皇帝面前的宠臣，军机处权臣，人称穆相。自己名不见经传，怎敢代师父前去？要是穆府的人知道了，说不定当场就会将他轰出门去。

程长庚沮丧地说："师父，穆府的堂会，弟子怕是连门槛也进不去呢！"

"这点你不用担心，到时为师自有安排。你这两天啥事也不用干了，把那出

《文昭关》好生练练，要一炮打响，给为师长长脸。"说到这里，米喜子抻了抻程长庚皱了的长衫，舒了一口气，说，"整整三年，为师看到火候了，你这只鸟到了放开嗓子鸣叫的时候了。"

自接到差事，程长庚的心里就一直惴惴不安。《文昭关》那出戏他倒是不担心，早就唱得烂熟了，到时只要正常发挥就行。程长庚担心的是师父有没有办法让自己代替他顺利进入穆府唱戏。这几乎是不可能的事，堂堂穆府怎会让一个寂寂无闻的伶人登堂入室？

堂会就在后天，师父要是有什么安排，明天就能看出端倪，程长庚只有等待。晚上，他怎么也睡不着，吹起了《文昭关》的旋律。他的满腹心事从笛孔中悠悠泄出。月华如水，隐隐的月色中，他的眼前仿佛浮现出了一座重兵把守的关城，那就是昭关。他必须从这里过去，否则，他只有死路一条。

夜安静得可怕，除了笛声，什么声音也没有，笛声像孤魂野鬼，在夜色里东一榔头西一棒槌地乱撞着。笛声越来越低，奄奄一息，刀剑林立，鬼魂也难过昭关。程长庚觉得手指越来越僵硬，不听使唤，像是被冻麻木了，但他不能放弃。突然，他听到了一声清脆的鹤唳，一抬眼，空中出现了一只鹤，能直冲九霄的鹤。它来得太及时了。笛声陡地一震，随着那只鹤起飞，一气儿飞过了昭关。

第二天上午，师父果然有动作了。程长庚练声回来，想找师父说说话，可怎么也找不着他，就来到花园里。这个时间，按惯例师父会在这里散步。可找遍花园，也没见着他的人影。程长庚就向正屋师父的卧室走去。在走廊上碰到师兄丁四，程长庚问道："师父呢？"丁四皱着眉说："师父病了，没起床呢，你来得正好，师父让我叫你。"

程长庚惊道："师父昨天还好好的，怎么会突然生病？"

丁四说："我也不知道，不过，病得好像还不轻，你进去看看吧。"

进了卧室，只见师父躺在床上，头上扎着额带，脸通红的。程长庚摸了一下师父的额头，好烫。他哭丧着脸说："师父，您这是怎么了？怎么说病就病了呢？"

米喜子摆了摆手说:"有什么大惊小怪的?为师老了,不中用了,你们俩快去请延四爷!"

延四爷名叫延煦,现为礼部主事,是明天穆府堂会的戏提调。每场堂会,必设戏提调一名,专事分配角色、安排戏码。师父让请延四爷,显然是要告诉他自己明天参加不了堂会,请他赶紧另做安排。

路上,程长庚满腹狐疑,师父昨天说自有安排,莫不是就是装病,好让自己代他去参加堂会?完全有这个可能。可刚才师父的样子,身体发烫,病容惨淡,不像是装的。

延煦坐着轿子匆匆来了。轿子还没停稳,他就急匆匆地掀开轿帘直奔内室。丁四和程长庚赶紧快步撵了上去,在前面引路。到了米喜子的卧室,程长庚推开门,见师娘正端着碗,喂师父喝药,室内弥漫着一股药味。

延煦一把拉着米喜子的手说:"米老板,你这是怎么了?身子没大碍吧?"

米喜子嘴里啊啊了两声,声音都变了,说:"延四爷……抱歉……昨夜受了点风寒,我这一时怕是起不来了……"

见米喜子病成这样,延煦两手一捶:"哎呀,这可怎么办?老太太指名要听你的戏呢,这让我在老太太和穆相面前怎么交差?"

米喜子说:"延四爷,也不是没办法。"

延煦一愣:"快说,你有何妙策?"

米喜子指了指站在身边的程长庚说:"我这弟子,我手把手地教了三年……尽得老朽真传,唱念做打,绝不在我之下,可让他代我去。"

被师父一番海夸,程长庚的脸早涨得通红。延煦这才将程长庚上下打量了一番,只见这个年轻后生长面高颧,剑眉凤目,身材高大,举止端严,倒是唱戏的好料子。这后生顶多二十,要说他超过了米喜子,延煦是怎么也不信的。延煦看看程长庚,又看看躺在床上的米喜子,疑惑地说:"你这个弟子,真有那么厉害?"

米喜子示意程长庚说:"来几句。"

程长庚响亮地答道:"遵——命——"

用的就是念白腔调。这声音让延煦一愣。只见程长庚几个跨步,走到院子中央,昂首挺胸,唱道:"一轮明月照窗前,愁人心中似箭穿。实指望到吴国借兵回转,又谁知昭关又有阻拦……"

唱的正是明天堂会上的戏码《文昭关》中伍子胥的唱段。程长庚唱第一句时,延煦就惊得站了起来。雄浑、嘹亮,回旋不绝,像是从后脑发出的。这是什么发音方式?延煦转到程长庚的身后看了看,他的后脑与别人的并没有什么两样。延煦也算见多识广了,可眼前这个后生的这种发音,这种效果,他还真是第一次见到。

程长庚唱毕,对延煦一拱手说:"延四爷,程长庚献丑了!"

延煦点了点头,面露喜色。米喜子见状说:"四爷,怎么样,比老朽强多了吧?"

延煦沉吟了一会,像是下了决心,说:"你突然生病是实情,眼前这个后生确也不赖,这样吧,本官就斗胆做一回主,明天叫程长庚代你去吧。我这就去禀报相爷。"

出门的时候,延煦拍着程长庚的肩头说:"明天好好唱,给我长长脸,千万不能唱砸了。"

"四爷就请放心吧,程某一定谨记教诲,绝不会出差错的。"

送走延煦,程长庚又来到师父的病房里,他发现,师父的眼圈红了。师父对他挥了挥手说:"为师身子没什么大碍,你就不要管了。去给祖师爷上炷香,然后休息去吧,有空好好琢磨明天的戏。"

程长庚只好退了出来。他心事重重地给堂屋正中的祖师爷神龛上了炷香,然后回到了自己的租住房里。晚上,他吃了一只冷馍后就躺下了,却怎么也睡不着。明天的堂会对他来说太重要了。三年来,他一直在为那次败北感到羞愧,明天应该不会有人认出他就是在戏台上被人扔过鞋子的程长庚吧?真要有人揭当年的老底,他是狼狈而逃呢,还是硬着头皮唱下去?应该不会有人认出来，谁还会记得当年一个名不见经传的小伶呢？自被人扔了鞋子之后，他是见了鞋就犯晕，除了寒冬，他一年四季大都打着赤脚，以此提醒自己不忘当年之耻。三年来，他销声匿迹于梨园，苦练技艺，一直为东山再起的那一天做准备，他不知道自己是否准备好了。

参加堂会的当天清晨，程长庚早早起来了，趁天色未明，在城门口转了一圈，喊了几嗓子，他对自己的状态很满意。回去时，他在街口的摊子上破例喝了一大海碗羊杂汤。搁在平时，他无论如何是舍不得的。然后，他再去师父府上。师父已起床，仍扎着额带，正等着他呢，并让丁四备好了骡车。师父带着程长庚给祖师爷神龛上过香，由师娘扶着，亲自送他出门。

师父看着他说："沉住气。"

程长庚看了师父一眼，师父年届六旬，但毫无老态，身躯伟岸，举手投足，气度不凡，难怪人称"活关公"。师父说得真好，沉住气。是的，一个心浮气躁的人能做成什么大事呢？关公就是个沉得住气的人，即使兄弟失散、寄身曹营，他也能沉得住气。沉住气，才能千里走单骑，不至于迷失方向；才能刮骨疗伤，劫后重生。想到这里，程长庚说："师父，弟子记住了，您就放心吧，我不会给您丢脸的。"

丁四亲自赶车，骡车进了内城，一路奔驰，很快就到了穆彰阿相府。梨园行对外应堂会戏，按惯例有整包、分包、外串三种形式。某一戏班全班演出，称整包；本家约请班底配角或部分主次伶人，称分包；外串指本家先约好班底，然后另请名角。显然，外串是对名角而言的。穆府邀程长庚的师父米喜子唱堂会，就是邀角儿外串。要不是代师父出场，程长庚目前无论如何是够不上外串资格的。

像穆府这样的官宦人家，府中自然是设有戏台的。程长庚带着行头，来到了后台。他来得较早，里面还没几个人。后台当中摆着一张账桌，两边摆着几张化装台，程长庚拣了张最靠边的台子，放下包裹，这就算占了位置了。然后，他来到穆府后院，帮助师兄丁四安置好骡车。丁四比程长庚活泛，悄悄告诉他刚打听到的消息,说今天的堂会班底是京师赫赫有名的三庆班,由班主陈金彩亲自率领;与程长庚在《文昭关》中配戏的伶人叫余三胜,也是个外串的角儿,扮剧中智护伍子胥出关的隐士东皋公。这些消息当然很重要。

丁四说:"余老板在圈子里口碑甚佳,不用担心他在台上会使什么阴招儿。"丁四还叮嘱他说,找机会和陈金彩班主套套近乎,混个脸熟,说不定将来能在三庆搭个班呢。

程长庚淡淡地哼了一声,他现在哪有心思考虑这些问题?唱好堂会要紧。他再来到后台,里面全是伶人,化装的化装,练嗓的练嗓,练身手的练身手,都在各忙各的。再看自己刚才占下的那张化装台前,已坐了一个花旦,再看自己装行头的包裹,被人放到了地上。程长庚本要理论几句,想想又算了,可后台再也没有供他化装的地方,他拎着行头,四处逡巡,不知所措。

只要有一面镜子就行,可后台的几面镜子都被人占去了。要是等他们扮戏结束,怕是要误事。这时,程长庚看见后台门口有个八九岁的小姑娘在伸头探脑,看打扮,应该是个婢女。他灵机一动,何不找她借面镜子?他硬着头皮来到门口,嘟哝道:"小姑娘……你能不能借我面镜子?后台镜子不够。"

小姑娘见有人找自己说话,脸红了,但马上反应了过来,说:"行,俺替你去拿。"说着,一甩辫子,朝后院走去。

很快,镜子拿来了。这是一面圆镜,比巴掌略大点,外面镶着一圈梅花图案的木框。虽然小,但总比没有强多了。程长庚如获至宝,接了过来。这时,只见前台那边有人叫道:"庄芳,死哪去了,还不快去搬椅子?"那姑娘慌忙答应了一声,欢快地去了。

程长庚暗暗记下了,这姑娘名叫庄芳。有了镜子就好办了,他很快就装扮完毕。他对余三胜说了句客气话:"余老板,我是个新手,师父突然病了,弟子今天代他老人家出场,盼您老台上多关照。"余三胜和米喜子是好友,不看僧面看佛面,自然满口答应。然后,程长庚拣了个角落坐下,眼睛半闭,潜心默戏,等着开场。其间延煦到后台来过两次,见程长庚已在准备,就没有打扰他。

《文昭关》是压轴上场的。这是沾了师父的光,不然哪里轮到程长庚压轴呢?台上的隐士东皋公念过定场诗,慢悠悠地唱了几句西皮原板,程长庚早等得不耐烦了,终于轮到他了。他等这一刻等了三年。他在幕内一声大叫:"马来——"

　　未见其人,先闻其声。他这一声叫头,焦急、恐慌,是逃命时的呐喊。顿时举座皆惊。台下的人已看了一个多时辰的戏,大都有些疲倦,有的靠在椅子上。特别是穆老太太,眼睛半闭,像是睡着了。可程长庚一个叫头,老太太一个激灵,突然来了精神,马上坐直了,两眼发亮,上半身半倾,眼皮也不眨了。

　　程长庚紧接着两句西皮摇板:"伍员马上怒气冲,逃出龙潭虎穴中。"摇板也称为紧拉慢唱,腔调长短高下可以根据情绪自由发挥。"龙潭虎穴"四字,唱得肝肠俱裂,雄浑有力的声腔像一匹野马,在龙潭虎穴里九死一生地走了一遭。

　　穆彰阿自然是懂戏的,他不认识程长庚,但这家伙一开口就将他震住了。他问坐在身后的延煦:"这就是你说的米喜子的徒弟?"

　　"对,他叫程长庚。"延煦回道。

　　"此人实力不弱,可是眼生得很,这京城梨园里怎么从没听说过他?"

　　延煦说:"他这几年一直跟在米喜子后面学艺,未登过台,相爷没听说过此人完全在情理之中。我也是第一次听他唱戏。"

　　《文昭关》剧情并不复杂,说的是楚平王杀了伍子胥的父亲和兄长后,在各处悬挂图像,缉拿伍子胥。伍子胥出逃,打算到吴国借兵,却受阻于昭关。昭关地势险要,位于两山之间,有重兵把守。伍子胥幸遇隐士东皋公,东皋公将其藏在家中,苦思良策,助其出关。伍子胥在焦躁不安中等待着,一夜之间,须发皆白,如此一来,倒与东皋公的友人皇甫讷相像。东皋公让二人互换衣服,让皇甫讷假冒伍子胥出关并故意让关吏拿住,伍子胥却趁乱混出昭关。

　　伍子胥开始并不知道东皋公能不能想到办法帮自己出关,甚至担心东皋公会加害他。他如一只惊弓之鸟,只能在焦躁不安中苦苦等待着。又是一个不眠之夜,他唱道:

心中有事难合眼,

翻来覆去睡不安。

背地里只把东皋公怨,

叫人难解巧机关。

若得真心来救我,

为何几日他不言?

贪图富贵来害我,

你就该拿我献与昭关。

哭一声爹娘不能相见,不能相见!

爹娘啊!

要相逢除非是梦里团圆……

身负血海深仇,如落单的孤雁,命悬一线,逃无可逃。他悲愤、焦急、惊恐,声音穿云裂帛,婉转自如,如读金石文一般,字字铿锵,掷地有声,让人动容。

一段唱毕,场上正好打四更天,清脆的梆子声让人仿佛置身于黎明前的黑夜。穆府上下几百人,全沉浸在剧情里,鸦雀无声。

台上的余三胜今天也算是给足了程长庚面子,他甘当配角,处处帮衬程长庚。由于紧张,程长庚还是出了点岔子,东皋公将他引入后花园隐藏,错身时,马鞭失手掉在了台上。余三胜脚尖一挑,一句念白:"将军牵马!"程长庚顺手一接,天衣无缝地将这个小瑕疵遮掩了过去。

程长庚高亢入云的唱腔也惊动了后台的伶人,他们也顾不得后台的规矩了,一个个伸着脖子偷偷打量着程长庚。这个年轻人才二十上下,却天生一条粗壮油润的嗓子,老生唱得如此娴熟,真让人羡煞。特别是三庆班班主陈金彩,他是个爱才的人,仔细观察着程长庚的一举一动,越看越喜欢。

堂会结束了,穆府上下人人叫好。特别是穆彰阿,对程长庚赞不绝口,夸他是"叫天"。穆彰阿这样一说,自然是人人都跟着附和。

在后台，陈金彩拽着程长庚的衣衫，不停地问这问那，诸如是哪里人、多大年纪、师从何人等，就是不让他走。得知程长庚是安庆老乡且尚未搭班时，陈金彩大喜，当下就问道："择日不如撞日，今天就邀你到我三庆班来唱戏，如何？"

程长庚没想到陈金彩如此爽快。三庆班是京城梨园第一大班，人才济济，没有点绝活，根本就没有登台的机会。能到三庆班唱戏，是多少伶人的梦想，自然是再好不过的事。此等好事，此前程长庚是连想也不敢想的。但这样的大事，自然要和师父商量一下。当下，程长庚说："谢谢陈班主的厚爱，程某回去征求一下师父的意见，然后再回复您。"

"不，明天我就去米府拜访，同米师父面谈。"陈金彩说。

程长庚卸了装，收拾好行头，兴冲冲地赶回去向师父报告。在路上程长庚就想好了，暂不和师父说搭班的事，不能说翅膀硬了，说飞就飞。明天陈班主真要是来了，再说也不迟。

丁四将骡车直接赶到了正阳楼，说来之前师父就和他打过招呼，师父在那里预订了一桌酒席，只等堂会结束后给他贺喜。程长庚惊道："那我要是唱砸了咋办？到时退酒席好难堪啊。"

丁四笑着说："不会唱砸的，师父向来料事如神，他认定你这次稳操胜券。"

席前，程长庚斟了满满一杯酒，对师父说："弟子总算不辱师命，今天还算顺利，先敬师父一杯，感谢三年来师父的精心栽培！"

米喜子笑在眉头，瞅着程长庚说："我早预料到你会有这一天的。"他又谈起了三年前的往事，说，"三年前，当你舅舅带着你走进我的府中时，本来，我已决定告老还乡，但看你禀赋过人，是可塑之才，只是技艺粗疏，经验不足，只要稍加调教，就有望成为一代名伶。哎，这一天终于到来了，不枉为师三年辛劳。从今天开始，你的名声很快会传遍京城梨园。下一步，邀你搭班的人恐怕要上门来了。"

程长庚说："弟子暂不考虑搭班的事，弟子再跟师父学习一段时间。"

米喜子意味深长地说："到时候了。"

程长庚有一种要哭的感觉,成功来之不易,好像又来得太过容易。一切如同做梦一般,让人恍恍惚惚的。

第二天,程长庚照例去给师父请安,可到了师父家门口时,发现大门紧闭。丁四早等在门口,见程长庚来了,递给他一封信,说是师父让转交的。程长庚打开一看,信中写道:

> 人生如戏,总有散场的时候。为师流寓京师梨园数十载,早有归意,只是你尚未出师,为师一直放心不下。你的一鸣惊人是为师意料中之事。为师安心去也,含饴弄孙,颐养天年。以后的路靠你自己走了,当精进不辍,好好唱戏,不负师托。

看完信,程长庚大惊,师父这是告老还乡了吗?此前他是听师父多次说起过要回湖北老家,昨晚上师父还说了,可没想到这么快就决定了。师父为什么要不辞而别呢?他一下子想不明白,愣在那里。

程长庚抱着头,蹲在地上放声大哭。待他哭够了,丁四说:"回去吧,师父的意思你还不明白吗?就是想让你早点独立,去梨园闯自己的天下。"

面对着师父的旧宅,程长庚恭恭敬敬地磕了几个头,然后才起身,回到自己的租住房。现在,他要正式考虑下一步的搭班唱戏和生计问题。

他正在琢磨下一步的路该如何走,听见外面有人叫自己的名字,出来一看,正是三庆班班主陈金彩。陈金彩昨天在穆府说要邀他搭班,他还以为是一时戏言,没想到陈班主言出必行,是个说一不二的人。陈金彩说:"玉珊,我今天带着管事赵德禄来了,正式邀请你加入三庆班。"

赵德禄说:"班主和我商量过了,给你开每季八百吊的戏份。"

程长庚一愣,他现在完全是个新人,陈金彩亲自来请,就已经是给足了面子,还开出每季八百吊的戏份。八百吊就是八百两银子。要知道,米喜子在徽班搭班唱戏时,每季也不过是八百吊酬金。这已经是很高的戏份了。

程长庚说："谢谢陈班主器重，只是程某才疏计拙，恐怕有负班主厚望。"

"玉珊，你就不要再谦虚了。昨天我见识过了，你正是我们三庆班需要的人才。你'叫天'的外号都传开了，大家都等着要看你的戏呢。"

程长庚笑了笑："真没想到，一场堂会就让程某出了名。"

程长庚的租住房是一间柴房，里面极其简陋，只有一床一桌一凳。陈金彩放下一只沉甸甸的钱袋，说："这是预付的酬金，你现在赶紧租套房子吧，不能再住在这里了，三天后来三庆班报到。"

程长庚说："承蒙陈班主如此看重，我若再不从命，就是不知天高地厚了。就按陈班主说的，只是今后还望多多提携。"

程长庚早有将父母接来京城奉养的打算，只是一直穷困潦倒，无法实现。现在有了固定收入，他在百顺胡同寻了一座小四合院，搬了进去，下一步打算将父母接到京中。程长庚搬到新居后，每天前来看望的老乡络绎不绝，都是在京城各大徽班里唱戏的伶人。

从此，程长庚就在三庆班搭班唱戏。与三年前初登京城戏台不同，这一次，他受到了戏迷的热捧。京城里的戏迷，怕被人说没见识，每有不错的新角儿，他们必然去看，这样在茶楼聚会时才能说得上话，才有资格点评一番。戏迷们一致的看法是，程长庚是继米喜子之后最优秀的老生，将来的名头肯定在他师父之上。目前，米喜子已回到故里养老，老生的前三把交椅，肯定有程长庚一把。程长庚的名头越来越大，"叫天"的外号也越叫越响。

一天，程长庚到戏园唱戏，路过集上。自搭班后他就不再卖乐器，也就很少到集上来了。在骡车上，他突然听到了一声鹤叫。他心里一动，突然想到了到穆府唱堂会前，有一天清晨在城墙下看见一只孤鹤的情景，就下了骡车，四处一望，果然看见有人在兜售一只白鹤。程长庚走近一看，鹤的翅膀受了伤。鹤看见他，像认识似的，又叫了一声。他顿生怜悯，将那只鹤买了下来，带到家中。从此，这只鹤就成了程长庚不可或缺的玩伴。

第二章　鸦片之患

赤人赤马秉赤心,青龙偃月破黄巾。苍天若助三分力,扭转汉室锦乾坤。

——《战长沙》

程长庚终于可以挺直身了走路了。

自从三年前被人轰下戏台之后,他的头就再也没有抬起过,不敢看人,生怕被人认出来,一把揪住,然后嘲笑他说:"话还不会说就出来唱戏,癞蛤蟆想吃天鹅肉呢。"后来的事实证明,他的这种担心完全是多余的,这京城梨园里,台上的伶人走马灯般地换着,谁还记得一个初出茅庐的愣小子呢?可技不如人,程长庚的自卑是发自内心的。没有尊严的日子里,他像条丧家犬般地活着。丧家犬走路不叫走,而叫窜,叫狼奔豕突。现在,他终于可以放慢脚步,开始打量人,打量这街巷和胡同了。

北京的胡同密得像蛛网一般,光是听着那些吆喝声,就能让你感受到日子的活色生香。"榆钱啊！西米菜啊！""小枣儿、粽子！""卖也！好吃咪,苹果青的旱甜瓜啊！""沙果大白梨儿,一个大咪！"……这个走了那个来,从早到晚,一天不断,一年四季没个消停的时候。在北京当个小商小贩可不容易,第一步就得练好吆喝,练气,练发声。要是不会用气,叫不了三声,保管嗓子就哑了。有些女人的嗓子特别脆亮,能响彻一条胡同。程长庚特别喜欢倾听胡同里的各种吆喝声,能听出各种味来,榆钱味、西米菜味、枣儿味、粽子味、甜瓜味、梨味等等,比吃上了还要香甜。听着那些声音,仿佛看见了那些卖窗花的、卖炭的、卖油的、拾掇家具的人等走到了眼前,可亲可爱。这些都是此前没有过的感受,此前哪里有听吆喝的闲情逸致呢?程长庚觉得,他和这些小商小贩没什么区别,都是想在北京的街巷里混一口饭吃的人。

程长庚安排舅舅张坦回了趟潜山程家井,将父母接来。儿子接连几年杳无音信,他的父母正在家中忧心如焚,突然听说儿子在京城发达了,欢天喜地地跟着舅舅来到了京城。一家人在京中团聚,仿佛戏文中的故事一般,那种喜悦自是不用说了。

程长庚的父亲名叫程凤祥,母亲张氏,都是老实巴交的农民,日子过得极为艰难,不然程长庚也用不着投身于优伶行了。程长庚在北京唱戏,家乡人并不知道,他对外一直声称做生意。几年前他随舅舅离乡闯荡时,由父母做主,在家乡定下了一门亲事,女家姓余。目前,程长庚已到了成家的年纪,按父母的意见,程长庚要尽快挣一笔钱,然后好回乡完婚。

程老夫妇双双年过七旬,身体都不太好,特别是程凤祥,患有间歇性肝痛,疼痛发作时,胸闷气短,胀痛难忍。一天黄昏,程长庚从戏园里唱戏回来,他娘将他叫一边,说:"玉珊,有个情况要告诉你,你爹这一向有点不对劲,鬼鬼祟祟的,每天回来时身上都有一股子烟味。还有,我们离家的时候,将家里的几亩地卖了十几两银子,现在银子也不见了。"

程长庚大惊,烟味?难道爹是去吸大烟了?不太可能吧,爹向来安分守己,怎么会去那种地方?最近京城里开了好几家鸦片烟馆,有的伶人都偷偷吸上了。要是染上那玩意,麻烦就大了,最终的结局可能是家破人亡。他脑子里全是问号,但又不便明说,只好安慰娘说:"娘,您放心吧,俺爹是本分人,不会做什么出格的事,我回头问问他。"

正说着,程凤祥回来了,只见他佝偻着身子,皮肤蜡黄,骨瘦如柴,几绺稀疏的白发东倒西歪地窝在头顶上。程长庚看得心疼不已,这些年在乡下,爹和娘都受苦了。程长庚问道:"爹,你干什么去了?"

程老头神色慌张,吞吞吐吐地说:"没……没干什么。"说着,抱着胳膊就往屋里钻。

程长庚紧撵几步,在他的身上嗅了几嗅,果然有一股子奇怪的烟味。看来,爹真有可能到烟馆吸大烟了。自打将爹娘接到京中,他认为只要让他们吃饱穿暖就行了,自己忙于唱戏,疏忽了他们,今后还要多关心一些。至于爹是不是真的染上了大烟,要知道不难,程长庚决定哪天悄悄跟踪他一回。

一天,程长庚到位于菜市口附近的铁门胡同安庆会馆唱戏,唱的是关公戏《战长沙》,这是一出传统剧目。徽戏的净角中有一种专演红脸关公的角色,称为红净。程长庚的师父米喜子就以擅演红净著称,有"活关公"的美誉。米喜子扮演关羽,有他的独特之处,他不勾脸,但关公的面如重枣如何表现呢?待穿戴齐整后,他便用手指揉捏脑门,将随身带来的一壶酒,于临上场前一饮而光。待酒劲上来,面色通红,上场时以水袖掩面,待到台口亮相时突然露脸,面如重枣,巍然而立,台下观众为之惊愕,肃然起敬,让人有"关老爷显圣"之感。清人尊崇关羽,清朝建立之初就选择关羽作为守护神,后封为护国之神,看中的就是关羽身上的忠义和仁勇品格。梨园行关公戏有许多禁忌和规矩,如演出前要沐浴净身,焚香祭祀;化装后要封嘴,严禁随意言笑;勒头前,从祖师爷供桌上取张关公石印像,称之为老爷码,叠好顶在头上,演毕磕头燃香,再将老爷码焚化;在关庙演出时不许上演《走麦城》;等等。这些禁忌和规定,一度发展到伶人不敢演关公戏或者官方直接禁演关公戏的地步。

今天,会馆楼上的一间包房里,坐着两位特殊的客人。一位身着一袭黑色的广缎长衫,身体较胖,上唇留有浓密的黑短髭,下巴留着长髯,气度庄重,表情严厉。另一位体格偏瘦,面目清癯,身穿蓝纺绸的长衫,外罩着一件镶金边的海青色盘扣马褂。这两位一看就是有身份的人,胖者是江苏巡抚林则徐,瘦者是两淮盐运使姚莹。姚莹是安庆府桐城县人,程长庚是安庆府潜山县人,算是老乡。当时,英国人在东南沿海频繁骚扰,鸦片肆虐,荼毒生灵,朝野上下的正直之士都感受到了空前的危机。道光十六年(1836),皇帝下诏,命朝廷内外大臣举荐人才。姚莹受两江总督陶澍和江苏巡抚林则徐力荐,进京面圣,逗留京城。时逢道光皇帝召林则徐进京,拟授以重任,林则徐遂同样滞留京城。闲来无事,姚莹便向林则徐极力推荐他的老乡程长庚,说程长庚的戏唱得如何之好,说得林则徐怦然心动。当天,林则徐随姚莹来到安庆会馆看戏。坐在下首陪同的,是安庆商会会长聂宜和。

关公戏,程长庚自然得到师父真传。梨园中的俗例,"扮关羽者,涂面则不衣绿袍,衣绿袍则不涂面"。程长庚在表演时不死守这些规矩,着绿袍且涂面。戏开场了,正是程长庚的拿手戏《战长沙》。只见四个小卒拿着月华旗,走到台口,举旗挡住台上。少时,小卒突然扯旗闪开,程长庚扮的关公已赫然立于台上。只见他头戴青巾,身穿绿袍,袍袖遮面。又见袍袖一抖,露出赤面美髯的关帝面孔。他身躯高大,威严勇忠,似关公再生。全场人无不凛然,台下有人站起身来,拱手而立,以示敬意。

只听程长庚念道:"赤人赤马秉赤心,青龙偃月破黄巾。苍天若助三分力,扭转汉室锦乾坤。"一字一顿,声若洪钟,铿锵有力,余音绕梁。还有,程长庚的刀法与他伶也颇为不同,他并不耍刀花,而是举起青龙偃月刀,直劈直砍,斩金截铁,刀劈华山,横扫千军。

姚莹看得热血沸腾,拳头攥得紧紧的,看着看着,那柄青龙偃月刀仿佛到了自己手里。狼烟滚滚,远远地,一大群红发洋鬼子乌泱泱从海里上了岸,四处开枪劫掠。他挥刀上马,迎着密集的炮火冲了过去。突然,一颗子弹向他飞来,他举刀去挡,子弹当的一声打在青龙偃月刀的刀身上,刀被打穿一个洞。转眼间,那个洞越来越大,大得像一片海,无数军民和船只被狂风裹挟着,乱成一团,全跌进了那个深不可测的洞里,挣扎着、号叫着,哭声震天。

姚莹大惊,打了一个冷战。他看了看林则徐,还好,林公仍在专心看戏,没有注意到他的失态。姚莹整理了下情绪,喝了一口茶,继续看戏。

戏演完了,伶人已谢幕,可林则徐还怔怔地望着戏台,一动不动。良久,他拍了拍手掌说:"演得太好了,将关羽演活了,形神兼备,米喜子也不过如此,今天不虚此行。"又看了看聂宜和说，"聂会长，你们安庆总是出些优秀的伶人，林某佩服。"

聂宜和说："不瞒林公，这出《战长沙》，聂某也是第一次看呢。我们安庆有个'戏窝子'石牌，无石不成班，他们都是从那里出来的。"

"我要请程长庚喝茶，和他聊聊，宜早不宜迟，就定在今晚，你安排一下，如何？"

聂宜和回道："哎呀，林公真是给了我们安庆人天大的面子。行，我马上告诉程长庚。"

就在他们说话的时候，楼下院子里吵吵嚷嚷的，不知发生了什么事。聂宜和下去一看，只见几个巡捕绑起程长庚，正向外推去。他大惊，走上前去，问道："发生什么事了？你们这是要干什么？"

一个身着御史官服的人走上前来，打量着聂宜和说："什么事？程长庚擅演关圣帝戏，违反朝廷禁令，本官要将他带回去治罪！"

乾隆、嘉庆和道光朝，陆陆续续颁布过一些禁令，禁止梨园演关公戏。可这禁得了吗？百姓就是爱看，梨园里也都偷偷摸摸地演，朝廷的禁令也时紧时松。安庆会馆是安庆商会筹建的，会馆里堂会戏不断。这位御史老爷叫那景德，管着这一片区域，他爱看戏，可平时会馆里大凡有新戏上演，很少恭恭敬敬地请他，他早就心存不满。今天逮着有人唱关公戏，他蹬鼻子上脸，借机大做文章。活该程长庚运气不好，正好碰到了他的手上。

这时一个书生模样的人出来说话了，他对那景德说："在下票友卢胜奎，这个程长庚绑不得，绑了他，这京城里就再看不到这么好的关公戏了！"

那景德大怒道："大胆！一个看戏的也敢多嘴，一道绑了！"话音刚落，几个巡捕将卢胜奎也绑了起来。

姚莹一看不好，要出事，赶紧走上前去，对那御史施礼说："在下两淮盐运使姚莹，因有命在身，滞留京城，今天陪江苏巡抚林公前来看戏。程长庚与姚某是老乡，能否给在下一点薄面，高抬贵手？姚某请那大人吃杯水酒。"

姚莹在说陪林公前来看戏时，故意看了看林则徐所在的包间，恰好林则徐站在走廊上，也在注意着楼下的动静。巡抚是正二品，两淮盐运使是从三品，品衔和职位都比七品的那景德高出一大截。那景德是个见风使舵的人，他今天本就是小题大做，要是硬来，恐怕没什么好结果，不如做个顺水人情。想到这里，他先朝楼上的林则徐拱了拱手，又对姚莹哈哈一笑，说："下官打扰了两位大人的雅兴，失礼了。既然姚大人说情，下官也不敢不依，就将人放了吧。失陪了，告辞！"姚莹故意挽留他喝几杯，那景德说什么也不肯，溜了。

　　程长庚和卢胜奎对姚莹和林则徐称谢。程长庚说："唱戏唱出祸来了，今天要不是两位大人，程某现在说不定已经待在大牢里了。"

　　卢胜奎说："不关唱戏的事，这些老爷都是势利眼，只要会馆里打点打点，随便你们怎么唱，包管他们不会来找麻烦。"

　　程长庚又谢谢卢胜奎说："卢兄，不好意思，今天让你受连累了。"卢胜奎倒一脸无所谓，说："在下此前看你的戏少说也有十几场了，今天能有幸认识程兄，就算受连累也是值得的。"

　　姚莹说："林公说请二位喝茶，聂会长作陪，我们一会儿大森茶叶铺见。"

　　卢胜奎说："好，卢某也跟着沾一回光。"

　　大森茶叶铺位于外城彰仪门牛街北口外。彰仪门是外城最繁华的地方，南方各省人士进出京城，此处是必经之地。大森茶叶铺远近闻名，它的生意好，除了质优价廉，还得益于该店的牌匾。"大森茶叶铺"五个大字，是明朝书家倪元璐所题。倪人品极高，崇祯时任户部尚书兼翰林院学士。李自成进犯京师前，倪建言崇祯提前修缮南京宫殿，以备不测，结果未被采纳。北京失陷时，他自缢殉节。京人敬佩倪的气节，就连他题写招牌的店也跟着沾光，生意比别的店要好出一截。

　　姚莹和林则徐每次进京，大森茶叶铺是必到之地。二楼是茶楼，在这里喝茶消遣，会客交友，是再合适不过之地，临走时顺便买点茶叶，一举两得。

　　几个人在茶楼里挑了处雅座，每人面前上了一杯盖碗茶。姚莹揭开盖子，茶汤碧绿,香气袅袅。他说:"大家尝尝,老板说是明前黄山毛峰。"

林则徐浅呷一口,说:"你们安徽戏好,茶也好,真是块物华天宝之地,让人羡慕。"又问程长庚,"你刚才唱的是什么戏?腔调有点熟悉,又与以往听过的有些不同。"

程长庚说:"回林公,我们徽班称皮黄戏,是西皮、二黄两种腔调的合称。皮黄脱胎于徽调,又取法于楚调,兼收昆曲、梆子诸腔之长,汇集了诸家声腔,是个大杂烩,不知你们是否听得习惯。"

林则徐点了点头:"原来如此,我明白了。你的戏好听,字正腔圆,直腔直调,沉雄爽朗,没有任何花里胡哨的东西,是正义之声,远非那些靡靡之音可比。我们国家要多一些这样的声音,以壮我国人之魂魄。"

"谢谢林公谬赞。"程长庚说。

姚莹说:"林公这是听戏都离不了心中忧思。洋人大搞走私贸易,将鸦片源源不断地运进中国,倾销到内地,朝廷禁令流于形式,鸦片吸食者日渐增多,鸦片市场渐成规模,毒品泛滥成灾,毒害国人的身体,白银就跟水一样哗哗外流。这样下去,国家咋办?百姓咋办?鸦片到了非禁不可的地步了。"

听姚莹说到鸦片,聂宜和的神色也跟着严峻起来,他说:"林、姚二公,不知你们是否知道,鸦片几年前就悄悄进了京城,外城明里暗里开了多家烟馆,每天都有许多烟民在里面吞云吐雾,根本没人管。我听烟民们私下里说,这些烟馆的后台不简单呢,有朝廷的高官在后面撑腰。"

卢胜奎压低了声音:"在下也听说这些烟馆的后台是军机处穆彰阿。"

听说是穆彰阿,姚莹和林则徐对视了一眼。姚莹说:"难怪这家伙如此反对禁烟,原来背后还有此等勾当。"

林则徐说:"鸦片泛滥的局面很快就要改变了,圣上态度坚决,鸦片到了非禁不可的地步了。"

姚莹不无担忧地说:"在是否禁烟一事上,听说朝中的文武百官分成了禁烟派和弛禁派两派,这样一来,我们不是把那帮反对禁烟的人全得罪了吗?"

林则徐爽朗一笑:"如不严厉禁烟,数十年后,中原将无可以御敌之兵,无可以充饷之银。真要到了那时,国家咋办?吾民又咋办?我林某岂是计较个人得失之辈?只要于国于民有利,得罪了又如何!"

"林公决心,姚某佩服!"姚莹称赞道。

林则徐对姚莹说:"皇上这次召你来,恐怕有重要差事要委派你,很可能要到台湾去任职。台湾孤悬海外,英夷觊觎已久,这差事不轻松呢。"

姚莹在擢升盐运使之前曾任台湾知县、台湾通判,在台湾任职多年。他站了起来,说:"姚某熟悉台湾民情,如二度入台,必以林公为榜样,保境安民,不负圣恩!"

聂宜和、程长庚和卢胜奎听着二人谈话,对当下时局又多了层认识。程长庚说:"在下平时只知唱戏养家,今天听二公畅谈,大开眼界。大丈夫立于天地之间,不应为个人得失和蝇头小利所累,当多为黎民苍生着想。程某受教了!"聂宜和与卢胜奎也说受教。

见他们一脸认真地说着受教,林则徐和姚莹又相视一笑。姚莹说:"喝茶喝茶,我和林公只是交流了下对时局的看法而已,受教倒是不敢当。"

从茶楼回来,程长庚寻思,今天在安庆会馆唱关公戏,幸亏遇到了林则徐和姚莹,否则那景德是不会轻饶自己的。关公戏受欢迎,点关公戏的戏园子也很多,下次要是再唱,那景德会不会再来找他的麻烦,这都是说不准的事。没想到在京城梨园里混一口饭吃是如此艰难,伶人的社会地位如此之低。一想到这些,程长庚就烦恼不已。

当天夜间,程长庚被一阵阵呻吟声惊醒。爹的肝疼病又犯了,在床上大呼小叫,捶胸顿足,耸着双肩,身子躬成一只虾米。娘急得在爹的前胸后背到处拍打,可半点用也没有。程长庚望了望漆黑一团的窗外说:"我去叫大夫。"听说儿子要去叫大夫,程凤祥急忙爬了起来,阻止道:"我这是老毛病,什么大夫也看不好,忍一忍就好了。"

程长庚急道:"爹,你这样下去是要出人命的,有病不看怎么行?"说着,不顾他爹的阻止，硬是将百顺胡同口开药铺的韩姓大夫请来了。韩大夫开了药方，程长庚拎回一大撂大包小包的药，让娘连夜煎着。药煎好了，程长庚滗好药汤，端到爹的房中，却发现人不见了。

程长庚问他娘说："娘，爹呢？怎么一转眼就不见了？"

他娘苦着脸，脸色比碗中的药还要黑，一声不吭。程长庚高声说道："娘，爹这是到哪去了？你倒是说话啊！"

"还能去哪里？十有八九是去烟馆了。"

程长庚愣在那里，爹吸上了鸦片，看来是事实了。真是怕什么来什么，他一直担心这事，没想到还是坐实了。突然，他像是想起了什么似的，疾步走到自己房中，打开柜子，在衣服堆里一摸，拿出了一块裹成一团的锦缎方巾。本来方巾里包着二十来两银子，是他平时唱戏积攒的，打算回乡娶妻时用。可现在，方巾里什么也没有。

望着方巾上鸳鸯戏水的图案，程长庚全身冰冷，像是掉进了水里。银子没了倒不是什么大事，还可以再挣，他担心的是，这些银子被爹暗中抽大烟花掉了。记得娘此前就对他说过，爹可能抽上了大烟，家里卖地的银子都不见了。当时程长庚还不信，爹平时很节俭，一个铜钱恨不得掰开做两个花，会舍得将白花花的银子送进烟馆？现在看来，这鸦片的诱惑太大了。人称抽大烟者为鸦片鬼，老话儿说，抽大烟是"一年入皮，二年入肉，三年入骨"。沾上这玩意，离死也就不远了。

中午，待爹回来后，程长庚装作什么事也没有发生。第二天，他告了一天假，上午，瞅着爹出了门，他远远地跟在后面。只见他爹也像那些城里的老人一样，倒背着双手，沿着街巷，向彰仪门方向走去。看那情势，是要到城外遛弯。可是，就在快要到彰仪门口时，他并不出城，却一头蹿进西南面的烟阁胡同，直接来到一栋小楼前。程长庚看了看门楣上的匾额，上面写着"福寿馆"三个大字。大门上悬挂着一幅厚厚的门帘，只见爹一撩门帘进去了。程长庚紧撵几步，站在帘外，只见爹在和里面的伙计亲热地打着招呼。显然，他是这里的熟客。

鸦片又叫福寿膏,明明是毒品,却起了个诱惑人的名字。这是家烟馆无疑。程长庚找个僻静处蹲下,寻思着下一步该怎么办。看来爹染上这恶习不是一日两日了。这玩意沾上容易戒掉难。去找烟馆的麻烦吗?找不着,爹是自己找上门的,并没有人逼着非要他吸。直接冲进去将爹弄回家?也不是什么好办法,爹是一个大活人,自己有腿,大烟太诱人,他还会再来的。那到底该怎么办呢?程长庚苦恼万分,束手无策。

看这烟馆,人们进进出出,看来生意很红火。进去的人一个个跑得飞快,像火烧了屁股;出来的人个个脸上挂着满足的笑容,伸着懒腰,惬意如神仙,如同在正阳楼吃了一顿满汉全席。鸦片真有那么大的诱惑吗?烟馆里到底是番什么情形?程长庚决定先进去探个究竟再说。

程长庚学着那些烟客的样子,一把掀开帘子,里面光线阴暗,什么也看不见,一股烟味扑面而来,像一条散发着馊味的长汗巾一把勒在他的脖子上。程长庚两眼发直,顿感胸闷气促,接连发出几声咳嗽。他赶紧退了出来,在外面大口地喘着气。

烟馆里烟味冲人,根本不是人待的地方,烟客们怎么还视若仙境呢?程长庚越发纳闷。他不甘心就此罢休,休息了一会,决定硬着头皮再闯一闯。

这次他有点经验了,屏住呼吸,撩开帘子走了进去。进去后,他定了定神,这才看见柜台后有个掌柜的正瞪着自己。掌柜的个子高大,骨瘦如柴,留着又尖又长的八字须,如挂着两根峨眉刺,比戏台上的小丑还要夸张。

掌柜的问道:"这位爷,新来的吧?怎么瞅着眼生?"

程长庚点了点头。

掌柜的从货架上拿来一杆烟枪,程长庚急忙说:"我、我不抽烟。"

"咦,不抽烟到我这里来干什么?"掌柜的怒道。他说话时,两根"峨眉刺"一扯一扯的,带着杀气。

程长庚怕他要将自己轰出去,忙改口说:"抽。"

掌柜的这才转怒为喜,从一个油纸包里挖出一勺黑乎乎的东西,放进一个小罐里,用一杆精致的象牙小秤称着。称好了,他连同烟枪一起递给了程长庚,指着前面黑咕隆咚的巷道说:"往里面走,今天算你运气好,还有地方。"

程长庚有点纳闷,掌柜的怎么不问自己要银子呢?其实他是第一次来这种地方,不懂烟馆里的规矩,烟馆里都是先消费后结账。程长庚也管不得许多了,到里面看看情况再说。

沿着通道往里走,只见一排排的房间,这应该就是烟室了。可每个房间门口都挂着张帘子,看不清里面的情况。不过,烟客们发出的咳嗽声,吧嗒吧嗒的抽吸声,都清晰可闻。

程长庚将其中一个房间的门帘悄悄掀了条缝,狭小的房间里摆放着三四张烟榻,每张烟榻上都歪躺着一个烟客。每人面前摆放着一盏小灯,烟客用铜片剜出黄豆大的一点烟膏,用手指搓成球状,放到烟枪上,然后将烟枪凑近烟灯。一会儿的工夫,烟膏就沸腾了,变成了稀泥状,形成了亮晶晶的烟泡,空气中有一股香甜味。烟泡产生时,沸腾的鸦片开始冒出缕缕烟气。此时是鸦片鬼们最兴奋的时候,他们眼放绿光,使劲地吧嗒着烟筒,嘴里吱吱有声。程长庚站在门外都能听到烟筒里嗖嗖地响。烟被吸进嘴里后,烟客们使劲一吞,然后闭上眼,任凭那烟在五脏六腑里游荡。半晌,才缓缓舒出一口气,整个身子都酥软了。

难道自己的爹也像他们一样?

瞧这些鸦片鬼,个个衣衫褴褛,面黄肌瘦,哪一个有半点人相?要不是亲眼所见,哪里知道天下还有如此害人的东西!这烟馆根本就是人间地狱!程长庚想都不敢想了,他也不敢往前走了,要是看到了自己的亲爹同他们一样躺在烟榻上逍遥,他不知道自己会不会做出什么出格的事情来。

他来到前台,将装烟土的小罐和烟枪往柜台上一放,转身就要走。掌柜的厉声说道:"五钱银子!"

程长庚说:"你的东西我连动都没动,难道也要收钱?"

"卖出去的东西就没有收回的理,都像你这样,我这烟馆不早就关门了?"

"那我管不着，反正我没用你的东西，用不着付钱。"程长庚说着向外走去。

掌柜的大叫一声："有人赖账！"

从旁边的房间里冲出两个满身横肉的汉子，拦住了程长庚。程长庚自幼在科班里待过，身手敏捷，一晃身子，从两个汉子中间侧身而过，冲出了烟馆。两个壮汉追了上来，论跑路，他们更不是对手，程长庚几个箭步，很快就将他们甩开了。

程长庚自进入烟馆时起，他的一举一动就被两个人看在眼里。谁呢？就是暗访京城鸦片烟馆的林则徐和姚莹。林则徐是江苏省巡抚，姚莹是两淮盐运使，两人都是地方官，京城烟馆当然不是他们职权范围内的事。但是，鸦片泛滥成灾，毒害国人体魄，白银大量外流，带来严重的社会危机。这鸦片明摆着就是祸国殃民的蛊毒，大家都知道它的危害，可奇怪的是，在朝中，以穆彰阿为代表的反对禁烟的大臣为数不少，他们的理由是，禁烟会得罪洋人，会引发冲突；还有，鸦片已从东南沿海渗透到内地，吸食群体庞大，根本禁不了，禁烟会引发一系列社会问题。支持禁烟和反对禁烟的官员们在金銮殿上多次发生激烈争执，各有各的理，弄得道光皇帝首鼠两端，不知如何是好。林则徐和姚莹乔装成烟客暗访京城烟馆，就是为了搜集证据，以便驳倒反对禁烟的官员，没想到在福寿馆偶遇程长庚。两人一开始以为他是来吸鸦片的，再一看不像，明显是来寻人的。两人松了口气，也就没有打扰他，只在暗中观察着动静。

就在两人打算离开时，突然，他俩发现福寿馆后院浓烟滚滚，火光冲天。"失火啦！""快救火啊！"……一声声揪心的叫喊声响彻烟馆。只见一批批烟客从烟馆里冲了出来，一个个乌头黑脸，有的衣服上还冒着火苗。

这火起得有点蹊跷。就在两人纳闷的时候，只听有人叫道："抓住放火的人了！"两人过去一看，只见几人押着五花大绑的程长庚，到衙门里报官去了。两人大惊，没想到纵火者是程长庚。可是，他为什么要烧烟馆呢？

火势越来越大，根本没法扑救。围观者越来越多，一个个拍手称快，都说这把火烧得好。这时人群中已经传开了，说这把火是三庆班一个外号"叫天"的伶人烧的。

林则徐和姚莹都有些闷闷不乐，他们为程长庚担心，看来，程长庚免不了牢狱之灾。姚莹望着林则徐说："林公，怎么办？我们该帮他一把。"

林则徐点了点头："现在京中烟馆情况基本清楚了，我要赶紧写道奏折，明天一早就递上去。只要皇上下决心禁烟，程长庚就有救。"

再说程长庚父亲程凤祥，他从烟馆里逃出来后，很快得知纵火者就是自己的儿子，悔恨交加，就病倒了，卧床不起，病情一日重似一日，眼看着撑不了多少日子了。可怜程长庚的老母，整日以泪洗面。

幸运的是，朝中关于焚烟斗争的形势很快明朗了。道光皇帝终于下定决心禁烟，任命林则徐为钦差大臣，赴广州禁烟。姚莹也很快被任命为台湾兵备道。

京城里开始焚烟，大大小小的烟馆暂时全部被关闭了。程长庚在被关押了几天后，果然如林则徐所说，被放了出来。

父亲的病总不见好转，程长庚也没有心思唱戏，在戏班里告了假，整日在床前服侍着。程凤祥总感到无颜面对儿子，一天夜里，他偷偷将那天福寿馆起火时他顺来的一坨烟土吃了下去。天亮时，程长庚发现爹没了气息。

爹死在京城，程长庚无力将爹的灵柩运回老家，就在京城彰仪门外的石道旁挑了块僻静之地安葬了。这条路直通南部省份，爹当初就是从这里进京的。路还在，人已逝，他只希望爹的在天之灵，能沿着这条熟悉的路回家。

第三章　变局

懦弱之君，社稷将倾。干戈兴，国不安宁。

——《逍遥津》

程长庚自此安安心心地在三庆班唱戏。一转眼，到了道光二十年（1840）。刚刚进入夏天，京城里突然乱了起来。位于东华门外的京师总驿站皇华驿门口，差不多天天都有快马驮着文书，马背上的驿卒丧魂落魄般地叫着"八百里加急"，向皇宫方向一路狂奔。有人亲眼看见有外地来的快马和驿卒双双累死在皇华驿门前。有人说，这是跑得太快了，马和人都跑掉了魂，虚脱而死。

消息很快就传开了，原来是英夷入侵。英夷进犯虎门、广州、厦门、定海等地，听说快打到天津甚至北京了。坊间流传着关于英夷的各种神秘而恐怖的消息。有人说英夷的船都装上了像鲲鹏一样的巨型翅膀，在海面上迅捷如飞；有人说英夷的船是铁的，大清的枪炮打上去就像挠痒痒；有人说英夷有千里眼，在几十里之外就能发现敌人，然后指挥炮弹轰过去，指哪打哪，不会偏差一分一毫；有人说炮弹打得那么准，说明英夷必会巫术；还有人说英夷的船只正日夜向天津海口方向驶来，天津不保，说不定哪天就来到京城……

京城里，大戏园都分布在大栅栏一带，如广德楼、庆和园、同乐园、庆乐园、三庆园、中和园，每隔百余步就有一家。北京人可以三天不吃饭，但不能三天不看戏。每天午后，他们就三三两两地出来，在各家戏园门前转悠，比较各班角儿和戏码，挑自己喜欢的买座儿。可自沿海战事爆发后，座儿突然就稀了。开始时,各家戏班子都很纳闷,这人都到哪里去了呢?虽说英夷进犯沿海一带,倒不至于马上就打到北京城下吧,难道戏都不看了?

一天散场,在后台,程长庚在卸装,看见班主陈金彩木然地坐在账桌前,面色晦暗,半天不言语。程长庚知道陈金彩的心事,最近座儿稀,戏班收入少,身为班主的他自然愁死了。可程长庚无可奈何,他也不知这到底是怎么了。他脱下戏服,匆匆擦着脸上的油彩,只想着快点出去,到大街上喝一碗冰凉的酸梅汤。

没想到陈金彩主动来到了他的身边,说:"玉珊,你说这一向热闹的戏园子怎么突然就冷清了呢?这座儿都到哪去了?这戏要是这么唱下去,祖师爷难道是要我们去喝西北风?"

"不关祖师爷的事。"程长庚说,"班主,最近几天的情况我也看到了,肯定和英夷入侵有关,驿站一天一班八百里加急的快马,把人心都跑散了,座儿都没心思看戏了。"

陈金彩压低嗓音说:"听说英夷快打到天津了,这京城里有钱的人都在悄悄搬家,咱们这些唱戏的虽没什么家产可搬,但总要吃饭吧,这可咋办?"

这时,管事人赵德禄进了后台,说:"我打听清楚了,座儿们大都挤到茶楼里听书去了,家家人满为患。"

陈金彩说:"国破家亡,茶楼里的消息传得快,老百姓的命也是命,莫不是在打探哪天出城逃命去?"

听了他们的对话,程长庚的心里也沉甸甸的,还好他只有一个老娘要养,不像他们都有一大家子人。到了实在撑不下去的那天,大不了上街卖白薯去。卸好了装,和班主、管事打过招呼,程长庚刚出戏园大门,门口来了个驿卒,手里举着封信,大声叫着他的名字。程长庚接过一看,信封下方写着"石甫"二字,是姚莹寄来的。他心里一抖,撕开信封,靠在墙上看了起来。

姚莹在信中说,英夷在入侵东南沿海前,曾数度侵袭台湾,他和总兵达洪阿率领台湾军民顽强抵抗,奋勇还击,取得了"五战五捷"的战果。英夷在台湾没讨到便宜,转而侵略东南沿海,攻城略地,大肆抢掠,几番来去,欲壑难填。无奈朝中主和派占了上风,畏洋人如虎,割地赔款。如此一来,当初主张禁烟抗夷的功臣都成了罪人,林公则徐被发配新疆,他和达洪阿也被扣上"冒功杀人"的罪名,将被押赴进京,等候发落,看样子凶多吉少。姚莹在信中还说:"我们很快又将在京城见面了。遗憾的是,姚某已成阶下囚,但姚某心中无愧,为抗夷保台尽了力。"姚莹说:"玉珊兄,多想再听你唱一出《单刀会》。"

姚莹信中所说,惊得程长庚一愣一愣的。等全部读完,他的心像掉进了冰窟窿里,每个毛孔都往外冒着冷气。"五战五捷"的功臣,怎么转眼之间就成了阶下囚?他实在搞不懂。

此时正值《南京条约》签订的第二年,从朝廷到民间,整个社会上都弥漫着一种悲愤的情绪,人人都感觉受到了奇耻大辱。特别是那些满人,入关后顺利坐稳了江山,历经两百年,向来以胜利者自居,处处高人一等,他们还从来没有这么憋屈过。难怪人们对那些男欢女爱的昆腔戏不感兴趣了,对联络五方之音、热热闹闹的徽腔也提不起精神了,他们哪里还有心情看戏?难怪戏园的生意越发冷清。

程长庚向戏班里告了假,约丁四陪着,两人次日一大早就来到大栅栏生意最好的和悦茶楼看看动静。来到茶楼门口,好家伙,门口黑压压的全是茶客,光加座就有一两里地长。茶楼里面更是人满为患。茶客们也不像是来安心喝茶的,大声争论的、窃窃私语的,个个争得面红耳赤。仔细一听,说的全是英夷、鸦片、条约之类的事。许多名词,程长庚和丁四听得是云里雾里。再看茶楼的楼上,好像正在演什么节目,喝彩叫好声从窗户里飞出来,惹得来往的人都驻足观看。程长庚和丁四想上去看看动静,就往茶楼里面挤,刚进门就被伙计推了出来,说道:"爷,求求您别挤了,四更天就没位置了。"丁四比程长庚机灵,赶紧说:"我们不喝茶,找人,说句话就走。"好说歹说,伙计才勉强让他俩上了楼。

原来楼上有人在说书。一问,有人告诉他们说,说书的人姓王,人称王叟。这个王叟可不简单,他的祖上是清初鼓曲艺人王鸿兴。王鸿兴到江宁献艺,拜江南著名说书艺人柳敬亭为师,回京后改说评书,开宗立派。程长庚伸着脖子,只见上首坐着一个须髯皆白的精瘦老者,嘴里的牙都豁了。再看下面的茶客,多半眼熟,都是平时常出入戏园子的人。王叟手里拿着块醒木,说的是《杨家将》。正说着杨令公和辽军血战金沙滩,所有宋军士卒全部壮烈牺牲,杨令公碰死李陵碑,说到紧要处,不时地狠狠地敲下醒木,有时连敲数下。那块醒木就像活物一般,敲、顿、擦、蹭、会怒、会哭、会呜咽,一屋子的人,全凭它摆布,也跟着它一起或怒或哭。杨令公死了,说书人目瞪口呆,眼白朝天,半天不言语,好像也气竭身亡。那块醒木趴在桌上一动不动,似乎也死了一般。室内鸦雀无声,大家的脑袋好像都在李陵碑上撞了一回。

有人起身悻悻地下楼,有人唉声叹气,有人捶胸顿足,有人砸了茶壶。说书人继续说着,这次说的是佘太君挂帅。有人站起来要走,说:"得了,一帮寡妇出征,越听越没滋味了。"马上有人反驳说:"寡妇怎么了?番军来了好歹还有人顶上,不像咱大清朝,大老爷们一个个只晓得伸着脖子挨揍!"有人插话说:"洋人有洋枪洋炮,一打一个准,一炸一大片,咱们大清国有啥?你孙猴子能跳出洋人的掌心?"……越来越多的人参与了争论,茶楼上乱成了一锅粥。

程长庚拉着丁四又挤了出来。原来座儿们并不是凭空消失了,而是一个个钻到茶楼里听书来了。英夷肆行,朝廷割地赔款,主战派免职遭殃,主和派升官发财,人人心里都憋着一股子气呢,可又无处可撒。他们哪里还有闲心思在戏园子看那些花旦打情骂俏?都到茶楼里听忠烈故事,打探最新的战事来了,发牢骚来了。这些茶客,都胸有热血呢。

此后,程长庚没事时也爱往茶楼里钻了,听听《杨家将》《岳飞传》之类的忠烈故事,还有像《三国演义》这般的好汉事迹。茶楼里也比戏园子里自由多了,可以交流信息、高谈阔论,甚至互相争执。一天清晨,程长庚正在和悦茶楼里专心地听着说书,忽然有人轻轻碰了碰他的胳膊。他转头一看,认识,原来是礼部主事延煦。只见他戴着顶瓜皮小帽,手里拎着只鸟笼。嘿嘿,没想到堂堂延四爷也泡起茶楼来了。两人出了门,边走边聊。

瞅瞅四下无人,延煦说:"姚道台从福建被押回来了,昨天到的京,被打入了刑部大牢。我打算明天去看看他,你和他是老乡,打算带上你,你愿意去吗?他是钦犯,一般人见不着的。"

姚道台自然就是指姚莹。程长庚大惊,前几天才收到姚莹的来信呢,没想到这么快就被解到京城了。程长庚说:"谢谢延大人,在下和姚道台有些交情,就凭他抗夷保台有功,也该去看看的。"

"抗夷保台,可谓立下了盖世功勋。"延煦叹了口气,"延某十分敬佩姚道台为人,可功高招妒,他这次恐怕难逃一劫呢。"

"天下哪有这样的理呢?抗夷守土有功,竟然被打入大狱?!"

"朝中的事,复杂着呢,哪是你们这些伶人能理解的?"

"延四爷,您一定要想办法救救姚道台!"

"你就放心吧,不光我,朝中正直之士都在奔走呼吁,事情会有转圜余地的。明天我们先去看看再说。"

次日,程长庚拎着只食盒,跟在延煦后面,来到了刑部大牢。刑部衙门位于紫禁城的西南面,衙门的西南角和西北角是监狱,也就是俗称的刑部大牢。进了牢房,两人都换上了狱卒衣服,跟在一个牢头后面向里走。狭窄的走道两边,是一间挨着一间的监号,里面人满为患。牢房里的气味令人作呕,两人掩着鼻,跟在牢头后面低着头快步而行,七转八绕了许久,才来到一间单独的监舍前。程长庚朝监舍内找寻着,只见一扇狭小的方窗前坐着一男子,手捧书卷,正专心致志地阅读呢,压根没发现有人前来探监。程长庚迫不及待地叫了一声:"姚道台,您受苦了⋯⋯"

姚莹匆匆放下书。牢头打开门,延煦和程长庚走了进去。姚莹这时才认出延煦,连忙致礼道:"延大人,您受累了,罪臣感激不尽。"

延煦说:"姚大人,别这么说。抗夷保台,五战五捷,全京师的都知道了,您不仅不是罪臣,还是咱们大清朝的有功之臣呢。我延煦说句大话,就凭当前这汹汹民意,就没有谁敢加害您。别着急,朝中的正直之士正在设法救您,想必圣上会开恩的。"

姚莹说："唉，都怪我姚某得罪人了。"延煦没再接话，两人都沉默不语。程长庚摆好酒菜，姚莹哪里吃得下？接连喝了几杯闷酒。程长庚这才仔细打量了下姚莹，只不过几年没见，他至少老了十岁。只见他穿着一套破旧的囚服，头发全白了，脸部瘦削，颧骨突出，皮肤漆黑，像刚从煤窑里出来的。再看他端着酒杯的手，手背和腕部有一大片皮肤没了，结着凹凸不平的疤痕。程长庚问道："姚道台，您这手……"

"哦，让大火烧的。"姚莹淡淡地说道，"那是在去年九月，四艘英船进犯我大安港，我们当然不宜在近海硬拼，便派出一些渔船诱敌。英夷果然上当，派出'安因'号追击进港，结果触礁搁浅，动弹不得。我军伏兵四起，枪炮齐发，打死英军60人，俘获200余人，还缴获大量武器。其余英船怕再中埋伏，不敢前来营救，最后灰溜溜地逃走了，我军人获全胜。"他晃了晃手腕说，"战斗中，我乘坐的指挥船中炮起火，当时避让不及，烧伤了。"

听着姚莹的讲述，程长庚仿佛置身于杀声震天的海战现场，他感觉自己的身体紧张得微微发抖。望着眼前这个比自己要矮上一截的羸弱汉子，他的心中钦佩不已。而这样的人，眼下却成了阶下囚。

程长庚说："姚道台，您漂洋过海，抗夷保台，打得英夷肖小鼠辈屁滚尿流，用我们戏文中的话来说，您这是关云长下江东单刀赴会，长了咱国人的志气，扬了咱国人的威风。"

"那又怎样？"姚莹抖了抖身上的囚服，"还不是成了阶下囚？朝中某些大佬，畏夷如虎，搞秋后算账，一味割地赔款，俯首称臣还来不及。怪只怪姚某人眼瞎，挡了人家的道了。不过，我不悔，我是宁可战死，也不投降！"

两人又安慰了姚莹一番，悄悄离开了刑部大牢。分手时，程长庚对延煦说："延四爷，营救姚道台刻不容缓，这事我一个唱戏的也使不上力，就拜托您了。我还是干我的老本行，明天就到戏园子里唱一出《单刀会》。"

延煦说："放心吧，我会尽力的。"

程长庚次日在三庆园唱戏,安排的戏码是他的拿手戏《文昭关》。戏虽不错,可戏迷早就看厌了。再好的戏,看过三遍也索然无味。程长庚找到管事人赵德禄,提出换戏。

赵德禄问道:"换什么戏?"

"《单刀会》。"程长庚说。

赵德禄低声说:"这是关公戏呢,不是不让唱吗?会不会惹什么麻烦?"

上次程长庚在安庆会馆唱《单刀会》,被御史那景德以禁唱关公戏为由绑了,幸亏姚莹和林则徐在场,姓那的这才放了他一马。这次要是再唱,会不会有人来找麻烦?所以赵德禄才有此一问。

程长庚说:"我师父唱了一辈子关公戏,也没惹什么事,怎么到我头上就不许唱了?说不过去啊。更重要的是,现在什么形势?座儿们的口味变了,要唱忠臣好汉,唱长咱精气神的戏!"

班主陈金彩说:"你说得有点道理。要不,咱来个黑演?"

在梨园界,关公戏向来有黑演和红演之分。所谓黑演,就是为了不违反朝廷禁令,戏中凡涉及关羽出场时,一律改成黑脸的张飞替代。只是,这样一来就显得有点不伦不类。程长庚向来反对这种做法,他说:"红演。"

陈金彩说:"也是,黑演戏迷看着不带劲,不是那个味儿,我也支持红演,那就安排更改戏码吧。"

程长庚肯定地说:"改吧,有什么事我兜着。"

赵德禄改了戏码,并将牌子挂了出去。程长庚要唱关公戏《单刀会》的消息很快传开了。一时间,戏迷们像炸开了锅,奔走相告,邀亲约友,到三庆园来看戏。戏池里很快满了,连走道和墙根都加了座儿。

程长庚唱戏有两个特点,一是闻不得叶子烟,二是不喜欢叫好。程长庚的父亲就是给鸦片害死的,他不仅见不得人吸鸦片,就连吸普通的叶子烟都无法接受。只要一闻叶子烟,他必呛嗓,声音就出不来,无法演唱。别的角儿,都是喝彩越多越响唱得越来劲,程长庚却不同,他喜欢静悄悄的,喝彩声会干扰他唱戏。角儿都有癖好,好在戏迷都理解他的这些习惯,所以程长庚唱戏时,既没有人吸烟,也没有人叫好。特别是唱到精彩处,戏园里越发静悄悄的,鸦雀无声,什么抛手巾把子、吃瓜子、卖包子凉糕,大凡一切可能引起噪音的行为,全都消停了。时间一长,戏迷们也觉察出这种安静的好处来,以往被嘈杂声遮蔽的细节,也都显山露水,听得一清二楚了。

《单刀会》取材于《三国演义》,是元杂剧中的经典剧目,作者关汉卿。剧情很简单,孙权命鲁肃索回被蜀国占领的荆州,鲁肃于江东摆下鸿门宴,邀镇守荆州的名将关羽过江赴宴。关羽明知有诈,但不惧危险,单刀赴会。席间,鲁肃索还荆州,关羽铁齿铜牙,予以严厉驳回。最终,鲁肃慑于关羽勇猛威严,不敢轻举妄动,关羽得以安然而返。

剧情设计精巧,前两折关羽并未登场,而是通过江东国丈乔玄、名士司马徽的一再渲染,使关羽英勇绝伦的形象呼之欲出;第三折表现的是关羽明知山有虎偏向虎山行的决心;第四折是全剧高潮,演关羽与鲁肃的生死交锋。

第三折,关羽并未直接登场,而是通过鲁肃派去下书的上将黄文所见。只见关羽身着绿袍,头戴青巾,端然静坐,美髯一尺八,面色如枣红,青龙偃月刀放在刀架上,闪着寒光,俨然一位从天而降的武神。这面画戏迷太熟悉了,人人屏住呼吸,目不转睛地看着。上千人的戏园子里,人挤着人,脑袋挨着脑袋,鸦雀无声。

纵然与戏台隔得远,戏迷们还是发现,刀架上的青龙偃月刀有些异样。北京的戏迷都是很懂戏的,戏台上的任何一点变化,都休想逃过他们的眼睛。他们发现,今天戏台上的青龙偃月刀与以往不同,好像是个真家伙。以往关公戏的青龙偃月刀,都是木质的,雕着金龙戏珠图案,刀身上贴着金箔银箔,挂缀着铜铃和红色刀缨,连程长庚的师父米喜子的也不例外。上次在大森茶叶铺喝茶聊天,姚莹说到他在安庆会馆看程长庚的戏时,恍惚中看见他手中的青龙偃月刀被洋枪射了一个洞,像天被戳破了一个窟窿眼。自那时起,程长庚就觉得,他该换一把青龙偃月刀了,一把真正的青龙偃月刀。他在内心里无法接受一把木质的大刀。第二天,他就来到前铁匠胡同,这里汇集了各种铁器作坊,聚集了各地的能工巧匠,专为朝廷打制各类铁器。程长庚花了整整十两银子,打了一把青龙偃月刀,整整二十斤。刀身上錾着金龙戏珠图,一条金龙,正破空而出,衔夺金珠。装上黄檀木柄,系上铃铛和刀缨,程长庚试了试,得心应手。自此,这把货真价实的青龙偃月刀就成了他唱关公戏时的专用之物。下一次,要是再见姚莹,就可以告诉他,再也不用担心洋人的子弹射穿青龙偃月刀了。

戏中的关羽,接到鲁肃邀书,连想都未想,当即答应赴会。全剧的高潮是将他置于天罗地网杀机四伏的险境中,来表现他的从容不迫和勇武机智。过江时,面对滔滔江水,关羽唱道:

> 大江东去浪千叠,引着这数十人驾着这小舟一叶。又不比九重龙凤阙,可正是千丈虎狼穴。大丈夫心烈,我觑这单刀会似赛村社。

戏台上,关云长立在船头,长袍迎风飘荡着,他高昂着头,手抚长须,望着滔滔东去的江水,一段唱腔气势如虹,吼声如雷,和浩荡的江流应和着。东吴就在前方,他根本没放在眼里。唱这几句时,程长庚的眼前仿佛浮现出姚莹只身渡海和抗击英夷的战斗场景。瘦弱的姚公,也像他一样立在船头。不过,姚公渡的是海,海上有惊涛骇浪。相比之下,江上这点风浪又算得了什么呢?突然,只听一声炮响,金发碧眼的洋鬼子来了。姚公派一叶小舟前去探路,并将洋舰引入了礁石群中。台湾军民齐出,枪炮声大作,洋鬼子乖乖地束手就擒。真是大快人心!

程长庚唱得痛快,戏迷们也看得过瘾,但不能叫好,这是程长庚的规矩。但他们的欢快情绪总要表达,有使劲伸脖子的,有不停眨眼的,有手舞足蹈的,还有人大张着嘴,做喝彩状,但就是不发出声音。

开始两天,戏唱得都很顺。到了第三天,还是出岔子了。当程长庚唱到"我是三国关云长,端的是豪气三千"时,戏园门楼的暗影里冲出几个鬼魅般的身影。为首者身量瘦长,脖子比常人要长出一截,熟悉的人一眼就能认出,此人正是御史那景德。

那景德指着戏台尖着嗓子叫道:"程长庚胆大包天,竟敢唱关圣帝戏,快给我拿下!"

那景德这一声叫喊,像一记惊雷,将台上台下的人都吓了一跳。他的不期而至,根子还出在穆彰阿身上。穆彰阿自从得知是程长庚烧了他的烟馆,就咽不下这口气,可目前皇上正铆着劲禁烟,他不好明里找程长庚的麻烦,就叮嘱管着梨园的那景德,要寻找机会逮程长庚一个不是,好好替他出一口恶气。那景德见有人撑腰,一双小眼睛就天天盯着梨园,得知程长庚在唱关公戏,就亲自找到戏园里来了。

台下顿时大乱,台上的程长庚见状急了,他有一个信念,就算天塌下来,也要把这出戏唱完。扮鲁肃的丁四自然明白程长庚的意思,继续与他配戏。几个巡捕手持雪亮的腰刀爬上了戏台,众人的心提到了嗓子眼。只听程长庚唱道:"却怎生闹吵吵军兵列,休把我挡拦着!我着他剑下身亡,目前流血……"

这本是戏中的唱词,用到眼前的场景倒也合适。巡捕自然也听懂了,他们见程长庚大难临头还面不改色。只见一个捕头冲上戏台,举起腰刀,本想砍断程长庚手中的青龙偃月刀。只见程长庚用刀背碰了碰他的腰刀,火光一闪,发出当的一响。捕头大吃一惊,叫道:"妈呀,原来是个真家伙!"说着,捕头连砍几刀,都被程长庚巧妙地躲过了。程长庚将青龙偃月刀舞得呼呼生风,巡捕们都已看出这把青龙偃月刀不是普通的道具,而是货真价实的真刀,生怕碰着了,都不敢上前。

程长庚就像没看到他们一般,仍和丁四按着剧情唱戏。丁四的声音都有些哆嗦了,可程长庚仍面不改色。台下上千双眼睛盯着台上的一举一动,眼睛都不眨一下,他们没料到看戏看出了刀光剑影。

那景德见巡捕们不敢上前,急得直跺脚,吼道:"快将程长庚绑起来!"

巡捕们如梦方醒,一人拿出一根长绳,另一人牵住另一头,交错着将程长庚绕了起来。程长庚无奈,扔了青龙偃月刀,刀哐啷一声砸在戏台上。他很快被捆成了一个粽子。

票友卢胜奎一直在池子里看戏。这时,他再也看不下去了,站起来说:"那御史,这就是你们的不是了,程长庚戏服在身,他现在是关圣帝呢,你们在戏台上捆人,这不是亵渎神灵吗?"

戏迷们也一个个叫了起来:"那景德竟敢捆关圣帝!""快放了程长庚!""好歹让人家脱了戏服……"

那景德冷汗都下来了,怎么没想到这层呢?这不是激了众怒吗?这么多戏迷要是趁乱闹起来,会出大事的。好在他反应还算机敏,当下就坡下驴,对戏台上正抓人的巡捕说:"他们说得有理,本官一时疏忽,放了程长庚,让他把戏唱完!"

戏很快就唱完了。唱完戏,程长庚并不到后台,更不脱戏服,却端了把椅子,放到戏台中央,然后大义凛然地坐了下来,面无表情,一言不发。

见程长庚不走,三庆班的伶人们也在戏台上坐了下来,就坐在他的身后。那景德愣了,他们这是要唱哪一出?

他很快就明白了。明摆着,程长庚这是在和自己唱对台戏。如果他脱了戏服,很快就会被拘捕。只要他不脱戏服,不卸装,他就仍是关圣帝,巡捕就不敢动他。

那景德在戏池正中坐下了,和程长庚面对面坐着,他们彼此都看出了对方眼中的鄙夷。

戏台上的程长庚,红面长髯,腰身笔挺,双手抚膝,纹丝不动,像泥塑石雕,与关帝庙的关帝像几无二致。天色越来越暗,有人点起了灯。随着时间的推移,那景德的心里有点发怵。这样坐下去,看程长庚那架势,怕是要坐到明天天明吧?

程长庚今晚是存心给那景德一个难堪,以表达对他无事生非的不满。可他没想到,陈金彩、赵德禄、丁四等戏班里的十几个同人竟然陪他静坐。同人们本来是好意,不过,他们这么做却给程长庚帮了倒忙。要是他们就这样陪着程长庚坐下去,坐到明天天明,他们还怎么唱戏?不唱戏又怎么养家糊口?

这样下去会连累同人,这自然不是程长庚想要的结果。坐了一会,程长庚主动站了起来,来到后台。他先是取下了压帽子里的关公像,在祖师爷面前烧了,上了一炷香,然后脱去戏服,下了髯口,卸了装。

"哈哈,程长庚,你终于现了原形。"那景德乐道,"这下看你还有什么说的。来啊,将他上枷,押到戏园门口,枷个十天半月的,本官看他的腰板能挺到什么时候!"

程长庚冷冷地睨他一眼,一字一顿地说:"脱了戏服,我还是关羽!"

"叫你嘴硬,快给他上枷!"那景德暴跳如雷。

两个巡捕抬来一个重达二十五斤的木枷,另两个巡捕摁住程长庚,不让他动弹。沉重的木枷咔嗒一声锁上了。程长庚身子一晃,有一种孙猴子被压在五行山下的感觉。巡捕们将程长庚推到戏园门口,他依旧昂首挺胸。那景德围着程长庚转了两圈,满意地点了点头说:"很好,你不是要做关羽吗?本官就让你尝尝走麦城的滋味。"他伸了个懒腰,说,"现在再给你个机会,只要你向本官赔个不是,我现在就可以放了你。"

程长庚想起姚莹在狱中说过的那句话,一字一顿地说道:"我是宁可战死,也不投降!"

那景德一怔,他没想到都这种时候了,程长庚还没有半点求饶的意思。碰到这种刀枪不入油盐不进的家伙,他觉得很是无趣。当官的都喜欢玩猴,巴不得被逮的人磕头认输,然后他好从中捞点油水完事。像程长庚这般又臭又硬的人,整起来没甚滋味。当下,他怒道:"好你个程长庚,今天就算不枷死你,本官也要你掉一层皮!"说完,气呼呼地走了。

晚上,程长庚在三庆园的廊门里站了一夜。师兄丁四陪了他一夜,叫他回去他也不听。天亮的时候,丁四用油纸包了几个包子,一口一口地喂他吃。吃着吃着,程长庚潸然泪下。丁四说:"是不是后悔了?"

程长庚甩了甩脑袋,把脸上的泪珠都甩干净了,说:"我是为咱们伶人的命而伤心!唱戏这碗饭不好吃啊,祖师爷教我们唱戏的本事,可没教我们怎么吃苦受罪!"

"你要是知道错了,就去向那御史认个错,他抬一抬手,这事说不定就过去了。"

"师兄!"程长庚重重地叫了一声,"我感激你陪着我,可是,要我向姓那的认错,那是不可能的事。"

丁四摸了摸程长庚颈上那厚实的枷,苦着脸说:"可这罪你受得了吗?"

"比关公刮骨疗毒如何?"程长庚直视着丁四说。

"你还嘴硬,这次亏吃得还小吗?"丁四哭丧着脸说,"这可怎么办?本来收入就不好,现在又出了这档子事,人心惶惶,咱三庆班这次不知能不能挺过去。"

程长庚说:"自乾隆五十五年(1790)进京贺寿,三庆班进京也有五十来年了,咱们这些唱戏的,什么苦没有吃过,什么罪没有受过,不都好好地过来了吗?师兄,你就放一百个心吧,过五关斩六将,关云长没有过不去的坎……"

程长庚还要说,丁四摆摆手示意他停止:"都什么时候了,还提关云长。唱了几天关公戏,还真把自己当成神了呢,拉倒吧你。"

晚上,丁四坐在墙根下靠墙睡着了。程长庚靠在墙上,脖子像是被一只大手牢牢地掐住了,动弹不得,呼吸不畅。冷风呼呼地吹着,他的心情灰暗到了极点。虽然他在戏台上常扮演关公,但他终究做不成关公,关公会受这样的窝囊气吗?想他身陷曹营,虎落平阳,也没有人敢欺负他,曹操待若上宾,最终也没能留住他的心,千里走单骑,扬长而去。想自己身遭羞辱,也只能默默忍受。那景德说要让自己尝尝走麦城的滋味,关公失了麦城,他失了戏台,这滋味还真不好受。风往鼻孔里钻,往耳朵里钻,往嘴里钻,往骨头缝里钻,风的滋味是苦的,风也欺负落魄的人。

第四章　谢却歌台

一腔热血染战袍，盖世英雄辜负了。

——《华容道》

程长庚被枷，急坏了一个人，那就是礼部主事延煦。程长庚是他发现的，是不可多得的梨园新秀，要是有什么闪失，那就太可惜了。延煦还有另一层隐秘的原因——有望接替道光帝皇位的两位皇子，都喜欢戏。结交程长庚这样的伶人，将来自己手里就多了一张牌。他决定设法营救程长庚，不动声色地卖程长庚个人情。

程长庚在被枷了三天后，被放了回来。他刚到家，就听见外面有人喊："程兄在家吗？"程长庚的娘急忙去开院门，只见走进一个身材高大的年轻人，青色长袍，外罩镶着金边的马褂，正是延煦。他的身后跟着一个拎着礼盒的长随。

程长庚的身上穿的仍是三天前唱戏时的水衣，又脏又破。程长庚说："哟，延四爷，您怎么来了？瞧我这身衣服，来不及换，对不住您了。"

"让你受苦了，我得到消息有点迟，不然，你也不至于遭这趟子罪。"

见程长庚怔在那里，延煦的长随补充说："都是我家主子替你四下打点，跟内务府穆大人打了招呼，那御史这才将你放了。"

程长庚恍然大悟，这才明白是延煦暗中帮忙。他眼圈子有点红了，对延煦一拱手，说："延大人，程某无以为报，多谢您哪！"

"谢就不用了，我这是为梨园救人呢。"延煦又皱着眉说，"只是这关公戏，暂时还不能明目张胆地唱,权且忍耐忍耐,估计也禁不了多久。"

程长庚说:"小人的师父米喜子唱了一辈子关公戏,也没谁管着他,怎么到我这儿就不让唱了呢?伶人吃碗饭真不容易!得了,我暂且忍耐几天,希望延大人好事做到底,有机会您在皇上面前说句话。真要解了禁,您就是梨园的大恩人。"

延煦心想,我不过是一个小小的礼部主事,龙颜都难得一见,哪里会有说话的机会?但这话不能明说。想到这里,他微微一笑说:"你放心,这个忙我帮定了。"

程长庚三天没回家,回来后,那只鹤就围着他转,不停地叫着,显得格外亲热。程长庚摸了摸它的脑袋说:"那些看戏的人称我'叫天',我哪里是'叫天'呢?你才是'叫天'呢,想咋叫就咋叫,想啥时候叫就啥时候叫,我没你自由,你才配得上这个号呢,从今往后,我就叫你'叫天'如何?"

鹤像是听懂了,轻轻叫了一声。

程长庚一乐:"好,这个号就给你了。"

几天后的一个上午,延煦托人捎信给程长庚,让他当天散戏后到致美楼去赴宴,说让他见一个贵客。致美楼是京城八大楼之一,是达官贵人们的聚会之所,吃顿饭要十几两银子。接到信儿,程长庚心里有点纳闷,延四爷在那种地方设宴,这是让他见哪位贵客呢?他的生活圈子里,除了延煦,好像也没啥贵人了。散戏后,他坐了辆骡车,来到了致美楼。

到了楼上一看,程长庚大喜。原来延煦说的贵客不是别人,正是姚莹。陪客的除了他之外,还有安庆商会会长聂宜和、班主陈金彩等。显然,姚莹被释放出狱,延煦设宴庆贺。

程长庚来到姚莹身边,行了个礼,说:"姚道台,祝贺您重获自由,民心不可违,这下好了,没事了。"

没想到姚莹摇了摇头,苦笑道:"这人是出来了,不过,到底是福是祸还说不准呢。蒙圣上开恩,留我姚某一条性命,可朝中大佬是否会饶了我,还难说呢。"

见程长庚听得云里雾里,延煦这才说出事情原委。原来,姚莹口口声声说的朝中大佬就是首席军机大臣穆彰阿。一提起他,程长庚就气不打一处来。此人尖嘴猴腮,三角眼,一双大眼眶高过颧骨,一看就不是良善之辈。穆彰阿一向反对禁烟,听说京城中最早的几家烟馆就是在他的指使下开的,还有人说他就是幕后老板。穆彰阿位高权重,很受道光皇帝宠信,姚莹的案子就是他经办的。虽然迫于舆论压力,他最终不得不将姚莹释放出狱,可是他并没有打算放过姚莹。这个案子诡异的地方在于,姚莹于八月十三日入刑部大牢,八月二十日审理,当日就宣读圣谕,释放出狱。显然,这所谓的圣谕是穆彰阿提前准备好了的,不然哪有那么快呢?姚莹"以同知知州,发四川补用",其实就是发配四川。四川总督宝兴与穆彰阿进士同年,是他的心腹。穆彰阿的意图非常明显,发配四川,姚莹的命运仍在他的控制之中。显而易见,姚莹从刑部大牢到四川,是从一个火坑落到了另一个火坑里,以后的日子说不定会更加难过。

得知这些内幕后,程长庚怒不可遏。他的父亲生前曾吸食鸦片,并为此懊恼而自尽。他也目睹过许多家庭因家里有个鸦片鬼而闹得妻离子散,家破人亡。因此,一提起鸦片他就火冒三丈,对天生媚骨的弛禁派官员更有一种切齿之恨,特别是对穆彰阿。可是,恨归恨,他不过是个唱戏的,位卑言轻,除了偶尔以戏文发泄不满,还能拿他们怎么办呢?

还是延煦打破了尴尬,他端起一杯酒说:"姚公,能从狱中出来就说明了一切,朝臣们都为你高兴,都要替你贺一下,今天能请到你赏光吃顿饭可不容易。"

"感谢同僚们的厚爱,姚某感激不已。"说着,姚莹端起酒杯,一口干了,说,"延四爷,姚某先干为敬。"

延煦瞧了瞧程长庚,压低声音说:"你不知道,就连穆大人团队里的人也在争相邀请姚道台呢,他们向来很抠门,一向不肯轻易请人吃饭的。抗英保台,五战五捷,人人称颂,几个能做到?"

姚莹苦笑说:"延四爷,您就别给我戴高帽了,姚某不过做了一个中国人该做的事,实在受不起。"

延煦说:"这趟四川之行,姚公也不必过于悲观,谅他宝兴也不敢拿你怎么样!"

"希望如此吧。姚某天生愚钝耿直,不会八面玲珑、左右逢迎,可天性难改,也不想改。"姚莹说,"和延四爷说句掏心窝子的话,出狱后,我东躲西藏,官方的驿馆和安庆会馆都不敢待,就是怕朝中的同僚们请我,声势搞得越大,只怕下一步于我越不利。"

延煦说:"现在舆论在你这边,朝中大佬也不得不敬你三分呢,何况他一个地方官。"延煦话中所指,显然是四川总督宝兴。

"话是这么说,可人在屋檐下,不得不低头,还是尽量注意点吧。"姚莹忧心忡忡地说。

程长庚发现,这顿宴席,姚莹吃得并不快活,虽然从刑部大牢才出来几天,可是他并不馋,筷子都没怎么动,酒倒是喝了不少。心中有事,哪能吃得下呢?可延煦有请,他又不能不给面子。程长庚也不知怎么去安慰他,就跟着喝了一场闷酒。

秋天,大运河北端的通州张家湾码头,河水已枯了下去,河里挤满了各式各样的船。杨树的叶子黄了,在秋风中展示着最后的明丽。姚莹将在这里搭乘漕船去川中任职。他带着几个家人,一辆骡车拉着几箱简单的生活用品,到了张家湾码头。他原是不打算惊动京中友人的。可是,当到达码头,掀开轿帘时,他吃了一惊,许多熟悉的友人已经等在那里了,延煦、聂宜和、陈金彩、程长庚等,中间还夹杂着许多陌生的面孔。

姚莹激动得眼圈都红了,他朝大家拱了拱手,说:"延大人、聂会长,各位兄弟,大家受累了,姚某实在愧不敢当……"

"什么都别说了,大家来送你一程。此行山高水远,兄弟多保重!"延煦端过一碗酒,说,"来,干了,劝君更尽一杯酒,西出阳关无故人。"

程长庚也倒了一碗酒:"姚道台,我们代表家乡的两千徽伶敬您一碗,希望您保重身体,早日载誉归来!"

姚莹说:"你们好好唱戏,一定要将徽腔发扬光大。可惜平时难得有空暇看戏,等姚某回京时,一定要看个三天三夜,好好过过戏瘾。"

陈金彩说:"一言为定,我们三庆班期待着为姚道台表演。"

延煦和陈金彩各拿过一个包裹,都沉甸甸的,放到了姚莹的行李上。延煦说:"这是同僚们的一点心意,大家知道你一向清廉,就集了点盘费,路途上要花钱,你无论如何都要收下。"陈金彩也说:"这是徽伶们自愿出的一点银子,虽然不多,也是一番心意,给姚道台聊作茶资。"

姚莹说什么也不肯收。几位不免拉扯一番,姚莹最终拗不过大家,还是收下了。船渐行渐远,一直到船看不见了,一行人才怅然地离开了码头,各自回城。

坊间传言英夷暂时从沿海城市退去了,北京城里,大街小巷里的烟馆多了起来,鸦片买卖已公开化,到烟馆吸烟的鸦片鬼再也不用担心被抓了。戏园子里也慢慢恢复了热闹,伶人们又出入楼堂馆所和达官贵人府中唱堂会了。生活似乎又回到了原来的样子。

姚莹入狱和发配四川,对程长庚刺激很大。虽然姚莹话不多,但是,隐藏在他眉宇之间的忧愤,程长庚感同身受。大街小巷似乎是在一夜之间冒出的烟馆,更是让他深受刺激。

一天,程长庚照例在戏园里唱戏。唱的是他的拿手戏《镇潭州》,说的是岳飞收服杨再兴的故事,程长庚扮岳飞,他的师兄丁四扮杨再兴。本来丁四是个非常守时的人,可那天直到戏开锣了,他仍没有到。无奈,管事赵德禄叫程长庚先上,好在丁四第二场才出场,同时安排替代,万一丁四到时来不了,有个救急。程长庚带着扮岳云、牛皋的伶人登场。第一场很快完了,第二场开始,一阵鼓点响,程长庚紧张地瞅着帘子。丁四终于掀帘出来了,程长庚松了一口气。丁四几步跨到九龙口,来了个亮相。可是,再瞧丁四今天这副扮相,程长庚真的有点气恼了。他脸上的妆有点凌乱,粉厚薄不匀,本来是两道剑眉,却画得斜而粗,快成张飞了,眉心的胭脂点得太大。还好,由于隔着段距离,台下的座儿们不会像程长庚这般看得清楚。可要命的是,他背后的四面靠旗,中间两面竟然有点斜。角儿上台,必须无一点瑕疵才行。果然,他今天出场没有像以往一样得到碰头彩。座儿们隔三岔五地泡在戏园里,个个明察秋毫,休想在他们面前打马虎眼。

跑圆场时,丁四脚步不稳,四面靠旗呼啦啦地响。这对一名武生来说,是再糟糕不过的事了。下面嘘声四起。本来,武生跑圆场时,背后的靠旗极易飘乱,靠旗一乱,就算功夫浅了。这要靠扎实的腰功,顺势前进,和脚步配合,用身体操纵靠旗,应付自如,身轻如燕,才能做到人动旗不动。丁四是个优秀的武生,平时一直做得很好,可今天他失手了。

下场后,在后台,丁四趴在衣箱上闷声痛哭,嘴里嚷着:"栽了,栽了,我的饭碗砸了,砸了……"来来回回就这么一句。显然,今天的表现,就算别人不说,他自己也不能原谅自己。程长庚本来想批评他几句,见他这个样子,心一软,拍了拍他的肩膀,安慰道:"师兄,别难过了,卸了装回家去吧,情况没那么严重,下次注意就是。"

丁四匆匆脱了戏服。有人端过一盆水放在他面前,他拿起毛巾在脸上胡乱地擦了两把,风一般地逃去了,远比刚才在戏台上跑圆场快。

程长庚这才想起一个问题来,问赵德禄:"对了,丁四唱戏向来守时,今天怎么误了场?"

"你和他是师兄弟,他有什么事难道你还不知道?"赵德禄说。

"我是真不知道。"

赵德禄见程长庚不像是开玩笑,就说:"还不是吃了阿芙蓉?"

"什么阿芙蓉?他干吗要吃那个?"

程长庚一脸认真的样子,逗得赵德禄忍不住笑了:"你就晓得唱戏,这个都不知道啊,阿芙蓉就是大烟。"

"这……"程长庚愣在当场。

赵德禄说:"他昨晚熬了夜,今天起来迟了,烟没抽好,又要赶场,肝火上冲,心中急躁,手忙脚乱,没有定力,还能唱好戏吗?"

程长庚真没想到,竟然连他一向最信赖的师兄丁四也抽起了鸦片,这实在让人无法接受。他恍恍惚惚地回家,好像自己也被鸦片熏晕了。

一天,程长庚在戏园里唱戏,唱的是他的拿手戏《文昭关》。在唱"一轮明月照窗前,愁人心中似箭穿"一句时,他突然听到自己的嗓子里轰的一声响,像一堵墙倒了那样。他心里一咯噔。果然,丹田里运不上气,嗓子塌了,如同秋天里干涸的沟渠,只剩几缕若有若无的秋风,怎么也成不了唱腔。坏了,这咋办?他用力吼着,大张着嘴,脸涨得通红。除了几声不成腔调的"啊",还是没有声音。他感觉腹部像青蛙肚子一般起伏着,他越是着急,越是没有效果。

对程长庚来说,这是从来没有过的事,下面的座儿们喝起了倒彩。程长庚急得满头大汗,他窘极了。以前虽也听说过有前辈伶人偶有台上失声的事,梨园称之为塌中,他当时还不信,心想好好的嗓子怎么会没有声音呢?没想到这样倒霉的事让自己碰上了。这如何下台?他恨不得找个地洞钻进去。

幸好,座儿中有一个人走上了台。程长庚一看,正是票友卢胜奎。只见他走到台口,挥了挥手说:"大家就别闹了,程老板这几天想必是累着了,让他休息几天,到时再还大家一条油润的好嗓子。"

座儿们大多是通情达理的,卢胜奎这样一说,也就没有人再闹了。卢胜奎将失神无主的程长庚扶进了后台,有人给他端来了一杯热茶。浅呷几口,程长庚感觉好一些了,对卢胜奎说:"谢谢你了,卢兄,今天要不是你帮我解围,我还不知道怎么退场呢。"

"程老板,您多休息休息,身体就是吃饭的本钱,嗓子会恢复的。"卢胜奎说。后台的同人们也安慰了程长庚一番。好在程长庚也是经历过挫折的人了,这点事受得起。

晚上,坐在院子里的一棵老皂荚树下,程长庚试了试嗓了,一切如故,只是与平时相比,气息要弱一些,倒不至于发不出声。他仔细想了想,自己的问题究竟出在哪里?

戏是添兴助乐的,国难当头,伶人为了糊口而不得不倚门卖笑,千方百计地哄那些达官贵人开心。姚莹抗夷保台反被贬谪到数千里之外的川中,这京师中烟馆遍地而起,他一向视为亲兄弟的师兄丁四也成了鸦片鬼。程长庚突然对这个行业产生了深深的厌倦,没有了精气神,还怎么唱戏呢?怎么去做忠臣良将、英雄好汉?连一个小丑也做不了。他成了一摊烂泥。他唱不了戏了。

他娘见儿子坐在树下半天不言语,拿着件破袄子过来,披在了儿子的身上。她还是不放心,伸手摸了摸他的前额,说:"儿子,你有点不对劲,这是怎么了?"

程长庚说:"娘,我唱不了戏了。"

没想到,他娘倒是爽快地应道:"唱不了戏就不唱呗,咱娘儿俩也没多大耗费,你好手好脚的,随便干个什么营生,也不至于饿死。"

"娘,你这么一说,儿子心里就舒坦多了。"

"回屋睡觉吧,你爱唱就唱,不爱唱就不唱,没有谁勉强你。"

第二天,程长庚就向戏班里告了假。然后,自己动手做了一个卖烤白薯的铁皮炉子,将炉子放在一架小木车上,可以推着走街串巷。昨晚上他想好了,不唱戏了,改卖烤白薯。

白薯,就是南方人说的山芋、红薯,北方却叫它白薯。入冬之后,街头就有卖烤白薯的了。程长庚一大早就推着车子出来,尽量避开戏园子,怕碰着熟人。他找个人多的地方,一般在珠市口、天桥、虎坊桥和琉璃厂一带,不时吆喝几声,或者用大铁钳子翻烤炉膛里铁箅子上的生白薯。

"烤白薯喂,热乎的烤白薯,快来买!

"又香又糯栗子味儿的烤白薯哪——"

程长庚吆喝着,逢着行家,仔细一听,就能听出他这吆喝声和其他卖白薯的明显不同,有着戏台上念白的味儿。还有,他这吆喝声也太响了,说一二里地的人都能听得见,一点也不夸张。要是不说,谁知道眼前这个穿着大衣、戴着顶旧风帽的人就是梨园响当当的程长庚呢?

戏班里常派人来催他回去唱戏,程长庚一概不理。虽然他现在赚得少,不及唱戏的零头,但很舒心,不用卖力地讨好谁,更不用看谁的脸色。当然,戏班里的人也不知道他干吗去了。

一天,程长庚正在天桥下卖烤白薯,一个身着黑色棉袍的健壮汉子忽然出现在炉子前,说:"来两个白薯。"程长庚头也没抬,称好了烤白薯。男子接过来,拿起一只烤白薯递给程长庚,说:"你也吃一个。"

程长庚一愣,抬头一看,原来是师兄丁四。丁四一边若无其事地吃着白薯,一边说:"师弟,你失踪了好些日子,我找你找得好苦,没想到干起这营生。何苦呢?我知道你怨我不争气,染上了那玩意。我也是上了人家的当,说那玩意养嗓子,哪个唱戏的不是做梦都想红呢?……算了,不说了。你也别怄气了,回班里吧,大家都盼着你回去呢。"

"你别多心,我暂时不唱戏,和你没多大关系。我是实在唱不下去了,国家蒙耻,百姓遭罪,吾宁清贫而不浊富,何忍作乐歌场?"

"我懂你的意思。可是,我们只是唱戏的,强作欢颜,嬉笑逗乐,不过是混一口饭吃。至于你说的什么国啊民啊,是我们这些伶人操心的吗?"

程长庚手持一把大铁钳,熟练地翻着炉膛里的白薯,说:"卖烤白薯落得个心安,不用看谁的脸色,更不用去讨好谁。此差事甚好,我意已决,你回去吧。"

丁四悻悻地走了。程长庚在天桥一带卖烤白薯的事在戏班里传开了,从此,程长庚就不得安宁了。每天都有三庆班的伶人大老远地跑来买他的烤白薯,三三两两地来,包括管事的、班主。来了也基本不说话,说话也是扯几句不着边际的闲话。程长庚当然懂他们的意思,他们来当然不仅仅是为了照顾他的生意,还是在用这种方式暗示他早日重返梨园。

看样子烤白薯卖不成了。一天,程长庚卖烤白薯回来,只见娘正坐在凳子上暗自垂泪。他以为娘又在想念去世的爹,正打算劝两句,娘却指了指桌上。程长庚一看,只见一块红绸托着一副龙首缠枝花纹的金手镯、一支银钗、一副耳环。特别是这副手镯,是他程家的祖传之物,他如何不认得?只是,这些东西作为定情之物,多年前在老家潜山定亲时就已交给了未婚妻余氏,怎么突然出现在了北京的家里？再一看，首饰下面还压着两封信。第一封是岳父写来的，开头四字是"玉珊贤侄"。岳父此前也给他写过信，一直称他为"贤婿"，连称呼都变了，程长庚有种不祥的预感。再匆匆浏览信的内容，果不其然，岳父说闻知他在京城投身梨园，余氏在潜山是世家大族，耕读传家，良贱不通婚，他实在无法接受一个优伶女婿，特退还聘礼，取消婚约。

程长庚在京城唱戏，一直瞒着乡里，特别是岳父家，对外只声称做生意，没想到还是走漏了风声。可能是自己名声大了，想瞒也瞒不住。优伶和奴婢、隶卒、娼妓一样，社会地位低下，被人瞧不起，子孙不许参加科考，不许做官，祖祖辈辈都是贱籍，休想抬得起头。

还有封信呢，程长庚拆开一看，是老家程家井程氏族长写来的。族长说："闻听你在京城唱戏，我程家井程氏是北宋理学大儒程颐之后，自元时落户潜山古城以来，向为名门望族。按族谱家规规定，族人凡为优伶者，一律除籍。你现在执此贱业，自甘堕落，辱没先祖，坏我程氏声名，宗族商议后一致决定，将你从族谱中除名，特来信告知，望好自为之。"

程长庚病了，身子滚烫滚烫的，嘴里还说着胡话，反复唱着《走麦城》里那几句唱词："吴兵魏将两进攻，英雄失志困麦城……"腔调是高拨子，可喉咙干涩，声音嘶哑，嗓子里像塞着棉花，荒腔走板不成调。

烧了三天，喝了几剂汤药，程长庚的烧好歹是退了。可这一场病，让他失了神，丹田里没有了气。一天，他驮着平日里唱戏用的青龙偃月刀，他娘知道他要出门，但又不像是去唱戏，就问道："儿子，你这是要上哪去？"

程长庚回道："娘，我思来想去，退婚不打紧，没了宗籍也不要紧，该怎么活还得怎么活。我不唱戏了，也不卖烤白薯了。咱们回老家去，我先去把这柄刀卖了，反正今后也用不着了。"

他娘又抹起了眼泪，说："儿子，你想通了就好，回老家，咱娘儿俩要饭去，也不至于饿死。"

程长庚来到前门大街的集上，这里是北京外城的繁华所在。老北京有个说法,说这里没有卖不掉的东西,也没有买不到的东西。程长庚在刀上插了个草标,蹲了半天,无人问津。也难怪,除了唱戏,普通人买这把刀回去干什么?即使唱戏,戏班里备有道具刀,也不一定用得上这真家伙。程长庚想起天桥边有家振勇武馆,这把刀说不定在那里能派上用场。想到这里,他脚下一轻,就驮起刀,往武馆方向快速走去。

到了武馆门口,里面的武师见有人驮着刀上门,以为是有好汉踢馆。只听馆内几声断喝,气势汹汹地冲出来一群武师,人人手持兵器,将程长庚围了起来。程长庚大惊,腿肚子一软,说:"你们……你们这是要干什么?我不过是来卖刀的!"

"咦——"众人轻蔑地叫了一声。一个武师拿过他的刀,掂了掂,说:"这把刀怕是有二十多斤,太重了,不合适。再说,我们这有练朴刀、腰刀、大刀、单刀的,但没有练青龙偃月刀的。"

程长庚说:"那你们买下不是正好吗?还补了缺。"

"你有刀法吗?"武师问道。

"有。"说着,程长庚拿起刀,按戏台上的套路舞了起来。武师说:"你这是什么刀法?没见过,一看就是花架子,管看不管用。"他拿起一把朴刀,说,"来,敢和我过几招吗?"

程长庚说:"别,我是来卖刀的,不是来打架的。还真让你说对了,我就是个唱戏的,你们如果不要,我还要另找买主去。"

听说是个唱戏的,众人哄堂大笑,都说是把废刀,和一块废铁没啥差别。程长庚窘迫至极,只好驮着刀离开了。转来转去,又来到了集上。他手拿着刀,蔫头耷脑,一路叫着:"卖刀啦,卖刀啦——"

他街头街尾来回转了几趟,叫了半天,好不容易有个汉子过来搭腔。汉子身子敦实,满面油光,肩上搭着条汗巾,满是油污。汉子拿起他的刀,翻来覆去地看了看,说:"你这刀看上去还不错,能杀猪吗?"

程长庚明白了,此人是个屠户。他有点哭笑不得,但只要将刀卖出去就万事大吉,管他拿去干什么呢？当下说:"我这刀能斩钉截铁,锋利无比,莫说杀猪,就是宰牛宰马也是一刀毙命,绝不费第二刀。"

屠户左看右看,摇了摇头说:"杀牲畜要用尖刀,你这刀太大了,不中用。"

程长庚急了,说:"断骨斩肉总可以啊！"

屠户边说边跑:"刀口太钝,我不要,不中用,不中用……"

程长庚只好又抱着刀,在集上吆喝。刚才那个屠户说的"不中用"仨字,又让他感慨一番。刀是不中用,真让他说着了,不过是道具,哪里能实用呢？人也不中用,除了唱戏,连养活自己恐怕都很困难。转了半天,好歹又来了个汉子,瞅着他怀里的刀,眼珠子发亮。汉子腰里系着条白汗巾,手里拿着扁担、绳索,看样子像个樵夫。好不容易又有人感兴趣,程长庚决定这次要把握住机会。

汉子睨着刀问道:"你这把刀……砍柴行吗？"果然是个樵夫。

程长庚一扬刀说:"不要说砍柴,削金断铁都不在话下。"

樵夫拿过刀,说:"可以试试吗？"

"没问题,随你怎么试都行。"

樵夫拿着刀四下张望,发现不远处地上有根木棍,大约有手腕粗细。俩人走了过去,樵夫一扬刀,只听啪的一声,棍子断为两截。樵夫说:"刀柄长长的,正好用来砍伐荆棘。对了,怎么卖？"

"我这把刀,当初打制的时候,连刀带柄,花了整整十两银子。现在我用不着了,便宜卖给你,这样吧,给个半价,五两银子。"

樵夫听说要五两银子,脸都白了,将刀往程长庚手里一塞:"什么玩意,还要五两银子,你这是抢钱呢！"

樵夫掉头就走,程长庚紧撵在后面,不停地问:"那你愿出什么价？"

"最多半吊。"樵夫头也不回地说。

半吊,也就是五百个铜钱,半两银子。听到这个价,程长庚愣了,十两银子的东西,怎么能半两银子卖了呢？就算白送人家,还能赚个人情。他实在咽不下这口气。可是,这转悠了一天,天都快晚了,总不能将刀带回去吧,要是娘见自己没有卖掉,又会犯愁了。

他驮着刀漫无目的地走着,夕阳打侧面照过来,将他和刀的影子拉得老长。程长庚停下了,看着那影子出神。从影子上看,自己被那把刀挑了起来,挂在刀头上,就像戏文中的关公杀人一样,一刀挑敌于马下。可是,刀柄的另一端明明没有人。那么,这把刀究竟握在谁的手里呢?他怎么老是有一种被人挑落下马的感觉呢?

还是武馆里的人说得对,这是把废刀。既然是废刀,还留着何益呢?反正自己今后也不唱戏了,也就用不上了。卖又卖不掉,又不好驮回去,想来想去,程长庚一狠心,打算将刀扔了。

正好前面有条河,来到河边,程长庚举起刀,最后看了它一眼,刀背上的金龙仍张牙舞爪。程长庚说:"金龙啊金龙,你我都是落魄之人,时运不济,别怨我心狠,我现在自身难保,你就上天去找关老爷吧。"说着就要向河中抛去。

只听不远处一人大喊:"慢!"程长庚抬头一看,见是一位须髯皆白、精神矍铄的老者。老者走了过来,笑着说:"年轻人,你不是卖刀吗?卖给我吧。"

程长庚大为感动,眼泪差点下来了。他将刀递给老者,说:"你看着给点吧,多少都成。"

老者接过刀,说:"真是把好刀呢。我是一路跟你到这里的,刚才在集上听你说五两,就五两吧,如何?"

程长庚听老者愿出五两银子,连连点头。老者将银子塞进他的手里,拿上刀,转身走了。

不远处的一个偏僻角落里,老者将刀交给了程长庚的师兄丁四。丁四一路跟着程长庚,见他要扔掉这把刀,这才叫老者替他买下了。丁四谢过老者,驮上刀,迎着夕阳向城里走去。这一幕,程长庚自然是无法看到了。他正匆匆往家赶,急着回去收拾东西,打算明天打道回府。

第五章　程家井

昨夜晚吃酒醉和衣而卧，稼场鸡惊醒了梦里南柯。

——《打渔杀家》

程长庚起了个大早，天不亮就带着老娘出了门。一把锁将门锁了，上了头天晚上就雇好的骡车，直接向运河通州张家湾码头方向而去。锁门的时候，程长庚的手有点抖，锁柱好几次都插到了锁孔外面。他发现自己对这里还是有些留恋的。来北京三年后，他好不容易才在这百顺胡同买了幢房子，接着又住了好几年。现在，就要离开了。那只鹌鹑在篮子里，清脆地叫了一声，似乎也不想离开这里。

半个月后，程长庚和老母回到了潜山老家那个叫程家井的村子。几年没回来，村里并没有什么变化，仍是他离开时的样子。村口是高大的祠堂，粉墙黛瓦，飞檐翘角，门口竖着四根高大的旗杆。不过，程长庚已被族长从族谱中除了名，也就是说，他和这座祠堂没什么关系了。小时候他在祠堂里玩耍过，里面有座古戏台，他无数次看过本地和周边的弹腔戏班子在那上面演唱老徽调。忠奸善恶，爱恨情仇，他看得似懂非懂，却深深地被它所吸引，百看不厌。一想到这些，程长庚的心情就极为灰暗。他低着头快速地走过，把他娘落下了一大截。这时，路边的水田里有人喊道："小椿，你回来了啊，在外面发达了吧？"小椿是程长庚读私塾时的名字。

程长庚抬头一看，水田里站着一人，脸上身上全是泥，看不出是谁。见程长庚愣在那里,此人又说:"不认得了吗?我是贵富啊!"

程长庚这才想起来,原来是幼时读私塾时的同窗。这时,贵富从田里上来,洗干净了脸。程长庚这才看清他的模样,他变得老多了,头发花白,皮肤黝黑,和泥没什么区别。程长庚问道:"这大冷的天,你在这水田里干啥呢?"

贵富说:"家里穷,没啥吃的,这不是在水田里踩点果子嘛,填填肚子。"

老家人管荸荠叫果子。程长庚明白了,贵富这是在已经采收过的果子田里再寻一轮,在泥里踩那些落下的果子。要不是实在缺吃的,这大冷的天,人们都煨在家里烤火,谁会出来干这个?

程长庚说:"踩到果子了吗?早点回去,天冷呢。"

贵富给他看了看腰篓,里面装了小半篓果子。贵富说:"不冷,篓子满了就回家。小椿你先回吧。"

村里的房子也没啥变化,土垒草房总是多于青砖瓦房。程长庚家是一幢瓦房,还是在祖父手上建的,虽有些老旧,但住起来远比草房子舒适。

母子俩一进家门,就忙着整理和打扫各自的房间。程长庚的娘将那架老旧的织机擦拭一新,这也是祖父时置下的家产,几代人靠着它贴补家用。看他娘这架势,肯定是要重操旧业。程长庚的房里陈设极其简单,一画一桌一床一篮。进门挂着关公画像。它本是挂在北京家里的,返乡时带了回来。画中的关公,绿袍红脸,左手持刀,右手捋须,胡须根根可数。这幅关公像是在琉璃厂请名家画的,像活的一般,整整花了五两银子。桌上摆了一摞老戏本,什么《文昭关》《战长沙》《郭子仪上寿》《二进宫》等,都是几代艺人翻烂了的老东西,上面圈圈点点,画得同星星一般。床头边放了一只藤编的筐子,是鹤的窝。到家后,鹤泡在门前的池塘里,戏水觅食,半天不肯回家。

程长庚亲自动手,做了一块木匾,在上面工工整整地写了三个字:四箴堂。这是潜山程氏的堂号。程家井程氏,族谱上称为井股程氏,是北宋理学大家程氏兄弟程颢和程颐的后裔,元时迁于潜山古城下,耕田食,凿井饮,称为井股程氏。孔子有言:"非礼勿视,非礼勿听,非礼勿言,非礼勿动。"程颐对孔子之言进一步阐发，分别从视、听、言、动四个方面做了具体规诫，称"程子四箴"。他亲自为后世子孙确定了堂号，即四箴堂，要求后代修身养性，克己复礼，勤勉谨慎，成为圣贤一般的人。艺人大多有堂号，返程途中程长庚在船上就想好了，甭管以后还唱不唱戏，就以四箴堂作为自己的堂号。虽然已被族谱除名，但不能因此自暴自弃，仍要以程氏子孙自居，谨言慎行，恪守程氏先祖定下的做人规范。

　　他娘自回家后，从街上买了些棉花，就开始纺线、织布，除了吃饭睡觉，几乎一刻也不闲着，一天下来腰酸腿疼。程长庚劝她歇歇，她怎么也不听，这样下去会累倒的。程长庚甚至有点后悔回来了。他从竹园里砍了些水竹，编起了竹席。潜山古称舒州，春秋时是古皖国所在地，远近闻名的舒席之乡。将竹子剖成细篾片，经过煮、晒等工序，竹子便色泽鲜艳，莹洁润滑，折卷不断，舒适耐用。农闲时节，家家户户忙着编舒席出售，以补贴家用。程长庚在乡里时学过这门手艺，为了生计，他不得不重操旧业。

　　唱戏的营生还是不能落下了。从七八岁就到古镇石牌坐科，到如今三十二岁，二十多年的时光，喜怒哀乐都盘桓在这上面。他思来想去，还是丢不下，也不能丢下。基本的功课不能丢，早上要练声，武功也要练。好在家里有个院子，编席的间隙，随手捡根竹竿，当作刀枪棍棒舞弄一番，外面的人也看不见。一天早晨，程长庚照例来到郊野的一片竹林里，鹤不紧不慢地跟在后面。他之所以选中这里，一是竹林里环境清幽，二是这里远离村庄，任凭他怎么喊，村里人也听不见。

　　在竹林里练声，虽不像在北京城墙根下练声，可以倾听自己的回声，但这里也自有妙处。程长庚在竹林边站定了，双手叉腰，运起气来。丹田之处渐渐发热，一股气流像村北潜河里的水一般，穿过嗓子眼，自口中喷薄而出。因为是冬天，热气流在空气中迅速形成了一根气柱。随着气息的轻重缓急，那根气柱的形态也跟着千变万化。气浪如同一只只鸟儿，在水竹的叶子上奔跑着。叶子窸窸窣窣地响了起来，覆盖在上面的白霜很快融化了，向下面滴着水珠。气浪越来越强，竹枝摇晃，如同一阵鸟儿从林间飞出来，直冲云霄。

每次练声后,程长庚都觉得身心舒畅,有一种如释重负的感觉。只要一天不练,就会觉得憋得慌。所谓气郁于胸,大约就是这个意思。看来,自己这辈子就是唱戏的命了。

一天,他娘从机房里抱出了三匹土老布,这是她这段时间没日没夜加班的结果。娘说:"玉珊,明天你去趟石牌镇,将布卖了。以前的价格是十文一尺,现在不知卖什么价,你看看别人卖多少,别卖贱了。"程长庚说:"娘,您就放心吧,瞧您眼睛都熬红了,我还舍不得卖呢。"他娘揉了揉眼睛说:"卖了吧,不卖咱娘儿俩吃什么?"

次日,程长庚夹着几匹土老布,在潜水码头乘船,进入皖河,来到古镇石牌。石牌是远近闻名的"戏窝子",嘉道年间的著名学者包世臣在《都剧赋》一文描述道:"徽班昳丽,始自石牌。"现在活跃在京城梨园里的徽班伶人,大多来自这里或周边地区。程长庚小时就在这里坐科,他熟悉这里的大街小巷。一会儿卖完布,他准备到小时学戏的地方——石牌下街程家高屋去看看。

石牌上街位于皖河码头边,商埠林立,最为繁华。程长庚来到上街集上,找了个地方,将布摆在条石上,等人来买。奇怪的是,以往很抢手的土老布,如今来来往往的人连看也不看。程长庚急了,忍不住吆喝起来:"土老布喂,上好的土老布——"

喊了半天,才有个中年妇人过来看了一下。她摊开布,对着阳光看着,说:"手艺是不错,什么价?"程长庚说:"只卖十文一尺。"

妇人像被火烫了手一般,迅速放下布说:"抢钱呢!"转身就走。程长庚想和她再商量商量:"那你愿出什么价?"没想到,妇人头也不回,走了。

程长庚有点沮丧,好不容易来了个客人还跑了。又等了半晌,还是没人问。眼看着集快要散了,布还没有卖出去,程长庚这回真的急了。他回头一看身后,是一家杂货店,门口摆放着许多黄泥烧制的火钵、火球和火炉。店主是一个七八十岁的老头。程长庚拿着布,向他求教,问他怎么卖不出去。老头看了看他的布,一脸鄙夷地说:"松太布都不行了,现在谁还要这个?这玩意不值钱了,现在流行洋布。"他抖着自己身上的衣服说,"你看我这袄子的面料,洋布,又结实又好看,你看这纹路,均匀细密,哪是土老布能比的?也才十文一尺。土老布只能做内衣,现在每尺只能卖一两文了。"程长庚愣了,这和娘说的差价太大,又问道:"依您这么说,这布不是没织头了?"老头说:"现在谁还织布?我老伴也有架织机,去年就劈了当柴烧了。"老头见他似乎不信,又说,"你到那边布草店去看看就知道了。"

石牌地处长江腹地,程长庚没想到,洋布这么快就到了这里,简直比到京城还要快。他在北京的时候,洋布也才刚流行。按老者的指引,程长庚来到布草店,一看,傻眼了。在上街的繁华地段,接连有好几家布草店,里面人头攒动,家家生意兴隆。程长庚走进一家名叫周福泰的店,货架上、柜台上陈列着一匹匹颜色鲜艳的各式布草,不少人在围着选购,不断地夸着还是洋布好,又结实又好看。几个伙计应接不暇,嘶嘶的扯布声络绎不绝。

咋办呢?回家吧,这是娘几个月来的血汗,咋能廉价地就给打发了呢?至少要听听娘的意见再说。程长庚本来打算卖掉布后再去下街当年的坐科处看看,现在布没卖掉,他也没有心情故地重游了。算了,下次吧。他来到码头上,坐船回家。

回家将情况向他娘一说,得知只能卖一两文一尺,他娘也傻眼了,说:"我没日没夜地忙,好不容易赶出了几匹布,没想到不值钱了,还不如你在北京卖烤白薯呢,这乡下的日子看样子不好过了。"程长庚安慰她说:"娘,既然土老布不值钱,您干脆歇歇,我还能编点席子卖卖。"他娘摇摇头说:"靠这玩意糊不了口,这可咋办?贱卖了可惜,留着咱娘儿俩慢慢穿吧。"他娘唉声叹气,程长庚一时也不知道如何安慰她。

这时,程长庚发现,村里的人忽然跑动起来,男女老少纷纷往祠堂方向跑去,好像发生了什么大事。程长庚也跟着去看热闹。到了祠堂门口,只见里里外外已围了许多人。祠堂里的一根柱子上绑着一个人。那人低着头,蓬头垢面,看不清脸。族长等几个老者正坐在一张八仙桌旁,个个脸色很难看。看样子,是族中出了不肖子弟。程长庚经过一番打听,终于大致弄明白了事情经过。这个被绑的年轻人正是他的同学程贵富,做佣工为生,平时老实巴交,从没做过什么坏事。可前阵子他不知怎么迷上了抽大烟,天天要到镇上的鸦片馆里过烟瘾。贵富家里穷得叮当响,平时饭都吃不上,哪里会有钱供他吃烟?他只好去偷。他以前经常给村里的几户财主家做佣工,偷东西熟门熟路。几户财主家隔三岔五地就丢东西,贵富平时很老实,一开始并没有怀疑到他的头上。可这小子越偷胆子越大,昨晚竟爬到一户人家小姐的绣楼上,他倒不是有什么非分之想,主要是去偷小姐的首饰,没想到动静过大,将小姐吓醒了,被人家逮了个现行。

程族长站了起来,重重地咳嗽了一声,人群安静下来。族长扫了一眼像一只瘟鸡一样被绑着的贵富,山羊胡子剧烈地抖搂起来。显然,他老人家为族中出此败类感到极为气愤。族长说:"各位乡亲,案子已经审清楚了,程贵富迷上了大烟,到东家偷窃。念他是初犯,族中以示惩戒。若是屡教不改,下次定纠送官府治罪。望众乡亲引以为戒。来人,将程贵富衣服扒了,给我狠狠地打,打得他皮开肉绽,看他下回还敢不敢偷!"

族长话音刚落,上来了两个壮实小伙,将程贵富身上的破棉袄棉裤扒了,程贵富的身子瑟瑟发抖。啪啪啪……两个小伙手持由一束篾片捆成的鞭子,在程贵富的身上狠狠地抽打起来。

程家井的水竹篾又柔又韧,在水里浸过,结实得像牛皮,怎么打也不会断。这水竹篾鞭子就像会咬人一般,来无影,去无踪,人们只看见两个小伙的手臂在轮流挥动。每挥一次,程贵富的身子就像被毒蛇咬了一口,抽搐般地抖动一次。族长还在一边催促:"给我往死里打!"只见两条手臂越扬越快,此起彼伏,鞭影将程贵富紧紧缠住了,他的身子也抖得越来越快,惨叫声如同案板上正在被宰杀的猪一般,漫天漫地地泼散开来,将观看的人惊得连连后退。祠堂的檐口有一排蛛网,网中央的蜘蛛惊得纷纷落荒而逃。

打了一阵,忽然,程贵富的身子不动了。大家都说怕不是打死了。两个小伙吓得住了手。族长走到程贵富跟前,用手中的棍子拨了拨他的脸。突然,程贵富的身子又剧烈地抖动起来,口吐白沫,眼睛上翻。众乡邻吓得发出一阵阵惊呼,不知程贵富这是怎么了。族长就是族长,见多识广,他说:"我说哪有那么容易死呢,明明是装的。他这是鸦片瘾犯了,来人,快打水来!"小伙用桶打来了水,从头顶泼到了程贵富的身上。他的身上本就有许多伤口,一套白色的土老布衬衣早就给打烂了,变成了红色。这大冬天,凉水浇到伤口上,程贵富啊的一声惨叫,再也不动了。有人又说:"莫不是死了?"族长振振有词地说:"死不了,这小子的命硬着呢!"

围观的乡邻没有不为程贵富感到惋惜的,说好好的一个人,咋变成这样了呢?完全是大烟害的。程长庚心想,偷东西怎么说也罪不至死,这不是将人往死里打吗?他想上前阻止,但一想自己已被族谱除名。也就是说,他已不是程氏子弟,连基本的发言权也没了。想到这里,他的身子仿佛也随着程贵富的身子一起抖了起来,颈后寒气往外直蹿。他再也看不下去,一转身向家走去。可是,程贵富的惨叫声像一支支利箭,紧追而来,好像要要程长庚的命。他加快了步子,可那一声一声的惨叫声仍无法甩脱,撵着他的后脑勺。程长庚跟跟跄跄,狼狈而逃,他自己都不知道是怎么回家的。

当天夜里,程长庚就被村后一阵激烈的鞭炮声惊醒了。他有种不祥的预感。天明时,果然就传来了程贵富死于昨夜的消息。族长自然不会说程贵富是被打死的,向官府报告说是毒瘾发作身亡。程贵富年迈的父母都是老实巴交的农民,自然不敢说什么,只好自认倒霉。

自回到故乡程家井,耳闻目睹,没有一件是让人开心的事。程长庚怎么也想不到,这个山旮旯里的程家井变了,变得让他感到吃惊和陌生。往深处想,这些变化都和洋货有关。洋布、鸦片、洋油等,这些洋人的东西,给国人的生活带来前所未有的冲击。就像程家井这般藏在深山的小村落,也未能幸免。

与祠堂紧挨着的是族中的私塾,程长庚小时在那里读过书。他想去看看私塾先生程斯夫老夫子,那是一个可爱的老头。程长庚想与他聊聊,自回到乡里好几个月了,他基本没有与人说过话,他快要憋坏了。

来到私塾门口,只见大门紧闭。门上多了一副对联:"世道今还古,人心欲归仁。"程长庚仔细读了几遍,心里有一种说不出来的感觉,五味杂陈。门没锁,先生不像是外出了。程长庚敲了敲门,里面果然有人问道:"谁啊?"程长庚大声应道:"先生,是我,我是您的学生程长庚,特来看望先生。"

门吱呀一声开了,正是程斯夫。程长庚躬身笑道:"先生一向可好?"

"原来是玉珊啊。"程斯夫叹了一气,"老夫知道你回来有些日子了,怎么到现在才来看我?"

"说来话长,学生在外面混得不好,无颜拜见先生。"

"哪里话来,难道老夫还会嫌弃你不成?非要混得个一官半职才叫好吗?非也。"程斯夫指着门联说,"有仁即好。"

程长庚一笑:"要是用这个标准,弟子扪心自问,还能算得上是一个好人。"说罢,二人哈哈大笑。

程长庚说:"先生,门上这副联子倒是有趣,弟子觉得妙,可又说不出妙在何处。"

"这是明人程衷素作的,老夫觉得好,就写了贴在门上。至于说好在何处,就仁者见仁,智者见智了。'世道今还古',到底是今是古?想还古,可还得了吗?有怀念,有怅然,也有失落。'人心欲归仁',欲归,似归未归,在归与未归之间,只能自己慢慢体会去了。"

只见先生拿起一个盐钵,朝私塾门外和屋的四角撒着盐粒。程长庚有些不解地问道:"先生,您这是……?"

"昨天你没看见吗?"程斯夫指着祠堂说,"程贵富在这里被活活打死了,可惜了咱的学堂,无妄遭受血光之灾,老夫撒点盐除除晦气。"

"弟子来就是想和先生说说这事。"程长庚忧心忡忡地说,"世道变了,先生,弟子想找个地方大哭一场。"

"瞧你说的,有啥好哭的?男儿有泪不轻弹,别当窝囊废!"程斯夫继续大把地撒着盐。

"近来弟子好迷惘，像走在漆黑如墨的夜里，看不到一点光，到处都是陷阱，弟子不知道何去何从。"程长庚终于说出一直梗郁在他心中不得不吐的问题。

直到满满的一钵盐撒完了，程斯夫才说："玉珊，你刚才说得不错，这世道确是变了。我等凡夫俗子咋办？能阻止这种变化吗？显然不能。明智的做法，当然是敢于面对并顺应这种变化。你想躲，从北京躲到了程家井，你躲得了吗？躲得过初一，躲不过十五。况且，世道在变，毕竟也有未变的东西。就像这联子说的，人心欲归仁，到底是归还是不归，这是在问你呢。有人选择了归；有人选择了不归，且在不归的路上愈走愈远。怎么做完全取决于自己。"

"先生一席话，让弟子茅塞顿开，我知道该怎么做了。"程长庚兴奋地说。

"那就好，我陪你到村中转转吧。"程斯夫倒背着双手，率先出了门。程长庚紧随其后。

不知不觉，两人逛到了程家老屋遗址的鸭塘边。程斯夫说："你还记得上代传下来的那个关于夜朝官的故事吗？"

程长庚说："当然记得。"

那是上几代发生的事了。那时，程氏几十户人家集中住在一幢连体的程家大屋里，大屋分为东西两头。奇怪的是，东头的住户大都家道殷实，有做官的，有读书的，有做生意的。而西头的住户就惨了，家家穷得叮当响，饭都吃不上，更谈不上出什么人才。为了谋生，西头的子孙大多到安庆和石牌等地的戏班子里去唱戏。优伶为贱业，被人所瞧不起。东西两头的住户们供奉的是同一个祖先。西边的人就百思不得其解，同一个祖先，为何对后人厚此薄彼呢？

西边的人就请来了风水先生勘察风水，试图破解这种不利的局面。东边大门前有口鸭塘，风水先生在勘察一番后，对西边的住户暗授机宜：这口塘的鸭塘嘴处是块风水宝地，若西边的人在此葬坟，定会改变风水。不料，此事被东边的人察觉了。他们加强警戒，日夜防范，千方百计阻止西边的人在此葬坟。西边纵有老人去世，也只好望"地"兴叹。

直到有一年大年三十,西边的人终于等来了机会。就在大年三十这天晚上,程氏四十六世浩义公去世。东头的人家家户户忙着过年,没有察觉到此事。半夜时分,西边的住户派人用石磙将东边大门堵死了,然后,神不知鬼不觉地将浩义公葬到了鸭塘嘴。第二天大年初一,等东边的人发现时已经迟了,生米煮成了熟饭,大过年的,总不能要人家掘坟起棺。于是,东边的住户一纸诉状,将西边的住户告到了县衙。县太爷见是族内纠纷,也想息事宁人,只不过要找个合适的理由说服东边的住户,让他们信服。

县太爷也请来了一个风水师。风水师勘察了一番,又掐指一算,然后放声大笑,东边的人都被他笑愣了。望着众人不解的眼神,风水师这才慢条斯理地说:"无妨,无妨,这块鸭塘嘴确是风水宝地,原本后人是要出将相的,可惜葬错了时辰,日后只能出夜朝官了。"说罢,又是一阵大笑。夜朝官指夜间在戏台上唱戏的官,借指唱戏的优人。东边的人一听也乐了,就此作罢,不再追究西边人偷葬鸭塘嘴之事。县太爷出此点子,当时也许只是为了平息纠纷。没想到,还真被那个风水师说中了。程长庚就是那个葬在鸭塘嘴的浩义公的后人,他是程氏第五十一代子孙。

程长庚对着浩义公的坟恭恭敬敬地鞠了一躬,若有所思地说:"我也许天生就是个唱戏的,是伶人的命。"

程斯夫说:"恕为师多嘴,我想不明白的是,你在外面唱戏唱得好好的,干吗跑回来了呢?"

"洋夷肆虐,国有耻,民遭难,正义的官员却横遭打压,朝中大佬贵胄朝夕贪欢;个人因唱戏横遭退亲,被族谱强行除名。凡此种种,如此情势,弟子还有何心情作乐欢场?京城就是昭关,我在戏里过得去,现实里却过不去。弟子不得已这才逃回来了,不打算唱戏了。"

"不过,为师看你似乎并不开心。"

"弟子以为远离了昭关,哪里想到,这偏僻乡野也成了昭关。弟子心里苦啊,弟子过不去。"

程斯夫说:"现实里过不去,就不要硬闯了,否则会撞得头破血流。依老夫之见,不如再回到戏里,戏里还有条生路。"

"先生的意思是,让我重返戏台?"

"正是此意。况且,你也根本没有放下,你天天在竹林里练声,为师都看见了。既然放不下,何苦执意要放?戏里有大道,夜朝官就是戏台上的忠臣良将,比起那些戴着红顶子尸位素餐的大员,不知要强多少倍!"

程长庚说:"先生,弟子懂您的意思了。"

先生作为一个读书人,没有半点瞧不起优伶的意思。优伶虽是贱业,但是,作为伶人,不能自暴自弃,不能把自己看贱了,更不能做下贱的事。还是先生说得对,戏才是他吃饭的老本行,既然丢不下,也舍不得丢,何必非丢不可呢?这不是自己和自己过不去吗?

闷在家里好几个月了,不就是因为生计而唱戏吗?又没有干什么见不得人的事,何必自惭形秽呢?伶人更应该挺起胸膛做人。程长庚决定出门,寻师访友。

他又乘船来到石牌,拜访总角之交产金传。产金传比程长庚长一岁,是他在小高升班坐科时隔科的师兄。程长庚坐科时,产金传留在科班,帮助班主教他们一些基本功。他俩关系自小就很不错,程长庚每次回乡时,都要到石牌下街的产金传家去玩玩。

到了产家,一打听,说产金传正在上街的同声堂戏园子里唱戏呢。程长庚想,遇见不如撞见,干脆到戏园里去看看,看这位师兄这些年有没有长进。于是,他赶到上街同声堂,戏迷们正在纷纷地入场,戏快要开始了。程长庚看了看挂在墙上的戏码,其中有产金传的《李陵碑》。他心里一动,好戏,当下进园入座。

乡下的戏园子远不如北京的戏园子高大敞亮。一座简陋的戏台,下面放几排长板凳,看戏的人花几枚铜钱,就着一包瓜子,就能快活一下午。这些看戏的人中,大多是南来北往的商贩和船夫。戏台上有一副联子:"闻弦歌之声,贤者亦乐此;见羽旄之美,乡人皆好之。"戏台两侧,不像京城里的戏园子,戏开场前挤满了与豪客们眉来眼去的站台小旦。这一点,程长庚特别满意。

前面几出戏,都没给程长庚留下什么印象。《李陵碑》排在最后。这是一出悲情戏,放在最后是对的。要是放在前面,因受情绪影响,后面的戏,戏迷可能就没法看了。这出戏说的是杨令公兵困两狼山,派杨七郎向元帅潘洪求援。不料潘洪为子报仇,用乱箭将杨七郎射死在芭蕉树上。杨令公和六郎杨延昭夜里梦见七郎冤魂显灵。杨令公派六郎突围去探明情况。辽军攻来,杨令公内无粮草,外无救兵,只好碰死在李陵碑上,以身殉国。

《李陵碑》是徽班的传统戏,剧情妇孺皆知,难点也就在这里。对于大家熟悉的历史故事,如何在保证原汁原味的前提下,在戏台上演绎出艺术的陌生感,描摹人物,升华形象,这是一个难题。第一场,杨七郎的鬼魂到宋营托梦,告知其父和六郎自己已被潘洪所害。戏甫一开始,阴风阵阵,只见四名鬼卒引着杨七郎的鬼魂,一跳一跳地上场。这开场让程长庚叹服。也不知戏园子里哪里来的风,寒气森森,又冷又吓人,看戏的人个个汗毛倒竖。场面虽有点恐怖,戏剧效果却很快出来了。

第五场一段唱腔,杨令公历数杨家将精忠报国事迹,跌宕起伏,荡气回肠。杨家将精忠报国,却屡遭陷害,听者无不动容。这段唱腔用的是高拨子。高拨子和枞阳腔(吹腔)、西皮、二黄是徽调主要的四种声腔。高拨子又名拨子,是秦腔传至安徽桐城一带,和当地用唢呐伴奏的某种土腔结合,经过当地艺人改造而形成的。拨子成为徽调主要声腔后,多用小唢呐伴奏,声调悲凉激越,常用于生离死别或百感交集的剧情。用在《李陵碑》中,这段悲愤的高拨子,将杨令公忠心报国却屡遭陷害的悲愤心情表达得淋漓尽致。

第六场,苏武点化杨令公,暗示他已身陷绝境,在劫难逃。苏武的暗示意味深长,他是这么说的:"提起老羊甚惨伤。生下几个羊羔子,烈烈轰轰在世上,今日死几个,明日几个亡。老汉掐指算,今日死老羊。"在这里,他以"羊"喻"杨",句句刺激杨令公。绝望之下,杨令公果然碰碑殉国。杨令公死后,几百人的戏园子里鸦雀无声,观众都深深地陷入了那悲怆的氛围里,久久回不过神来。

台上的产金传,让程长庚刮目相看,自愧不如。产金传的老本行是小生,而今天他扮的这老生,身段娴熟自如,唱腔雄浑悲壮,真有令公再世之风。

临河的一家小酒馆里,这对师兄弟见了面。程长庚瞅着产金传,上上下下地看着,像不认识似的。产金传被他看得浑身不自在,心想这个老弟今天这是怎么了?自己这身上也没啥异常啊。产金传实在忍不住了:"玉珊,你这是看啥呢?我又不是个姑娘,值得你来来回回地看?"

程长庚一笑,望着外面的皖河和岸边的猫山,说:"士别三日,当刮目相看。你这不是一般的角儿。"

"那我是金角儿还是银角儿?"产金传笑道。

"你当然是金角儿,是如假包换的纯金。"程长庚收了笑,咳嗽了一声,吞吞吐吐地说,"产兄,和你商量件事,你……你刚才那出《李陵碑》,我太喜欢了,不知舍得舍不得,能不能教给我?"

话刚出口,程长庚就有些后悔,数年未见,自己不该如此唐突。旧时艺人,完全靠手艺吃饭。俗话说,宁舍一亩地,不教一出戏。自己也是吃这行饭的,这不是抢人家的饭碗吗?

产金传略略迟疑了一会儿,喝了一口茶,用力地吞了下去,好像下定了决心似的,说:"行,我们是师兄弟,有什么舍不得的?既然你喜欢,我说给你听就是。"

说完,产金传就给程长庚说起戏来,身段、唱腔,哪些地方是需要注意的。他只说了一遍,程长庚就记住了。

说完了,产金传说:"快说说你在京城的事吧,你见过大世面,闯过大码头,说说你的故事。对了,你不在京城唱戏,怎么跑回来了?"

"我回来邀角儿。"程长庚本来想吐吐苦水,想想没什么意思,师兄弟多年未见,不能像个怨妇。他说:"京城梨园里,就缺你这样擅演忠臣良将的角儿。"

"别取笑我了,天子脚下,什么样的角儿没有,能缺我这样的人?"

"真不是取笑。要是不信,你明天就随我进京,就在我们三庆班唱戏。"程长庚索性说谎说到底。

程长庚说得产金传蠢蠢欲动:"好,就这么说定了。不过,不是明天,过段日子,等我把家里的这摊子事安顿好。"

"好,就这么说定了。"程长庚说。这……难道自己决定重返京城梨园了?这是什么时候决定的事?他自己都有点糊涂了,没有头绪。

冬天,水落石出,皖河的河床里到处是狰狞的乱石。细细的流水在石缝间游走着,淙淙有声。这就是"戏窝子"石牌,这片山水间,总让人感觉有个看不见的神秘角儿在唱着戏,日夜不停。

第六章　掌班三庆

义师劲旅终必胜,英雄何必泪满襟。

——《满江红》

转眼间,三年时间过去了。道光二十六年(1846)冬季的一天,程长庚访友回来,到家的时候,天已经黑了。他娘说:"怎么才回来啊？今天有个客人等了你一天,天黑前才走,说明天还要来。"

程长庚一愣,会是谁呢？竟然等了一天,难道有什么急事？又问道:"哪来的？长什么样？说找我有什么事了吗？"

"说是京城来的,瘦高个,像个要饭的,说话倒还客气,问他找你有什么事,怎么问也不说。"

程长庚就更纳闷了,竟然会有人从京城找到程家井来,说明那是非同小可的大事。他在脑子里反复回忆着一个个形象,实在想不出此人是谁,也就无从知道他来找自己所为何事。

一晚上,程长庚都没有睡好。他就是这样的人,心里有事就睡不踏实。自回到程家井以来,他就没有睡过一个安稳觉。都是事找人,它们自己来了,一桩挨着一桩,一桩比一桩闹心。他想做个聋子或瞎子,对不起,做不了。心里的事太多了,站着,躺着,都如鲠在喉。原本以为乡下的程家井会是一块净土,回到这里,远离京城,落得个耳根清净,就可以安心地过自己的小日子。没想到,结果让人大跌眼镜。事长着腿呢,即使你逃到千里之外,它们也会找到你。你不唱戏不行,卖烤白薯也不行,做个小篾匠还是不行。他无处可逃。看来,他还得学会适应这多事之秋,就像河边的一枝芦苇,哪怕枯了身子,瘦成骨头,也要顶着风站在河边,就是不能倒下去。

第二天一早,程长庚躺在床上,刚睁开眼,就听见外面有人在叫:"玉珊!玉珊!"一听这声音,程长庚就想起来了,是三庆班的管事赵德禄。戏班里的事千头万绪,一天也离不开管事,所以管事是轻易不出京的。难道是戏班里出了什么大事?程长庚一骨碌爬了起来,打开门,一看赵德禄的样子,可谓惨不忍睹。他用一块旧麻布长衫包着头,胡子拉碴,髭须上都是霜。程长庚赶紧将他迎接了室内,拍打着他身上的白霜,问道:"赵管事,这大老远的,你怎么来了?戏班里出了什么事吗?"

赵德禄嘿嘿一乐:"事倒是没什么事,班主派我来看看你。"

程长庚的娘也起来了,忙着烧水熬粥。程长庚说:"你就别瞒着我了,真要没什么事,你会大老远地跑到程家井来?"

赵德禄的脸色这才凝重起来,像结了层霜。他浅浅地叹了一口气,说:"咱们三庆班的戏没法唱下去了,座儿越来越稀,不要说管吃饭,连角儿的车马费都付不起了。兄弟们一个个都蔫头耷脑,天天都像是被大烟夺走了魂魄的死样子,戏越唱越没谱。"

程长庚一惊,他离京时,虽说戏园子里的座儿稀了点,伶人们糊口还是没问题的,怎么就到了连角儿的车马费都付不起的程度?他问道:"京城里的人都不看戏了吗?别家的戏班子咋样?"

"咋会不看戏呢?他们不吃饭都要看戏,别家的戏班子还好,我们的座儿都跑过去了。"赵德禄越说声音越低。

"那用好戏好角儿把他们抢回来啊!"

赵德禄似乎等的就是这句话,他说:"玉珊兄,你说得太对了,可好戏在哪?好角儿又在哪?陈金彩班主对你寄予厚望,这才派我来邀你回去救场。"

"我?"

赵德禄肯定地说："对,三庆班眼前这局势,要想改变,非你出马不可!"

一听说赵德禄是来请自己回京的,程长庚不知道说啥好,他感到像有根马嚼子拦在嘴里,吐又吐不出来,咽又咽不下去。走还是留,对他来说,都是个难题。赵德禄见他半天不吱声,瞅了瞅地上散乱的篾片和未织成的舒席,说:"你放着坚持了二十多的营生不做,躲到这山旮旯里来编竹席,这不是作践自己吗?这是个活路吗?祖师爷都会被你气死的。走吧,玉珊,我知道你舍不得京城里的老戏台。我们这些人,就是替那些角色活的,早就没自己了。"

程长庚又一愣,没想到赵德禄说出这番意味深长的话来,说到了他的痛处。是的,躲在这山旮旯里编席子,是个活路吗?可回京呢,难道就是条活路?戏饭就是那么好吃的吗?他说:"容我再想想。"

赵德禄呼地站了起来:"还想啥想?明天就随我进京!"

"赵管事,这都快到腊月了,你好歹容我在家过完年。"

赵德禄站了起来:"你要是在家过年,兄弟们就没法过年了!"

程长庚懂他的意思,要不是情况严重,陈金彩班主断不会派赵德禄离京亲自来请他。程长庚本就有返京的打算,家乡这纷纷扰扰的形势,使他试图在程家井安居乐业的想法早化作了泡影。只是,他没想到赵德禄会来,而且要他立即返京。见程长庚还在犹豫不决,赵德禄说:"春台班的余三胜、四喜班的张二奎都推出了拿手戏,座儿们闻风而动,争相观看。更过分的是,座儿们评价京城梨园的老生说,一张二余三九龄。"

"哪个九龄?我咋没听说过?"

赵德禄说:"四喜班掌班张二奎,他的《金水桥》《打金枝》《取成都》《取荥阳》等,个个都是精品,一个人撑起了一家戏班。《打金枝》里有句唱词'金乌东升玉兔坠,景阳钟三响把王催',座儿们将后仨字改为'把尔催',意思是催大家去看戏。四喜班还有个王九龄,人称'铁嗓',来自桐城县枞阳镇,才二十五岁,却偏偏唱起了老生,他在《定军山》里扮黄忠,少年老成,有模有样。春台班的余三胜就更厉害了,又是花腔,又是反二黄,他那条嗓子像孙猴子,有七十二变。

他的戏像《捉放曹》《李陵碑》,戏码一出来,大栅栏一条街上的人都在疯跑,生怕去迟了没位置。"

"三庆班呢,就没什么新戏吗?当年徽班进京时,三庆可是打头阵的。"

"唉,"赵德禄重重地叹了口气,"我们陈班主没辙,把那些小旦戏演了又演,天天几十个小旦闹戏台,小旦们个个打扮得水灵灵的。可无论怎么折腾,就是没用,戏园子里除了那些捧旦的老斗,就是没人。"

老斗指那些捧旦的老主顾。听了赵德禄的一番讲述,程长庚又喜又忧。喜的是,形势正如他所预料的,老生风头正劲。程长庚特别看重老生这个行当,忠臣良将,非老生莫属。特别是在国难当头、洋人欺凌的当前,梨园比任何时候都需要老生,需要一条刚烈高亢的铁嗓,来穿透笼罩在人们心头的阴霾,表达他们的义愤和嘶喊,让那些奸佞胆战心惊。不错,徽班早期是以旦角为主,旦行具有压倒性优势,不要说老生,整个生行都不被重视。然此一时,彼一时也,到了老生挑大梁的时候了。忧的是,离京三年了,他恐怕已被京城里的座儿们淡忘了。一张二余三九龄,这就是说,京城梨园老生前三名,压根就没有他程长庚的位置。程长庚以老生成名,这种结果,他是无论如何也不能接受的。

程长庚半晌不语,整个人如泥雕木塑的一般,一动不动。赵德禄知道他在进行着激烈的思想斗争,也不催他。许久,程长庚对赵德禄说:"好,我明天就随你进京。"

赵德禄如释重负,陈金彩派他来请程长庚,他知道程长庚是个倔脾气,能不能请回他,他是半点底也没有。他不得已才使了个激将法,套路虽没有什么新意,但还真管用,能让这头犟驴重返京城梨园就是成功。

临行时,程长庚带了些大表纸和檀香,到程贵富的坟前烧了。纸灰飞扬,像一群断翅的黑鸦,被一阵没来由的风旋起,眨眼工夫就不见了。由程贵富,程长庚想起他爹的死,又想起京城烟馆里那一张张灰黄的脸,心里恨死了鸦片,连带着对普通的叶子烟也一并仇视起来。

程长庚带着老娘,还有那只外号"叫天"的鹤,随着赵德禄来到了北京,依旧住在百顺胡同。再次回到京城,程长庚决心好好唱戏,不再有离开的想法,因为他已无处可去了。以前还总想着,要是戏唱不下去了,就回老家程家井去。可此番回乡的种种经历让他感到,他再也回不去了。

程长庚刚刚安顿好,班主陈金彩就带着班里的贵云、桂林等几个台柱子过来了。程长庚说:"陈班主,各位兄弟,我程某人不过是三庆班的一个小角儿,承蒙各位不弃,将我召回班里,赏一口饭吃,我已倍感荣幸。各位大驾光临,我程某实在愧不敢当!"

陈金彩拍了一下程长庚的肩膀说:"玉珊兄,你就别客气了。实话跟你说,我当了二十余年班主,越来越不知道怎么做了,座儿都散了,都看四喜和春台的戏去了。这样下去,我怕是要步和春班的后尘,撑不久呢。"

提到和春班,大家都沉默不语了。乾隆五十五年(1790),为乾隆皇帝贺寿,三庆班率先进京,并扎下根来。没多久,四庆、五庆、春台、四喜、和春等徽班相继进京。经过整合,最终形成了三庆、春台、四喜和和春四大徽班,在京城梨园叱咤风云几十年,一时风光无限。京城的戏迷爱戏、懂戏,可他们也是最挑剔的,如果没有新角儿、新剧目和新腔调不断问世,天天翻来覆去的还是那几台老戏,他们就会乏了,再也不肯赏脸。道光十三年(1833),进京四十余年的和春班率先报散。一时间,徽伶人人自危,深感梨园这碗饭不好吃。

程长庚说:"在京城梨园,三庆一直被誉为徽班第一,人才济济,好戏层出不穷,班主不用过于担心。"

陈金彩望了望巷口,几棵落尽了叶子的钻天杨铁枝兀立,茫然地伸向空中。他意味深长地说:"我老了,不行了,唱不动了,可戏班里一百来号人要吃饭呢,我愁得夜不能寐。作为一家老班,三庆班的牌子可不能在我手里砸了。"

"陈班主,您言重了,我们共同努力,总会有办法的。"程长庚说。

这时,一个人驮着把大刀风风火火地进了院子。大家一看,原来是程长庚的师兄丁四。丁四揩着头上的汗说:"大家都在呢。玉珊,我得到消息迟,得知你来了,这下好了,我们在一块好好唱戏。"说着,将那把青龙偃月龙递给了程长庚。

程长庚大惊："这不是我那把刀吗？我在回乡前已将它卖掉了，怎么到了你的手里？"

丁四说："多好的一把刀，我知道你总有一天还会用上它的，所以偷偷买了下来。这不，还是被我猜中了，现在物归原主。"

程长庚心里一阵激动，他又想起老乡姚莹。姚莹在看过程长庚的关公戏后，说仿佛看见青龙偃月刀被洋人的子弹射了一个洞。程长庚懂他的意思，身为伶人，他也无力改变现状。可姚莹的话还是刺激了他，他拗着一口气，到铁匠铺打制了这把纯铁的青龙偃月刀。这样，姚公下一次再看他的关公戏时，该不会再有青龙偃月刀被洋人的子弹洞穿的幻觉吧！可惜，姚公怕是再也没有机会看他的戏了，他被流放四川，现在还不知情况咋样。

见程长庚望着刀出神，陈金彩说："晚上在得胜楼为你接风洗尘，人家好好喝一杯！"

赵德禄说："别喝多了，明天排了玉珊的戏。"

"怎么，明天就要登台吗？能不能让我先歇几天？"程长庚说。

赵德禄长长地叹了一口气："座儿稀，戏班入不敷出，一百多号人，加上各家老小，都等着吃饭呢。说真的，玉珊兄，就等着你救场呢。"

赵德禄这么一说，程长庚顿时感到肩上的责任沉甸甸的。陈金彩也用期待的眼神看着他。程长庚并不是真的要休息几天，休息不过是个说法，他想到风头正盛的春台和四喜两家徽班去看几场戏。毕竟离开京城一年多了，这梨园里的变化，他总要了解一下。可形势已经不允许他先观戏再唱戏了，管事的"救场"一词都用上了，说明情况已经相当严重。程长庚说："那好吧，明天我上。"

赵德禄又说："明天排什么戏呢？《文昭关》还是《战长沙》？"

"不，"程长庚平静地说，"明天排《定军山》。"

陈金彩大声叫好："这个戏好，有意义！玉珊兄归来，夺取定军山，一定能重振三庆雄风！"

程长庚说："我尽力吧，先把戏唱好。"

晚上吃饭的时候，程长庚发现，陈班主真的老了，才四十多岁的年纪，就头发花白，脸上的皮肤粗糙多皱，灰暗无光。重要的是，眼睛干涩，像正在枯萎的花。且行戏台上的生命是很短暂的，四十多岁就已经是人老珠黄。听说陈班主还经常上台，程长庚觉得，他应该是唱不好戏了。贵云和桂林是班里的台柱子，都是二十来岁的年龄，风华正茂，皮肤嫩滑白皙，可见平时善于保养。但程长庚并不看好他们，作为旦角，他们眼神飘浮，慵懒倦怠，像三天没睡觉似的，显然是长年累月泡夜场所致。他俩虽然年轻，其实也老了。花旦要有朝气，有鲜活劲儿，他们显然没有。在京城唱戏太难了，程长庚的心里一阵悲凉，酒也喝得没甚滋味，接风宴草草散场。

北京人最喜欢两个去处，一个是茶馆，一个是戏园。这两个地方，他们都喜欢用一个"泡"字。特别是茶馆，这里是各种消息的中心，上至朝廷大事，下至家长里短，几乎无所不包。程长庚归来，在京城梨园掀起了一阵小小的骚动，茶楼里消息很快就传开了，都相约去三庆班看他的戏。这天，三庆班在三庆园演戏。开场时，座儿很稀，同平时一样。赵德禄急坏了，眼看着这程长庚也不管用啊。可过了中轴子三出戏后，座儿突然多了起来，原来，他们就是来看压轴戏《定军山》的。这是直奔主题呢，他们对三庆班别的戏不感兴趣。

赵德禄松了一口气。现在程长庚是戏班里的救命稻草，是全班伶人的希望所在。只要他的戏能卖座儿，三庆班就还有希望。

老戏园里静悄悄的，能听得见彼此的鼻息，台下坐得黑压压一片。突然，一阵狂风暴雨般的【急急风】，锣鼓声中还加进了唢呐、大堂鼓，真正是金鼓齐鸣，声如爆豆。可无论怎么打，伶人不能紧张，不能乱，要用内功守住自己，气定神闲，像啥事也没有，该出场时出场，该唱念做打时唱念做打。

四个着装齐整的士兵走出戏台，一番起霸动作后，在戏台的四个角站定了。紧接着，只见"出相"出场门那边，门帘一动，身着黄蟒、扎着四面杏黄色靠旗、脚蹬崭新厚底靴的程长庚登场了。他戴着雪白的髯口，一直拖到前胸下，双手持着青龙偃月刀，在戏台上翻转如飞，连舞了几个大刀花。这是有暗示的，在剧情尾声,黄忠就是用这种刀法劈了夏侯渊。

几个刀花,点亮了座儿们的眼睛,他们的眼里都亮堂了,一个个引颈而望,眼睛都舍不得眨一下。他们本要叫好,可一想到程长庚不许叫好的规矩,只好把快要叫出口的"好"字硬生生憋了回去。程长庚一番刀花舞下来,神态自若,如山般立定,引颈唱了一段西皮:"一十三岁习弓马,威名镇守在长沙。自从归顺皇叔爷的驾,匹马单刀取过了巫峡,斩关夺寨功劳大……非是某黄忠夸大话,铁胎的宝弓手中拿。满满搭上朱红扣,帐下儿郎个个夸。二次再用这两膀的力,人有精神力又加。三次开弓秋月样,再与师爷把话答……"

程长庚在戏台上唱的是乙字调。乙字调是徽腔的最高调门,极容易唱破音,一般伶人轻易不敢涉足。他举重若轻,嗓音高亢,抑扬吞吐,字正腔圆,少有花哨。特别是唱到"要把那定军山一扫平"一句,那浑厚的唱腔像一根大棒,有力扫千钧之力,裹挟着呼呼的风声,所到之处,摧枯拉朽,落叶翻飞。每个座儿都像被打中了,他们惊得目瞪口呆。房梁上的灰尘被震得飘落下来,有人发出了咳嗽声。

结局来得有点突然,黄忠一箭射死夏侯尚,又用拖刀计斩了夏侯渊,如愿取得了定军山。在他的三声大笑中,戏结束了。本来后面还有出大轴子戏,可座儿们看完《定军山》就开始"放水",也就是离场。显然,他们就是为看程长庚的戏而来。

程长庚在后台卸装的时候,一个书生模样的人悄悄走到他身边,轻声说:"祝贺程老板复出成功,您唱得更棒了!在下有个不情之请,卸完装,想请您喝杯茶,不知是否赏脸?"

程长庚一看,认识,这不是票友卢胜奎吗?卢胜奎还帮过他好几次忙。一次,他在唱《文昭关》时失声,是卢胜奎帮他向座儿们打圆场解围;还有一次,他在安庆会馆里唱《单刀会》,御史那景德说他擅唱关公戏,要将他从戏台上抓走,是卢胜奎挺身而出,说那景德此举是亵渎关公,试图帮他开脱。程长庚早就把他当作知己了,正打算过段时间去寻他呢,没想到他找上门来。

程长庚心里一乐,说:"卢兄,你来得正好,今天的戏,看得还满意吗?能否指点一二?"

后台有多位伶人都在卸装,卢胜奎扫视一眼,点了点头,大声说:"满意,非常满意!三庆班的戏是越来越耐看了!"

旦行的贵云尖着嗓子问道:"你这么说,三庆班以前的戏是不耐看了?"

"哪里哪里,云老板,您和三庆班的戏一直耐看。"卢胜奎赔着笑脸回道,特别将那个"您"字说得重重的。

"哼!"贵云哼了一声,声音像支冷箭。卢胜奎说也不是,不说也不是,当下愣在那里。

程长庚已卸好了装,见状说:"卢兄,我们去喝茶吧。"说着,一把拉起他走出了后台,帮他解了围。

北京的茶馆多,遍布大街小巷。茶馆有两种。一种是卖茶水的,一两间门面房,门口高搭天棚,棚架下悬挂着各式招牌,无非是"大方""毛尖"之类的茶叶名称。房里摆几张茶桌,灶房设在后间,跑堂的拎着个大茶壶跑来跑去。还有一种书茶馆,档次要高些,卖茶兼带说书。程长庚和卢胜奎找了个普通茶馆,环境可以将就些,但茶叶要讲究,两人一人泡了一杯毛尖,聊了起来。

程长庚这会儿才仔细打量了下卢胜奎,只身他瘦得像根麻秆,穿着一身洗得发白的长衫,肩上还有一个大补丁,一看就活得窘迫。他不无担忧地问道:"卢兄,你这么瘦,不会是吸上大烟了吧?"

"轻重我还是分得清的,我从不沾那玩意。你看我这么穷,混一碗饭吃都成问题,哪里消受得起?"卢胜奎正色道。

"那就好,算我多虑了。那你平时以何业为生?"

卢胜奎苦笑道:"哪里谈得上一个'业'字?平时代人写写书信和诉状,得几个小钱,都送进戏园子里了,天生好这口,没办法。恭喜你啊,程老板,三年没见,你那条嗓子像是淬了火,真个是声震屋宇,响遏行云。此乃座儿之福、三庆之福、梨园之福也。"

见卢胜奎又称呼自己程老板,程长庚心里咯噔一下,说:"快别叫我程老板,哪里当得起?我不过是三庆班的一个普通角儿。"

"哟嚯,这么低调。"卢胜奎说,"在卢某看来,凭你这身本事,不但配得上一声老板,这将来嘛,恐怕还会成为大老板。"

程长庚一挥手说:"我就是一个唱戏的,没那么想过。"

"不用想,事情到了你头上,你就是想绕也绕不过去。"

"不说这个了。我今天请你来,主要是想和你聊一聊这梨园之变。我毕竟离京三年,也不知京城变化,不知这戏下一步该怎样唱。"

卢胜奎抿了抿嘴:"你提到了一个词,'梨园之变'。是的,京城的梨园在酝酿着一场巨大的变革,时代变了,座儿们的口味变了,戏自然也要变。"

"所以说,回北京后,我本打算休息几天,好好了解下这京城的梨园,没想到被管事的赶鸭子上架,迅速登台,没个歇息的时候。"

卢胜奎顿了顿,说:"兄弟听我一句劝,离开三庆吧。"

程长庚大惊:"卢兄,何出此言?"

"你以为这个戏班还有什么希望吗?你回来接连唱了好几天戏,难道就没有什么异样的感觉吗?三庆旦角伶人占大多数,他们还死死地抱着《大闹销金帐》《卖胭脂》《画春园》那几台老戏不放,念念不忘帐中的淫声浪语,根本不知梨园之变,还躺在'徽班第一'的昔日荣光里做着春秋大梦。他们之所以还能撑着没有散,就是靠一班不知廉耻整日里无所事事的声色之徒捧着,靠一班小旦和歌郎搔首弄姿卖春卖笑度日……可是,他们还能撑多久?你夹在他们中间,就像鹤立鸡群。恕我直言,鹤可能最终会被鸡群赶走,因为鹤刺激了他们,影响了他们视为正常的生活。"

不得不承认,卢胜奎这番话说得很有道理。这无异于向程长庚兜头浇了一盆冷水。是的,三庆班目前遇到了巨大的危机,没有新戏,没有新角儿,戏班完全靠一班小旦在撑着,侑酒赔笑,夜夜笙歌,通宵达旦,不知疲倦。在这里,程长庚确有一种鹤立鸡群、芒刺在背之感。只不过,由于才回来几天,他还未来得及做更多的思考,没想到卢胜奎早就看出来了,而且比他看得更透彻。但程长庚不会离开三庆,他这人特别重感情,班主陈金彩对他有知遇之恩,怎么能戏班子一遇到点困难就要撂挑子走人呢?这不符合他做人的方式和秉性。

想到这里,程长庚说:"卢兄,我承认你说得有理,但我不会离开三庆。而且,三庆也不是无可救药,陈班主派人千里迢迢将我召了回来,说明他们不也是在求新求变吗?也不用太悲观,我们静观其变吧。"

"哼,就算陈班主能容你,那班小旦也不一定能容得了你!"

程长庚说:"我按班里的安排唱戏,没有多拿戏份,更没有抢他们的饭碗,他们何苦要和我过不去?"

"因为你和他们不一样,就是这么简单。"卢胜奎说。

程长庚说:"希望你说的情形不会发生。"喝完了茶,两人心事重重地各自回家。

接连十几天,程长庚天天排的都是压轴戏。那时,戏班唱戏都是折子戏,一台戏大约分八到十出,分早轴子、中轴子、压轴戏和大轴戏几个部分,其中压轴戏分量最重,由本班最叫座儿的角儿担纲。座儿们还是像程长庚归来后第一次登台时那样,中轴子戏开场后才过来,看完程长庚的压轴戏后就纷纷开溜。

一天,贵云终于忍不住,在后台对着陈金彩班主发飙了。他将凤冠重重地砸在桌上,上面的珍珠、点翠滚得七零八落。陈金彩惊道:"贵云,你这是怎么了?"

贵云气呼呼地说:"这个戏不能这么排下去了,以前我天天唱的是压轴戏,现在倒好,要么排早轴子,要么是中轴子,压轴是轮不到我了,座儿们和我都不打照面。我来三庆好几年了,还没唱过这样的戏!"

陈金彩说:"戏份钱也没少你一个铜板,何苦这么计较?"

一边卸装的桂林也帮腔道:"程长庚天天唱压轴戏,凭什么?他就不能唱唱早轴子、中轴子?他来之前,我们的戏唱得好好的,现在倒好,乱成了一锅粥!"

程长庚见状再也坐不住了,说道:"大家不要争了,我昨天受了点风寒,嗓子不舒服，打算告几天假休息休息。压轴的戏，就拜托各位了！"说着，收拾好东西离开了。

次日，三庆班在广德楼演戏，许多喜欢程长庚的座儿仍按老谱儿，径直来到戏园看戏，以为他仍唱压轴。可压轴戏开演时，才知道是贵云的《大闹销金帐》。座儿们大闹起来，纷纷要求退茶钱。那时看戏可不便宜，戏座尚未卖票，向例每位收取茶钱三百文。当时，木匠、泥匠等匠人一天的工资不过两百到三百文。那些饔飧不济的普通小民根本看不起戏。不是自己想看的角儿，就白白浪费了三百文茶钱，谁愿干这样的吃亏买卖？可想退茶钱，戏园里不同意，到嘴的吃食哪有吐出来的道理？于是，双方就争吵起来，声音越闹越大，池子里乱成一团。

下面乱归乱，台上的戏还照常唱着。《大闹销金帐》是粉戏，剧情取自《水浒传》，说的是小霸王周通想强娶桃花庄刘太公的女儿，鲁智深假冒新娘，百般戏弄他，并将他痛打一顿。乾嘉时期，梨园一度冶艳成风，每演此剧，必定爆满。可到了道光年间，座儿们对这些内容兴趣大减。三庆班陈金彩班主在收入艰难的情况下，出于无奈，想以这些戏重新找回点昔日辉煌。

台上，贵云扮的是周通。戏正演到紧要处，贵云将自己脱得只剩下内裤，嘴里淫声浪语，就要往床上摸。突然，从池子里飞来一只烂苹果，正打在贵云伸向销金帐中的手上。贵云手一哆嗦，情知不妙，知道是座儿们退茶钱不成，将气撒到伶人头上来了。

有人做初一，就有人当十五。可怜贵云惨了，什么茶碗、纸扇、毛巾、果核等，座儿们有什么就扔什么，杂什雨点一般落到戏台上。陈金彩班主在京城唱戏二十余载，看到座儿们如此恼怒，也还是第一回。当下，他来到台前，朝着池子里的人群赔着笑脸说："陈某对不住大家，请各位多多包涵！多多包涵！"

这下好了，见班主来了，座儿们兴奋起来，将手中杂物又一股脑儿朝陈金彩头上扔去！陈金彩一动不动，任由座儿们砸去，嘴里仍不停地说着"多多包涵"。一只茶碗飞了过来，砰的一声在他的前额上碎了，一缕血丝沿着脸颊流了下来。池子里光线暗，也不知道这只茶碗是哪个扔的。陈金彩仍杵在前台，作着揖赔着礼,像什么也没有发生一样。

座儿们见闯了祸,一窝蜂般散了,戏园里人去楼空,陈金彩这才扑通一声栽倒在地上。众伶一拥而上,七手八脚地将班主抱了起来。陈金彩脸色惨白,摇摇手,示意众人不必紧张,又命人将他送回家去。

京城的冬天,北风呼呼,三天两头刮得天昏地暗。特别是那些长长的巷子里,一阵风沙扑面而来,像一股突然而至的激流,恨不得将人卷到天上去。百顺胡同口,几棵钻天杨被北风日夜折腾,奄奄一息,枝条无力地垂着,在空中七零八落。

清代的北京由东西南北四城构成,"东城富,西城贵,北城穷,南城贱"。南城泛指前门外大栅栏一带。这里主要分布着八大胡同,即百顺胡同、胭脂胡同、韩家潭胡同、陕西巷、石头胡同、王广福斜街、朱家胡同、李纱帽胡同。八是概数,其实不止八条。八大胡同是花街柳巷的代名词,盖由这里住的大都是娼妓和唱戏的伶人。胡同里分布着上百家大大小小的妓院,伶人们开的堂子也数不胜数。每条胡同都由一座座的四合院和平房构成,蜘蛛网一般密集,里面大有乾坤,是个销金窟。房子和房子之间的小巷像一截截猪肠,窄的地方,两个人要仄身才能通过,第一次进来的人,根本找不到出口。住在胡同里的人家,贫富不一,富户日进千金,贫者一日三餐难以为继。

程长庚正在自家院子里整理鹤棚。天冷了,鹤就将脑袋埋在翅膀里,窝在巢内一动不动。北方的冬天,对喜欢温暖的鹤来说,无疑是一场劫难。程长庚将鹤抱了出来,将鹤棚端到了朝阳的地方。他娘又将儿子的一件旧棉袄垫进了棚里,晚上还会在棚边放一只火炉,将棚里烤得暖暖的。要是温度太低,鹤会被冻死。

程长庚正在忙活的时候,忽然听见有人敲门,打开门一看,班主陈金彩、管事赵德禄,还有自己的师兄丁四和好友卢胜奎四人来了。程长庚有点纳闷,不知这几人突然造访所为何事。丁四还拎着一包卤菜,卢胜奎抱着一坛酒。陈金彩说:"玉珊,几天不见,大家相约来看看你。"

程长庚忙着将四人延至室内，他娘又赶着弄了几个小菜，几人就吃喝开了。程长庚这几天没到戏班里去，并不知道三庆班那天在广德楼发生的事情，几人也闭口不提。喝酒的时候，几人只顾扯些闲话，说话也有点吞吞吐吐，并不像平时那般畅快和自然。程长庚情知班主找他有事，只是还没到提的时候，他也不好问。

看着一坛酒快要见底，陈金彩这才开口说："玉珊。"将他叫得应应的，又继续说道，"我们今天来，是要同你商量一件大事。"

"班主，您说。"程长庚见班主如此认真，紧张得心扑通扑通跳起来，不知班主要说的大事是件什么事。

"玉珊，"陈金彩顿了顿，眼睛红红的，直视着程长庚，"我想让你担任三庆班班主！"

程长庚大惊，紧张得站了起来，不停地搓着双手。他扫视了其他三人，他们也正看着他。显然，他们都已经知道了班主的想法。

"您不是当得好好的吗？何以突然有了这种想法？我才疏德薄，如何当得三庆这般百余人的大班的头儿！不行，绝对不行！"程长庚推辞道，他是真心不想干。

陈金彩说："我是旦行，今年已四十多岁，能撑到今天已属不易，早该隐退了。当下的梨园正在发生着一场深刻的变革，虽不知道会朝着哪个方向变，但有一点是可以肯定的，我陈某已力不从心。三庆是有历史的大班，有过辉煌，这块牌子不能在我的手里砸了。选你当班主，是我经过深思熟虑的，希望你不要推辞。"

程长庚着急地望着赵德禄、丁四和卢胜奎，意思是让他们帮他说说话，可他们个个将目光偏向一边，并不看他。

赵德禄说："玉珊，你就应了吧，班主这也是信任你！"

丁四说："玉珊，我们都支持你，凭三庆的名声，何愁祖师爷不赏饭？"

三庆班是百余人的大班，每个伶人身后都有一家老小。一想到这些人的吃饭问题,程长庚就浑身起鸡皮疙瘩。他哪里敢答应呢?他将坛子里的酒全倒在了自己碗里,一口喝干了。

陈金彩说:"二十年前,老班主高朗亭将班主一职交给在下的时候,我也是像你这般紧张,迟迟不敢答应,可后来不也干得好好的吗?我考虑来考虑去,这副重担除了你,任谁也担不起来,你就不要再推辞了!"

程长庚还是连连摇头,也不再说话,场面一时有点冷清。卢胜奎急了,他怒视着程长庚,一拍桌子,说:"玉珊,你怎么能这样呢?陈班主这是信任你,你怎能辜负班主的一番好意?你客气地推辞一番也就罢了,难道还能真的不应!这不是给你荣誉,而是给你责任,是奉命于危难之间。大丈夫生于天地之间,当胸怀天下,干一番事业,当下正是时候,京城梨园需要你出来担纲!"他又指着鹤棚说,"我知道你这只鹤名曰叫天,难道你打算像它一样,像霜打的茄子,整天半死不活地窝在棚里,枉费时光?可惜祖师爷不待见我,卢某没你那一身本事,否则,哼,这班主一职,我倒要和你争一争呢!"

程长庚还是沉默不语,陈金彩安排他来接班,这事太突然了,他没有半点思想准备,能不能带好三庆,他心里真的没有底。

卢胜奎呼地一下站了起来,对陈金彩说:"陈班主,我们走吧,看样子玉珊是不会答应了!他这人我算是看出来了,是窝棚里的叫天、缩头的乌龟,成不了气候,做不了大事!大北京能人多的是,我们另选高明去,走!"

卢胜奎一番数落,让程长庚冷汗淋淋。卢胜奎说他别的不是也就罢了,说他是窝棚里的叫天、缩头的乌龟,可谓诛心之语。卢胜奎将陈金彩、赵德禄和丁四一个个拽了起来:"我们走,还赖在这儿干什么?难道还要求人家答应不成?"

三人被卢胜奎拉了起来,向门外推去,几人欲语还休,磨磨蹭蹭地向门外走去。

程长庚看着几人走出了院门,渐渐走到了巷口,到了那几棵钻天杨下面。钻天杨顶着一头"乱发",像刚刚经历了死里逃生。就在他们即将转身之际,程长庚狠了狠心,大叫道:"我应了!"

第七章　整班

大雪飘,扑人面,朔风阵阵透骨寒。

——《野猪林》

　　前门外廊房头条街道上有家"诚一斋"南纸店,因为这家店里经营的笔墨纸砚均非本地所产,主要来自南方,故称为南纸店。店门口左侧有一个小摊子,一张小条桌,墙上挂着个招牌,上面写着"代笔"二字。卢胜奎一大早就坐在摊子前,因为生意清淡,他肚子饿得咕咕叫,只得望着南来北往的人流发愣。他的脑子里还在回想着昨晚胭脂巷潇湘楼里的温柔场景。昨天,他代写的诉状让告状者打赢了官司,那人一高兴,给了他二两银子。他是个留不得过夜钱的人,当晚就溜到了潇湘楼,找到了老相好小兰,鬼混了一夜。今天早上一结账,二两银子花光了不算,还倒欠了一两,挂着账。

　　卢胜奎发着呆,没有看见程长庚已走到了他的摊子前,见眼前有个模糊的人影,以为来了主顾,心里一喜,问道:"先生要写信还是告状?"

　　"我要告你。"程长庚淡淡地说。

　　卢胜奎一个激灵,这才发现是程长庚。程长庚笑道:"你这一大早心不在焉的,莫不是在想着什么好事?"

　　卢胜奎揉了揉眼:"我穷书生一个,有什么好事能落到我的头上?你来得正好,我助你当得班主,请我吃碗羊杂不过分吧?早饭还没有吃呢。"

　　"我正要找你算账呢。你们那天走后,我仔细一琢磨,发现上了你的当,你用激将法激我,只怪我当时没识破。"

卢胜奎哈哈大笑:"现在说什么也晚了,我不激你一激,你能爽快地应下来吗?不过,放眼这三庆班,也只有你才能挑得起这副重担。"

"不说这事了,走吧,吃早饭去。我也有事要和你说。"

到了早餐店,卢胜奎大声地对伙计说:"来一大碗羊杂汤,分量要足,外加两个热芝麻烧饼,今天有人埋单。"

很快,一碗热气腾腾的羊杂汤端了上来。卢胜奎自己又加了些辣椒油和麻酱,然后一头埋进热气里,狼吞虎咽地吃了起来。一碗羊杂很快见底,他这才拿起烧饼,不急不躁地啃了起来,瞅着程长庚在有滋有味地吸溜着面茶,鄙夷地说道:"这玩意儿有什么吃头?不如羊杂来得痛快。"

面茶是老北京特色早餐之一,准确地说,应该叫面糊,它是将黍子面或小米面煮成糊状,然后将芝麻酱转圈儿浇在面茶上,味道特别香浓,再配上烧饼、油饼和咸菜,可口又实惠。老主顾在点餐时都会说"来一套"。喝面茶时不用勺子,而是一只手端着碗,再将嘴噘起来,趁着烫劲儿沿着碗边转边吸溜。

看着程长庚大声地吸着面茶,卢胜奎皱了皱眉,他问道:"玉珊,你不是有事要和我说吗?"

程长庚这才抬起头来,舔着嘴边的面茶,也不瞅卢胜奎,打了一个嗝,说:"我当班主,对你也是有要求的。"

"什么要求?我能办得到吗?"

"能。你是老票友了,戏也唱得不错,就别弄那个摊子了,到三庆班来搭班唱戏。"

卢胜奎一个激灵,站了起来,愣了半响,问道:"我……行吗?"

"怎么不行?你难道忘了自己的名字是怎么来的?胜奎,不就是要胜过张二奎吗?别以为我不知道。你不能总是嘴上说说,没有实际行动。要胜过张二奎,不登台怎么行?到三庆来,我们一起干。"

"我……"卢胜奎张着嘴,嘴里散发出一阵阵羊杂味,冲得程长庚直皱眉。

"我什么我呢？你是要说自己没蹲过科班吗？可人家张二奎也是票友出身。叫你到三庆来，还有个用途，就是给我拾掇本子。什么叫本子？那是一戏之本，极其重要。你识文断字，这是你的专长，相信你能干好。"

卢胜奎还是底气不足，半信半疑："那……那我真来了？"

程长庚说："我现在是班主了，难道用个人的权力还没有吗？你明天就来，先跟在我后面学老生。"

卢胜奎激动得不行，他对伙计喊道："伙计，再来份炒肝，我还没有吃饱！加壶酒！"

程长庚见状摇了摇头。

自此，卢胜奎以票友身份正式加入三庆班，成为程长庚的得力助手之一。

一天，程长庚收到一封信，是姚莹从四川寄来的。信中，姚莹说，当程长庚收到这封信时，他说不定已经返回了桐城老家。他于道光二十三年（1843）末入川，至道光二十八年（1848）春乞病罢归，在四川先后待了将近五年时间。五年经历，酸甜苦辣，一言难尽。其间，他一再被格外"关照"，两次被委以"藏差"，前往藏区解决两呼图克图的纠纷。跋涉之苦自不待言，万幸的是，历尽艰险，两次都从绝域中顺利生还。继而，他又被发往蓬州充任知州。入川以来，他始终感觉背后有一只看不见的黑手在操纵着他的命运。现在好了，终于可以回老家了，可以安心地睡个好觉了。姚莹说，入川五年，他最大的收获之一，就是写下了《康輶纪行》一书，记录乍雅使事始末、山川形势风土和入藏诸道等情况。再看寄信日期，这封信在道上已辗转了一个多月。程长庚猜测，当他收到信时，姚莹已经返回了桐城故里。大难不死，必有后福，愿姚公余生安好。

程长庚接任三庆班班主，班里的具体事务仍由管事赵德禄过问，戏班照常在各大戏园间轮转，虽然戏还是像以往一样不卖座儿，但不卖座儿也要演。程长庚还没有回过神来，还要好好想一想、捋一捋，想想从哪里入手，让三庆班走出半死不活的困境。自投身梨园以来，他始终感觉有一口浊气卡在胸中，总是出不来，日夜折磨着他，让他不得安宁。"戏子"这个称谓，像千斤的铁帽子，压得他抬不起头来，挺不直腰杆，见人矮三分。"叫天"又如何？天真能听得见吗？天从不理人间不均，也看不见小民悲苦，该晴时晴，该阴时阴，破屋偏遭连夜雨，风霜雪雨连相逼。天不眷人，人当自眷。

一天，三庆班在三庆戏园唱戏。程长庚坐在后台账桌前，想着班里一百来号人，超过一半都是旦行，而且还不包括这些角儿招收的弟子，也就是小旦或歌郎。这些弟子一个个年轻俊美，酷似女子，因此又称"像姑"。此刻戏还未开锣，后台静悄悄的，旦伶们带着各自的弟子到戏台前"站台"去了。一想到"站台"，程长庚就皱眉。几十个旦伶化好装，个个花枝招展，挤在戏台东西厢，面向台下，供看客观赏和品评。旦伶们借机卖弄风情，与豪客老斗们眉来眼去。他们若是看中了哪个小旦，可以叫到池子中陪坐，也可以相约在演戏结束后，到小旦所在的私寓继续喝酒玩乐。

"站台"是梨园陋俗，也是当时风气使然。京城南城大栅栏八大胡同一样，是妓院和堂子的聚集地，要不怎么说"南城贱"呢？虽说贱，内城那些有钱的男人，汉人也好，满人也罢，一个个都抱着脑袋铆足了劲往里钻。有清一代，京师严令，旗人不许出入戏园酒馆，官员严禁狎妓饮酒。旗人和官员苦于无处消遣，八大胡同里数不胜数的堂子就成了他们最好的去处。

说起堂子，还要由徽班进京说起。徽伶进入京城，堂子本来是角儿们的住处。后来，有些角儿见有利可图，就在堂子里做起了侍宴、侑酒甚至陪宿的生意。堂子多半布置得像官宦人家的书斋，窗明几净，梅竹扶疏，琴棋书画，环境清幽。从清代中末期起，很长一段时间，到南城堂子里去喝酒听曲"打茶围"，都是一种时尚的消遣方式。一些旦角，在唱红了之后，立一个堂名，买几个年轻俊美的男孩，入班社唱戏，然后将客人从戏园带到堂子里消费。旦角们白天做台上的生意，晚上做台下的买卖，收入可观。堂子里的消费也分不同档次：饮茶、聊天是一档；设宴、摆酒是一档；留宿又是一档。三档之中，收费标准自然也逐级攀升。

堂子文化一度风靡京城。以堂子里活跃的年轻貌美的小旦们为中心，文人们还"发明"了多种衍生活动,评花、咏伎、征歌、选色、出花榜等,坊间各类《花谱》层出不穷,对小旦品头评足,进一步刺激了堂子的繁荣。如此一来,小旦们的心思根本不在唱戏上,而是想着如何讨豪客老斗们的欢心。这是一个出卖青春、卖笑为生的行业,自然隐藏着许多不堪和黑暗。

程长庚正在发愣,赵德禄急匆匆地来到他身边,迟疑了一下,说:"老板,不好了,前台贵云和桂林吵起来了,我劝阻也没用。"

戏园演戏,无论前台还是后台,最忌讳的事就是吵架。一则破坏戏班团结;二则,座儿花钱看戏,就是图个乐子,这戏还没开锣,先来一番吵闹,看戏的和演戏的都败了胃口,失了心情。程长庚黑着脸,大步向前台走去。赵德禄一边紧撵着,一边叙说着事情的大致经过。有个人称罗三爷的豪客,一直捧的是桂林的弟子——小旦玉楼,今天来看戏时却转换了目标,百般讨好贵云新收的弟子——小旦如仙。先是弟子们争风吃醋吵了起来,接着师父们加入,愈吵愈凶,快要动起手来了。

戏池里乱成一团,啸叫声、口哨声、拍桌子声、喝倒彩声响成一片。座儿虽然不多,但个个闹得挺凶,大呼小叫,兴奋得像是捡到了什么宝贝。

赵德禄使足了中气,大吼道:"大老板到——"

这一声喊,那真叫语惊四座、声震屋宇,将一肚子的愤怒和憋屈全喊了出来。戏园里顿时安静了,掉根针在地上都听得见。程长庚倒背着双手,脸上像涂了黑油彩一般,鼻息粗重,一步一步地从前台走过,凌厉的眼神像三九天的寒气,从那些小旦的脸上一一扫过。毕竟是班主,是管着他们饭碗的人,人人都有一些胆怯。程长庚经过时,贵云和桂林低着头,玉楼和如仙的身子不由自主地哆嗦了一下。

卢胜奎跟在程长庚身后,递给了程长庚一本册子,轻声说:"这是坊间酸文人们最新出的《花谱》。"

程长庚接过来,翻了翻,如仙排在第一,是当月花魁。对他的赞语是"丰腴姣秀,粉肌如脂,云鬟蓬松,姿态尤胜,见者目荡神怡,不觉心醉欲狂矣。着小罗衫,胸酥微露,兜肚猩红,拖散脚裤,弓鞋弯小,缠绵幽艳,宛然十八佳人,情窦初开,春意方浓"。说玉楼是昔日花魁,如今退居第二,对他的赞语是"玉质冰肌,秀眉俊目,婀娜体段,不染轻佻,有大家闺秀风致"。程长庚合上册子,说:"什么乱七八糟的东西!"说着,扔出老远。

程长庚又扫视了一眼那些小旦,当中一人有些眼生,不过,经过一番打扮,确实有些妖媚。只见他腮边还挂着两行粉泪,脸上有几道血痕,头上凤冠歪了,红蟒前胸的纽扣被拉散了,半敞着,露出了里面雪白的褶子。站在他身边身材高挑、眉眼斜吊、趾高气扬的小旦,应该就是《花谱》中说的"有大家闺秀风致"的玉楼,他的一只手掖在身后。程长庚情知有异,走到他身边,突然一把将他藏在身后的手拎了出来。他的手上竟然还握着一只绣花鞋。再看他的脚上,果然少了一只鞋。

这时,楼上官座里下来一位胡子花白、身着云龙锦袄的老者。只见他拄着拐杖,不疾不徐地走到程长庚面前,拱了拱手说:"在下姓罗,今天包了个官座,请了几个朋友看戏。现在倒好,这一闹腾,看戏的心情也没了。在下有个请求,让戏园把我的茶钱退了。"茶钱就是看戏买座儿的钱。罗三爷带头这么一说,嚷嚷着要退茶钱的就有七八个人。

程长庚想,这人应该就是赵德禄说的罗三爷了。他朝池子里拱了拱手,说:"在下三庆班新任班主程长庚,因治班无方,打扰各位看戏,各位爷受累,程某在这里向各位赔礼了!"说着,对自称姓罗的老者说,"罗三爷,别人的茶钱可以退,您的可不行。"程长庚故意说得很慢,言语中有着不容商量的坚定。

罗三爷的脸立马涨得通红,他将拐杖在地上连连捅了几下,吊着眉梢问道:"程大老板,这是何道理?为什么他们的能退,我的退不得?今天这份茶钱,你们三庆班退定了!"说着,一屁股在茶桌上坐了下来,大有一副不给钱就不许唱戏不走人的势头。

程长庚说:"程某打听过了,今天这场纠纷可是因您而起。原因嘛,您老心中有数,我就不详说了。"程长庚凑近他的耳边,"今天不但您的茶钱不能退,而且退给别人的茶钱,也都由您代付。"

程长庚在说起纠纷的原因时,罗三爷的眼睛不由自主地瞅了瞅如仙。程长庚称不详说了,也是给他留足了面子,可在众人面前,特别在这帮小旦面前,罗三爷觉得这脸是丢大了。他恼了,指着程长庚的鼻子骂道:"姓程的,你不过就是一个唱戏的,竟敢和老夫这样说话,你就不怕吃不了兜着走?"

程长庚面不改色地回道:"罗三爷,您要是不服,有两条路可以选择:公了呢,明天我们到精忠庙事务衙门走一趟;私了嘛,程某明天就带着几个小旦,到您府上去,专程向您赔礼道歉。"

精忠庙事务衙门专管梨园纠纷,它上头就是内务府。这般捧旦的丑事虽说不犯法,但要是闹到戏衙门里,有理无理且不论,肯定会影响罗三爷的名声。这一大把年纪了,还搞出这般龌龊事,到时难免会让人笑掉大牙。这般风流韵事,要是被哪个酸臭文人捡到了,说不定会在京师梨园志中记上一笔,那就臭名昭著了。至于程长庚说带着几个小旦到他府上去赔礼道歉,更是将他吓出一身冷汗。说是道歉,其实是上门理论,那全府上下就会知道他的艳事,让他在妻儿老小面前如何做人?

想到这里,罗三爷咳嗽了一声,清了清嗓子,客气了许多,对程长庚说:"程老板,罗某也不是在乎那几个茶钱,只是这一番闹腾,扰了大家的兴致,面子上有些挂不住。"

程长庚就坡下驴,将这个瘟神顺顺利利地送走才是上策,当下揖礼说:"程某再次赔礼了,还请罗三爷多加原谅,回头有好戏,我们给您留个好座儿。"

罗三爷得了面子,哈哈大笑,赶紧趁机告辞,再也不提茶钱的事了。程长庚松了一口气,又将刚才叫嚷着要退茶钱的几个座儿安抚一番,好歹将一场纠纷平安化解。至于如何处理参与今天吵架的伶人,那是下一步的事,唱完今天的戏再说。

处埋完这些,程长庚就到后台去了。戏也开锣了。坐下没多久,赵德禄又神色慌张地来到后台,哭丧着脸对程长庚说:"程老板,又出事了,今天的压轴戏

第七章 整班

089

《玉麒麟》有贵云的戏份,但他说今天吵架嗓子哑了,唱不了戏,要告假。也不管我同意不同意,带着几个弟子扬长而去,回私寓去了。"

戏班里是有很多规矩的,这些规矩每个伶人都要无条件遵守。如戏班里最忌吵架,梨园里不乏这样的人,他们身怀绝技,却因爱打架骂人而无班敢用,长期赋闲居家,最后不得不改了臭脾气。又如伶人因病或因事请假,需在开锣前向后台管事告假,获得同意后方可离开。一旦开锣,则不得告假,否则以误场论,因为开锣后管事已来不及另行安排人手顶替。

贵云今天吵架没占到便宜,爱徒也被玉楼狠狠揍了一顿,他有气难出,因而撂挑子走人。他的行为,用梨园行话说就是拿乔,要给程长庚和戏班难堪。可见此人品性低劣。

现在不是和他计较的时候,当务之急是解决谁去顶替贵云的角色。每个人的戏码是头天晚上就安排好的,三庆班旦角不少,可这一时到哪里去找人?

《玉麒麟》取自《水浒传》,说的是吴用设计让玉麒麟卢俊义加盟梁山的故事,其中有卢妻贾氏和管家李固通奸合谋的情节。程长庚问道:"贵云扮的是不是玉麒麟的夫人贾氏?"

赵德禄回道:"正是。他扮那个贱人倒是活灵活现,风骚妩媚,很得座儿们的认可。"

"我知道了。快叫梳头和盔箱师傅过来。"

"大老板,这是要给谁扮戏呢?"赵德禄不解地问道。

"给我,我来演贾氏。"程长庚平静地说。

赵德禄惊得白眼珠子全翻了出来,这行吗?可他不敢细问,招呼道:"梳头和盔箱师傅呢?快点过来,给大老板扮戏。"说着,悄悄退了出去。到了出场门边,他还没有回过神来。大老板要扮一个女人,且是一个风流女人?!他可从来没见过大老板扮旦行。一个平时不苟言笑的七尺男儿,去演一个放荡的女人?赵德禄不敢细想,不知梳头和盔箱师傅会把大老板装扮成什么样,他连看都不敢看。

程长庚接任三庆班班主后,他的舅舅张坦前来投靠,程长庚安排他在戏班里当了一名盔箱师傅。他舅早年也是一名旦角,现在年纪大了,上不了台,可唱了一辈子戏,对梨园里的规矩还是很懂的。他一边替程长庚更衣,一边说:"玉珊,你这么做,有些不合适。"

"不是情势紧急吗?有什么合适不合适的?"程长庚说。

"且不说你能不能唱青衣,你当班主才几天,就去演这样一个不正经的女人,说白了,是自掉身价,会影响你在戏班里的威信。"

"舅,您唱了一辈子戏,也应该知道角色无大小的理。同在戏台上,正角唱戏,配角难道不是在唱戏吗?同样是唱戏,为何会有高低之分、贵贱之别呢?只有唱得好与不好之别,没有大角色与小角色之分,跑龙套的都重要。"

"话虽这么说,可舅总觉得这样有些不妥,怕人笑话你。"张坦说。

程长庚说:"舅,您就放心吧,没人会笑话我。救场如救火,没有他贵云,难不成找三庆班就唱不了戏?"

梨园旧俗,主演、配演的角色,界限分得清清楚楚。成名的角儿多不演配角,更不用说去演贾氏这般风流女子了。所以张坦才会有此一说。

两人在说话的时候,梳头师傅已替程长庚梳好了头,贴好了片子,接着勒头、戴头饰,浓妆艳抹,身着外红里绿的锦袍。程长庚向他舅抛了一个媚眼。他舅一乐:"嘿嘿,还真有个七八分像。得了,就别这样瞧我了,舅肉麻。舅知道没什么角色能难得了你。"

程长庚一笑:"今天扮女旦,我也是头一回,我像玉麒麟一样,是被逼上梁山呢。"说着就找个角落坐下了,闭上眼,在脑子里过戏,同时等着出场。

《玉麒麟》开演了。后台不知是谁,早把贵云缺场,程长庚顶替扮演贾氏的消息透露了出去。不说池子里的座儿们,就是三庆班现场的伶人和伴奏的场面师傅们,一个个也都觉得新奇不已。甭管大老板演得好与不好,就他扮风流女人一事,就是稀罕中的稀罕,是多少年都难得一遇的趣事。今天是救场,让大老板赶上了,将来也不大可能会有第二次。所以,大家都觉得今天特别有眼福。

台上的卢俊义先是自报家门,然后一句念白:"请夫人出堂——"

四个丫鬟站到了戏台四方。座儿们一个个伸着脖子,盯着上场门。只见门帘一动,程长庚扮演的贾氏出场了。卢俊义是大名府员外,他的夫人贾氏乃大家闺秀,举手投足当很讲究。大老板不愧是大老板,他跑的圆场就很有特点。只见他起步幅度略大,腰提起,起步的脚离地少许,徐徐落下,带动上身,腰身轻轻地颤动了一下。这种颤动是微小的,给人若有若无的感觉,随之起步的脚掌压步而下。然后开始第二步。这种走法给人大方、华贵之感。贾氏一个圆场跑下来,然后在戏台正中站定了,轻启朱唇:"淡淡明似月,输梅一段香……"

真是艳惊四座。平时唱戏,生行用的是真声,声音雄浑高亢,而且行除老旦外,用的都是假嗓,发声方法、调门均大相径庭。唱假声,有一种拳头打在棉花上,怎么也使不上劲的感觉。可再看程长庚,竟然唱得有板有眼,婉转似莺啼,伴着水袖挥来舞去,十分逼真,真是一个活脱脱的青衣。

和他演对手戏,扮家人李固的是卢胜奎。卢胜奎生性风流倜傥,平时就爱钻烟花柳巷,演起通奸霸产的李固来自是得心应手。他和程长庚演活了一对奸夫淫妇。为了表现贾氏的风骚,张坦特地在程长庚的鬓边斜插了一枝桃花。戏中,贾氏三次故意掉落桃花,都是李固及时替她捡起插上。卢胜奎是文人,还临时发挥加了些戏词。如他在调戏贾氏时,就拿她丈夫的外号说事,问她"麒麟"二字怎么写。程长庚自然心领神会,就反问卢胜奎:"谁是麒?谁是麟?"这一问一答,眉来眼去,不着痕迹却又尽显风流。这些都是以往的《玉麒麟》戏中没有的细节。戏结束时,众人对程大老板扮的贾氏和卢胜奎扮的李固赞不绝口。

散场后,程长庚命赵德禄通知三庆班所有伶人晚上到大下处聚会议事。

戏班住地称大下处,这里是普通伶人的住所,角儿们都有自己的私寓,也就是堂子。程长庚先是宣布了对白天贵云缺场的处罚,扣除半个月包银,如有再犯,清除出班。伶人不能搭班,就不能登台唱戏,只能到京东郊县草台子上混一口饭吃,这是对伶人最严厉的处罚。贵云见程长庚新任班主,没将他放在眼里,本想拿乔,没想到被大老板亲自顶了缺,反响比他好多了,真是偷鸡不成蚀把米,当下自知理亏,低着头不敢吭声。半个月包银不算什么,堂会、私寓的收入才是大头,要是被驱逐出班,那就砸了饭碗,什么也没有了。

接着,程长庚宣布两条最重要的班规。程长庚大声地说:"一是取缔旦行'站台'陋习。我们是戏班,当以唱戏为主,不搞歪门邪道、歪风邪气!从今往后,三庆班的伶人要挺直腰杆做人,堂堂正正唱戏!二是从即日起,凡是三庆班角儿,杜绝'外串',凡应堂会,必须用我三庆班做班底方可。大家有钱一块挣,有福同享,有难同当!"

"外串"即个人外出唱戏,主要是针对那些成名的角儿应堂会戏或其他演出。对当红的角儿来说,堂会戏是一份重要收入,远远超过在戏园唱戏的收入。杜绝"外串",这无疑断了包括程长庚在内的角儿们的财路。至于那些平时和堂会无缘的小角色和跑龙套的,自然举双手欢迎。取缔"站台",杜绝"外串",并不是程长庚一时冲动做出的决定,而是深思熟虑之举。但是,"站台"现象和"外串"应养,梨园久已有之,相沿成习,要想一朝取缔,谈何容易!

程长庚话音刚落,下面便开始窃窃私语,小声议论,接着争论声越来越大,反对声一浪高过一浪,大家争得面红耳赤。这些都在程长庚的预料之中。

程长庚也不言语,只是把玩着手中的一个鼻烟壶。待大家说够了,他才咳嗽了一声,问道:"大家有没有想不通的?想不通的请站起来说,我们来理论理论。"

贵云说:"这两条我都不理解。我们到京城来所为何事?无非是挣钱,养家糊口。只要能挣钱,为什么不能'站台',又为什么不能'外串'?别的戏班做得,我三庆班为什么做不得?双双取缔,说白了就是自断财路,自捆手脚,我们又何苦要带这个头?"

不能不说,贵云说得还真有几分理,代表了大部分反对者的心声。

程长庚说:"安庆人徐春林,小旦出身,红过一阵子,嘉庆八年(1803)时才二十九岁,年老色衰,再没豪客追捧。他手不能提,肩不能扛,成了一个废人,整日借酒消愁,终因穷困潦倒无法在京城待下去,颓然而返。石牌人吴惠兰,长相俊美,姿色过人,又善应对,他刚到京师,就成了豪客老斗们争相邀请的对象,结果呢?十八岁时在屈辱中死去。这样的例子还有很多。你们争上《花谱》,以能入谱为荣,其实荣耀何在呢?在我看来,那是阎王爷的生死簿!上了簿,就离死亡不远了!为什么要取消'站台',我不说你们也心知肚明。'站台'说白了就是欢场卖笑!和八大胡同里的娼妓无二!小旦们看似一时风光,几年后呢?等待他们的是什么?这方面的惨痛教训还少吗?这些来自老家的男孩子,被黑心的角儿们花几个钱买来,骗其父母,挟至京师,教以清歌,饰以艳服,佐餐侑酒,弄得不男不女,以血泪换取金钱,只为中饱主子私囊!"

程长庚一番话,揭开了"站台"和私寓的黑幕,戳在了贵云这般私寓主人的痛处,他们再也不敢吱声了。

一时间,场中一片寂静。这时,一个佝偻着腰的中年男子站了起来,说道:"程大老板取缔'站台',刘某同意。可是,在下不解的是,为何连'外串'也不许呢?难道堂会的钱咱也不挣了?这般自断财路的事我实在不解!"

说话的人叫刘赶三,天津人,是京师名丑,他一改以往丑行"重念不重唱"的弊端,能根据剧情自编唱词唱腔,所演人物无不幽默风趣,很受座儿们欢迎。他本名保山,字韵卿。因其艺高,常被多处邀请,常常一天要赶三个场子演戏,被讥为"赶三"。他非但不介意,反而以"刘赶三"为艺名。因为他艺高才丰,程长庚对他很是尊敬。新规不许角儿"外串",他第一个反对,也在情理之中。

戏班进戏园唱戏,伶人所得非常有限。名角儿一季包银八百吊,小角儿二三十吊,那些跑龙套的少之又少。一吊钱即一两银子。戏班各角儿除包银外,每日上戏园演戏,另拿数量不等的车马钱。至于那些管衣箱的、梳头的、检场人、管水锅的等一应杂役,可能连糊口都难。梨园行对外应堂会戏,向例分为"整包""分包""外串"三种形式。由雇主约请某一戏班全班演出,称为"整包";约请班底配角或单约某戏班的部分主次演员,称为"分包";"外串"指雇主先约好一个戏班的班底,然后再另请名角儿。

早年戏班的伶人分为头路、二路、三路。三路以下的演员称为班底,指配合角儿演出的团队,包括武行、旗锣伞报、门子、宫女丫鬟等龙套和场面上乐师等人员。戏班如果上座儿少,入不敷出,对头、二、三路角儿,就要减少戏份钱,但对于班底则一律不会少给,因班底多是贫苦同业,所以按原份照发。班底虽都是小人物,但也很重要,没有这些人,戏就无法开演。

按程长庚的新规,以后要是谁打算请三庆班的红角儿唱堂会,必须用三庆班的班底。班底相当于"搭头",程长庚将他们和本班的红角儿捆绑在一起,不用三庆班底,就不得约请三庆班的红角儿。其实,程长庚这样做,意图很明显,主要为了照顾三路角儿以下的大多数伶人和杂役。

程长庚回道:"整个戏班子,要说谁挣钱最多,非几个红角儿莫属,大多数人只能勉强糊口。陈班主将这么大的戏班,一百来号人交给我,是要大家跟着我有口饭吃,而我不能只顾着少数红角儿的利益。要说'外串'唱戏,班里可能谁也没有我机会多,要算损失,也是我的损失最大。再说一遍,从今往后,凡我三庆班的角儿,不论是谁,一律不许应'外串'唱戏!凡对外应戏,必须以我三庆班人马做班底,角儿是角儿的酬金,班底是班底的费用,有活大家一起去,有钱一起挣,有福同享,有难同当!"

禁止角儿"外串",在京师梨园可是头一遭,三庆班开了先河。此举自然受到戏班三路以下小角儿和各类杂工的欢迎。程长庚话音刚落,底下响起热烈的掌声,经久不息。自然,像贵云、桂林、刘赶三这般红角儿,脸上冷得能刮下霜来。

程长角又说道:"雇主请我们三庆班的红角儿唱堂会,还要让他们心甘情愿地出钱用我们的班底,我们肩上的担子并不轻松,戏要足够好看,角儿要足够红,班底要足够强,是他班的角儿和班底比不了的。如此,雇主才会觉得这份钱花得不亏。从今日起,我们三庆班要人人争气,下一番苦功夫,练好功,唱好戏,把'徽班第一'的牌子撑起来,重振三庆雄风!"

自此,三庆班的每一场戏,必有一出专重翻打的武戏放在中轴子,压轴子多为生旦的重头大戏。大轴子即文武带打的全本新戏,分日接演,旬日乃毕。程长庚是要彻底扭转"要吃饭,一窝旦"的不良风气,树立"龙虎班"的雄风。何为龙虎班?十蟒十靠和全堂刀枪把子,什么大戏都能演的班,才叫龙虎班。三庆班正朝着这个目标迈进。

第八章 "三鼎甲"

时尚黄腔喊似雷,当年昆弋话无媒。而今特重余三胜,年少争传张二奎。

——清道光年间《竹枝词》

程长庚多么渴望有一方自己的舞台。木质的,古旧的,地面上铺着红色的氍毹,梁枋上雕着帝王将相和才子佳人。他认为,很多时候,并不是说你站在一个地方,就有了自己的舞台。那舞台是看不见的、流动的,它不在具体的某一个地方,而在座儿们的心里。你在他们心里有了位置,就有了自己的舞台,你在这京城就算站稳了。

京城是天子脚下,有能耐的人太多了,他们走马灯一般来来去去。京城是有脸的,京城的脸就是城墙上那些方方正正的古砖,它们天天看着你,见惯了风风雨雨,你来或去,存在或消失,它们都波澜不惊,连灰尘都不落下一点。它们把你看老了,看完了,可它们还是老样子。京城的脸很难看。

想有一方自己的舞台,谈何容易?有了舞台,表面上看似有碗饭吃,本质是有人关注你,关注你的戏。非亲非故,伶人这么多,座儿们凭什么关注你?这真是个难题。你得让他们乐,让他们喜,让他们愁和悲,让他们震撼,演绎他们的爱恨情仇,说他们想说的话。你得活成他们,至少在台上,你是他们渴望的样子。这样,他们才可能接受你。

一天晚上,卢胜奎拎着一壶老酒、两只卤猪耳朵,来到程长庚宅中。程长庚说:"你来得正好,我向戏班告了几天假,明天陪我跑跑戏园子。"

那天后台的事,卢胜奎已经知道了,他其实是来安慰程长庚的。程长庚不提那天的事,他也就不点破。卢胜奎喝着酒,说:"是该看看同行的戏了,有两个人的戏你要仔细看一看。"

"哪两个?"

"余三胜和张二奎。"

街头流行着一首《竹枝词》:"时尚黄腔喊似雷,当年昆弋话无媒。而今特重余三胜,年少争传张二奎。""黄腔"就是二黄腔,也就是皮黄腔,包括二黄和西皮。这首《竹枝词》说明,京城梨园流行皮黄腔,操牛耳者是余三胜和张二奎。也就是说,余、张二人出名的时候,程长庚还没有排上号。

程长庚点了点头,表示认可,他是故意问的,就看卢胜奎推崇的人和他看好的是否暗合。数年前,余三胜和程长庚在穆府的堂会上唱过对手戏,余三胜扮的是东皋公。当时,也没感觉他唱得多好。张二奎的经历他也听说过一些。张二奎兄长张大奎在兵部武库司当经承,也就是役吏。张二奎沾兄长的光,在武库司当学员,要是混得好的话,以后也可能像其兄长一样,谋个经承的差事。可是张二奎酷爱听戏,进而发展到偷偷登台唱戏,最后干脆以票友身份投身梨园,以唱戏为业。

两人先是偷偷去看余三胜的戏。那天,余三胜正在同乐园演《李陵碑》。这出戏程长庚也会,是从石牌好友产金传那里学的。可听了余三胜的演唱,程长庚大吃一惊,眼界大开。《李陵碑》又叫《碰碑》,说的是杨令公在内无粮草外无救兵的绝境下,碰死李陵碑以身殉国的故事。这是一曲悲情戏。余三胜的演唱,抑扬顿挫,缠绵悱恻,婉转悲凉,与一般老生直腔直调只知一味狂呼怒喊大相径庭。戏开场,四个鬼卒导引着杨七郎的鬼魂登场。接下来,杨令公与儿子的鬼魂有一段撕心裂肺的对唱,运用了回龙腔、二黄原板、二黄倒板、二黄摇板、二黄慢板、三叫头等板式和腔调,形式非常丰富,程长庚都看呆了。可让程长庚更吃惊的是,余三胜创新了一种独特的腔调,这种腔调,他从未听过。余三胜应

该是第一人。如这一段唱:

【反二黄慢板】叹杨家秉忠心,大宋扶保到如今,只落得兵败荒郊。恨北国萧银宗打来战表,擅抢夺我主爷锦绣龙朝。贼潘洪在金殿帅印挂了,我父子倒做了马前的英豪。

【转反二黄快三眼】金沙滩双龙会一阵败了,只杀得血成河鬼哭神嚎。我的大郎儿替宋主把忠尽了,二郎儿短剑下命赴阴曹,杨三郎被马踏尸首难找,四、八郎落番邦无有下梢,杨五郎在五台削发修道,七郎儿被潘洪箭射死芭蕉。只剩下六郎儿随营征讨,可怜他尽得忠又尽孝,身披铠甲南征北剿马不停蹄为国辛劳。可叹我八个子四子丧了,把四子丧了,我的儿啊!

唱得实在太好了,一开口就能让人入戏。程长庚愣在那里,还没有从余三胜营造的悲情氛围中走出来。

"余老板擅长花腔,变化多端,很受座儿们喜欢。"卢胜奎说,"听听,刚才这种腔调就叫反二黄。"

"反二黄?"程长庚问道,他是第一次听见这种说法。

"对,反二黄,这是余老板自己取的名字,它比正常的二黄唱腔调门要低一大截。"

程长庚懂了,这种反二黄腔调,将正常的二黄降低调门,腔调起伏更大,沉雄、跌宕,适宜表现《李陵碑》中这类慷慨悲壮、苍凉凄楚的情感。难怪座儿们在听余三胜的《李陵碑》时,连叫好都忘了,一个个愣在那里,眼里闪着泪光。戏台上,杨令公在碰碑,座儿们人人也都像碰了一回,痛彻心扉。难怪民间传言余三胜进宫唱戏,一出《四郎探母》,唱得嘉庆皇帝龙颜大悦,当场封他为"戏状元"。不管这则传言是否属实,余三胜的戏唱得出类拔萃当是事实。程长庚深为佩服,也深受启发。他决定,以后不唱《李陵碑》,仅这出戏,他肯定不及余三胜。

次日,程长庚和卢胜奎去看张二奎的戏,地点在中和园。

两人一边步行,一边聊着张二奎。卢胜奎说:"这个张二奎可不简单啊!"

"连你都钦佩的人,肯定有过人之处,说来听听。"程长庚说。

"他的父亲不过是一个普通的赶车匠,因在京常为各部书吏赶车,因而与他们熟识,遂将自己的两子大奎、二奎送入兵部武库司科房学习。大奎学习结束,已得经承一职,二奎继续学习。这老兄要是安安分分学习,同他哥一样,混个役吏差事是没问题的。可惜他好戏,且长相英俊,腔调高亢,有事没事总爱钻戏园子。四喜班不景气,班主遂请他登台一试。这一登台不打紧,你猜怎么着?"

程长庚说:"我也听说过他的一些事,不过没你了解得多。二奎一登台,就轰动了京城梨园。"

"他一个赶车夫的儿子,甫一登台就成红角儿,他唱的是皮黄,正宗的徽调。这真是自徽班进京以来都没有过的奇事!"卢胜奎说。

"怡性高,人生就是一个唱戏的。"

卢胜奎说:"初始,由于他还想着谋一公职,只能隔三岔五在四喜班偷偷摸摸地登台。他哥知道了他唱戏的事,遂将他关在家中,不许出门。可张二奎的事还是被同僚知道了,有人密告长官,他被逐出武库司,连带他哥也丢了经承差事,一家人生活陷入困顿。二奎遂正式搭四喜班唱戏,成了红角儿,官绅争相以邀他侑酒为荣,一时身价顿涨,满城争邀。大老板,您猜他一年能赚多少钱?恐怕当年唱西秦腔的魏长生也不及呢!"

程长庚摇了摇头:"我猜不出来。"

"唱戏当如张二奎。"卢胜奎羡慕地说道,"这几年,这家伙发了大财,有说一年包银三千金,有说两万金。二奎红极一时,名享中外,轻裘肥马,罗绮红袖,新置了家室,栋宇焕然,如起甲第。真是羡煞穷文人卢某了!"

程长庚大笑:"好,希望你将来有一天能和张二奎比肩,在京师梨园领一时风骚,让'胜奎'号名副其实。"

卢胜奎说:"想我卢某穷困潦倒半辈子,要不是大老板收留,现在还在南纸店门口喝西北风呢。我自号胜奎,不过是激励自己,不能就此沉沦,哪里敢和二奎相提并论？"

程长庚说："红极一时并不是什么好事，再怎么红，也是一个唱戏的，会招人嫉妒；况且盛极必衰，稍有不慎，把握不好，也会自乱方寸。"

"大老板说在了点子上，我看二奎已有点乱了方寸，官绅争相请他侑酒为乐，他也渐以俊伶自居，衣食住行都不是一般的讲究，可谓极尽奢华。我看此人红不长久。"

二人一路说着，就到了演戏的地方大栅栏路北中和园。大栅栏是前门外的一条商业街，宽不足两丈，长不足百丈，原名廊房四条。因这里聚集着众多商家，钱庄、药铺、鞋帽店、布庄等应有尽有，商贾们为了保护自己的财产，集资在胡同口处安置了一座高大漂亮的铁栅栏。日久年深，人们就用"大栅栏"这个称呼代替了廊房四条的本名。在这条东西走向的街上，分布着多家戏园子，路北是庆乐园，路南是中和园老戏园子，庆乐园对面是三庆园，再往西是同乐轩、庆和园和广德楼。这么多家戏园子挤在一条短街上，为了营生，京城梨园界竞争的激烈程度，可想而知。

当天张二奎的戏是《四郎探母》，张二奎扮四郎杨延辉。这出戏说的是宋辽金沙滩一战中，杨延辉被擒，他化名木易，与铁镜公主成婚，做了辽国驸马。十五年后，辽宋又战。佘太君奉旨出征，与杨延昭率大军至雁门关下，两军对垒。杨四郎思母心切，却苦于无法过关。铁镜公主得知实情，设计巧借令箭，助夫过关至宋营探母。杨四郎信守承诺，在探母后连夜赶回辽营，但仍被辽萧太后得知真相。萧太后大怒，欲斩四郎，因铁镜公主苦苦求情，才将其赦免，一家人和好如初。《四郎探母》是徽班的经典剧目，情节曲折，文武兼重，引人入胜，向来深受戏迷欢迎。

这是程长庚第一次正式看张二奎的戏。当他出场的时候，连见多识广的程长庚也愣了，只能用一个词来描述，那就是"惊艳"。张二奎是以辽国驸马的身份登场的，只见他身着大红蟒袍，头戴纱帽，帽上有盔头，红绒金珠，后插着一对长长的翎子，面如冠玉，扮相雍容华贵。他一出场，座儿们就来了精神，一个个伸着脖子，瞪着眼睛，仿佛在戏台上和公主唱对手戏的不是张二奎，而是他们自己。他们对张二奎那种喜不自胜的表情，真让程长庚羡慕。张二奎的唱功更让人惊奇，调高气足，实大声洪，他登台念定场诗后的一段唱，就将程长庚惊倒了。杨延辉唱道：

【西皮慢板】杨延辉坐宫院自思自叹，想起了当年的事好不惨然。我好比笼中鸟有翅难展，我好比虎离山受了孤单，我好比南来雁失群飞散，我好比浅水龙困在沙滩……

【摇板】眼睁睁母子们难得见；

【哭头】儿的老娘啊！

【摇板】要相逢除非是梦里团圆。

《坐宫》一场，几乎囊括了西皮的全部板式，慢板一咏三叹，摇板紧拉慢唱，将杨延辉复杂矛盾的心理表现得极为透彻。张二奎嗓音极佳，真宽、真亮、真脆、真大，是字正腔圆的京腔大戏。人家红是有道理的，京师戏迷们一个个眼睛雪亮，他们懂戏、识货，没有一个人会平白无故地成为红角儿。

终场后，张二奎多次谢幕，痴迷的座儿们仍不肯散去。出戏园的时候，卢胜奎问："大老板，感觉如何？"

程长庚神色严峻地说："确是个难得一见的好角儿！今天我也算开了眼界，唱戏的人，应当如此。他的'儿的老娘啊'那声哭头，气实情真，婉转百回，真的是催人泪下。"

"那叫'喷口'，是张二奎独创的，重气喷字，关键时给人来这么一句，就将人带到那种大喜大悲的情境里，让人回味，越听越上瘾。这戏，是唱到人的心里去了。"

程长庚说："看了几场戏，收获不小，琢磨琢磨我们该怎么做吧。"

程长庚新规禁止角儿"外串"，放眼全班，受损失最大的当是刘赶三。梨园惯例，一个伶人只能在一个戏班搭班唱戏。但刘赶三哪里理会这个？他能耐大，戏班争相邀请，堂会戏也多，"外串"是家常便饭，一天最多时能赶三家戏园子，收入自然也很可观。他在唱戏的时候,骡车就在后台门口等着,一旦结束,马上赶赴另一家戏园,一点都不耽搁。只要不影响本班唱戏,以前的班主对他都是睁一只眼,闭一只眼。程长庚新规出台,他不得不暂时收敛,在本班唱完戏后,乖乖地打道回府,对那些邀他"外串"唱戏的人,只有一概回绝。可是,对那条新规,他实在想不通,有活不接,有戏不唱,有钱不挣,不是和傻子无异吗?他们这些唱戏的,背井离乡,千里迢迢来到京师,所求为何?不就是为了挣几个钱吗?一个角儿,冷熬热熬,历经千辛万苦,好不容易红了,有人请了,能挣钱了,谈何容易!可来了生意,哪有拒人于千里之外的理?那些小角色,根本没人请他们"外串",此举正中他们下怀,大家要穷一起穷。这叫哪门子事?到哪里说理去?

想来想去,刘赶三怎么也想不通。终于,他等到了一个机会,决心和大老板掰一掰。

首席军机大臣穆彰阿老母的寿辰到了,照例要举办一场堂会。刘赶三经常奔走于官绅之家,熟人众多,消息灵通。他得知举办此次堂会的戏提调是京城粮商罗三爷。罗三爷和程大老板有隙。一次在三庆园唱戏,罗三爷捧的两个小旦玉楼和如仙争风吃醋,罗三爷借机要退茶钱溜号,遭到程长庚一顿不冷不热的奚落。罗三爷是京城排得上号的富商,向来颐指气使,程长庚虽称大老板,但再大的老板,他也是个唱戏的,罗三爷不会就此忍气吞声,只不过没有找到合适的机会报复而已。现在机会来了,罗三爷要出气,刘赶三也要和大老板掰一掰,探一探他的底,真是一举两得。当然,这局要做得滴水不漏,要是被大老板察觉,就够他刘赶三喝一壶了。

刘赶三向罗三爷建议,让京师梨园里最红的三个老生余三胜、张二奎和程长庚同台竞技,演唱《让成都》。一则,这三人虽名重一方,但从未同时登台,此番首次合作唱戏,必将成为梨园盛会;二则,凭这三人目前的身份和身价,只有穆相请得动、请得起。临了,刘赶三还不忘叮嘱一句:"一定要用四喜的班底,四喜的场面中有几位过硬的师傅。"

罗三爷觉得刘赶三的主意妙绝,就向穆彰阿进行了报告。穆彰阿大喜,同意按计划实施。

接着,罗三爷代穆彰阿先后约请了余三胜和张二奎。穆相相邀,又是为老母贺寿,出的酬银也高,两人自然同意了。现在,就差一个程长庚了。

罗三爷坐着轿,来到百顺胡同程长庚宅中。前不久,程长庚居于老家程家井的一个没出五服的弟兄,将其子程章圃交给程长庚,让他带着学艺。这孩子已十五岁,程长庚发现他嗓音条件不是太好,就安排他跟在戏班里的场面师傅后面学习司鼓。程章圃头脑灵活,臂腕有力,节奏感好,天生就是一个打鼓佬。见来了客人,程章圃就向堂叔禀报。

听说罗三爷来了,程长庚亲自到门口迎接。宾主落座后,罗三爷发现程长庚身着一套粗布衣服,家中摆设也不过几张旧桌椅,可以说十分寒碜,没想到他身为堂堂班主,竟然穷困至此。坐下后,程长庚在端起茶碗喝茶时,发现袖口有处破损,悄悄向里掖了掖。罗三爷是何等机智的人,这些自然没能逃过他的眼睛。他揭开碗盖,发现茶叶粗劣,一股土腥气直往鼻孔里钻。罗三爷皱了皱眉,他用碗盖轻轻拨弄了几下,嘴唇碰了碰碗沿,就算是喝过了。

罗三爷说明来意,并着重强调说:"近来民间盛传大老板和余、张三人并称梨园'三鼎甲',正好穆相相邀,为老太太贺寿,机会难得,你们仨同台献艺,戏和角色都给你们安排好了,唱《让成都》,你扮刘璋,张二奎扮刘备,余三胜扮马超,到时免不了又成就一段梨园佳话!"

《让成都》一戏,刘璋的戏份最重,刘备次之,马超的戏份最轻,出场少,唱词也只有寥寥数句。红角儿们同台唱戏,尤其讲究角色扮演、戏份轻重。如此安排,对程长庚算得上照顾了。他当时的名气,尚排在余三胜和张二奎之后。

程长庚拱了拱手,那只破袖子又露了出来,他说:"谢谢穆相约请和罗三爷安排。多年前,我程某于京城复出时,承蒙恩师照顾,曾有幸在穆府唱了场堂会,得了'叫天'薄名。现在穆相有邀,程某自是倍感荣幸,理当赴约。只是,在下现在身为三庆班主,有一条班规约束,还望穆相和罗三爷体谅程某的难处。"

"哟嗬,穆相请你唱堂会,多大的面子,难道你还要提条件不成?"

"程某岂敢提条件?"程长庚解释说,"只是三庆班班规,全班每个伶人都要严格遵守,程某身为班主,更不能例外。"

罗三爷说:"请问是什么班规?"

程长庚说:"我三庆班规定,红角儿不得'外串'应戏;如果对外应戏,对方就得用我三庆班的班底。"

罗三爷一愣:"还有这规定?"

程长庚肯定地说:"是的。"

罗三爷站了起来,捋了捋山羊须说:"这个班规不近情理,人家客气请你们三庆班的红角儿唱戏,而你们非要带上一个班底,这不是强人所难吗?"

"罗三爷,一个大点的戏班,有一百多号人,人人要挣钱养家。而现状是,绿叶衬花,众星捧月,每个戏班仅几个红角儿发财,大量小角儿,还有场面师傅、管衣箱的箱倌、跟腿的杂役,这些人连糊口都难。请问,这合情理吗?"

"这……"罗三爷一时竟被程长庚问住了,他说,"穆相已叫了四喜的班底,你就不能破个例?为穆相的堂会破例,估计也不会有人说话。"

"罗三爷,请原谅,我自己定的规矩,自当率先执行。否则,这班规以后不就形同虚设了吗?"程长庚说得客客气气,却没有半点可商量的余地。

罗三爷的脸阴了:"那这事就有点不好办了。'三鼎甲'贺寿是穆相亲自定下来的事,他老人家是一人之下、万人之上,向来一言九鼎,到时怪罪下来,谁兜得住呢?"罗三爷一边说,一边用手指轻轻敲了敲桌子。

罗三爷说的是实情,穆彰阿是道光帝宠臣,朝野侧目,他甚至能左右一个一品大员的命运,林则徐被革职、姚莹被贬都出自他之手。可罗三爷这番话激起了程长庚的严重反感。在国人面前,穆彰阿耀武扬威,可在英夷面前,他是个软骨头,奴颜婢膝,只知道一味妥协退让,包庇鸦片走私和弛禁派官员,积极打压主战派,鸦片泛滥与他不无关系,京师百姓暗地里叫他"毒相"。到这样的人府上唱堂会,在别人看来是荣耀,可程长庚压根没当一回事,甚至有些不屑。他说:"国有国法,班有班规,要是不能接受我的条件,那程某爱莫能助,就请罗三

104

爷另请高明！"

这是下逐客令了。罗三爷站了起来，瞅着眼前这个高他一头且又臭又硬的伶人，不紧不慢地说："不急，穆相会让你低头的。告辞了！"说着，一撩袍子的下摆，手法比戏台上打帘人的动作还要快，气呼呼地走了。

等待的日子是难熬的，程长庚有些惴惴不安，他知道穆彰阿和罗三爷不会轻易放过他的。他们哪里会将一个唱戏的放在眼里呢？他早已打定了主意，除非穆府采用三庆班班底，否则，他绝不会单独去"外串"，不论穆彰阿如何处置他，他都不会让步。

三庆班上下都知道穆府邀请大老板唱堂会被拒的事，眼看着日子一天天近了，大家不知道会发生什么事，都替大老板捏了把汗。堂会的前一天下午，罗三爷派催戏人到程长庚宅中催戏，让他明天天亮后赶到穆府扮戏，午时开锣。由于未采用三庆班班底，程长庚仍不松口，拒绝参加堂会。

当天晚上，卢胜奎来到程长庚宅中，想劝劝他。

坐了一会儿，还是卢胜奎先开口说："大老板，能不能破个例？毕竟是穆相，我们惹不起，班里也不会有人说话的。"

程长庚说："我想过了，此例不能开。"

"我听罗三爷放出话来，说到时你要是不去，就是绑也要将你绑去，还说这是穆相的意思。"卢胜奎顾虑重重地说。

"就算绑我又能怎么样？"程长庚顿了顿，"绑我我也坚决不唱！"

"这样硬扛会吃亏的。"

"你放心，明天毕竟是穆彰阿老母大寿，他不会对我怎么样的。"

卢胜奎说："我们毕竟是唱戏的，属于下九流，这些权贵何曾正眼瞧过我们？在他们眼里，我们不过是逗笑取乐的工具。"

程长庚说："正因为如此，我才要和他们死打。他们能绑我，我死活不唱，能奈我何？祖师爷赏我条嗓子，唱戏的自由在我。我们身份贱，骨头却不贱！"

"明天贺寿的人多，除了你们'三鼎甲'，梨园界还有不少角儿参加。到时他们要是难为大老板,我担心会失了面子。"

程长庚拍了拍卢胜奎的肩说:"你放心,我会有分寸的。"

送走卢胜奎,程长庚一夜未眠,他听见睡在隔壁的程章圃的床也吱呀响了一夜,老娘在床上和衣坐了一晚。天明的时候,程长庚瞧着一老一少布满血丝的双眼,心里十分不安。唉,连累亲人都跟着遭罪了。

次日天明,程长庚洗漱完毕,在简陋的客厅里正襟危坐,等着穆府来人。他们肯定会来的。从来只有戏子低头,哪有他们这些达官贵人低头的理?很快,赵德禄、卢胜奎和丁四也来了,程长庚说:"你们来干什么?该干吗干吗去!"将他们轰赶走了。几人哪里放心得下?并未离开,坐在胡同口一个茶摊上喝茶,观察着大老板家门口的动静。

很快,罗三爷带着御史那景德和几个兵丁出现在胡同口的钻天杨下。胡同里几个货郎和吹糖人的小贩一看势头不对,吓得赶紧溜了。罗三爷几人径直来到程长庚宅前,巷子两边的住户不知道发生了什么事,远远地偷窥着。那景德尖着嗓子喊道:"来人啊,将程长庚绑起来,押到穆府去!"程长庚家里的那只鹤正窝在棚子里,听到那景德的尖叫,吓得扑棱一声飞了起来,在屋顶上转了一圈,怪叫一声,向郊外的龙潭湖方向飞去。

程长庚被五花大绑地塞进了一辆骡车里,向内城穆府驶去。赵德禄三人也叫了辆车子,紧跟在后面。

程长庚被带进穆府,推到了穆彰阿面前。罗三爷站在程长庚面前,质问道:"好大的胆子!一个唱戏的,见到相爷,为何不上去行礼?"

"是我要见相爷,还是你们强迫我见相爷?"

罗三爷被程长庚呛着了,他指着程长庚的鼻子说:"别真以为你是大老板,在这里,你就是只可怜的小爬虫。都什么时候了,还嘴硬!好,你等着,一会儿有你好看!"

说着,罗三爷来到穆彰阿面前,打了个抢跪,朗声说:"参见穆相,奴才奉命将程长庚带到了!"

客厅里高朋满座,济济一堂,人声鼎沸,穆彰阿正陪着贺寿的官绅们说话。见罗三爷叫他,他便伸着硕大油亮的脑袋,装模作样地朝院子里扫了几眼,说:"带来了吗?在哪?我怎么没看见呢?"

罗三爷指着程长庚说:"相爷,他不就在台阶下站着吗?"

"哦,看见了。"穆彰阿又晃了晃脑袋,捋了捋长长的胡须,"这哪里是人?分明是茅坑里一块又臭又硬的石头嘛!"

罗三爷这才明白了穆彰阿的意思,发出一阵怪笑,恭维道:"相爷明鉴,罗某好话说尽,姓程的就是油盐不进、软硬不吃。您今天一定要给他点颜色瞧瞧,让他长长记性。不然,这些唱戏的还真以为自己有多大能耐,一个个不知天高地厚,嘚瑟得没边儿了!"

穆彰阿咳嗽了几声,说:"好,是该教训教训。将他带上来!"

程长庚被带进了客厅,穆彰阿将他从头到脚打量了一番,满屋的官绅也都看着他。穆彰阿说:"能在本府唱堂会,是多大的面子,这机会多少伶人做梦都想不到呢!你程大老板倒好,竟然向本官提起了要求,非要用三庆的班底,真是不识抬举。最后问你一次,你到底是唱还是不唱?"

程长庚说:"回穆相,非我程长庚托大拿乔。国有国法,班有班规,我三庆班禁止红角儿'外串',除非用我三庆班班底。程某身为班主,理当带头遵守。还是那句话,用三庆班班底,我唱;不用三庆班班底,打死我也不唱!望穆相体谅!请各位理解!"说着,程长庚朝客厅内的官绅们抱手拱拳行礼一圈。

话音刚落,客厅内议论纷纷:"真是不识抬举!""不识相!""这是什么班规?""规矩是死的,人是活的。"一时间,说什么的都有,都说程长庚的不是。

罗三爷说:"穆相,您瞧瞧,这姓程的就是这样不识抬举,不使点手段不行!"

程长庚在众目睽睽之下驳了穆彰阿,穆彰阿很失面子,当下也恼了,对罗三爷说:"将他的衣服扒了,绑到马厩里去,饿他三天,什么时候服软了再放出来!"又对来宾说,"别理会这个唱戏的,我们到戏楼看戏去吧,他不唱,有人唱,今天好角儿不少,好戏很多!"

罗三爷得了穆彰阿的口令,令几个家丁脱了程长庚的长袍,只留着白色的褶子,帽子也摘了,拖着长长的甩发。又将他五花大绑,推到了后院马厩中央的柱子边,将他捆了个严严实实。然后一哄而散,到戏楼看热闹去了。

程长庚心里很清楚,穆彰阿命将他拴到马厩里,其实就是为了作践和羞辱他。马厩里拴着马和骡子,有十几头。本来它们在安安静静地吃着草料,现在见突然来了生人,而且还赖着不走,那些骡马明显不安起来,朝程长庚瞪着眼睛,喷着浓厚的鼻息,尥着蹄子。骡马的屎尿味太难闻了,腥臊气一阵阵地朝程长庚的鼻孔冲来。他被紧紧地绑在柱子上,想偏一下头都有点困难,还没待到一盏杯的工夫,就被熏得头昏眼花。他情愿挨一顿板子,也不愿在这里忍受折磨,这不是慢刀子杀人吗?

穆府的骡马,个个膘肥体壮。它们狗眼看人低,明显不欢迎眼前这个不速之客。虽然不会说话,但它们有自己表达不满的方式。随着程长庚的到来,骡马们一个个撒尿的撒尿,拉屎的拉屎。一时间,马厩里乌烟瘴气,臊臭味让人无法呼吸。太闷了,程长庚一咬牙,摆出死猪不怕开水烫的架势,连吸几口气。突然,他感到胃里一阵翻江倒海,接连干呕了几声,嗓子疼痛难忍。这个穆彰阿,难道是要借此坏他的嗓子,让他唱不成戏?

又一想,可能是自己多虑了。不过是骡马的臊臭气而已,怎么着也不会坏了嗓子。只是,眼下这一关还真不好过。

中午时分,程长庚看见有人过来了,抬头一看,原来是余三胜和张二奎。程长庚难堪地笑了笑说:"二位老板,没想到我们会在这个地方见面。都是我的不是,您二位受累了!"

余三胜说:"今天是全天的堂会戏,上午的戏唱完了,穆相让我们当说客来了,问你有没有改变主意,要是改变了的话,下午我们仨可以唱《让成都》。"

张二奎说:"这里气味这么难闻,会把你的嗓子熏坏的。人在屋檐下,不得不低头。大老板,服个软吧。"

"谢谢二位的好意,玉珊心领了!只是,这些人太不把我们唱戏的当人了,我就算熏死在这马厩里,也不会改变主意!"

张二奎说:"唉,事情怎么弄到这个地步呢?我们再去找穆相说说,何苦为难我们唱戏的?"

程长庚感动得眼圈都红了,他和余三胜好歹还唱过对手戏,和张二奎是第一次打交道,没想到他如此热心。

余、张二人走后,过了一会儿,马厩边又出现了一个人影,躲躲闪闪的。程长庚纳闷,难道是经过余、张二人劝说,穆彰阿派人来要放他了?想想没那么简单。这时,程长庚闻到了一股淡淡的脂粉香,知道身后可能来了一个女子,由于身子被绑住了,他无法回头看看动静。这时,他感觉有人在解绳子,不一会儿,手能活动了。忽然,他又感觉手上被塞了什么东西,回头一看,一个面容姣好的姑娘正笑盈盈地看着他。她是谁?为什么要救我?瞧着她胖乎乎圆圆的脸庞,突然,程长庚想起来了,她是庄芳。对,一点不错!只不过,几年没见,她长成一个亭亭玉立的姑娘了。程长庚说:"我认得你,你叫庄芳!"那姑娘见被人认了出来,双手一捂脸,害羞地跑了。程长庚看了看手中的东西,原来是荷叶包着的半只烧鹅。

狼吞虎咽地吃了半只烧鹅,程长庚感觉精神好多了,气也顺了。自己今天的遭际,多少有点像《走麦城》中的关羽。关羽丢了荆州,被困在弹丸之地麦城,身负重伤,内无粮草,外无救兵,那种绝望而又不服输的心理,有几人能真正体会?想到这里,程长庚唱道:

> 耳听得麦城外吴兵魏将,
> 大小儿郎闹嚷嚷。
> 旌旗招展人马广,
> 站在城楼观四方。
> 东南俱是吴兵魏将,
> 西城也有贼的营房。

第八章 "三鼎甲"

109

北门山势多雄壮，

丛林密布狭道长……

角落里有几只蜘蛛，本来静静地趴在网上，程长庚这么一吼，几只蜘蛛吓得慌慌张张地逃了。程长庚乐得大笑，又朗声唱道："荆襄九郡遭沦陷，宁可玉碎不瓦全……"

程长庚唱的是徽腔中的高拨子，其声高亢，响遏行云。他唱得声嘶力竭，估计前院都能听得见。程长庚想，自己今天的气息里，夹杂着骡马屎尿的臊臭气，那些看戏的官绅，听到他的声音，多多少少也闻到了其中的气味。就该恶心一下他们！

也许是唱累了，也许是气味熏过了头，总之，程长庚迷迷糊糊地睡着了。忽然，他被一阵急促的脚步声惊醒了，只见赵德禄、卢胜奎、刘赶三、丁四等人都来了。程长庚说："这是怎么回事？你们怎么来了？"

卢胜奎飞快地解着他身上的绳子，说："听说是老太太发了话，叫四喜的班底回去了，下午用我们三庆的。罗三爷催你快去扮戏，不过，扮的不是原先计划中的刘璋，而是马超。马超就马超吧，戏份是少了点，不过，就算扮个小卒，也比待在这里强。"

程长庚脑子里转了一转，为什么会换了他的角色呢？仅仅因为马超是配角，戏份轻些吗？这些人是不是又要使什么坏水？

当程长庚扮好登台时，只见探子向余三胜扮的刘璋报告："启奏大王，马超降顺刘备，带领人马，夺取成都。"程长庚明白了。原来，在这出戏中，马超是个降将，他们临时改派角色，就是以此暗嘲程长庚屈服了。不是这意思又是什么意思呢？程长庚也不说破。等到戏终，刘璋装模作样地惜别成都，唱道："听说一声要钱行，好似狼牙箭穿心。舍不得成都花花美景，舍不得成都老少子民。含悲忍泪换衣巾，辞别宗兄就要登程……"

程长庚临时增加了一段唱词，暗骂刘璋。他唱道：

刘璋尔是汉室宗亲，
坐拥西川粮足兵精。
可惜尔是守户之犬，
昏庸懦弱实属无能。
偏安一隅贪图享乐，
钟鸣鼎食歌舞升平。
匡扶汉室根本不论，
统一天下心无半分。
引狼入室遗祸无穷，
略施小计乱了方寸。
丢城失地人人唾弃，
良将纷纷弃暗投明。
罪恶滔天千夫所指，
如今虚情辞别子民。
从今往后以泪洗面，
椎心泣血了却残生。
……

  程长庚在唱骂时，发现穆彰阿和部分官员在窘迫不安地互相瞅着，眼神飘忽不定。他们不是傻子，《让成都》是听过多次的熟戏，根本就没有这段唱词。程长庚显然不是信口开河，而是心有所指。可是，这些人都不敢说破，只好低着头默默忍受着程长庚的数落。
  程长庚后来才知道，他那天能体面地脱困，多亏了张二奎暗中帮忙。是他告诉了穆老太太马厩里还绑着一个唱戏的，也是他让自己的四喜班班底在演完上午的堂会后退了场，将下午的场次让给了三庆班。

第九章　徐小香

天堑上风云会虎跃龙骧，设坛台借东风相助周郎。

——《借东风》

一个角儿，要想在人才济济的京师梨园站稳脚跟，没有点绝活肯定是不行的。看的是戏，卖的是角儿。梨园行有一句老话，叫"戏保人，人保戏"。"戏保人"，是说戏好，差不多的角儿，按部就班地来演都能卖座儿；"人保戏"，是说角儿好，有绝活，差点的戏也能卖座儿。戏保人是运气，人保戏是实力。自接任班主，程长庚整日琢磨的就是两个字："戏"和"人"。

三庆班里有个昆曲小生，名叫曹眉仙，安庆府怀宁县人。其父曹凤志也曾是三庆班红小生，他是子承父业。曹眉仙昆乱不挡，兼唱皮黄，尤其擅演武小生戏。不过，他已年过四十。这个年龄，对小生行来说，已不算年轻。一天，他在三庆戏园里演他的拿手戏《车轮战》。这个戏昆腔中有全本，故事来源于《说岳全传》，说的是张九成中了状元，奉钦命前往北国，给囚禁于彼的二帝请安，其实是秦桧施计，欲置张九成于死地。适逢岳家军攻金，岳云等四将大战陆文龙，又有滞留金营的王佐暗中帮忙，偷营杀死兀术，金军大败，适天现铜桥，番将番兵过桥逃脱。故事有点杂乱，其中经不起推敲之处是，金军大败时，突然"天现铜桥"，以助金军逃脱。针对这个故事，曹眉仙去芜取精，选取其中的精彩部分，即陆文龙大战四将和王佐劝降，将其改成了皮黄戏，更名为《戏铜桥》或《车轮战》。不仅如此，他还精心编排了许多身段，如四将采取车轮战法大战陆文龙，陆文龙施展"串腕""涮腰""耍翎""双抛挑"等许多绝活,使这部戏大获成功,成为曹眉仙的保留剧目。

当天演出时,曹眉仙扮的陆文龙连续迎战宋军四员猛将。一番激烈的打斗后,四将仍不能取胜,于是一齐上阵,将陆文龙围在中心。本来,在戏中,陆文龙迎战四将游刃有余。可当天一番拼杀之下,曹眉仙气喘吁吁,冷汗淋漓,步子也乱了。扮岳云的丁四对曹眉仙使了个眼色,提醒他注意。可是没用,曹眉仙将双枪撑在台上,像喝醉了酒一般,身子摇晃不止。底下看戏的座儿们也看出了异样,一个个瞪着眼,不知道他这是怎么了。曹眉仙仍然坚持着演戏,他趔趄着,可再也支持不住,突然扑通一声,倒在了戏台上。

伶人在演戏时突遭身体不适,这种情况在梨园并不鲜见,但一般尚能勉强支撑到结束。像曹眉仙这般突然倒在戏台上,倒是很少见。丁四等也顾不得许多了,将曹眉仙搀到下场门口,使劲拍打着,叫着他的名字。戏池里自然也乱成一团。

早有人将台上的情况报告给了程长庚。程长庚匆匆赶向前台。只听赵德禄大叫一声:"大老板到!"乱哄哄的戏园里安静下来。程长庚朝池子里一拱手,说:"各位,角儿身体不适,对不住了!"说着,赶紧来到曹眉仙身边。这时,曹眉仙已睁开眼睛,深吸几口气,勉强站了起来,拿起了双枪。

程长庚惊道:"曹兄,行吗?别硬撑着了!"

曹眉仙晃了晃身子,说:"大老板,我行。我唱了二十多年的戏,还从来没有像今天这般丢人。不能对不住座儿们,怎么着也要将一出唱完。"说着,拿着双枪,舞弄了几下,向出场口走去。

伴奏响了起来,曹眉仙再次登场,支撑着演完了戏。虽然动作难免走形变样,可座儿们的叫好声远超以往。下场的时候,一进帘子,曹眉仙又扑通一声摔倒了。众人将他扶起来时,他咳嗽了几声,吐出了一口鲜血。

程长庚命赵德禄将曹眉仙送回韩家潭宅中,立即延请名大夫诊治。当天晚上,程长庚带着卢胜奎、丁四等人到曹宅中看望。见到大老板,曹眉仙挣扎着坐了起来,捂着胸口,说:"大老板,没想到今天旧病复发,给三庆班丢脸了。"

程长庚说:"什么丢脸不丢脸的,养好身子要紧,三庆班生行离不开你。"

曹眉仙摇了摇头:"不行了,曹家两代小生,怕是要毁在我的手里了。"

"这些年,你就没收个徒弟吗?"程长庚问道。

曹眉仙阴着脸,沉默不语。卢胜奎对程长庚使了使眼色,程长庚估计曹眉仙有难言之隐,就转换了话题。在叮嘱一番后,几人起身告辞。

出门后,程长庚问卢胜奎刚才为什么使眼色。卢胜奎说:"我听说,他这病就是让徒弟给气的。大老板您不知情,哪壶不开提哪壶,我怕他再受刺激,这才使了眼色。"

"我懂了,难道是出了个逆徒?"程长庚问道。梨园界,徒弟背叛师门的事虽不常见,但也偶有发生。

卢胜奎连连摇头:"不是逆徒,而是个唱戏的天才,据说能耐已远远超过师父,他的病就是被徒弟给气的。具体情形我也不太清楚,他平时对徒弟的事讳莫如深,只字不提,我们也不好多问。"

曹家两代都是小生红角儿,要是突然被自己的弟子超越了,也就是徒弟夺了师父的饭碗,那种情形,恐怕一时是难以让人接受,可也不至于被气成重病。

"他那位高徒呢?梨园界的这些角儿,并没有听说哪位是他的徒弟。"程长庚不解地问道,他对曹眉仙的那位徒弟突然产生了兴趣。

卢胜奎说:"我估摸着他不久就要露面了。"

几天后的一个黄昏,程长庚从戏园里唱完戏回宅,发现一个青年汉子在家里等着,此人自称是曹眉仙的堂弟曹春山。两人见过面后,曹春山说他奉兄长之命,前来请大老板,已经等候多时。程长庚随他匆匆来到曹宅。病床上的曹眉仙病情更重了,曹春山说:"堂兄这两天饭也不吃了,药也不喝了,我怎么说他也不听,还请大老板劝劝他。"

程长庚大惊:"曹兄,你这是何苦?这样下去如何能康复?"

曹眉仙吃力地睁开眼睛:"大老板……我知道自己的身体,怕是不行了。今天请您来,是要向您推荐一个人。"

"谁?"程长庚的心怦怦地快速跳起来,隐隐约约中,他似乎猜到了曹眉仙要推荐的人是谁。

"他,就是愚徒徐小香。"

徐小香?这是程长庚第一次听说这个名字。接下来,从曹眉仙断断续续的讲述和曹春山的介绍中,他大致知道了徐小香的情况。徐小香祖籍江苏常州,生长在苏州,小时随父来到京城,其父时任某部郎中。可徐小香的命运并不好,来京几年后,他的父亲突然辞世,由此家道中落,连基本生计都成了问题。不得已,徐小香进入一个潘姓伶人的私寓学艺,学习昆曲和皮黄。徐小香极聪明,一听就懂,一学就会。他非常崇拜曹眉仙,凡有他的戏,风雨无阻,必定前去戏园观看。当时,他不过十二三岁。曹眉仙被他的求学精神所感动,感叹这个孩子不容易,就收他为徒,教了他一段时间。当时,京师梨园的红小生还有一人,名叫龙德云,此人也跟曹眉仙学过戏,说起来算是徐小香的师兄。有别于曹眉仙的京派,龙德云是汉调小生,首创"龙调",即用真嗓演唱,声音高亢激昂,如同龙腾虎啸。祖师爷赏饭,徐小香天生是块唱戏的料,天资聪慧,学戏刻苦勤奋,白天黑夜地琢磨。他融合了徐小香和龙德云的唱法,博采众长,真假嗓结合,革除了原小生唱腔柔媚、近于女音的缺点,多用刚音,又融汇老生和青衣唱腔的旋律加以变化,创造了以刚为主的二黄调小生唱腔。念白用昆曲小生传统念法,发声吐字以吴语为主,略带徽音,善用刚音、炸音。做工方面,水袖、翎子、步法以及靠把工架都有独到之处。徐小香居家坚持每日练嗓练功,操琴自弹自唱,直到满意方罢。谁也没想到,不过两三年的工夫,这孩子就像脱胎换骨般变了一个人。一次堂会戏,曹眉仙和徐小香同台,徐小香的受欢迎程度远超其师。曹眉仙感叹弟子已超过自己,将来必成大器。可他磨不开面子,身体本就有疾,自此心事重重,病情也愈来愈重。

听了曹眉仙的讲述,程长庚问道:"徐小香现在何处?"

曹眉仙又摇了摇头:"我也不知道他住在什么地方……此子极聪明,早就看出了我的心思,知道我的病是因他而起,一年前就不辞而别。此子进入戏园必定大火,可能是担心影响师父的生意,他也不搭班,只在内城达官贵人府上偶唱堂会戏。"

曹眉仙指着床头的一个包裹说:"此子不知从何处得知我已病重,前天送来五百两白银,放在门外,磕个头就走了。"

程长庚点点头:"亦算是有情有义之人。"

"咳咳……并不是他送了我银子,我就在大老板面前替他说话。况且,这些银子我也用不上了。此子唱念做打俱为一流,说句夸张点的话,为曹某平生之未见,将来进入梨园必享盛名。咳咳……曹某知道大老板宅心仁厚,矢志振兴三庆班,今天将您请来,请一定设法将他收入我班,免得被他班抢了先。"曹眉仙压低了嗓音,"听我堂兄说,四喜的张二奎拟花重金邀他入班,也在四处寻他。咳咳……"

曹眉仙病已至此,惦念的还是三庆班的未来,程长庚大为感动。他一再叮嘱曹眉仙好生休养,不要放弃治疗,然后就告辞了。

此时已迫近年关,北京人讲究过年,一般从腊八就开始忙活了。巷子里,各家各户的窗口飘出煎炒烹炸食物的香味。在这千家万户的热闹中,谁能理解一个重症病人家里的冷清呢?寂寞总是留给伶人的。曹眉仙的戏人生已到了尾声。任他生前拥有再多的精彩,此时,再没一个人为他叫好了。唱了一辈子戏,他终将落入寂静的深渊里,被尘埃覆盖,就像从来没有来过。

一弯冷月挂在西天。程长庚感觉脸上凉凉的,他摸了摸脸颊,手上湿湿的,分不清是泪珠还是夜露。

程长庚吩咐卢胜奎,要设法找到徐小香,而且要在暗中寻找。现在曹眉仙已无法登台,戏班里太缺一个红小生了。卢胜奎是天天泡茶楼的人,人脉广泛,熟人众多,可他在京城寻了一圈后,一无所获,没有人认识徐小香。而且,徐小香也似乎很久没有唱过堂会了。

这下轮到程长庚纳闷了,一个好好的大活人,怎么会不见了呢?莫不是他故意躲着大家?这师徒俩倒好,一个比一个怪,一个比一个神秘。程长庚让继续找,总会找得着的。况且徐小香要唱戏,迟早要搭班,他总有现身梨园的时候。

年前就传来了曹眉仙病逝的噩耗。程长庚等人将他葬于崇文门外四眼井的"安庆义园",也就是俗称的"戏子坟"。它是乾隆朝时三庆班班主高朗亭等伶人在京购置的坟地,安庆伶人故后皆葬于此。安葬曹眉仙完毕,程长庚到义园旁的关帝庙里转了转。院子里有一块碑,上面记载着捐资的三庆班伶人姓名、捐银款额与建园过程。碑不大,有的地方已漫漶不清,上面的名字有一百来个。对程长庚来说,上面的绝大多数名字都是陌生的。夕阳照在碑上,暖暖的,看着看着,那些字忽然动了起来,活动着身子骨。接着,它们穿上生旦净末丑的戏服,以碑为台,就地唱起了戏。它们一个个唱念做打,玩起了绝活,山膀、云手、水袖、云帚、翎子、帽翅、髯口、甩发、屁股坐子……一方小小石碑上,热火朝天,让人眼花缭乱。他们都是自己的安庆老乡,从偏僻的山野来到人地生疏的京城,此后就再也回不去了,最终客死他乡。他们都是再普通不过的人,他们一个个地走了,消逝了,却口授相传,留下了戏。

一代一代的伶人登上戏台,又走下了戏台。他们都还活着,活在缤纷的戏服里,活在千姿百态的身段里。看戏时,依稀能找到他们的身影。

有人在庙外大声叫着"大老板"。程长庚应了一声,赵德禄、卢胜奎、丁四等一班伶人走了进来。望着旧迹斑斑、香火冷落的关帝庙,几人不免又是一番感慨。临行时,几人来到正殿,每人给关老爷恭恭敬敬地上了一炷香。

正月十四日,还未闹元宵呢,就传来了道光皇帝驾崩的消息。皇帝死了,最遭罪的就是梨园。国丧期二十七个月,横跨三个年头。皇帝驾崩后百日内,忌动一切响器,所有的戏园子关门歇业,臣民敬肃服丧,禁止一切娱乐。百日后可以唱清音桌,伶人不穿戏服,不化装,仅添一胡琴、一小锣伴奏;武戏无刀枪剑戟,只能空拳徒搏。这也是朝廷为伶人的生计考虑,想出来的变通法子。看戏的和唱戏的都觉得憋屈，一点不过瘾，可这也是无奈之举，违例有坐牢、流放甚至杀头的风险。

伶人们从七八岁就被送入科班，天天和戏打交道，除了唱戏，什么也不会。国丧头一百天是最难熬的，伶人全体歇班，有家底的还好，没有家底的必须去干别的营生，否则一家老小只能喝西北风。百日后就好些了，唱清音桌多少有点收入。程长庚深知伶人生活的艰难，在国丧开始的第二天，他就带着赵德禄来到安庆商会，从会长聂宜和处借了两千两银子，三庆班每个伶人安排十两。这样一来，他们渡过百日难关就没有问题。

做完这些，程长庚就推上火炉，到街上卖烤白薯去了。他到哪里都能被人认出来，往日在戏园里，要看大老板还要花钱，现在真人送到了眼前，不看白不看。程长庚的烤白薯生意格外红火，一天能烤几炉子，供不应求，他的侄子程章圃来来回回地搬运白薯，叔侄俩累得够呛。戏班没有找到活的闲人多的是，程长庚又叫了几个人过来帮忙，没有工资，每天发些烤白薯供一家老小充饥。

一百天很快过去了，伶人可以唱清音桌了。要是依着程长庚，他还有些舍不得这烤白薯生意。可身为班主，他要考虑全班人的生计。于是他将戏班分成几组，到南城各大茶楼里去唱清音桌。

卢胜奎向戏班里告了假，说唱清音桌挣不了什么钱，他干脆还是干老本行，替人代写书信和诉状，同时还可以借机打听徐小香的下落。转眼间，到了国丧期的第二年。春暖花开时节，三庆班的伶人依旧分成小班，到处唱清音桌。虽然日子过得有点艰难，但好歹过得去。

一天，程长庚正在永定门外沙子口花庄子茶馆唱清音桌。这里地势开阔，道路平坦，可以行车跑马，每年春秋两季十分热闹，皇城中的贵胄王侯常到这里来过戏瘾，或者听一段说书，常常是一座难求。程长庚大老板在这里唱清音桌，是难得一遇的好事，茶馆里天天人满为患。这天，程长庚正在茶馆里唱《镇潭州》，说的是岳飞于九龙山收杨再应的故事。

里面的人正在专心看戏，一辆骡车急匆匆地赶到了茶馆外面。由于车速过快,赶车的一把没勒住骡子,那骡子大半个身子冲进了茶楼里,把里面看戏的人吓了一跳。掌柜见状虎着脸过来了,只见车上下来一个书生,此人正是卢胜奎。他朝掌柜赔着笑脸说:"爷,您多包涵,找大老板,有急事!"听说是找程长庚,掌柜的才收了脸色,说:"你坐下喝壶茶,这收杨再应才开始呢,早得很。"

卢胜奎无奈地在门口坐下了,他哪里有心思喝茶,不时伸头朝台上看着。好不容易等到戏结束了,茶客们听得高兴了,一个个正向台上扔着打赏的钱,程长庚和扮杨再兴的丁四手里各持着一个帽子,忙不迭地捡着。卢胜奎等不及了,将程长庚拉到一边,说:"大老板,有徐小香的消息了!"

程长庚一愣:"真的找到了?"

"我是见人就打听,打听了半年,终于有了点线索。要是问他的名字,没人知道,只要听说哪里有扮双枪陆文龙的唱戏少年,我就去看看,半年里也看了十几个地方,感觉这个十拿九稳。他用着'蝶仙'的名,在通州张家湾码头唱戏,那地方离皇城远,演武戏时带兵器也没人管。"

"你看到他本人了吗?能确信就是徐小香?"程长庚还有些半信半疑。

"我问了四喜的曹春山,说蝶仙正是徐小香的号,知道的人很少。我昨天看了他的戏,他扮的陆文龙,可以说冠绝梨园。散场时,我问他是不是叫徐小香,他说我认错人了,收拾东西就匆匆走了。问码头上看戏的,说他就住在附近,天天在上中下三个码头演戏,一天要演好几场。"

程长庚说:"走,我们现在就去!"骡车就等在门口,两人爬了上去,直奔通州而去。

到了通州,天快黑了。两人顾不得歇息,先是来到张家湾码头卢胜奎初见徐小香的那家茶楼,伙计说不知道蝶仙住在哪里,要找只有待明天他来唱戏。

张家湾码头有"京东第一大码头"之称,上下四十余里,官船客舫,漕运舟楫,万货骈集。到了晚上,大大小小的船只上都亮起了灯火,码头上的商铺全悬挂起了羊角灯,讲究的还点上了无色琉璃灯,灯火辉煌,市声鼎沸,其繁华远不输京城,难怪徐小香会挑这里唱清音桌。程长庚和卢胜奎都感觉肚子饿了,两人找了个路边摊坐下了,一人叫了两个糖火烧、一碗胡辣汤,凑合了一顿。

第二天天亮,两人又来到那家茶楼,等了一上午,也没看见徐小香的身影。伙计说:"最近蝶仙都是天天上午就来唱戏,一天三场,雷打不动,今天不知道是什么原因没来。"

看看过了晌午,程长庚和卢胜奎干脆沿街到各家茶楼里找寻起来,边找边问扮陆文龙的后生。也算他们运气好,在一家茶楼里,一个老者说前天偶然看见蝶仙带着双枪从红孩儿庙那边过来,让他们到那里去看看。

两人大喜,直奔红孩儿庙。到了近前一看,是一家名叫紫清宫的道观。进了山门,两人向里面的道士打听唱戏的后生,答复说确有个唱戏的带着老母寄居在此。

在一间耳房里,两人见到了徐小香。不过,他病了,头上缠上额带,正睡觉,他娘正在走廊里煎药。卢胜奎叫了一声:"蝶仙——"

徐小香睁眼一看,看见了卢胜奎身后的程长庚,挣扎着要坐起来,面露惭色,说:"大老板——"

程长庚愣了:"你怎么会认得我?"

徐小香的嘴角动了动,算是勉强笑了下,说:"我也不知看过您多少场戏,您不认得我,我可认得您呢!"

卢胜奎笑道:"莫不是偷学?"

徐小香笑了,示意二人坐下。程长庚说:"你让我们找得好苦,从昨天中午就开始在张家湾找,一直找到现在,不过总算找到了。"

徐小香说:"不知大老板找我何事?"

程长庚这才说出了曹眉仙的嘱托,并正式邀请他入班。提起恩师,徐小香流下了两行热泪,他说:"师父身体本就有疾,他是京师梨园头号小生,但毕竟年纪大了,他担心我总有一天会抢了他的饭碗,因而忧心忡忡。这也是我近年来只唱堂会而不搭班的原因。"

程、卢二人听了,都颇为感动。如此说来,徐小香算得有情有义。徐小香说:"承蒙大老板和卢兄看得起,三庆班是梨园第一,邀我搭班,徐某自是倍感荣幸。只是……我尚有一桩天大的难事要解决。"

程长庚说:"何事?说来听听,我们一起想想办法。"

徐小香说:"我至少需要八百两银子。送给恩师的那五百两,是我从罗三爷那里借的'驴打滚',还清要六百两;另两百两,我想用来打制几件兵器,这是徐某谋划已久的,可惜一直未能实现。这也是我到通州拼命唱戏的原因,我这病就是累的。现在是国丧期,大家糊口都难,戏班一年多没有开锣,我这时候提出这个要求,确实是不知天高地厚。但没有这些银子,我没有心思唱戏。"

徐小香一番话说得气喘吁吁。这时,他娘端来了药,程长庚接了过来,服侍着徐小香喝下了,待徐小香喝完,又拿毛巾擦了擦他的嘴角。徐小香不让程长庚做这些,但又拗不过大老板的关心,只得顺从了。

程长庚到院了里转了一圈,说:"蝶仙,你好好养病,八百两银子,我二天后差人送来。"

徐小香的泪又下来了,他爬起来要下床致谢。程长庚按住了他,叫他好好休养段日子,不要再唱清音桌了。徐小香答应了,说:"大老板请放心,我这条命是三庆班的。"

徐小香的娘出来送行,她抹着泪说:"我这孩子命苦,不到十岁他爹就去世了,偏又心高气傲、争强好胜,这几年可受了不少罪,多谢两位恩公出手相救!"

程长庚说了些总有出头之日之类的话,将徐母劝回去了。出了门,卢胜奎问道:"大老板,您到哪儿去弄八百两银子?欠安庆商会的两千两还没还上呢!"

程长庚说:"天机不可泄露,我自有办法。"

程长庚回宅后,将收藏多年的一百余只鼻烟壶从箱子里拿了出来,摆了满满一桌子。鼻烟自从明朝万历年间被利玛窦带进中国,迅速流行开来,康熙、乾隆时达到鼎盛,朝野上下皆嗜鼻烟。闻鼻烟只不过嗅其芬芳之气,借以醒脑提神,驱秽避疫,并不点火冒烟。随着鼻烟的流行,各种鼻烟壶也跟着流行开来。小小鼻烟壶,大不过把握,小则如拇指,装不得酒,盛不得饭,可我国工匠在方寸之地施展绝活,硬是把它做成了一朵奇葩。从原料说,有金、石、玉、瓷、云母、象牙、虬角、鲨鱼皮等,举不胜举。细分就更加繁多,仅瓷壶就可分官窑、民窑,斗彩、粉彩、模刻、透雕、珐琅等。同是玉石壶,可分白玉、青玉、翡翠、珊瑚、玛瑙、水晶,玛瑙壶中又可分玳瑁、藻草、缠丝、冰糖等。总之,种类繁多,让人眼花缭乱。鼻烟壶的价格也有天壤之别,便宜的只要一两枚铜钱,贵的要成百上千两银子。程长庚进京后就喜欢上了这小玩意,这些年收藏了不少,贵的、便宜的都有。现在急着要用银子,只好忍痛割爱,拣值钱的挑了一批,将它们当了。

当了鼻烟壶,凑齐了八百两银子,程长庚差卢胜奎和丁四将银子送到通州红孩儿庙,交给徐小香。徐小香深为感动,并说待身体恢复后就到戏班报到。

大约一个月后,徐小香来到三庆班大下处韩家潭胡同,正式搭班三庆。徐小香还随身携带着一只沉甸甸的箱子,说是带给大老板的神秘礼物。众人知道是说笑的,将箱子抬到了程长庚面前。徐小香打开了,里面是四对八只崭新的大锤。

程长庚说:"我明白了,这是新置的道具吧?"

旧时,唱戏的规矩,衣服行头都是戏班统一置办的,伶人搭班唱戏,一般是不带行头的。只有特别讲究的人,会带一两件特殊或特别名贵的行头。像程长庚唱关公戏时,他自制的那把生铁青龙偃月刀,还有像旦行自购的名贵头饰等。戏班里的道具一般比较简单,武行多有刀枪剑戟,偶有一对双锤。可徐小香一气儿就制作了四对大锤,众人都不知道他做何用处。

徐小香说:"《车轮战》是一出好戏,可惜有点驳杂。我发现,戏迷们最感兴趣的还是其中两个情节,即车轮大战和王佐劝降。我早有一个想法,将《车轮战》直接改为《八大锤》。"

在车轮大战中,与陆文龙作战的共有四位宋将。其中岳云使锤,其他三位宋将分别是何元庆、严成方、狄雷,他们仨平时虽然也使过双锤,但在《车轮战》中使用的是单刀器。徐小香的意思,显然是让四将都使双锤。不能不说这个点子想得好,要是这八柄大锤和一对双枪在戏台上对打起来,那一定精彩纷呈。

再看徐小香带来的四对大锤,分为金、银、铜、铁四种,且形式也不一样,巧妙地避免了重复。徐小香指着四对锤子,说:"这依次叫擂鼓瓮金锤、八棱梅花亮银锤、青铜倭瓜锤、镔铁亚油锤。"又对卢胜奎说,"卢兄,还要辛苦你帮我把剧本弄出来。早听说你擅长这个。"

卢胜奎嘴里念叨道:"蝶仙啊,你这是带着好戏来搭班呢,可这戏你只做了一半,将剩下的一半交给在下了呢。这可咋整啊?"他一边说,一边围着八大锤转了几圈,扯着下巴上的几茎胡须,"这真是一台好戏呢,可不能在我卢某手上搞砸了。这国丧期,座儿们都憋着呢,这八大锤到时要是一亮相,这京师梨园还不炸开了锅?"

徐小香说:"大老板,欠您的银子,我日后挣了还您。丑话说在前头,这八大锤是我的私产,戏班子演戏使用可以,用后可得还我。"

程长庚不得不佩服徐小香人小鬼大,贼精贼精的。这也就是说,这出戏日后要是火了,少了他徐小香,戏班想演都演不成,八大锤在他手里呢。要是照样子打四对吧,明显又是得罪人的事,再说,人家也没说不借。想到这里,程长庚说:"行。近期你和卢胜奎也别唱清音桌了,先把这台戏整出来,胜奎琢磨本子,蝶仙琢磨身段,排戏时我们再看一下,一定要整饬到位。戏园开锣后,三庆班还指望着靠这出戏火一把呢。"

徐小香说:"大老板,您就等着数银子吧。"众人笑着散了。

转眼间就到了咸丰元年。南方闹起了长毛子,湖广米价飞涨,京城的米价自然也跟着涨,米价由道光年间的每石一千文涨到了两千文以上,翻了一倍还多。唱清音桌的收入很低,来看戏的只收几个铜板的茶水钱,根本不能糊口。程长庚家里吃饭的只有他、老娘和侄子程章圃三人,负担不算重,那些上有老下有小的伶人可就惨了,只能过着食不果腹的日子。早在国丧之初,程长庚就对全研伶人的家庭状况进行了统计,按情况发放救济,尽量帮助每个伶人家庭渡过难关。

程长庚安排程章圃跟在班里的老艺人后面学习司鼓去了。唱戏这碗饭不好吃,一个角儿,好不容易红了,但红也就那几年。而一个好的鼓师,一辈子不愁没有吃饭的地方。

墙上挂着一把胡琴,这是多年前程长庚亲手制作的,一直随身携带,成了自己的一个"老伴"。记得在老家时,一次随戏班在太湖县山里唱戏,返程时已是夜半。七八个唱戏的,挑着担子,在山路上跌跌撞撞地走。在经过一处坟地时,各种奇怪的声音此起彼伏,大家都害怕极了,个个两股颤颤,根本迈不动步子。程长庚灵机一动,拿出胡琴,在一块石头上坐了下来,刺啦一声,将弓拉到底,夜色里像刀光一闪。紧接着,他又运弓如飞,手指翻跳,胡琴在鬼哭狼嚎,他大唱道:"叫鬼卒站两厢听我一令,杨七郎在空中自思自忖,俺杨家保宋朝忠心秉正,父子们八员将闯入番营……"不知什么时候,月出中天,四周安静如常。同伴开玩笑说:"这是鬼神们知你路过,要听戏呢。"

此后,程长庚相信这把胡琴是有灵气的,到哪儿唱戏都带在身边,隔三岔五的,都要拉上几曲。程长庚也听上一辈老艺人说过,胡琴随徽班进京后,其路并不平坦,嘉庆年间被禁过很长一段时间。因为胡琴上的两根弦——老弦和子弦,犯了当时朝廷乾隆、嘉庆老皇和子皇的忌讳。这真是天大的冤枉。其实质是花雅之争时,支持昆腔的那班人攻击徽腔等乱弹戏,胡琴连带着遭殃。琴和人一样,受了大罪。好不容易可以发声了,又遇到了什么国丧期,这把琴又不能动了,上面已积了厚厚的灰尘。唱戏的难,唱戏的家什也连带着难。背井离乡,人琴俱老,无声无言,已成日常。

一天早晨,程长庚刚从城墙根练声回来,一个家仆模样的人递来一张名刺,说他的主人明日来访。程长庚一看,只见名刺上写着"延煦"二字,大喜。一问才知,原来延煦放了外差回来了,仍回礼部任职。

当天,程长庚和他娘、侄子程章圃,在家里收拾了一天。程长庚又亲自到街上挑了崭新的茶碗,买了包好茶。第二天上午,他叫来了卢胜奎相陪,静等着延煦来访。

刚进入巳时,只听外面一声马嘶,一辆马车停在门口。程长庚赶紧出门,掀开门帘,延煦满面春风,拉着程长庚的手说:"玉珊啊,我在盛京放了几年外差,真是想煞延某了!"

程长庚眼圈一热,回道:"玉珊只是一个唱戏的,让延四爷费心惦记,真是感激不尽!延四爷回京就好了,我们梨园也有了依仗。"

延煦指挥着车夫从车上搬下了两袋米,说:"也没什么送你的,带来了两袋大米。"又轻声说,"这可是御用的渤海米,有钱你都买不着。"

程长庚连连称谢,又向他介绍卢胜奎。听说卢胜奎会写本子,延煦很是高兴:"梨园缺的就是书生,新本子太少,好多老本子太粗糙了,也需要加工,你正好有了用武之地。"

卢胜奎说:"卢某不才,今后还望延四爷多加指点。"

延煦在程长庚屋内转了一圈,感叹道:"玉珊你好歹也是一个红角儿,又是堂堂三庆班班主,出了门人家都叫你大老板,可你这家里也太寒碜了,我明天就让人给你送套家具来。"

程长庚连连推辞。延煦望了望内室,惊道:"玉珊,你夫人呢?怎么也不引见引见?"

程长庚羞愧地低下头:"不瞒延四爷,玉珊尚未婚娶。"

"这就是你的不对了!不孝有三,无后为大。再说,家里没个女人怎么行?"

"玉珊立过誓,这辈子不娶亲!"

延煦咋舌:"这不是胡闹吗?早年是立足未稳,现在娶妻还来得及。这事包在我身上,我过几天就给你寻一个女子。"

程长庚一听急了:"延四爷,这可万万使不得!玉珊连自己都养不活,哪里还敢娶妻生子?使不得!使不得!"

延煦也不和他争辩,用扇子重重地拍了下掌心,说:"差点误了正事,我这次来是要告诉你们一件事的。"

程长庚和卢胜奎倾耳听他说。延煦朝空中作了个揖,轻声说:"新君和先君大不相同,前日吩咐升平署,所有开场戏、寻常轴子并寿轴子、万寿大戏、宴戏、

第九章 徐小香

节令等戏,俱各补排出来,以备明年开禁伺候。"

程长庚喜道:"皇上喜欢看戏,那真是梨园之幸、伶人之幸。"

延煦说:"皇上喜欢戏,朝廷和民间就会跟风。我有种预感,戏园要火,皮黄要大兴,到时恐怕要超过乾隆爷时的情形呢。"

延煦一番话,说得程长庚和卢胜奎心花怒放。临行时,延煦一再说道:"三庆班作为京师第一大班,应当好好准备,明年开禁后,拿出点好戏!"

第十章　圆明园献艺

腰挂昆吾剑,身披虎将衣。堂堂英雄将,热血染沙场。

——《逍遥津》

程长庚真的很庆幸得到了徐小香,在广德楼看了他的戏后,更从内心里感激曹眉仙。京城梨园一直有个传言,说曹眉仙是被徐小香给活沽气死的。此说法虽有点偏颇,但看过徐小香的戏后,程长庚才相信这种传言并非空穴来风。这孩子,要年龄有年龄,要嗓子有嗓子,要相貌有相貌,要身段有身段。梨园子弟对他的感觉只能用一个字来描述:妒。

进入咸丰三年(1853),刚过完年,内务府管理精忠庙事务衙门早早知会三庆、四喜和春台三大戏班,六月初九咸丰皇帝寿辰,要精选戏目,抓紧排戏,到时到圆明园献艺贺寿。内务府管理精忠庙事务衙门设于珠市口精忠庙内,专管京师梨园。设堂郎中一人,现堂郎中名叫文廉。消息传来,三大戏班一片欢腾。看来这个咸丰皇帝与其父道光皇帝大不相同。道光一生崇尚节俭,据说为了节省灯油,甚至每晚早早睡觉。宫内演戏的升平署规制也一再缩减,他在位三十年,没有从宫外召过一次戏班。新皇做法完全不同,国丧期尚未结束,就早早布置演戏事宜,且仿效他的曾祖乾隆皇帝,召徽班为自己贺寿。皇帝爱戏,对梨园来说,实乃幸事。程长庚记得延煦说过皮黄将大兴,当时他还有些将信将疑,现在看来,确不是虚言。

凡进宫演出的戏,都要先行试演,接受升平署管事太监的验收。这是例行程序。试演地点照例在广德楼戏园。广德楼位于前门大栅栏西口,兴建于嘉庆元年(1796),是一家老戏园。三庆班试演的戏以老戏为主,也有新戏。老戏有《群英会》《四郎探母》《战长沙》《盗甲》等,新戏就是徐小香主演的《八大锤》,此前堂郎中文廉提示过,说咸丰皇帝喜欢武戏。这正是三庆班所长,因此,拟定的献艺贺寿戏目中,武戏的分量明显偏多。

梨园行有句俗语,叫作"双枪要看陆文龙,单枪要看赵子龙",指的是《车轮大战》中的陆文龙与《长坂坡》中的赵子龙,都是戏迷百看不厌的英勇人物。且这两人使用的兵器都是白缨枪。徐小香扮陆文龙,服装行头全是新的,鲜盔亮甲,面如冠玉,手持双枪,英俊潇洒,甫一亮相,就赢得满堂彩。他念了首定场诗"中原成逐鹿,山河风雨飘。金戈征尘滚,壮志吞南朝",小生腔调就让人耳目一新。曹眉仙唱昆腔出身,他的小生腔自然受到了昆腔影响,偏向柔媚与委婉;而另一位优秀小生龙德云用大嗓唱念,调门比老生还高,与旦行的唱法相近。徐小香取长补短,兼而有之,完美地解决了偏柔和偏刚的问题。

陆文龙与四将的打斗精彩绝伦。四位武将,轮番上阵,高潮迭起。徐小香更是绝活连连,艳惊四座。他的双枪花各式抛甩出手、朝天蹬三起三落、前射雁后探海……枪法行云流水,毫无滞碍,一气呵成,出神入化。枪要想练到称手,要勤学苦练,日复一日。左右开弓、正反大刀花、正反皮猴花、平转托塔(兵刃在手心转动)、串腕、串指、抛甩、掏腿、肩挑、背接等等,反反复复就是这些动作,冬练三九,夏练三伏,不磨上三年五载是无法登台的。要是想达到徐小香这般火候,除了苦练,更要神助。

文廉身为堂郎中,也算见多识广,连他也不住地领首赞许。演出结束后,他对现担任精忠庙庙首一职的张二奎说:"张老板,你看这个徐小香演得如何?"

张二奎叹了口气:"长江后浪推前浪,他登台的那一天,恐怕连我都没有饭吃了。"

文廉乐得大笑:"不至于吧,你张老板还是有几手绝活的。"

张二奎说:"蝶仙者,奇人也。放眼百年来的梨园,恐怕只有当年横扫京师梨园的魏长生大师能和他相提并论。"

文廉恭敬地说："皇上有眼福了。"又对程长庚说，"程老板，此生要好生伺候，不得懈怠。六月贺寿献艺，就靠你们三庆班了。皇恩浩荡，要是皇上看得高兴，到时会赏赐优渥。"

"请文郎中放心，三庆班一定不负圣命，好好唱戏。"程长庚说。

三大徽班要到圆明园献艺贺寿的消息很快传开了。一天，文廉正在衙署里寻思着献艺要注意的问题，反复推敲着，忽然门子来报，说京师东城首富罗青蚨求见。罗青蚨就是罗三爷，文廉当然知道他。此人仗着道光朝权臣穆彰阿的支持，做着糟粮和鸦片的生意，日进斗金，富可敌国。新帝即位，将穆彰阿罢职，永不叙用。这家伙没了靠山，现在莫不是要投靠自己？文廉的兄弟文丰现任内务府总管大臣，管理着皇家事务，七司三院，有的是富得流油的皇差。罗三爷是聪明人，聪明人都善于把握机会，他们总是在该出现时出现，该消失时消失，做得恰到好处。

罗三爷拿出一个精致的小匣子，说："一个鼻烟壶，小玩意，留给文大人赏人。"

罗三爷专程来求见，当然不会只是送个小小的鼻烟壶这么简单。文廉打开，是一只彩绘的瓷壶。他拿了起来，果然，下面压着一张折得方方正正的银票。文廉装着没看见，把玩起那只鼻烟壶来。下面是一幅春宫图，两人赤身裸体，一前一后，正在行交合之事。前面一人，戴着水钻头面，显然是个唱戏的小旦。再看前面小旦的身子，几乎弯成了一个圆形，头部巧妙地穿过脚脖子，正笑盈盈地看着他身后的男子。

文廉说："本官看过鼻烟壶无数，这样的玩意倒是第一次看到。"

罗三爷谄笑道："这是罗某在景德镇名窑定制的，外面没有，里面放了秘制的药粉。"

文廉将鼻烟壶放到了鼻子下面，一股奇香钻进鼻孔。突然，他感到浑身燥热不安，眼神也恍惚起来，再看鼻烟壶上的春宫图，那两人似乎动了起来。文廉

第十章　圆明园献艺

赶紧放下鼻烟壶,吃惊地看着罗三爷。

罗三爷解释说:"文大人,罗某说了放了药粉,这壶平时是闻不得的。"

"给我再拿几个来,本官自有用处。"文廉收了壶,又像是想起了什么似的,问道,"你来找本官,所为何事?"

罗三爷说:"眼下皮黄要大兴,罗某组织了一个戏班,想报庙,还望大人关照。"

伶人入行、搭班、组班均须在精忠庙具名登记,俗称"报庙"。伶人要填写本人及师父姓名、行当和所搭戏班,领班人要出保证明,没有从别班邀角儿和收留来历不明不法之人。文廉说:"你这报庙的呈文,先要交给庙首张二奎审阅。"

"他算个啥?不过是个唱戏的,一个泥胎菩萨而已,还不是文大人您说了算?"罗三爷说得文廉很是受用。

文廉再看罗三爷的呈文,问道:"你这戏班名叫和春,这名字怎么有点熟悉?"

"回大人,当年进京给乾隆爷贺寿的老徽班中就有一个和春班,于道光十三年(1833)报散。"

"你这不是借尸还魂吗?用这名字是什么意思?"

罗三爷说:"一个名班,自此湮没不闻,不是太可惜吗?罗某此举完全是为了振兴梨园,替祖师爷传道。"

文廉点了点头,又看起罗三爷呈交的伶人名单,排在第一的,是一个叫九红旦的人。罗三爷说:"这个九红旦可不简单,是我花重金从河北梆子班邀来的角儿,九岁登台,现年十八,文武不挡,红遍天津和河北。徐小香在他面前,那都得乖乖地自称弟子。"

"有这么厉害?"

"那当然,罗某还敢欺骗大人不成?赶明儿择个日子,文大人赏光,给您好好唱上几出消消闲。"罗三爷说。

文廉说:"算你姓罗的还懂事,是骡子是马牵出来遛遛就知道了。"

文廉端起茶碗喝茶，明显是在暗示罗三爷，事情说完了，你该走了。罗三爷当然懂，他也假装喝茶，想说什么，又闭上了嘴。文廉见他欲言又止，说："有什么话就尽快说，本官还要筹备万寿节。"

罗三爷凑到文廉耳边："小人想说的就和这个有关。罗某有个不情之请，万寿节那天，能不能借大人的光，跟在您身后，扮个跟班的长随，伺候大人？"

文廉是何等机敏之人，他站了起来，阴着脸说："你姓罗的安的是什么心？想干什么？有你这么老的长随吗？"

罗三爷说："就是将小人碎尸万段，也断不敢有什么异心。圆明园是万园之园，那是什么地方？又逢万寿节，那该是何等热闹！这是千载难逢的盛事，小人不就想凑个热闹吗？要是满足了小人心愿，小人就算死了也瞑目了。还望文大人成全，小人定有重谢！"

听说有重谢，文廉的脸色松了松。不就是扮个长随吗？也没什么大不了的，但不能就这么爽快地答应了。文廉说："此事事关重大，容我再考虑考虑，到时再说吧。"

没有当场拒绝就有戏。罗三爷一乐："得，小人静候文大人佳音！"这才起身告辞。

圆明园位于京城西北郊，原是明代遗留下来的一座故园，扩建于清康熙四十七年（1708），由康熙赐予了时为藩王的皇四子胤禛。胤禛即位后，扩建为长期居住的离宫。此后历朝又不断增扩建，历时一百五十余年，耗费数以亿计的银两，逐渐形成了与紫禁城齐名的皇家园林。它由圆明园、长春园和绮春园三座园子构成，呈倒品字形分布。园内汇集了江南名园胜景，同时，来自西方的传教士们也参与了造园活动，仿建了多栋西洋建筑，因而被称为"万园之园"。自康熙时始，这里就被当作皇家游幸之所，收尽天下之奇，藏有无数稀世珍宝。

圆明园作为皇帝的离宫和游玩之地，自雍正皇帝开始，乾隆、嘉庆、道光、咸丰等历代皇帝，一年中有大半年的时间都住在圆明园，召见百官，处理朝政。政务之暇，看戏是主要的消遣方式，所以，圆明园内戏台多。据统计，园内共有大大小小19座戏台，其中规模最大、建设最早的是位于后湖的同乐园戏楼，建于雍正四年(1726)，是佳辰令节皇帝与百官赏听大戏之所，平时演戏多在各处小戏楼。

国丧期不久就结束了，戏园里开始恢复唱戏。戏迷们憋了两年多时间，此时解禁，纷纷拥进戏楼，各大戏园不到午时就满了，生意格外红火。三庆班老戏、新戏齐上阵，上座率排在第一。徐小香主演的《八大锤》更是火爆梨园，天天加场，仍是一座难求。

六月九日万寿节很快就到了。头一天，文廉来到三庆班大下处，向参加献艺的伶人讲述进园规矩、礼仪。文廉府第位于内城，为了差事，他不得不在衙署里歇了一晚。九日子时刚过，文廉身着官服，带着三庆班伶人出了外城广安门。他自己坐轿，伶人们乘骡车，沿着官道，一行人向西北郊圆明园方向匆匆赶去。

罗三爷扮成个长随，坐在骡车里，紧跟着文廉的轿子。要说罗三爷为什么要混进圆明园去参加万寿节，他自己也说不出个子丑寅卯，凑个热闹当然只是表面上的说辞，他感觉跑一趟对他有好处，一来可以走近文郎中，二来可以寻寻商机。

终于，骡车停了，天光微亮，隐隐约约可以听到说话声。大家下车一看，到了圆明园大门口，轿子和骡车就停在门前广场上。眼前是一座巨大的牌楼，扎满黄彩，挂满了宫灯。有个身着蟒袍的管事太监，气定神闲，目不斜视，正坐在太师椅上，两旁侍立着十几个小太监。场上停了一长溜官轿，身着各式官服的官员正在门前排队，等着进园。大约时辰未到，管事太监并不许他们进去。文廉到管事太监跟前报告，那太监动也不动，只鼻子里哼了一声，算是同意。文廉低声对程长庚说："招呼大家跟我进园，把八大锤带上，别的破烂玩意就不用带了，里面什么都有，都是你们没见过的！"

这时，一个官员来到程长庚面前，轻声说："玉珊，你们都到了吗？好早呢。"

程长庚抬头一看，原来是延煦。三庆班的骡车上，每辆车上都打着只红灯笼，上面写着"三庆班"三字。延煦等着进园贺寿，看到三庆班的骡车，就过来打个招呼。程长庚惊喜地说:"延四爷,您也在这里?真巧。"

"今天也要看你们的戏呢。机会来之不易,好好演,给徽班长脸!"

程长庚朝延煦作了个揖,表示谢意,然后撵上了文廉,其他伶人都紧跟在他后面。一路上没有人说话,只听见窸窣的脚步声。

这时,天已亮了。程长庚发现,他们走的道路东西两旁是两面湖。湖很大,一眼望不到边。湖中荷花初绽,像花旦的脸。那种粉红,怕是用再好的胭脂也染不出。风中飘荡着沁人心脾的荷香,一阵一阵。肺里如春水洗过一般,气息活泛起来,真想吼一嗓子,可想想地方不对,还是忍了。

不知什么时候,程长庚发现,徐小香已将一对翎子戴在了头上。也许是夜里就戴好出门的。满湖惊艳,徐小香肯定也喜不自禁,只见他一歪头,那翎子就像听话一般,翎尾一卷,一朵荷花就被他采了下来,再一歪头,荷花竟然插进了后颈里。这功夫,连程长庚也是服了。难怪有人说徐小香的翎子就像是长了眼睛长了手,要它干吗就干吗。他做这些时,幸好走在前面的文廉没有发现,要是被他看到了,说不定会招惹来一顿责怪。

到了清晖阁,一行人进阁,只见北壁上挂着一幅圆明园全景图,是乾隆二年(1737)宫廷画家郎世宁等人合绘的,乾隆御题"大观"二字。阁中挂着一副楹联:"稽古重图书义存无逸三宗训;勤民咨稼穑事著豳风七月篇。"也是乾隆所题。过了清晖阁,向西北行,到了正大光明殿,一看就是仿制紫禁城里的太和殿。丹墀上,文武百官站得整整齐齐,正给皇帝行礼贺寿。过了宝殿,向西南而行,经过诸多重廊曲槛、石径虹桥,一行人进入澄虚榭小憩。

徐小香远望着湖中的三座小岛,上面楼阁玲珑,仿佛天宫一般,他说:"这面湖好大,湖中的小岛真美,像仙境一般。"

卢胜奎说:"这是园中最大的东湖,称福海,中央三座小岛分别代表蓬岛瑶台、北岛玉宇、瀛海仙山三座仙山。"

"我们这辈子是白活了,要是在那里住上一晚,就是死了也值了。"徐小香说。

听到他们的谈话，文廉咳嗽了一声。两人不再说话，只是默默地四处环视，可惜一双眼睛哪里能看得尽？

休息了一会儿，文廉带着他们过了长春仙馆，出寿山口，这才看见同乐园大戏楼。戏楼分为三层，坐南朝北，是一座院落式的建筑群。文廉指着大戏台北面的一栋两层的正楼说："那是看戏楼，演戏时，皇帝就坐在楼下的殿内看戏。今天你们这班唱戏的有福了，得见天颜，是祖坟冒烟，三生有幸，要好好表现。楼上是皇太后和妃子们看戏的地方。"文廉又指着正楼戏台东西两侧的转角配楼说，"那是王公大臣和外使们看戏的地方，我一会儿就坐在东边。"

文廉又向大家介绍戏楼。这三层戏楼分别代表天堂、人世和阴间，各层之间安有滑车，还有天门、地门、升仙转轮门、踏跺和仙楼，可以表演仙佛从天而降，鬼妖自地狱升起。一层戏台底下还设有地井，可实现喷泉、升莲花等特效。参观之后，大家纷纷感叹，不愧是皇家戏楼，和民间戏班那几件简单的砌末相比，真是天壤之别。

只听前台乐声悠扬，锣鼓喧天，戏楼上似乎正在唱戏。一问身边小内监，说今天是万寿节，戏班全天唱戏，现在演的是昆腔《昭代箫韶》。程长庚当然知道这部戏，讲的是北宋杨家将精忠报国的故事，是宫廷连台本戏，共240出，备受历代帝王喜爱，久演不衰。

文廉带着三庆班伶人直接进了与大戏台相通的扮戏楼，这里是只有梨园子弟才能进的后台。

罗三爷被拦在戏台外面，他现在的身份不过是个长随，不要说进正楼看戏，就是东西两边的配楼他也进不去。他只能和一班长随、小厮待在树荫下。虽说是六月天，阳光火辣，但圆明园里凉爽宜人。再说，这里是皇家园林，罗三爷虽说是一方豪富，但要想从容自如地进出圆明园，那也是一辈子盼不着的好事。尽管看不着戏，罗三爷还是心情大好，他瞅着福海中间的三座仙岛出神，恨不得腋下生出一双翅膀，好飞过去一探究竟。

三庆班的伶人们在快速扮戏，终于轮到他们上场了。虽说是熟戏，熟悉的角色和唱念做打,演起来也轻车熟路,但大家还是很紧张,因为他们没底,毕竟是第一次给皇帝演戏,不知道他会不会满意。

第一出戏是《群英会》。程长庚扮鲁肃,徐小香扮周瑜,卢胜奎扮诸葛亮,丑行杨鸣玉扮蒋干,丁四扮黄盖,是三庆班最强的阵容。程长庚出场的时候,第一眼就投向对面看戏楼里的咸丰皇帝。毕竟,皇帝对他来说,实在是太神秘了。可是见到真人后,程长庚不禁悲从中来。皇上太年轻了,像个大孩子,细皮嫩肉的,一看就是没经历过风雨的人。他戴着顶簇新的夏朝冠,正中是一块金色的牌子,上有金佛像。帽子太红了,像一片血光,始终笼罩在皇帝的头顶上,太不吉利了。皇帝身子羸弱,皇袍也过于宽大,风能轻松地从一边袖子里钻进去,从另一边袖口里出来。程长庚不明白皇帝为什么要穿一件这样夸张的龙袍,他的身子根本撑不住。而且,龙椅上的皇帝明显心神不宁,眼睛虽瞅着台上,但视线散乱,像一把随风而散的枯草。

卢胜奎对皇帝倒是没什么兴趣,他第一眼就投向了楼上,那是太后和妃子们看戏的地方。在未看之前,他以为皇帝的女人应该个个花容月貌,长得像天上的仙女一般,可一看之下,不免大失所望。她们虽打扮得花枝招展,可长相平平,个个虚胖,明显是天天饫甘餍肥的结果。这还不算,再看她们的表情,呆板木讷,恐怕连笑都不会。和他的相好小兰相比,她们差远了。卢胜奎不明白皇帝的女人怎会如此不经看。这些女人都是别人给他安排好的,他不娶也得娶。这样想来,当个皇帝未免有些可怜。在戏中他扮的是诸葛亮,舌战群儒,和东吴的文臣武将斗智斗勇。他在看了几眼皇帝的女人们后,觉得自己远比眼前这个可怜的皇帝更有艳福,当下信心倍增,更觉仙风道骨。一时间,他唇枪舌剑,谈笑风生,在举手投足间将东吴的那班臣子打得落花流水。

徐小香登台时,发现皇帝年纪竟然和自己差不多大。想想他是真皇帝,而自己不过是弹丸之地的大都督,且还是假的。项羽在见到秦始皇巡游时,说彼可取而代之,最终结果如何呢?戏台上有出戏叫《霸王别姬》,酒楼里还有一道王八炖鸡的菜,也叫霸王别姬。这都是命。徐小香本就是心高气傲之人,当下

第十章 圆明园献艺

135

更觉愤愤不平,一时气冲斗牛。斗牛是冲不到的,倒是冲到了天灵盖上。只见他的一对长翎子像是疯了一般,指东点西,抑扬顿挫,指桑骂槐,把个心胸狭窄的小周郎演活了。

丁四出身贫寒,是个苦命人。当见到皇帝时,丁四有种恍在梦中之感。他真的是皇帝吗?只见一片金黄的光里,浮着一张惨白的脸。对面的他是天,而自己是地;他是龙,而自己是虫;他是金,而自己是土;他是万乘之躯,自己命若草芥。憋屈、愤懑,戏中的老黄盖就活在这股冤枉气里,一大把年纪了,还挨了一顿冤枉打,还要被打得血肉模糊。成功了又怎样呢?多少次浴血奋战,死里逃生,也不过是被封了个偏将军。此后再没有打过像样的仗,就病死在军中。唱念做打,不过是把自己的不堪放大了给人看,以换取几枚铜钱。老黄盖的这口冤枉气并没有散,多少人至今还含在胸中。悲愤也罢,不服也罢,不过就是在戏台上喊两声,在暗地里流两行老泪,然后一切如故。

杨鸣玉扮《群英会》里盗书的蒋干,扮《盗甲》里的时迁。是的,他是个小丑,演的多是鸡鸣狗盗之徒。丑是他的行当,扮贼他就有饭吃,就能在这人地生疏的京城里风风光光地活着。杨鸣玉没有看皇帝,也没有看楼上的女人们,看不看都一样,戏都得照常演。他看了几眼东西两边转角配楼里的文武百官,他们一个个道貌岸然,正襟危坐,正在看着他这个小丑在戏台上插科打诨,丑态百出,然后发出会心的大笑。窃钩者诛,窃国者侯。到底谁才是贼呢?

直到黄昏时分,三庆班的戏终于演完了。伶人们的心都吊到了嗓子眼,不知道皇帝会如何评价。正在他们收拾时,文廉兴冲冲地来到后台,大声地说:"玉珊,有好事,皇帝有赏!"

程长庚一乐,一颗悬着的心终于放下了。他一直担心皇帝对他们的戏不满意,从而引起不悦甚至动怒,那会直接关系到他们的饭碗。毕竟第一次在九五之尊的皇帝面前唱戏,谁知道他脾气如何,又喜欢看什么样的戏?身为班主,他能不担心吗?来之前他就想好了,按平时的规矩唱,不求有功,但求无过。现在好了,看来皇帝是满意的。

一个太监高举着一卷黄绫进了后台,后面两个太监各端着一只盘子,一只盘子里放着官服官帽,另一只盘子里码放着整整齐齐的银锭。文廉率伶人们跪下接旨。旨意说,三庆班的戏褒忠奖孝、诛奸除奸,厚风俗、正人心,善莫大焉,着赏银百两。程长庚治班有功,赏五品顶戴,并担任精忠庙会首。这真是天大的喜事。太监宣读完毕,对程长庚伸了一下手。程长庚心领神会,赶紧从袖子里掏了一锭答谢银递了过去。

太监服侍着程长庚穿上了崭新的官服,方形的补子中央是一只白鹇,拖着长尾巴,展翅欲飞。它的身边,是一朵一朵的祥云。红色的官帽正中,嵌着一颗硕大的水晶,熠熠生辉。程长庚穿戴完毕,众人都夸他有官相。程大老板向来不苟言笑,今天也是乐得合不拢嘴。自大清国入关以来,还从没有对一个伶人赏赐过五品顶戴,以前虽也传言余三胜是嘉庆皇帝口封的"戏状元",但毕竟只是口封,没有真凭实据。大家都夸程长庚好福气。

太监刚刚离开,一个身材高大、异常魁梧的官员匆匆进了后台,他的前胸上是一块狮子补服。文廉赶紧迎了上去,叫了一声"哥"。众人明白了,来者正是内务府总管大臣——文廉的兄长文丰。大家赶紧行礼。

文丰说:"玉珊啊,你们今天的戏演得不错,皇上看得很高兴,还说以后要多召你们戏班进宫演戏。你们今天为梨园长了脸,本官向你们表示祝贺!"

程长庚说:"多谢文大人引荐!三庆班伶人受此隆恩,实在感激不尽!今后我等梨园子弟自当率先垂范,尽心演戏,振兴梨园!"

"好,好,只要有好戏,今后御前侍奉的机会还多着呢。"文丰又对文廉说,"大家辛苦了一天,你带他们到酒楼去好好喝一杯。圣上今天大寿,与百官同乐,本官也要赴宴去了。后会有期!"

众伶都夸文大人和善,对唱戏的很是客气。圆满完成了献艺差事,众人的脸上都洋溢着微笑。有的说圆明园是伶人的福地;有的说圣上是唐明皇在世,喜欢看戏;还有的说唱戏的终于迎来了好日子,熬出头了。程长庚很是受用地听着大家说笑,他想起在程家井老家的憋屈日子,不胜唏嘘。

圣上赏赐三庆班班主程长庚五品顶戴的消息,很快在圆明园里传开了。罗三爷听到这个消息时,怔住了。他站在树荫下,浑身燥热不安起来,这圆明园里的十里荷风也不再凉爽了。他来到戏楼后台,紧紧地盯着出口处。远远地,他看见身着官服的程长庚在众人的簇拥下,从戏楼后台走了出来。新补服,红顶子,厚底朝靴,一点不错,这确实是得了官衔了。罗三爷再看看自己,一套宁绸的衣服,腿上打着绑带,脚上是一双敞口布鞋。这样子本来也还能看,可现在,他直不起腰来,觉得自己像一只猴子。自己这些年来处心积虑,四处钻营,也积累了些财富,屋宇连栋,妻妾成群,每天灯红酒绿。现在看来,他算不得人生赢家,没什么值得炫耀的。

献艺归来的次日,戏班里放假,大家歇息一天。卢胜奎、杨鸣玉、丁四几人带着些酒菜,到程长庚宅中祝贺。卢胜奎发现,大老板的官服叠得整整齐齐,放在衣箱上,他还是老样子,身上一套常年不变的灰褂灰裤。他笑道:"大老板,那五品顶戴,您怎么着也要穿戴几天吧,放在那里乘凉不是可惜了吗?"

程长庚给他们每人倒了一碗冰镇的酸梅汤,说:"它能当饭吃?能当水喝?"

"这么说就不对了吧,五品顶戴,说明您现在是朝廷五品大员的身份了,比县官还高两级呢。"杨鸣玉说。

"那又怎样?咱们该干吗还是要干吗,不还得乖乖地唱戏?"

卢胜奎拿起了顶戴,说:"想我卢某,十年寒窗,做梦都想混个举人进士,弄顶官帽光宗耀祖,可惜事与愿违,最后不得不寄身梨园。大老板,能不能让我试着穿戴一下,也过一把官瘾?"

"可以,你尽管试,借你穿戴几天都行。"程长庚笑道。

卢胜奎想了想,还是放下了,说:"罢了,还是不试了吧,没那个命。一则不恭;二则,怕这一试,就舍不得脱下来,又要做吃皇粮拥娇娃的美梦,真到那时,说不定连梨园的饭碗都端不成了。"

卢胜奎的话将大家都逗乐了。程长庚陪着他们喝了几杯,待他们走后,遂将官服官帽收了起来。

自此以后,人前人后,程长庚从不提得了五品顶戴的事,就像什么也没有发生过一样。他还是那样不苟言笑,照常管着戏班子,认认真真地排戏唱戏。

　　三庆班成功献艺,程长庚还沉浸在喜悦之中,可是,一封来自湖南的信让他如坠冰窖。信是他的好友姚莹写来的。姚公在信中说,他自四川返回故里桐城后,本打算安度余生,没想到,咸丰初年,他和林公则徐都被重新起用。林公先后任陕甘总督、云贵总督,后因病乞休。没想到广西闹起了长毛子,朝廷再度派林公赴广平乱,两年前林公病死于赴任途中。

　　姚莹说,他被起用后,先是任湖北盐法道一职,旋即擢升为广西按察使,后来又改任湖南按察使。目前,由于年事已高,已身染沉疴,预感这次难逃一劫,特来信和老朋友话别。他这封信,就是躺在病榻上写的。姚莹说,他多么想再看一场玉珊兄演的《战长沙》。他说,他这一生,就像单刀赴会的关羽一样,所去的都是极偏远极危险之地,呕心沥血,暴衣露冠,最终还是败走麦城。

　　看完姚莹的信,程长庚怔怔的,沉默许久。他在关公像前上了一炷香,祈愿姚公平安。他想亲口对姚莹说:"姚公,你这一生,撑得起'忠臣良将'四字,无憾,值了!"

第十章　圆明园献艺

139

第十一章　卢台子

唱不尽兴亡梦幻,弹不尽悲伤感叹,凄凉满眼对江山。

传幽怨,写愁烦,天宝当年遗事弹。

——《长生殿》

卢胜奎自将《车轮战》改编成了《八大锤》的本子且火爆梨园后,就得了一个绰号——卢台子,意指他一个人能撑起一台戏。他不仅本子写得好,戏也唱得不错,他最拿手的就是饰演诸葛亮。他本就是读书人,向来自视清高,又喜高谈阔论,演起诸葛亮来自然得心应手,被戏迷们称为"活诸葛"。梨园习惯,某个角儿某个角色扮得好,就称为"活某某",意指将某个角色演活了。这是对角儿的最高褒奖。卢胜奎在挣了些银子后,就在程长庚宅第所在的百顺胡同也买了一处院子,在京城里正式安家落户。

入秋后,百顺胡同口的几棵杨树叶子黄了。叶子稀稀疏疏,大多被虫蛀了,只留下干枯的叶茎。秋阳映照,叶茎的影子如同蛛网,落到地面上。偶有路人走过,那蛛网就兜到了人的脸上,能吓人一跳。风沙也明显多了起来。北方风沙大,从胡同口一溜烟般地来,又一溜烟般地去,将各家的窗纸打得噗噗地响。好在这声音大家都听惯了,习以为常。秋后干燥,在室外待不到半个时辰,嗓子眼就发干。唱戏的最怕这个季节,风沙会伤了嗓子。茶楼里的生意也红火起来,北京百姓一天的生活都从一杯热茶开始,从有一句没一句的闲话开始。最受欢迎的茶是茉莉花茶,香喷喷的,好喝又好闻。北京人爱扎堆、爱侃,喜欢说笑和逗乐，喜欢插科打诨。喝完早茶，带着愉悦的心情，再开始一天的营生。

程长庚喜欢喝茶，也喜欢泡茶楼，但他不喜欢流行的茉莉花茶，认为香味坏了茶味。他喜欢喝老家安庆的茶，特别是潜山茶。清初，淮安人刘源长在他的《茶史》一书中，就将潜山茶列入名茶之列。一方水土养一方人，程长庚向来认为，安庆之所以出伶人，得益于那一方的山水。他将茶叶视为和老家的隐秘联系，每年春季，都会托熟人捎带些来，贮藏着管一年饮用。

程长庚的家里供着一个关公像，每天泡茶，第一盏必先敬关公。今天，关公像前除了一盏茶外，还多了一碟豆干、一只锦布包裹。

吃过早饭，程长庚拎起那只锦布包裹，向胡同口卢胜奎家走去。由于昨天打过招呼，卢胜奎正在家等着。听到脚步声，卢胜奎赶紧出来了，接过程长庚手中的包裹，惊讶地说："大老板，好沉呢，没想到有这么一大包。"

"我也没想到会有这么多，28本，240出。延四爷费了好大周折，才从宫里借出来的。你先看看，不管戏能不能改成，这些本子可得收好了，这东西比我们的命还值钱，要是弄丢了，无从赔，也赔不起。"

听说比命还值钱，卢胜奎小心翼翼地拿起一本。只见封面左上角的红色书签上写着四个大字"鼎峙春秋"。正中写着本册的出数和标题。右边盖着块红色方印，篆体印文是"升平署之图记"，说明这是升平署收藏的剧本。

原来，程长庚自圆明园献艺偶遇同乐园大戏楼正演出昆腔连台本戏《昭代箫韶》，心里就萌生了一个想法。当时戏园演戏惯例，均以折子戏为主，每场八到十折，且分为早轴子、中轴子、压轴子和大轴子几个部分。其中压轴子是重中之重，由一班的红角儿担纲主演。本戏，是指成本演出的戏，有一个完整的故事，从头演到尾，而折子戏只选取其中的部分。连台本戏，是指多个相对独立的本戏组成的一部有完整情节的大戏，一天一本，持续演出数天，长的达一个月以上。连台本戏对戏班的要求很高，要角儿齐整，阵容强大，一般的小戏班根本不敢问津。

程长庚由《昭代箫韶》大受启发，皮黄腔自诞生以来，还没有一部连台本戏呢。能不能试着排演一部类似《昭代箫韶》这样的连台本戏？他马上想到了三国故事。程长庚听说过，乾隆年间，升平署的前身南府就排演过三国连台本戏《鼎峙春秋》。可这剧本还在不在呢？毕竟时间已过去了六十多年。三国故事深入人心，且前期已有许多成功的折子戏，如《群英会》《走麦城》《捉放曹》等，完全可以将三国故事弄出一部连台本戏来。他和卢胜奎一商量，两人一拍即合，觉得完全可行。可卢胜奎又提出一个要求，一定要设法借到升平署收藏的《鼎峙春秋》剧本。有个模子，他才方便改编。程长庚只好去央求延煦，延煦通过层层关系，终于从宫里借出了剧本。

程长庚说："你先把这些本子看一遍，然后再考虑如何改成皮黄。"

卢胜奎翻了翻："这么多，就是看一遍恐怕也要一个月。"

"从今天开始，你就暂时不要到戏园演戏了，戏份钱照拿，戏班里的事也不用操心。你现在的主要任务就是看本子，下一步考虑如何改编本子。我给你安排一个家仆，负责你的生活起居。还有什么问题没有？"

"大老板，您考虑得如此周全，卢某还有什么话说？我一定不辱使命，把本子搞出来。"

程长庚说："三国大戏就指望你了。不过也不要急，先拿出总体框架，成熟一个，排演一个，最后成为一个整体。"

临走的时候，程长庚一再叮嘱卢胜奎，一定要把升平署的《鼎峙春秋》本子收好。卢胜奎拍胸脯说："大老板请放心吧，我保证，命在本子在。"有卢胜奎这样的承诺，程长庚这才放心去了。

一天早晨，一辆挂着厚帘的骡车悄悄地停在卢胜奎家门口。听到响声，卢胜奎戴着顶护耳毡帽出了院门，打了个长长的哈欠，然后上车。车子哒哒地出了胡同口，向彰仪门方向驰去。一会儿的工夫，骡车在一家挂着"福寿馆"匾额的店门口停下了。这是家鸦片馆，道光年间是权臣穆彰阿府上的私产，穆彰阿被革职后，产业变卖，被罗三爷接手了。类似的烟馆罗三爷还有好几家，福寿馆规模最大。

门口有专人打帘,卢胜奎下了车,一头钻了进去,帘子又合上了,神不知鬼不觉。

里头的罗三爷见卢胜奎来了,笑道:"卢台子来啦,最近感觉如何?"

卢胜奎讪讪地回道:"还好,还好。"

"抽了福寿膏,包你有福有寿!唱戏的人就要抽这个,嗓子又润又亮,唱起戏来那是精气神十足,就算你三天没吃饭,抽足了福寿膏,也包你能唱一台好戏!"罗三爷凑近卢胜奎耳边,"告诉你个秘密,你不要外传,宫里的皇帝和娘娘天天都抽这个。"

皇帝和娘娘抽不抽卢胜奎不知道,不过,梨园里抽这个的大有人在。都说这玩意润嗓子,长气力。有一段时间,卢胜奎唱戏的状态不好,一次在相好小兰那里消遣,被她怂恿着抽了几泡。嘿,你别说,这玩意效果还真不错。自那以后,戏迷们都夸他戏唱得越来越好,他也就抽上了瘾,越发离不开它。他每天上午来烟馆里抽几泡,然后再去戏园里唱戏,这已成了一种习惯。卢胜奎抽大烟一事,不说大老板,就是三庆班里的其他伶人也毫不知情。大老板对普通的叶子烟都极为反感,更不要提什么鸦片了,要是知道了,说不定会将他扫地出门。卢胜奎最担心的就是这一点,所以每次出门都小心翼翼,唯恐被熟人看见。

卢胜奎刚躺下,伙计就送来了烟膏。卢胜奎一看灰黑的生烟土,皱了皱眉,端起烟盒,出来了,找到了罗三爷,说:"三爷,我卢某在梨园好歹也是叫得响的角儿,这么低劣的玩意叫我怎么抽?这不是瞧不起人吗?快弄点上等货来!"

罗三爷正躺在榻上抽着,他坐了起来,说:"卢台子,我刚才翻了翻账簿,你可欠我一百多两银子了,能有这个孬货抽就算不错了,你将就着点吧。"

"这不是要我的小命吗?我以前抽这个的时候,你劝我抽抽上等货,等上等货抽习惯了,你又让我抽这个。我这细皮嫩肉的,哪受得了这粗劣玩意?快换货!"

罗三爷扑哧一声笑了:"换货可以,欠的货款从今儿起就记'驴打滚'了,我不怕你不给我,到时我到三庆班找你们大老板程长庚要去!"

第十一章 卢台子

143

一听罗三爷提到程长庚的名字,卢胜奎吓得打了一个哆嗦。可此时烟瘾袭来,他也顾不得多少了,不耐烦地说:"快来点上等货吧,少不了你一钱银子!"

罗三爷对伙计使了使眼色,伙计这才拿出一小盒烟土,称好了,递给了卢胜奎。卢胜奎打开盖子,见是金黄的上等烟土,满意地笑了,猫着腰钻进帘子里享受去了。

一天,延四爷派管家到程长庚家中通知,说替他寻了一个姑娘,明天上午就送过来,让他做些准备。管家也姓延,是个胖乎乎的中年汉子。延管家说明天送个姑娘过来时,将程长庚吓了一跳。上次延煦是说过替他寻一个女子,当时他以为不过是句戏言,没想到延四爷动了真格。

程长庚老母张氏听说有人给自己送儿媳,乐得笑眯了眼,拉着延管家问东问西的,哪里人、多大年纪、长得俊不俊之类。延管家性子好,有问必答。在得到满意的回答后,张氏抹着眼泪,感恩不尽地说:"您看我儿四十出头了,平时叫他娶妻也不理我,我盼这个儿媳眼都快盼瞎了。谢谢你家主子的大恩大德,我到菩萨跟前给他烧高香去!"

程长庚一把拉过老娘,将她送进了内室,然后对延管家说:"拜托您和延四爷说说,千万不能送来。我程长庚不过是个唱戏的,我在祠堂里发过誓,这辈子绝不娶妻,可不能坑了人家姑娘!"

"哟,这叫什么话?"延管家有点不悦了,"我家主子为了替你寻个姑娘,可费了不少周折,这也是个挑个挑来的,长得可不赖,你明儿看看就知道了。唱戏的又咋了?说句不好听的话,就是猫呀狗呀的,也知道留个后。你好歹也是一班之主,梨园里响当当的人物,怎能无妻呢?"

"延爷,我这辈子决定了单身,求求您了,万万不能送来,将那姑娘退了吧!"

"退不了!"延管家说,"我是奉命办事,这姑娘您得收着,做牛做马我不管,那是您的事。将家里收拾收拾,通知亲朋好友,明儿个就拜堂!"说完,头也不回地走了。

程长庚愣在当场。他娘乐得心花怒放,不知哪里来的气力,也不像平时那样说身上这疼那疼了,小脚轻快地颠东颠西,收拾着屋子。

怎么办呢？自己今年已四十二岁,这个年纪,早过了成家的年龄。寻思这些年来耽搁了终身大事的原因:一是早年戏路不顺,屡遭打击,生活困顿,寻死的心都生了好几次,哪里还有成亲的想法？二是投身梨园唱戏被余家发觉,女方果断退婚,他深受刺激,曾在程氏宗祠里发过誓:这辈子绝不娶妻！三是戏子属于贱民,在社会上属于下九流,见人矮三分,哪里敢奢望娶妻？良贱不通婚,戏子不能娶良家女子;戏子的孩子不得入私塾,长大了也不准参加科考。有这些乱七八糟的规定在,程长庚哪里还敢娶妻呢！不敢,也不想。后来戏路顺了,成了红角儿,当了班主,既要唱戏,又要管理戏班,整日里忙得焦头烂额,哪里顾得上婚姻大事？

不过,延四爷送亲这件事倒是让程长庚想起一个女子来,她就是穆府里的婢女庄芳。第一次在穆府里见到她时,她才八九岁的样子;第二次见到她,就是个亭亭玉立的大姑娘了。特别是第二次,她偷偷藏了半只烧鹅送到马厩里,让他很是感激。程长庚觉得和这个女子有缘。可是,穆彰阿被革职了,穆府散了,她到哪里去了呢？根本无从知晓。也许自己这辈子再也见不到她了。想到这点,程长庚顿觉无限惆怅。这人生就像唱戏一般,热热闹闹一番后,人去楼空,什么也留不住。

明天的难题该如何面对呢？一个大姑娘要待在自己家里,程长庚想想就头疼。有一点可以肯定,自己绝不会和那个女子结婚。可将她送到哪里去呢？退回去,不可能。那就是不识抬举,辜负了延四爷的一番好心,今后仰仗他的地方还多着呢。唯一的办法,就是为她另寻一个男子,给她找户好人家。这个男子各方面条件还不能差了,否则,那女子要是不愿嫁,非要赖在自己家里不走,问题还是无法解决。程长庚的脑子转得飞快。忽然,程长庚眼前一亮,这个人有了,他就是卢胜奎。

首先,卢胜奎比自己年轻;其次,长相也不错,一介书生,风度翩翩。想来那个女子应该会同意的。程长庚还有一层心思,卢胜奎平时喜欢寻花问柳,要是替他安置一房妻室,让他从此改了这个坏习惯,收了花花心思,安安心心地唱戏和编写剧本,那实在再好不过了。思来想去,程长庚对自己的这个安排越发满意。

可是,老娘那一关怎么过呢?看她的样子,已认可了那个尚未进门的儿媳。必须找一个能说服她的理由,否则,惹得老娘伤心就不好了。刚才想到庄芳,程长庚突然有了主意,就说自己在外面已有了中意的女子,反正老娘在乎的是有个儿媳就行,至于那个女子是谁,她也管不得许多了。程长庚和老娘一说,她将信将疑;又说延四爷送来的女子来历不明,不能收留。在程长庚软磨硬泡之下,他老娘好歹同意了。

第二天上午,延管家用一顶花轿将一个女子送到了程长庚宅中。姑娘穿着一身大红的嫁妆,盖着红盖头,看不出长啥样。延管家先是拿出一封银子,递给程长庚说:"这是延大人送给你们的贺礼,人我送来了,你们好好过日子。"又叮嘱女子道,"姑娘,你可得将大老板照顾好了,延四爷过些日子还要来看望你们。"

送走延管家,程长庚吓得不敢进家门,他跑到戏班的大下处待了一天。天快黑了,再不回去不行了。他硬着头皮向家走去,决心和那个姑娘摊牌。

他蹑手蹑脚地进入家中。姑娘仍顶着盖头,坐在桌边的绣凳上。程长庚说:"在下程长庚,请问姑娘贵姓?"

"免贵姓王,叫胜姑。"胜姑回道,大大方方的,声音清脆而响亮。

"王姑娘,情况是这样,嗯,延四爷将你送来前,并没有征得在下的同意。就是说,他是硬将你抬进我家中的。万分抱歉,我……"

"大老板,您是什么意思?"胜姑一把扯下盖头,"延四爷没有和您说,您打算将我送回去是不是?"

程长庚一看,胜姑长着一张鹅蛋脸,眉清目秀,明眸皓齿,算得上标致。延四爷亲自选定的人,果然不错。更令人意外的是,面对陌生男子,胜姑大大方方方,不卑不亢,敢于质问。看得出,她是个心直口快的姑娘,不是那种扭扭捏捏的女子。

"不是,哪有送回去的理?"程长庚说。

"那您打算将我如何处置?"胜姑不依不饶。

"嗯,是这样。我有个朋友,姓卢,还是个文人,我打算……打算……"程长庚实在说不出口,吞吞吐吐。

胜姑的脸上冷若冰霜,她直视着程长庚的眼睛,见他欲言又止的样子,心里明白了,追问道:"大老板,来句爽快的,您不愿意娶我,是不是打算将我转送给姓卢的?"

程长庚不敢吱声,就等于是默认了。

胜姑问道:"大老板,您是不是嫌我长得丑?"

程长庚连连摆手:"不,不,姑娘长得很俊。"

"那您为何打算将我转送他人?"胜姑想了想,"不行,我不同意!来前延四爷亲口对我说,我是来服侍您的。现在您要将我转送他人,于情于理都不合。不行,我不同意!"

程长庚真没想到,胜姑伶牙俐齿,说话有条有理,竟然将他问住了,他找不出反驳的理由。胜姑说完,两人陷入了沉默。

无奈之下,程长庚只好搬出昨天想好的理由,说自己已经有了意中人,而延四爷并不知情。听程长庚如此一说,胜姑委屈地哭了。程长庚吓得逃了。

天亮后,程长庚战战兢兢地回到家中。胜姑见他回来了,说:"您过来,我有话对您说。"

程长庚硬着头皮来到胜姑面前。胜姑说:"事已至此,我也不怪您了,这都是命。延四爷将我买来,说是给您做妻室,我就是您的人了,既然您不要我,如何处置也由您做主。"

程长庚没想到胜姑如此爽快,表态说:"姑娘请放心,程某替你物色的人,绝对品貌俱佳。再说,我也不是将你一送了之,他要是待你不好,你来找我就是,我会替你负责到底。"

说通了胜姑,卢胜奎那边就好办多了。程长庚来到巷子口,卢胜奎刚爬上骡车正要出门,程长庚拦住了他,说:"今天哪里也别去,我替你寻了一房媳妇,今晚你们就成亲。"

卢胜奎吓得差点从车上一头栽下来,瞪着眼说:"大、大老板,您说什么?"

程长庚大声地说:"替你寻了一个姑娘,今天你们就成亲!"

卢胜奎这才听清了,又见大老板说得如此认真,不像是开玩笑。程长庚干脆将那个谎撒到底了,说延四爷替他寻了个名叫王胜姑的女子作为妻室,而自己已有意中人,本打算将她送回去的,看在兄弟一场的情分上,姑娘也不退了,替他做媒,结为夫妻。这样一说,程长庚觉得给王胜姑也留了面子。他又说:"这个姑娘长得可不赖。还有,我昨晚没在家里睡,出去躲了一夜。"

卢胜奎紧张地搓着双手,说:"大老板替我想得周到,做梦都没想到我卢某还有此福分,哪里有不应的理?只是……"

程长庚知道卢胜奎的意思,他想说手头缺钱。婚姻是大事,酒席、首饰、衣服等是笔不小的开支,程长庚就说:"钱的事你不用操心,我来想办法吧。"卢胜奎感激不尽,当下也不去烟馆了,赶紧到轿行雇喜轿迎娶新娘。

程长庚叫管事赵德禄叫来戏班里的伶人,到百顺胡同帮忙。众人分工明确,有的到酒楼订酒席,有的采买嫁妆,有的布置新房,为卢胜奎和王胜姑俩人热热闹闹地办婚礼。洞房花烛,卢胜奎平时虽在风月场上混惯了,可此时还是有些紧张。瞧着眼前仿佛突然从天而降的姑娘,他觉得就像做梦一般,这是戏台上也没逢上的好事,偏偏就让自己遇上了。身为唱戏的,竟然在这京城里娶上了媳妇,这让他如何不激动?拜过堂,众人怂恿着卢胜奎用秤杆挑去新娘的红盖头。卢胜奎的手颤抖着,拨拉着盖头,拨了好几次,终于挑了起来。胜姑露出了桃花一般的粉颜,众人都夸她好看。

晚上,送走了客人,卢胜奎围着胜姑转来转去。胜姑见卢胜奎半天没有动静,就咳嗽了一声,说:"延四爷是让我过来服侍大老板的,可让你捡着便宜了。"

卢胜奎说:"是,是,卢某艳福不浅,一个唱戏的,做梦都没想到这辈子还能娶上媳妇。"

"你可要对我好！要是对我不好了,我找大老板和延四爷告你的状,让他们收拾你。"

"胜姑你放一百个心,我要是待你有异心,天打雷劈,不得好死！"

"发那么毒的誓干吗？好不好也不是光靠嘴说的。"

卢胜奎说:"我懂,从今往后,我对你一定言听计从,和你好好过日子。"

几天后,卢胜奎瞒着胜姑,偷偷来到了烟馆。罗三爷一见,假装热情地和他打着招呼:"哟,卢台子,几天没见,你到哪去了？看你好像越来越精神了。"

卢胜奎喜滋滋地说:"那是,这几天我忙着娶妻,身不由己。罗三爷,来点好货,我憋死了。"

"长出息了。真没想到,你一个穷唱戏的,还能娶上媳妇。"罗三爷说,"你回家抱媳妇去,到我这破烟馆来干吗？"

"三爷,何必这样？媳妇虽好,可也比不上你的烟馆好。快上货,少不了你一钱银子。"

罗三爷拿出账簿翻了翻,又在算盘上一拨拉,说:"不行,你欠得太多了,烟馆撑不住。都像你这样,我罗某喝西北风去！"

"今天再欠一回,下次必定还上。"卢胜奎拍着胸脯保证。

"这可是你说的,我不怕你跑了,这烟瘾到你骨头里去了,任你跑得多远,也得乖乖地给我回来。"罗三爷拿起笔,在账簿上又记上了一笔。

次日,卢胜奎又来了。这次,任他费尽口舌,罗三爷就是不肯再赊给他烟土,不要说上等货,就是那种灰黑的下等货也不行。偏偏卢胜奎烟瘾上来了,身子抖得如筛糠,罗三爷就像没看到一般。最后,看到卢胜奎实在坚持不住了,他才不疾不徐地说:"你家有没有什么值钱的东西？拿来放在我这里抵一抵。"

卢胜奎说:"我家徒四壁,除了新娶的一房媳妇,什么值钱的东西也没有。"

"不,你仔细想一想。"罗三爷有次在无意中听卢胜奎说大老板从升平署借到了本子,让他改编。这升平署的本子可是稀罕宝贝,从不外借,程长庚借出本子,并交给卢胜奎,意图很明显,肯定是要改编什么大戏。要是将本子弄到手,那可价值不菲,自己也可以请人来改编。可是,想从卢胜奎手中套出如此珍贵的东西,不是一件易事。好在罗三爷掌控了他的软肋,现在时机到了。

卢胜奎想了一圈,说:"三爷,我家真没有什么值钱的东西。我也不瞒你,平时唱戏挣的几个钱,都让我鬼混掉了。"

"你家不是有什么本子吗?"

罗三爷的话,把卢胜奎吓了一跳。他正色道:"罗三爷,你可以要我的命,但甭打本子的主意。"

罗三爷说:"我不是要你的东西,升平署的东西,我也要不起,说不定会惹祸上身,我就是想看一看。放在我这里抵押,等你有了银子再赎回去,不是两全其美吗?我就看一下,还能把本子看坏了?"

"那也不行,万一你弄丢了怎么办?"

罗三爷说:"怎么会呢?你要是不相信我也没办法,愿不愿意在你,我也不稀罕那玩意。"

这可让卢胜奎犯了难,现在烟瘾上来了,真比死还要难受。卢胜奎很快妥协了,他与罗三爷谈妥,一册剧本抵押价值一百两银子的烟土。卢胜奎匆匆回家,先拿来一册,交给了罗三爷。这样,他才顺利地抽上了鸦片。

胜姑是何等精明之人,卢胜奎鬼鬼祟祟的样子很快引起了她的注意。她跟踪了几次,很快就发现了丈夫抽大烟的秘密。

她来到程长庚宅中,正好他在家。她冷着脸,进门也不喊大老板,大马金刀地在椅子上坐定了,瞪着程长庚。程长庚被她瞪得心里发毛,不知道发生了什么事。胜姑说:"大老板,感谢您替我寻了个好丈夫!"

这明显是话中有话。程长庚说:"怎么了?有话慢慢说,卢胜奎欺负你了吗?"

"欺负倒没有。"胜姑说,"姓卢的不是个东西。你了解他吗?"

"这……"程长庚一时语塞,莫不是卢胜奎寻花问柳的老毛病又犯了?按理也不会啊,这新婚宴尔的,才几天啊。可是,要不是这个,还会有什么事惹得胜姑如此恼怒呢?

胜姑这才说出卢胜奎抽鸦片的事。程长庚愣了,他相信胜姑所言不虚。他的父亲就是因为忍受不了病痛折磨才吸上大烟,最后也是食烟土自尽。他的师兄丁四也曾经吸过大烟。现在,他的好兄弟卢胜奎也染上了这个。虽然时常听到梨园中有某某抽大烟的传闻,但程长庚从来没当回事。现在,当这样的人突然出现在自己身边时,他还是吓得不轻。

无论是身为班主,还是作为胜姑的媒人,他都不能不对这事负责。他对胜姑说:"你现在回去,装作什么事也没有发生。你放心,帮他戒烟的事交给我,我一定负责到底。"

胜姑嘘了一口气:"大老板,他要是戒不了烟,我只有死路一条了。到时我死给你看。"

说到死,胜姑面不改色。这姑娘的成熟和决心让他这个大男人汗颜。程长庚道:"胜姑,千万别想不开。我一会儿就派人去找他,戒不掉烟瘾你唯我是问。"

胜姑走后,程长庚愣了,呆坐在椅子上。他仿佛看见一股浓烈的黑烟从海上飘了过来,无数人被这股烟牵着鼻子奔跑,表情木然,瘦骨伶仃,有官,有民,他爹在,丁四在,卢胜奎也在,还有许许多多不认识的人,都被裹挟其中。队伍像一条长龙,前不见头,后不见尾。程长庚的头脑仍清醒着,不想跟着跑,可是不行,烟像一根长长的绳索,牢牢地套住了他的脖子。再一看那些奔跑的人,每个人的脖子都被套住了。他们完全身不由己。在奔跑中,有的跑着跑着就倒下了,倒在了路边,奄奄一息。没有人顾得上他们,大家仍拼命地向前跑着。又有人倒下了,像一棵苞谷倒在地里。有人哭了,有人发出痛苦的呻吟,更多的人欲哭无泪。程长庚发现,那些哭泣的人,连流出的眼泪都是黑的,被烟熏黑了。天阴沉沉的,笼罩在头顶上的不是云,而是厚厚的烟层,它像一顶巨大的盖子,将

第十一章 卢台子

大家牢牢地盖住了。

为了给卢胜奎留点面子，程长庚将卢胜奎叫到家中。进门后，卢胜奎发现气氛不对劲，大老板面沉如水，半天一言不发，比堂屋里的那尊关公像还要让人发怵。卢胜奎心里有鬼，情知大事不妙。程长庚直视着卢胜奎的眼睛，说："卢胜奎，今天是你主动交代呢，还是让我说给你听？"

"大老板，我交代，我不该吸大烟！我不是人，我的良心让狗给吃了，辜负了大老板和胜姑的一片好心。我不是人……不是人……"卢胜奎一边说，一边啪啪使劲打自己耳光。

程长庚痛苦地闭上了眼睛，说："早知如此，何必当初？你现在有什么打算？"

"洗心革面，重新做人！"卢胜奎咬着牙说道。

"浪子回头金不换。那就要戒烟，你能不能受得了那份苦？"

"我能！"卢胜奎响亮地答道。

于是，卢胜奎被绑到了百顺胡同口的杨树上。程长庚安排丁四和杨鸣玉专门帮他戒毒。两人一人拿了根鞭子，坐在胡同口，监督着卢胜奎。胜姑也远远地看着。

毒瘾发作时，卢胜奎浑身发抖，杀猪般地号叫着。"丁兄、杨兄，你们就让我抽一口吧，我不想活了！"又想起自己对大老板的承诺，"快拿鞭子抽我！"丁四和杨鸣玉拿鞭子朝卢胜奎身上各抽了一鞭。他俩不忍心打，抽得不重。卢胜奎叫道："这样不行，不管用！要用力狠狠地抽我，往死里打！"

丁四和杨鸣玉狠了狠心，加大了力气，鞭子重重地落在了卢胜奎的身上，卢胜奎发出痛苦的叫喊。纵是如此，他仍在大叫："继续打，往死里打！"胜姑眼含热泪，她实在看不下去，趴在墙上，放声大哭。

"胜姑，我对不起你！你不要难过，我过几天就好了！"卢胜奎还不忘心疼妻子。

卢胜奎被折腾得疲惫不堪，靠在树干上睡着了。丁四和杨鸣玉将他驮回家中休息。第二天依然如此，鞭打，冷水浇，又开中药调理。经过一段时间的强制戒毒，卢胜奎终于成功戒除了毒瘾。

得知有部分《鼎峙春秋》剧本抵押在罗三爷的烟馆里，程长庚又费了一笔银子，将剧本赎了回来。这是升平署的剧本，罗三爷也不敢不还。

在胜姑的照料下，卢胜奎的生活变得有条有理，他也得以静下心来，专注地研读《鼎峙春秋》剧本。这真是不读不知道，一读吓一跳。卢胜奎发现，作为一部宫廷戏剧本，《鼎峙春秋》存在着许多问题，一时半会他还解决不了。本子是要尽快归还的，他决定先将剧本抄录下来，然后再行改编，以便传之后世。虽然抄录工作有些麻烦，但除此别无良策。

第十二章　劫难

中原成逐鹿，山河风雨飘。

——《八大锤》

　　戏台上，生旦净末丑轮番上阵，帝王将相去了又来，一台又一台的戏流水一般演着。转眼间到了咸丰十年(1860)夏天。这个夏天太热了，干旱少雨，热浪呛得人喘不过气来，天天有中暑的百姓晕倒在大街上。一天中午，程长庚到老戏园广德楼去唱戏，刚下骡车就见空中噗噗掉下两只鸟来，在地上蹬了两下腿，就直挺挺地死了。这是夏天里常见到的景象，鸟儿让空中的热浪给烤死了。

　　在七月十五鬼节的前一天，早晨，程长庚到常去的玉泉茶馆买火烧，才吃了一半就听见哐哐的锣响，抬头一看，迎面过来一支送殡的队伍。老北京出殡习俗，孝子前面要专门安排一人抛撒纸钱。此人腰间扎着条白带子，身背大串纸钱，手里拿着一沓，边走边搓，将纸钱搓松散，以便抛撒。熟能生巧，这也是项技术活。每经过路口，彼人深吸一口气，然后长臂一扬，几十张碗口大小的方孔冥钞像听到号令一般，一条白练似的向空中飞去，高达数丈，然后又像一群白鸽般落下。路人纷纷叫好。这种有绝活的师傅一般人家雇不起，且彼人性格古怪，非大殡不出场。更奇怪的是，当队伍过来时，街两边的人纷纷拿起纸烛祭奠。一时间，满街烟雾弥漫，鞭炮轰鸣，经久不息。看这样子，死者不是一般的人。

　　茶楼掌柜姓王，他认得程长庚。送殡队伍经过时，茶楼里的茶客全拥到街边看热闹，只有程长庚一人端坐不动，不疾不徐地啃着火烧。王掌柜指着外面说:"大老板,知道死的是什么人吗?"

程长庚摇摇头说:"我只知唱戏,平日里孤陋寡闻,真不知道。"

"唉——"王掌柜叹了口气,"是八大胡同里一个年过百岁的老妓女,年轻时红透半个北京城,相好的非富即贵,昨天被活生生热死了。妓女一辈子苦命,那些人都是同情她,烧刀纸送行。"

嘴里的火烧吃得越来越没滋味,吞下去时嗓子眼被扯得生疼。程长庚又叫了碗驴杂汤,见分量只有平时的一半,问道:"王掌柜,你这汤……"

王掌柜一摇手:"别提了,巷口的四眼井不出水,大老板您将就着点。照这样干下去,就这半碗汤,明天还不知能不能喝得着。"王掌柜又低声说,"听说骡车到玉泉山都拉不着水了,皇帝带着文武百官到圆明园上朝去了。那里有面福海,有的是水,可惜我们小老百姓一滴也沾不着。"

既然是这样,还说什么呢?都是老天爷闹的。程长庚喝了汤,将驴杂碎用一小片荷叶包了,带回去喂鹤。出门时,他望着白花花的骄阳自言自语:"也该下场大雨了吧。"

王掌柜说:"借您吉言,最近要是下雨,我请您喝一个月的驴杂汤,一个子儿都不收,将您的嗓子喝得油亮亮的,座儿们有耳福,您也天天赚钱。"

不愧是当掌柜的,就是会说话,说得人心里很熨帖。

说来真巧,几天后的一天夜里,突然电闪雷鸣,紧接着豆大的雨点落了下来,将屋顶打得砰砰乱响。程长庚一个骨碌爬了起来,光着膀子来到院子里,一看,那只鹤比他捷足先登,早站在雨中了。很久没有享受过雨水的清凉了,程长庚张开膀子,站在院中,任雨水将身子打得生疼。胡同里,人差不多全起来了,跑出了门,到外面大呼小叫,都在喊"下雨啦""老天有眼啦"之类的话。程长庚让大雨浇凉爽了,然后才擦干身子,躺到床上,继续睡觉。雨还在下,带着一种久旱逢甘霖的满足感,他很快睡着了。

次日清晨,雨过天晴。程长庚倒背着双手,哼着小曲,往玉泉茶楼走去。昨晚上下了大雨,要是王掌柜不食言的话,从今天开始,他就能喝上一个月免费的驴杂汤了。

到了玉泉茶楼门口,程长庚吓了一跳,只见里面挤了一屋子的茶客,人声鼎沸,跟昨晚上的雨点有的一比。程长庚站在门口,四处一瞅,竟然没有一个空位。这些人今天怎么来得这样早? 幸好王掌柜这时看到他了,招呼道:"大老板,到这边来,我给您留了一个位置。"

王掌柜从柜台后端出一只高脚凳,又让伙计端来两只火烧、一碗驴杂汤。王掌柜说:"大老板,您将就着坐,今天茶客太多,对不住了。"

"没事,茶客多是好事,说明您生意做得好。"程长庚坐下了,一瞅眼前,驴杂汤倒是满满一碗,两只火烧却比平时小了一圈,只有往日的一半大小。程长庚先是想,可能有两只小的正好让自己逢上了。可再一看其他茶客跟前的火烧,和自己的都是一般大小。他纳闷了,笑道:"王掌柜,今天您这驴杂汤倒是满了,可这火烧……"

王掌柜凑近他耳边说:"您还不知道吧,洋人占了天津,马上要打到通州来了! 我活了大半辈子,就没见过今年这鬼天气,原来是洋鬼子要来了。城里的王公大臣和有钱人都开始逃跑了。粮食价格昨儿个涨了一倍,就这小火烧,明天还不一定能吃得着。"

程长庚大惊,眼珠子里差点瞪出血来,他马上想到乡贤姚莹在台湾兵备道任上与英夷作战的事。姚莹还说过,在看他演关公戏时,仿佛看见青龙偃月刀被洋枪射了一个大洞。可是,洋人向来只在沿海闹事,怎么会进犯北京呢?

程长庚阴着脸站了起来,他比王掌柜高了一个头,王掌柜不知道他为何发怒,吓得连退了几步。程长庚说:"王掌柜,你这些乱七八糟的消息从哪儿听来的? 你克扣火烧也就罢了,别编出这些瞎话糊弄人!"

"大老板,瞧您说的,我是那样的人吗? 您今天带着耳朵吧,您听听他们都在说什么,哪一个不比您消息灵通? 说句不好听的,别让洋枪抵着脑袋了还不知道是咋回事!"

程长庚侧耳一听,可不是吗? 茶客们说的都是洋夷占了天津,正在逼近通州的事。他们一个个唾沫横飞,争得面红耳赤。有人说洋人嫌银子给少了,亲自到北京找皇帝要银子来了;有人说洋人像孙猴子会七十二般变化,来无影去无踪;有人说洋枪洋炮无坚不摧,在通州城上架一门洋炮,能够打到紫禁城;有人说洋枪洋炮最怕女人的秽物,一沾上就哑火;也有消息灵通的人说,皇帝已逃离了圆明园,躲到承德避暑山庄去了;有人说大清国怕是要完。争来争去,争到最后,核心的问题还是回到自身,即要不要出逃,又能往哪里逃。

程长庚这才相信王掌柜所言非虚。他胡乱吃喝完毕,心事重重地走出茶楼,发现管事赵德禄正在门口寻找自己。赵德禄说:"大老板,听说英夷、法夷快打到通州了,百姓都忙着逃命,班里徐小香和刘赶三已告长假。戏园除了咱三庆园,从今天开始都纷纷关门歇业了,我们怎么办?"

三庆园是三庆班与宴乐居的产业。宴乐居原为饭庄,嘉庆元年(1796),三庆班与其合营,改为以演戏为主,并改名为三庆园,此后一直是三庆班的主要演戏场所。听说别家戏园纷纷关门歇业,程长庚犯了愁。不唱戏,伶人们的生计问题咋办?略作思忖,他说:"徐小香和刘赶三都逃了吗?消息这么快?洋人不是还没到通州吗,怕什么?也许他们哪天退了呢。我们再演几天看看。"

"退?我看可能性不大,听说这回洋人动了大怒,一定要掏咱大清国的心窝子。"赵德禄说,"现在人心惶惶,谁还有心思看戏?怕是不上座儿。"

"不上座儿再说不上座儿的话吧,演几场忠臣良将的戏,稳定下人心。"

"那好,我安排下去了。"赵德禄摇着头走了。

中午,程长庚来到大栅栏。街面上冷冷清清,多家店铺已关门。就在昨天,戏迷们还像以往一样看戏,在各家戏园门口溜达,挑戏码挑角儿,评头品足。谁能料到,形势在一夜之间变了,真比变脸还要快。到了后台,程长庚偷偷看了看戏池里,才十几个人。就是这十几个人,还没等到戏结束,就起身走人了。

风声一日紧似一日。列队的清军荷枪实弹,在大街上跑来跑去,城门口也增加了岗哨,严格盘查进出人员。再没有人来大栅栏看戏了,程长庚这才命关了三庆园,全班伶人放假歇业,另谋生计。

坊间传言夜间能听到通州方向的炮声。一天深夜,程长庚睡不着,他披衣出门,沿着胡同走着。出了胡同口,来到了前门大街。街上有许多纳凉的人。突然,有人大叫说:"听见了!听见了!"程长庚定住了,侧耳倾听,果然听到了几声闷响。他问道:"刚才那就是炮声吗?"有人回他说:"是的,这是洋人在朝咱们放炮呢!"有人说:"我天亮就出城,现在走还能捡条命。"又有人说:"别怕,昨天僧王已率三万蒙古铁骑到八里桥迎敌去了,这几天估计有战果下来。洋人远道而来,才区区几千人,怎么着也招架不住大清精锐。"

八里桥是一座普通拱桥,因所处位置距通州正好八里,故称八里桥。此处是通州到京城的必经之地,程长庚多次经过那里。但是,他不知道僧王是何人,又为何在八里桥迎敌,就问道:"僧王是谁?"老北京人喜欢抖落自己的见识,就有人耐心地给他解释僧王是铁帽子王僧格林沁;至于为什么在八里桥迎敌,因为那里是通州进入北京的咽喉要道,僧王打算在那里将洋人包个"大饺子"。

远处就是前门,城门紧闭,城垛上挂着灯笼,像暗夜里的鬼火。程长庚徘徊了一会儿,沿着胡同回家。那炮声还在一路跟着,他走到哪里,炮声就撵到哪里,甩都甩不脱。他捂住耳朵,可脑子里仍是轰轰作响,将他炸得晕头转向。难怪有人说洋人的枪炮厉害,他这才算领教到了,通州和京城还隔着几十里地呢,那炮声就钻进他的脑袋里去了。脑子里就像进了一只毒蝇,在里面扑打着、翻腾着,喷射着毒液。程长庚大叫一声:"嘟,胆大的妖魔,变化人形搅乱世间!劝你早显原形便罢,如若不然,可知大法师的掌心雷厉害!嘿——"

这是《五花洞》中的几句念白,情急之下,程大庚随口喊了出来,念毕,感觉好了一点。他捂着脑袋,飞快地跑回家中,紧闭房门,靠在墙上,大口地喘着粗气。

这些年里,程长庚的老母已去世,他仍和侄子程章圃在一起生活。程章圃已成了三庆班有名的鼓师。程长庚一进一出,早已惊醒了侄子,他关切地问道:"叔,这大半夜的,你去哪儿了?没什么事吧?"

程长庚故作轻松地说:"没事,你睡吧。天有点热,我在外面转了一圈。"

次日，卢胜奎和妻子胜姑来到程长庚家中，他们已有了个三岁的女儿。见程长庚无事般地逗着鹤，卢胜奎急了，说："大老板，都什么时候了，洋人快打到家门口了，你倒是逍遥自在，怎么不回老家避避风头？"

"不回去，我要是走了，戏班就真的散了。"

"我们是来向你辞别的。现在生活无着，下一步形势也说不准，我们准备到延庆去投靠一个朋友。"

胜姑拉过女儿说："叫伯伯。"孩子怯生生地叫了一声："伯伯好。"程长庚难得高兴地笑了，抚摸着孩子的头，说："那你们是得避避。"又从内室拿出两锭银子，塞给卢胜奎，卢胜奎说什么也不收。程长庚说："我家就我和章圃两人，你一家三口，孩子又小，花钱的地方多着呢。带上吧，路上小心点。风头一过就回来唱戏。"卢胜奎这才收了。

送走卢胜奎一家三口，程长庚心里不免有些失落。戏园关门了，戏班子散了，都是那些洋鬼子闹腾的。

每天都有惊心动魄的消息传来。一天中午，炮声隆隆。和平时断断续续的枪炮声不同，这天枪炮声持续响了整整两个时辰，而且听上去距京城特别近。京城里鸦雀无声，连小贩都不吆喝了，百姓们一个个惊恐地聆听着通州方向的枪炮声，每个人都能感受到京城地面的震动。傍晚时分，一个让京城百姓目瞪口呆的噩耗传来——僧王率领的三万蒙古铁骑全军覆没，他们并没有将英法联军"包饺子"，而是自己做了"饺子馅"，洋鬼子很快就杀到京城。

空气中弥漫着血腥味，从通州方向飘来的。大街上到处都是焚纸烧香的人，祭奠那些阵亡的将士。次日，城门尚未开放，城门口就已挤得水泄不通，扶老携幼逃难的百姓从昨夜就开始等了。他们之中不乏易装的王公贵胄。城门一开，人群像潮水一般四散奔逃。

几天后，又有消息传来，说洋鬼子进了圆明园。至于他们为什么去那里，京城的百姓都说，洋人要过一把皇帝瘾。

一天晚上，程长庚正在睡梦中，突然，外面有人砰砰地使劲打门。程章圃赶紧去开门，几名清军士兵打着火把，大叫道："程长庚呢？"

是福不是祸，是祸躲不过。自己向来循规蹈矩，没想到清军还是找上了门。程长庚披衣而起，应道："程某在此，别为难孩子！"

领头的正是管理精忠庙事务衙门堂郎中文廉。不过，此时的文廉已没有了往日的威风，只见他胡子拉碴，红顶子也歪了，官服皱巴巴的。他是二品官，前胸锦鸡补子的一个角耷拉着，那个角正好是鸡头部分，成了无头锦鸡。

文廉佝偻着腰，像个仆人似的，对程长庚说："程大老板，无比重要的急事，还要请你帮忙……洋大爷要看戏。"

文廉任堂郎中一职也有七八年了，他什么时候叫过程长庚一声大老板呢，从来都是直呼其名。听说洋人要看戏，程长庚松了一口气，他还以为发生了什么了不起的大事呢。一个头目样的清军说："把你们三庆班的人都叫上，到圆明园去给洋人唱戏！要是误了事，洋大爷发怒，到时把你们每人前胸上射一个血窟窿眼！"

僧王要包洋人的"饺子"，结果不仅"饺子"没包成，自己反而成了洋人的"饺子馅"。京城里又有了传言，说洋人的枪被洋巫师施过妖法，只要你一露头，和洋枪照了面，任你逃到哪里去，都会被子弹撵上，在你的前胸或脑袋上炸一个洞。就算你躲在家里，藏到旮旯里或床底下也不行，子弹都会找到你，要你的小命。程长庚当然不相信这种鬼话。可是，要说给洋人唱戏，他是绝对不愿意的。可是，看这形势，话还不能直说。

程长庚说："这时候要唱戏，到哪里去找人呢？戏班子散了，角儿们都出城逃命去了。"

有人踹了程长庚一脚，说："有逃的，也有没逃的，难道还凑不成几台戏？今天午时，京城里唱戏的全到圆明园大门口集合，要是误了时辰，嘿嘿，洋人的差事，你自己掂量吧！我们还要去通知其他唱戏的，你最好搞快点！"临走时，见那只鹤惊立于棚上，歪着脑袋正瞅着他们，遂将手中的火把朝鹤甩去。鹤一声惨叫，飞了，留下几根断羽。程长庚说："你们对付洋人不行，拿一只鸟出什么气！"

清军要找程长庚的麻烦,文廉赔着笑脸说:"我们快走吧,天快要亮了。"

幸好管事赵德禄在城里,有他通知在城的伶人,省了程长庚许多事。全班大部分伶人都到了,程长庚雇了几辆骡车,带上衣箱,向圆明园方向驰去。

到了圆明园门口,发现那里早已聚集了一大群人。四喜班的张二奎、春台班的余三胜,都带着本班的伶人到了。此时的圆明园,与他们以往来时见到的情形已大不一样。大门口并排立着三尊铜炮,三个乌洞洞的炮口朝着京城方向,像魔鬼的眼睛。据说在这里放炮,整个京城,要打哪儿就打哪儿。坊间传说,洋炮开花,片瓦不存。这洋玩意就是恐怖。再看立着炮的地面上,有几摊乌黑色的血迹。再仔细看大门口的广场上,明显也有几处血迹。空气中飘荡着一股血腥味。门楼上立着两面洋旗帜,明显是新挂上去的,一面是米字旗,一面是印着蓝白红条的旗。这样怪异的旗帜大家从未见过。看这情形,圆明园是易主了。两面旗帜在空中呼啦啦地响着,像地狱里的无常在招手。

见程长庚来了,张二奎说:"大老板,这些洋鬼子不知怎么瞄上了我们这些穷唱戏的。他们懂什么中国戏,无非是看个热闹,拿我们当猴耍。"

余三胜说:"我打听出来了点端倪,都是和春班罗三爷搞的鬼,洋人说他开烟馆卖鸦片有功,给他发了一个什么勋章。他得了劲,在联军统帅额尔金面前说咸丰皇帝常让伶人到园里献艺。这不,洋鬼子要过皇帝瘾,就将我们招来了。"

程长庚说:"行要好伴,住要好邻。姓罗的借尸还魂,顶着和春班的名声,倒把我们害苦了。"

张二奎说:"我是不会给这些洋鬼子唱戏的,就是唱给石头听,唱给大树听,唱给阎王小鬼听,也不会唱给他们听。"

"唱就唱吧,好汉不吃眼前亏,谁叫咱们吃这碗饭呢。"余三胜劝道。

"余老板,这碗饭怎么了?不好吃吗?你不也天天吃得香香的?"张二奎明显有点不悦了,他误会了余三胜的意思。

程长庚说:"都什么时候了,我们就别争了。"

这时,有人说怎么有一股臭味。又有人四处一寻,在广场边的林子里,竟然杂乱地扔着几具尸体。由于是夏天,尸体已完全腐烂。有几个伶人忍不住呕吐起来。

这时,几辆马车也在圆明园门口停了。从为首的车上走下一人,披着红色的斗篷,胸前挂着一个金灿灿的挂件,一晃一晃的,此人正是和春班班主罗三爷。

罗三爷朝大家作揖:"程老板、余老板、张老板,各位同业好,大家都来了,好,好!洋大帅等着看咱们的好戏呢!"又从身后牵出一人,此人在车上都已扮好了,是一个花旦。罗三爷说:"这位就是九红旦,可了不得了,九岁就红遍天津、河北。来,见过各位老板!"

九红旦行了一个万福礼,用假声说:"各位爷好,九红旦这厢有礼了!"款款地拜了一拜,声音倒也清脆悦耳。

因为对罗三爷印象不好,大家对他的人自然也没什么好感。程长庚等几人勉强点了个头。九红旦见众人不怎么搭理他,自知没趣,悻悻地退到一边去了。

余三胜瞅了一眼九红旦的身影,对程长庚说:"这小子和你们三庆班的徐小香一样,爱戏成痴,在家里皆身着戏服,言谈举止皆是戏中情形。"

"哦。"程长庚感到非常意外,徐小香的癖好自己是知道的,他在家里每日头不去网,足不去靴,自拉自唱琢磨唱腔,面对穿衣镜练习身段。没想到这个九红旦比徐小香有过之而无不及。要知道他是旦行,在家中身着旦行服饰,行动多有不便。梨园子弟多以演戏为业,真正这般爱戏的人倒是少之又少。程长庚对他的印象不禁好了几分,只可惜他明珠暗投,不知怎么搭了罗三爷的戏班。

八月的天气,阳光还很火辣。伶人们被几个端着洋枪的洋士兵押着,向同乐园大戏台走去。文廉走在最前面,不时对着洋士兵点头哈腰。福海中荷花盛开,一片血红。程长庚发现,湖中心仙岛边的水面上漂着一片红红绿绿的彩裙。他正在纳闷,谁将衣服扔进了水里呢?忽然,有人惊叫一声:"啊,死人!"

发出叫声的正是九红旦。原来那漂着的不是衣服,而是一群死了的宫女。

粗略一看,有十几个。她们全都仰着脸,像一朵一朵的荷花,凋落在水面上。

起风了,程长庚打了一个寒噤。满湖荷花乱舞,程长庚想起《牡丹亭》中杜丽娘游园时唱的:

> 你道翠生生出落的裙衫儿茜,艳晶晶花簪八宝瑱,可知我一生儿爱好是天然。恰三春好处无人见,不提防沉鱼落雁鸟惊喧,则怕的羞花闭月花愁颤……

那个闭月羞花沉鱼落雁的唱曲人呢?她还会为姹紫嫣红无人欣赏而感伤吗?还会为书生难觅春梦难遣而惊梦吗?没有了,她死了。福海的万顷荷花都在摇摇欲坠,都在枯萎。到那时,水中只剩满目枯槁,岸上皆是断井颓垣。

清晖阁到了。北壁上光滑滑的,像一张惨白的脸。程长庚记得很清楚,那地方原挂着一幅圆明园全景图,是乾隆二年(1737)宫廷画家郎世宁等人合绘的,上面还有乾隆御题。那样一幅巨作不见了,显然被人撕了。杨鸣玉朝白壁上瞅着,小声嘟哝道:"我记得这里有幅全景图,怎么不见了?"

程长庚用眼神制止了他。在这种场合多说一句话,都有可能招来意料不到的麻烦。不光是画,阁中原来还有一副长楹联,如今也不见了。柱子上光秃秃的,孤零零地立在那里,无限落寞,像一个人被剥光了衣服。

出了清晖阁,就看见福海的湖堤上停了无数辆马车和骡车,前不见头,后不见尾,让人怀疑全北京的马车和骡车都会集于此。洋士兵正在往车上搬东西,金银器、字画、花瓶、丝绸、古书……只要能搬得动的,他们都往车上塞,每辆车上都塞得满满当当。现在,连伶人来圆明园时乘坐的骡车也被牵进来了,上面还挂着戏班的彩旗。可是,谁也不敢说半个"不"字。

余三胜悄悄对程长庚耳语:"园子要被搬空了,全搬到通州码头,然后漂洋过海,运到他们的国家。"

程长庚从牙缝里挤出一个字:"贼!"

路过那些装满货物的车辆时，众人不自觉地放慢了脚步，不时朝车上打量着。这时，只听砰砰几声响，众人朝前一看，几个洋士兵正对天放枪示警，嘴里嚷嚷着什么。一边的通事大声翻译说："洋大爷叫你们快速通过，不要偷看车上的东西！"

领头的文廉催促说："各位爷，走快点，走慢的小心没命！"

罢，走吧。众人都加快了脚步，朝戏楼走去。

突然，一个人从正大光明殿里冲了出来，身着官服，头上的顶戴不见了，披头散发。只见他跑上丹墀，手舞足蹈，大叫道："强盗！你们都是强盗！等皇上回来，要诛你们九族！"

一见到此人，文廉放声大哭，上前一把抱住他，叫道："哥，你这是怎么了？"

程长庚明白了，此人正是文廉的兄长文丰。他是内务府管事大臣，咸丰皇帝逃离圆明园时任命他为管园大臣，负责园中一切事务。眼见洋鬼子将这座万园之园洗劫一空，他再也受不了此等刺激，可能一时疯了。

只见文丰一把推开文廉，惊道："你是谁？和他们是一伙的吧？"

文廉哭着说："哥，我是你弟文廉！"

他听明白了，仔细打量着文廉，说："来，跟我一道把东西夺回来！"说着，拉起文廉，向马车方向走去。

文廉一把抱住他，大喊道："哥，不要，他们会杀了我们的！"

文丰一把推开文廉，文廉仰面倒在地上。文丰冲下丹墀，边跑边喊："你们是强盗，你们是洋强盗！皇上回来要杀你们全家，诛你们九族……"

他疯了般跑到福海边的一处高地上，长发乱舞，目光呆滞，将圆明园审视了一番。然后，他望着漫长的车队，使劲拍打着自己的胸脯，朝湖中大叫道："想我被困在两狼山，白日受饥饿，夜晚受风吹；盼兵兵不到，盼子子不归……也罢，不免拜谢宋王爵禄之恩，就碰死在李陵碑下！"

这是《碰碑》一剧中杨令公自尽前的几句念白。程长庚预感要坏事。果然，念完此句，文丰纵身一跃，像一只折断了翅膀的鸟，落入了湖中，扑腾了几下就不见了,水面上又恢复了平静。文廉朝湖中大叫:"哥——我可怜的哥啊——"

文丰身为内务府管事大臣,对伶人向来态度和蔼,梨园对他的评价远超其弟文廉。程长庚没想到,看着一团和气的文丰,在洋人抢掠时,他无力反抗,只好选择了自尽,亦算是条忠烈的汉子。他投水前的那两句念白,字字泣血,悲愤交加,是无力回天的绝望之语。目睹了文丰的死,程长庚的脑中反复出现他纵身一跃的画面,想忘都忘不了。

到了同乐园大戏台,只见戏台正面观戏楼的御座上端着一个金发碧眼、高鼻深目且留着大胡子的洋人。此人叫额尔金,一张油光满面的脸,差不多全埋在了一堆金色的乱发中。他的身后站立着几个洋军官,个个昂首挺胸,不可一世。

程长庚等人刚到,通事就跑过来通报说:"洋大人生气了,嫌你们来迟了。洋大人说了,要是不好好演,一会儿要杀鸡儆猴!"

人群中有人低声说:"洋鬼子是你爹!"

通事大怒,质问道:"谁说的?有种你站出来!"连问了好几声,没有人理他。他指着众伶人说:"都给我小心点!我告诉你们,这些洋大爷可比皇上还难侍候!刚才文大人跳了湖,都看见了吧?别到时死了都不知道是咋死的!"

众人来到后台,商量了下戏码,都是各位角儿的拿手戏,有九红旦的《穆柯寨》、余三胜的《让成都》、丁四的《走麦城》、王九龄《风波亭》等,程长庚则坚持要唱《骂王朗》。

张二奎坚持不唱。

通事很快就将张二奎不肯登台唱戏的事报告了上去。额尔金听说后大怒,命人将张二奎带到他面前。张二奎被推到了御座前。他玉树临风,面不改色,不行礼,不问好,只瞅着戏台上方的一块匾额,上书四字"升平叶庆"。

额尔金站了起来,他围着张二奎转了一圈,最后发现他瞅着戏台上方的那块匾。额尔金问通事那块匾上写着什么,是什么意思。通事说升平叶庆就是用戏曲歌颂太平盛世。额尔金发出一阵狂笑,从腰间枪匣内慢条斯理地取出手枪，对着那块匾砰地开了一枪。

只听啪的一声枪响，匾的中央出现了一个大洞，"平"字不见了，洞的边缘，火仍在烧着。洞越烧越大，将那块匾完全烧着了。带火的残块碎片落在戏台上，将红色的氍毹点着了。有人赶紧上去将火踩灭了，不然，说不定整座大戏楼都将葬身火海。

张二奎又将目光投向正大光明殿的翘角。额尔金见了，又是啪啪两枪，翘角掉了下来，碎砖断木哗啦一声砸在地上。

程长庚这才看明白了，额尔金显然是被张二奎的傲慢激怒了，张二奎看什么，他就要打什么，一直要打到张二奎屈服为止。

张二奎显然也意识到了这点。这次，他将目光投向了福海边那列长长的车队。额尔金大笑不止，跷起左右两个大拇指，对着张二奎，也对着全体伶人，狂叫道："法兰西、英格兰！"

伶人们都听到了这两个奇怪的名词。他们不知道是什么意思，也不知道它们位于何方，只知道它们肯定跟眼前这场劫难有关，跟车队里无数奇珍异宝今后的去处有关。

额尔金将手枪对准了张二奎，问道："你到底唱不唱？"

伶人们紧张起来，一齐喊道："枪下留人！"

砰的一声枪响，子弹从张二奎的头顶上飞了过去。额尔金显然是故意抬高了枪口，他现在还不想杀了他，而是要逼迫他屈服。不然，张二奎早已命丧当场。

子弹飞过头顶时，张二奎并没有像一般人那样本能地一缩脖子。程长庚暗暗赞许。

目睹此景，程长庚心急如焚。张二奎对他有恩，当初穆彰阿逼迫他"外串"唱堂会，是张二奎暗中帮他解了围。程长庚再也顾不得许多，他来到额尔金面前，叫道："你要听什么戏，我来唱！"

通事将程长庚的话翻译了。额尔金将枪管摆了摆，示意程长庚站到一边去。程长庚仍站着不动,注视着额尔金。

张二奎仍不肯唱。程长庚叫道:"张老板,你就随便唱几句吧,洋人也听不懂!"

张二奎说:"那会脏了我的嗓子。"

额尔金听不懂,就问通事他们说的是什么。翻译之后,额尔金大怒,一把揪住张二奎的头发,要将枪管伸进他的嘴里。可是张二奎紧咬牙关,额尔金试了几次,枪管就是伸不进去。

额尔金恼了,叫道:"格兰特!"

一个獐头鼠目的男子应声而出,额尔金又嚷了句什么,格兰特捏住了张二奎的鼻子。原来,额尔金是要逼迫张二奎张嘴。

张二奎的头发和鼻子都被揪住了,他无法呼吸,脸涨得通红。最后,他实在忍受不了,只好张开了嘴,额尔金将长长的枪管伸进了他的嘴里。

额尔金大声叫道:"你到底唱不唱?"

张二奎呜呜地叫着,仍在努力地摆着头。见他仍没有屈服的意思,额尔金将枪管在他的嘴里使劲捅着,张二奎发出痛苦的惨叫。额尔金仍不松手。看这情形,张二奎要是不答应,今天恐怕难逃一劫。

就在这节骨眼上,只听一声娇喝:"俺桂英来也——"

众人一看,原来是装扮一新的九红旦来了。只见他一身戎装,后背上是四面靠旗,头上一对长翎子,左手持红缨枪。只见他在额尔金面前一个转身,耍了一个花枪,用右手指夹住长翎一角,对着额尔金嫣然一笑,粉颜如花,娇羞动人。然后,他伸过花枪,试图挑开额尔金持枪的手。

当然,凭九红旦的花枪,肯定挑不动额尔金的右臂。额尔金自然明白了九红旦的意思,明显是叫他放过眼前的伶人。九红旦的出现让额尔金心花怒放,视线就集中到了他的身上。程长庚猜测,额尔金很可能将九红旦当成了一个女人。

如此,才帮张二奎解了围。

第十三章　洋枪

> 我把你这皓首匹夫,苍髯老贼,罪孽深重,恶贯满盈,人神之所共怒,天地之所不容,又道是乱臣贼子,人人得而诛之!
>
> ——《骂王朗》

九红旦持枪登台,演起了《穆柯寨》中的穆桂英。他先是念了阕定场词:"习练兵戈,深通战策,声名赫。威震穆柯。扶保锦山河。"九红旦扮相好,英姿飒爽,威风凛凛,如穆桂英再生;他的武功也好,一杆花枪,配上灵活多变的身段,扑闪腾挪,如一只蝴蝶在台上翻飞。额尔金笑逐颜开,不时地拍掌叫好。一直到九红旦演完离场,他还不时朝下场门张望着,一副怅然若失的样子。

程长庚扮的是《骂王朗》中的诸葛亮,和他演对手戏的是扮王朗的杨鸣玉。程长庚手持鹅毛扇,将近日来的一腔怨恨完全发泄到了戏中。他在历数王朗厚颜无耻的罪状后,骂道:"我把你这皓首匹夫,苍髯老贼,罪孽深重,恶贯满盈,神鬼之所共怒,天地之所不容,又道是乱臣贼子,人人得而诛之,天下之人,恨不得食尔之肉也!"

骂得王朗三魂出窍,一头栽倒于马下,一命呜呼。

在后台,杨鸣玉说:"大老板,我刚才被你骂惨了,心情到现在还没缓过来。"

程长庚说:"该死的人活得逍遥,该活的人生不如死,你今天就当回替死鬼又能如何?国难当头,我们无力抗争,却在这里被洋人当猴耍,人人都有当死的罪呢。"

"我以前常扮王朗,都没什么感觉,难怪今天有了将死之心,经大老板您一点拨,我什么都明白了,今后再也不演王朗了。"

"不演咋行?我们虽以唱戏为业,可我们也是活生生的人,不是畜生。"

大老板的话今天有点难懂,杨鸣玉一时难以完全理解他的意思。不过,在他的眼里,大老板的话从来都是有道理的,值得仔细品咂。

所有的戏都演完了,众伶人打算退场。额尔金意犹未尽,示意通事通知所有伶人再次登台,他要和大家来一场联欢。众伶人不知道额尔金意欲何为,只好按他的吩咐,再次来到戏台上。

待大家到齐了,额尔金说:"大家跳起来!"众人都愣了,不知道怎么演,都望着程长庚。程长庚说:"洋人这是瞎折腾,大家按照自己的行当,各人来一段吧,他们就是图个热闹。"

于是,大家按照生旦净末丑的顺序,你方唱罢我登场,各人来了一段熟悉的唱段,施展看家本领。戏台上热闹是热闹,但乱糟糟的,不成样子。额尔金很满意,他在人群里钻来钻去,逗逗这个,戏戏那个,乐不可支。程长庚说得一点不错,他要的就是这种热闹。

戏演完了,伶人们早就不耐烦了,提出要回城。虽然没有车辆,可他们就算走回去,也不愿待在这里了。

额尔金牵着九红旦的手,说什么也不愿放下。他对通事说:"他们可以回去,但他不能走,晚上要陪我。"

通事将额尔金的话说给一边的文廉和罗三爷听。文廉急了,对罗三爷说:"我看要坏事,这个洋大人十有八九将九红旦当成了女人。"

罗三爷哭丧着脸说:"文大人,那咋办?你快救救他,他是我和春班的顶梁柱,可不能有什么闪失。"

"我怎么救?你以为洋人和你讲道理?还是你去向他解释一下,就说九红旦是个男人,我们中国人唱戏,旦行都是男扮女装。"文廉说。

罗三爷说:"洋大人会信吗?他一怒之下,说不定给我来一枪。我可不敢招惹他,还是拜托文大人亲自去和他说吧。"

文廉安慰他说:"不会的,你手下有几十家烟馆,他们还指望着你给他们推销鸦片呢,绝对不会对你下手的,你去说比我去效果要好。"

罗三爷无奈,只好叫上通事去和额尔金解释。当通事告诉额尔金说九红旦是个男人,要和众伶人一起返回城里时,额尔金连连摇头,说:"不不,他是个女人,你们骗我的。"额尔金围着九红旦又转了一圈,打量着他的身材和脸蛋,越看越觉得他是一个女人,说,"你们都弄错了,我敢打包票,九红旦是一个女人。"

通事不敢再说下去了,跟这个洋大爷根本说不清楚,无论怎么说他也不会相信的,他只相信自己的直觉。通事望着罗三爷,一摊手,表示无奈。

文廉只好亲自出马,又去向额尔金解释。额尔金根本不信,反复说:"上帝作证,九红旦是一个女人。"

文廉指着程长庚等众伶人说:"洋大人如果不信,你去问问他们,如果我敢欺骗大人,愿以性命担保!"

程长庚说:"九红旦是个男人,中国的梨园里没有女人唱戏的,因为朝廷禁止女人演戏,连到戏园里看戏都不行。"程长庚说完,众伶人也跟着附和。

见每个人都说得很认真的样子,额尔金也犯晕了,他指着九红旦,和陪他看戏的那群洋人说了几句什么。通事说:"洋大人在问他们,九红旦是男人还是女人。"

洋人齐声回道:"Girl！Girl！Girl！"通事说:"洋人都不信,说九红旦是个女人。"

额尔金回到了御座上,和那些洋人商议一番,然后叫过通事,说了句什么。通事脸色大变,来到罗三爷跟前说:"洋大人说要脱了九红旦的裤子,查验一下,看他到底是男人还是女人。"

这种要求,不要说九红旦,连罗三爷都接受不了。这些洋人真是瞎折腾,这般缺德的主意也亏他们想得出。罗三爷骂道:"洋鬼子,我操你大爷！日你祖宗！"

几个洋人已经登上戏台,将九红旦按住了。可怜九红旦,生性娇弱,说话都轻声细语，他那点武功不过是花拳绣腿，演戏还行，和人争斗，那是半点不管用，哪里是这些人高马大的洋人的对手？洋人将他的靠旗拔了，长翎子也扯了，头上的七星额子也扔了，大小绒球滚得东一个西一个。他们要脱大红的蟒袍，九红旦紧紧抱住戏服，坚决不让他们脱。洋人有的按住他的双手，有的哧的一声将蟒袍撕碎，扯开，扯成了一条一条的，扯一条，扔一条。九红旦的身上，只剩下了一件白色的褶子。

九红旦挣扎着，可是没用。最后，洋人将他摁倒在戏台上，将他的裤子扯了，两条雪白修长的腿露了出来。

九红旦拼命蹬着腿，洋人们将他的腿捉住了，几双大手将他的腿拧成了麻花。"啊——"九红旦发出一声长长的撕心裂肺的尖叫。他毕竟是练过声的，声音又长又尖，刺得人耳朵生疼。戏台正中那块匾的余烬突然死灰复燃，又烧了起来，发出咯吱咯吱的声响。

九红旦终于不再挣扎。那把火像是将他烧着了，正将他的身子一截一截地烧成灰。

洋人们用怪异的眼光打量着下身完全暴露的九红旦，突然发出一阵阵刺耳的狂笑。他们朝台下的额尔金比画着，用大拇指和食指比了三四寸的长度。那意思很明显，他们告诉额尔金，九红旦是个男人，不过，作为男人标志的那东西很小很小，这才让他们如此开心。

额尔金的脸涨得通红，这种结果完全出乎他的意料，他觉得受到了侮辱和欺骗，因为他一直将九红旦当成一个女人。他脱掉外套，光着上半身，露出了结实的肌肉和黄色的胸毛。他双手握拳，朝空中挥了几下，拳头带着风声，骨头捏得咯咯响。他摆了个姿势，朝戏台上刚刚坐起来的九红旦招着手，意思是要和他格斗。

九红旦已穿好了裤子，他脸色惨白，目不转睛地瞪着正在向他发出挑战的额尔金。那眼神，有着窦娥的绝望与愤怒。他一把抓起地上的红缨枪，长臂一挥，红光一闪，那柄枪带着风声向额尔金飞去。

在场的人心都提到了嗓子眼，九红旦此举显然是舍命一搏了。在这种情势

第十三章　洋枪

下,以他羸弱之躯、柔弱之力,竟然敢向洋人抛去一枪,实在让人敬佩。

额尔金眼见红缨枪朝自己飞来,并不躲闪,待枪飞到眼前时,他挥拳一挡,木质红缨枪断成两截。他发出一阵狂笑,满头金黄色的毛发快速颤动着,像一头发怒的狮子。

额尔金拔出腰间的手枪。这是一柄精致的洋枪,枪身是金质的,闪闪发光,枪管有七八寸长,有点像清军的鸟铳。可大家都见识过它的威力,那比鸟铳厉害多了。见额尔金拔枪,众人都知道大事不好,这家伙可能要杀九红旦。

九红旦是罗三爷的摇钱树,一旦杀了,他的戏班子就成了一盘散沙。见形势紧急,罗三爷扑通一声跪在额尔金面前,求饶道:"洋大爷,九红旦没见过世面,不知天高地厚,请高抬贵手,饶了他一条小命!罗某感激您的大恩大德!"

在洋人眼里,罗三爷是他们的功臣,他的话果然起了作用。通事快速地翻译着,额尔金这才收起手枪。不过,事情并没有结束,他不过是打算换一种方式惩罚九红旦。他挥动着双拳,迈着大步,向戏台上走去。那意思是,死罪免了,他要上去揍九红旦一顿,以解胸中怒气。

九红旦身子单薄,额尔金的拳头要是打在他的身上,就算只打一拳,他也受不了。罗三爷当然也清楚这一点,他紧跟在额尔金后面,苦苦求饶道:"洋大人,您消消气,饶了他吧。圆明园里的妃子、宫女多的是,您干吗非要和一个唱戏的过不去?他不值得您生气,求求您了,饶了他吧,我的洋大爷,求求您了……"

额尔金轻轻一挥手,就将罗三爷推到一边。他来到戏台上,与先前怜爱的眼神不同,此时,他轻蔑地看着九红旦,朝九红旦扬了扬下巴,意思是过来和他格斗。见九红旦不理不睬,他一把将九红旦拎了起来。

眼看九红旦要吃亏,这时,丁四走了出来。他自幼习武,有扎实的武功底子,膂力过人,平常情况下对付三四个人不成问题。可额尔金是个大力士,对付他,丁四恐怕也没有必胜的把握,况且他还有枪。可现在情势紧急,丁四只有站出来。

丁四拍了拍额尔金的手,示意他放下九红旦,然后又招了招手,意思是叫额尔金冲着他来。

额尔金果然来了兴趣，竟然有人敢向他发出挑战，这让他大感意外。额尔金扭了扭脖子，晃了晃脑袋。他比丁四足足高了一个头，身子像铁塔一般，比丁四强壮多了。只见额尔金一记长直拳，有点类似中国武功里的黑虎掏心，向丁四的前胸击来。丁四身轻如燕，一个侧身，躲过了这重重一击，同时借力发力，捏住额尔金的手腕，轻轻一带。额尔金收拳不住，连晃几步，然后才站稳了。

程长庚打招呼道："丁四，小心点，以避让为主，不要惹恼了他，否则要吃大亏！"

丁四回道："明白！我要给洋鬼子一点教训，让他知道中国人不是好欺负的！"

额尔金一招失手，恼羞成怒，直拳、勾拳、摆拳，接连发力，一招紧接着一招，一拳紧跟着一拳，拳头像雨点般向丁四打去。丁四东躲西闪，像一只猴子，兔起鹘落，满场跃动，额尔金拳拳成空。幸好丁四只招架，不还手，不至于让额尔金彻底失了面子。否则，这家伙恐怕又要掏枪了。

一番打斗下来，额尔金没占到半点便宜，反而疲惫不堪，大口地喘着粗气。他大概也看出来了，眼前这个小个子中国男人并不好对付，攻势便减缓许多。看看时机差不多了，再打下去说不定会闹出什么后果，文廉和罗三爷扑上去抱住了额尔金。额尔金打不着丁四，正好拿他俩解气，一人一拳，将文廉和罗三爷打得鼻青脸肿。文廉捂着脸说："洋大人，您收收手吧，别和唱戏的一般见识！"罗三爷吐着嘴里的血水，说："洋大人，您大人大量，放过这小子吧……留他一条小命，他家中上有八十岁老母，下有三岁幼儿，洋大人，您行行好……"

额尔金正愁着如何收手？这一番劝阻来得正是时候，他不是傻子，正好就坡下驴，朝通事嚷了一句什么。通事对丁四说："洋大人说并没有招惹你，是你主动向他发出挑战，今天要想保住小命，必须向他道歉！否则，洋大人说要让你吃枪子儿。"

丁四说："洋鬼子到我们国家来偷盗抢劫、杀人放火，他们向我们道歉了吗？

到底谁该向谁道歉?"

"丁老板,好汉不吃眼前亏,你就说句软话吧,过了眼前这道坎就好。"通事说。

"我不说!"丁四说,"他要是不服,咱们再来,我今天和他拼了!"

额尔金问通事:"他说什么?"

通事灵机一动:"这小子向您道歉了,他冒犯了洋大人,对不起您!让您饶了他一条小命!"

额尔金信了,这才趾高气扬地走下戏台,到御座边穿衣服去了。众伶人松了一口气,收拾行头,准备回城。

程长庚招呼着大家走出后台,抬着衣箱,正准备离开同乐园,突然哨声大作,一群洋士兵手持洋枪将他们团团包围了起来。

通事高举手叫道:"出大事了!出大事了!各位爷,洋大人说他的手枪不见了,他这把枪可不是一般的宝贝,是一把纯金手枪。那是洋大人在来中国前,英国女王特地赠予他的,他看得比性命还重要。他怀疑是你们偷的,说今天要是不交出手枪来,要将你们一个个枪毙!"

程长庚说:"真是跳进黄河也洗不清了,这不是把我们唱戏的当贼吗?那把枪刚才还在,那个洋鬼子拿出来还要朝九红旦开枪呢,怎么一转眼就不见了?"

"是啊,我们都看见了,实在是奇怪得很。"通事两手一摊,"可现在枪就是不见了。他们说这里没有外人,肯定是你们这些唱戏的偷的。"

程长庚说:"什么叫没有外人?难道他们不是外人吗?这里是圆明园,我们才是这里的主人好不好?"

"得,各位爷,我现在也不和你们计较这些。反正现在枪不见了,洋大人发了雷霆之怒,要杀人!"通事说。

这时,额尔金来了。有人递过一把椅子,他坐下了,抱着胳膊,端详着众伶人。只见额尔金一挥手,那一排洋人扣动扳机,只听一阵枪响,像放鞭炮一般。还好,他们都射向了空中。

他们吹了吹枪管,那上面余烟袅袅。程长庚心惊肉跳,就是这些洋枪,让僧王的三万最精锐的蒙古铁骑全军覆没,好厉害的家伙!八里桥边,蒙古铁骑在奔跑着,清军有的持着火绳枪,更多的人拿着大刀、长矛和弓矢,他们紧紧贴在马背上,向着前方的洋鬼子冲去。就是他们,曾一路冲过山海关,让几十万明军连连溃败,让李自成的农民军望风而逃。他们一路冲进了京城,在皇城根驻扎了下来,不走了。他们称得上所向披靡。

可是,现在不行了,他们持刀握枪的那双手,昨天还在往烟枪里装着大烟,在八大胡同里抱着女人,拎着鸟笼子,逗着蛐蛐儿……他们的手废了。枪声大作,人仰马翻,尸横遍野,天倾地塌,鬼哭神泣。他们骑着马入关,现在从马背上跌落了。大清国要完了。而改变这些的,只不过是一把小小的洋枪。

通事又来了,说:"洋大人让你们尽快交出来。"

余三胜说:"他的东西自己不保管好,弄丢了反而来找我们的麻烦,这也欺人太甚了!"

程长庚说:"你问问洋鬼子,我们这些人哪个像贼?"

通事问了后又过来了,对程长庚说:"洋大人说,你们个个像贼。"

程长庚仰天大笑,说:"你去告诉他们,他们才是贼!个个是贼!"

通事不敢说,只是不断地催促着,双方僵持在同乐院后台广场上。

天色渐渐暗了。这时,通事又过来了,对程长庚说:"洋大人说,要对你们进行搜查。"

众人面面相觑,不同意看来是不行的。程长庚命大家将衣箱集中放到一块,全部打开。洋士兵过来了,在衣箱里一番拨拉,把衣服和行头扔了一地,没有找到丢失的那把枪。

程长庚对通事说:"去告诉洋人,说没有,我们能不能离开了?"

通事到额尔金跟前交流了几句,又过来了,说:"洋大人说,枪可能藏在你们身上,要对你们进行搜身!"

程长庚看了看余三胜,余三胜无奈地说:"让他们搜吧。"

额尔金的那把洋枪不会无缘无故失踪的,程长庚怀疑,是众伶人中的某人趁额尔金不注意时从他腰上偷偷摘下了,大家都恨这帮洋鬼子,尤其恨他们的头目额尔金。偷枪不过是为了发泄一下不满的情绪,戏弄一下洋人而已。可能是谁拿了呢?九红旦、杨鸣玉,还是丁四?都有可能。万一当场搜出来,麻烦就大了。可是不让搜又不行,他们谁也走不了。

开始搜身了,一百来个伶人,人人张开双臂,站成了几排,让洋士兵搜着。搜过一个,过去一个。突然,程长庚发现,队伍中有人在暗中传递着东西。肯定是那把枪,果然有人偷了。

现在怎么办呢?这把枪该如何处置?扔是扔不掉的,洋士兵在大眼瞪小眼地看着大家。可要是这么传递下去,务必会传到最后一人手中。而且搜到最后几个人时,洋士兵会格外认真,到时事情就会暴露,排在最后的那个人也会难逃一劫。程长庚没做过多考虑,他站到了队尾。杨鸣玉见了,心知肚明,站到了他的身边。程长庚发现,杨鸣玉不知什么时候穿上了戏服。

洋士兵搜得很快,伶人们一个接一个地通过,枪很快传到了程长庚手中。他早已想好了对策,将枪贴在小臂上,搜身时举起双手,暗中捏住袖角,不让袖子滑下来,这样就能巧妙地遮住枪体。搜查者一般关注被搜者的身子,可能会忽略举起的双臂。当然这样做也不是绝对没有风险,要是被人一捋袖管,那就真相大白。

轮到他俩了。杨鸣玉开始大骂程长庚,程长庚愣了,他虽不知道杨鸣玉是出于何种目的,但知道他肯定是有意为之,也配合着回骂了几句。杨鸣玉搜身后过去了。就在洋士兵搜查程长庚时,杨鸣玉突然出手,揍了程长庚一拳。杨鸣玉是武丑行,身手敏捷,常扮神偷。只见杨鸣玉长袖一晃,程长庚感觉手臂一动,枪被飞快地抽走了。至此他这才明白杨鸣玉为什么要穿上戏服,又为什么要突然骂他。

洋士兵也看出了杨鸣玉的举动有些异常。可枪到了杨鸣玉的手上,很快就被他传递到身后的伶人之中。现在,就连程长庚和杨鸣玉也不知道那把枪究竟传到了哪里。见洋士兵怀疑自己,杨鸣玉拍了拍双臂,又拍了拍身上,意思是他什么也没藏。

搜查完毕,还是没有找到枪。文廉对额尔金说:"洋大人,您到别的地方再寻寻吧,说不定不小心掉到哪儿去了。这帮伶人只知道唱戏,他们要枪干什么?又不会使,要是瞎倒腾,说不定把自己的小命都给结果了。"

通事在叽叽呱呱地翻译着,应该是说服了额尔金,他只好无奈地挥了挥手。文廉大喜,对众伶人说:"洋大人开恩,大家快回家吧!"

虽然遭受了搜身之耻,但毕竟能顺利回家,大家还是有种大难不死的轻松。九红旦躺在地上,丧魂落魄,连站都站不起来。九红旦从出道以来一直顺风顺水,走到哪里都有一班人当作宝贝似的捧着。他刚才受到额尔金的羞辱,备受打击,一时可能接受不了。都是梨园子弟,自然不能扔下他不管,程长庚命杨鸣玉等几人轮流背他出园。杨鸣玉叫了几声九红旦,没有任何回应,只是鼻子里偶尔发出哼哼声,说明他还活着。

杨鸣玉望着他死人一般惨白的脸,说:"大老板,这人怕是不行了。"

张二奎见状也说:"这样子还能登台唱戏吗?"张二奎的嗓子被额尔金的枪管捅伤了,声音沙哑,瓮声瓮气,大家反而担心他是否能完全康复。

程长庚说:"背上走吧,他受了刺激,回去调养一段时间就好了。"

丁四背起九红旦,众伶人抬着衣箱,大家沿福海堤岸低头走着,谁也懒得说话。

天色渐渐暗了,整个圆明园被烟雾笼罩着。那烟雾像一张无形的网,将园子牢牢地囚住了,让人压抑得喘不过气来。

福海边阴森森、冷飕飕的。白天来时,大家目睹了十几具宫女的尸体,后来又亲眼看见内务府管事大臣文丰跳湖自尽。那些洲渚和山石后面,说不定就隐藏着某个冤魂。听说湖中仙岛上的宫殿和楼阁里,仍囚禁着没来得及逃跑的妃子和宫女。现在,她们不是住在福海里,而是煎熬在苦海之中。

又起风了。福海中的荷叶变成了黑荷,湖水也变成了黑水。黑色的波浪层层叠叠地涌过来,撞击着湖畔的假山和石头,发出鬼哭狼嚎般的声音。福海里的荷叶高大,像树一般,有的高过人的头顶。成片成片的黑荷迎风乱舞,不时有荷梗啪的一声折断,像奔跑中的蒙古铁骑突然中枪,顿时尸横当场。

有人在悄悄提醒,说离那些荷叶远点,一柄荷叶就是一把鬼伞,要是罩到人的头顶上,魂就被举伞的小鬼收走了。

程长庚虽然不信,可是在那种场合,听到那种奇怪的传言,他也觉得有些毛骨悚然,后脊梁骨发凉。他大声说:"不要再胡说了!大家快点走吧,离开这里!"

这时,伏在丁四背上的九红旦重重地哼了一声,抬起了头。他轻轻地说:"放下我。"

丁四只好将他放了下来。九红旦看了看周围,知道是在福海边;又看了看大家,目光从他身边每个人的脸上扫过。他理了理乱发,出奇地平静,朝大家拱了拱手,算是致谢。

丁四说:"九红旦,上来吧,天马上就要黑了。"

九红旦摆了摆手说:"我不走了,我要洗把脸。"

众人说别洗了,回城洗不迟。九红旦不同意,支撑着身子,跟跟跄跄地来到湖边。他的身子晃了晃,赶紧拽住了一根荷叶秆子,才勉强站住了。他蹲下身子,撩起水洗着脸。洗干净了。他的脸真白,像月亮一般白。五官清秀,双眸闪亮,睫毛很长,鼻梁秀挺,小嘴精致。他天生女人相,真美。大家都看呆了。难怪额尔金不信他是个男人,此时,就连众伶人也有点不信了。然后,九红旦又理了理头发,扎好了。

九红旦从从容容地做着这些,众人也没有催促他。收拾好了,他又看了看大家,眼里饱含泪水。九红旦的泪水很纯很亮。每个人都觉得脸上有如水般的月光淡淡流过,凉凉的、黏黏的。有人小声哭了。

突然,九红旦纵身一跃,黑荷一动,他的身子像一条鱼般潜进了福海的黑浪里。谁也没料到这种变化,大家料想他不过是爱干净,到水边去洗把脸,谁想到他会寻死呢?人人反应不及。可那一瞬间,大家还是本能地伸出手去抢拉,可一百多只手都拉空了,仍茫然地伸着。人人都呆了,也不知道收回。每只手都被福海的黑浪溅湿了。手是湿的,脸也是湿的。

大家拼命地叫喊着:"九红旦!""九红旦!"……可是,哪里还有人影?涌动的黑浪将他无声地吞没了。

至此大家才明白,刚才九红旦说"我不走了"是什么意思。可现在明白了又有何用?人没了。

众人放声大哭。程长庚也哭了。大家不光是哭九红旦,更是为伶人的命运而哭。九红旦从小学戏,九岁登台而红。大家都是唱戏的,一个红角儿,除了祖师爷赏饭,有过人的天赋之外,还要勤学苦练,背后流过多少艰辛的汗水,他们心里是有数的。伶人的命也是最不值钱的,从艺之后,遇不淑之人,遭不测之事,往往要吃很多哑巴亏,甚至付出生命的代价。像九红旦,一眨眼的工夫,就在众位梨园子弟面前消失了,这叫大家如何不痛心!

痛哭一番之后,大家止住泪水。这时,只见亮光一闪,程长庚看得清清楚楚,有人将额尔金的那把洋枪朝福海里扔去。很多人都看见了,大家不自觉地侧头,但没有人说话,人人心知肚明。只见那道亮光像一只小萤火虫,一头扎进了黑浪里,倏然而灭。

从圆明园回来,过了两天,程长庚和余三胜相约,一道到张二奎宅中去看望他。在京师梨园,他们并称"三鼎甲",威望也最高。到了张二奎家,程长庚、余三胜二人倒吸一口凉气——张二奎府第豪宅连栋,陈设讲究。外界传言他富比王侯,果然不假。可是,就算再富,毕竟还是个唱戏的,身份地位无法改变,到头来还是免不了受人欺侮。

张二奎躺在床上,自打从圆明园回来后,他就病倒了。见二人前来看望自己,他忙招呼他们坐下,说:"谢谢两位兄长惦记,我这病完全是气的,怕是起不来了。"

程长庚说:"我们身在梨园,身份卑微,有时不得不忍辱求全。想当年我在穆府被绑在马厩里,不也忍了?张兄还是要自我释怀,有些事情,放下也要强迫着自己放下。负气最终会伤着自己,戏班里的兄弟们还指望着你呢。"

听程长庚提到戏班,张二奎的眼圈红了。余三胜说:"念着这一家老小、戏班里的梨园子弟,你也要撑着好起来。"

张二奎身边有两个徒弟在服侍。张二奎叫过其中一个,此人身材颀长,五官端正,长相俊朗。他对程长庚说:"这是我在天桥上收的徒弟,名叫杨月楼,今年才十六岁。他和大老板还是老乡,安庆府怀宁县人。这孩子命苦,从小跟随父亲卖艺。现在我嗓子坏了,我把他交给大老板,你不要推辞。"又叫过杨月楼说,"来,给大老板磕头,这个徒弟他就算是收了。请见不如撞见,余老板受累,您就做个介绍人。"

杨月楼扑通一声跪倒了:"弟子杨月楼拜见师父!"

程长庚哪里料到此等情况,有点不知所措,他望着余三胜。余三胜笑着说:"你看着我干什么?还不赶紧应了?你今天收了个好徒弟,一会儿请我喝几杯,这要求不高吧?"

程长庚赶紧将杨月楼扶了起来,说:"你好生服侍师父,等师父身体痊愈了再谈学戏的事。"

"不!"张二奎说,"我这里还有个徒弟,还有老母、夫人和儿子及七八个家仆,人手绰绰有余。我过两天就让他到你家中报到。"

程长庚只好答应了。临走时,他们一再叮嘱张二奎,养好身子,早日重返戏台。

出来后,程长庚问道:"余兄,你说张二奎还能登台唱戏吗?"

余三胜叹了口气说:"我看难说,他形容委顿,唱戏的那股气没有了,就像一面铜锣,破了。我也撑不住了,说不定哪天就回湖北故里养老去了。玉珊兄,这京城的梨园,就交给你了啊。"

程长庚心事重重地靠在胡同的墙上,说:"你们都好狠心,留下我一个人唱独角戏。"

第十四章　祭园

国难临头,社稷阽危。安得猛士兮,能尽忠义。

——《明末遗恨》

英法联军入城了。

一天清晨,天刚蒙蒙亮,程长庚像以往一样,坐在玉泉茶楼咥着火烧。突然,只听茶楼里有人大叫一声:"洋鬼子进城了,快去看啊!"大街小巷,人群疯狂地跑动起来,好像去晚了就赶不上那趟热闹了。玉泉茶楼里满满一屋子人一哄而散。王老板大叫道:"你们还没结账呢!结了账再走!……"那些茶客像没听到一般,争着向外跑去。室内除了程长庚,哪里还有人影?程长庚对王掌柜说:"都走了,我也去看看热闹。"王掌柜干脆关了店门:"反正也没客了,我们一道去看看。"

永定门是京城外城的正门,左边是左安门,右边是右安门,地处京城中轴线上,正对着内城正阳门,是南部进出京城的通衢要道。奇怪的是,洋鬼子进城,并没有发生什么攻城战斗。他们和清军已经在通州八里桥较量过了,清军惨败。得胜的联军要求清廷交出京城安定门,美其名曰"代为看管"。其实,经过八里桥惨败,清廷已经知道自己的军队几斤几两,全无再战之心,对洋人提出的要求,哪里还敢说半个"不"字?

京城的百姓们目睹了这奇异的一幕:一列列全副武装的洋士兵,排着整齐的队伍,背着洋枪,喊着口令,趾高气扬,大踏步地迈进了京城。而道路两旁,胸前写着"兵"字的清朝正规军正在"跪迎"。这些八旗子弟,平时吃喝玩乐,欺男霸女,无恶不作。看着他们在洋人面前也装起了孙子,百姓们觉得特别解气。洋鬼子进城也还算规矩,百姓可以放心大胆地挤上前去观看。这些洋人除了身材高大,金发碧眼,肤色像病人一样苍白,长相与国人并无多少不同,并非如传言中的妖魔鬼怪一样。

这时,人群骚动起来。大家的目光集中投向正在进城的一挺绿呢小轿。轿子是敞的,连轿帘也没有。里面端坐着一个洋人,人们指指点点,很快就有人传出话来,说此人正是英法联军统帅额尔金。额尔金连帽子也没有戴,前胸挂着女王授予他的多枚胸章。随着轿子的颠簸,那些胸章摇来晃去,在阳光的照射下发出耀眼的金光。百姓不知道那究竟是何物,以为洋人胸前挂着的东西肯定非凡物,一个个用手掩着眼睛,生怕被神秘的玩意摄去魂魄。

程长庚发现,坐在轿中的额尔金,高昂着头,脖子梗得笔直,竟然半眯着眼睛,余光掠过街道两旁跪迎的士兵。这完全是一副胜利者的姿态,眼前这些没有骨气的兵,包括这些争相看热闹的百姓,是不值得他正眼来看的。皇帝都落荒而逃了,先是占了他的园子,现在又来占他的都城,他们哪里还有讨价还价的资本呢!只要额尔金愿意,下一步还会占得更多。

从今天晚上开始,京城人开始睡不踏实了,不管住在外城、内城还是皇城的,特别是那些权贵和富豪,他们要开始做噩梦了。洋人将司令部设在了国子监。国子监和孔庙相邻。这真是莫大的讽刺,现在连孔夫子也睡不安稳了。

过了两天,杨月楼果真来到程长庚宅中报到。程长庚安排他和侄子程章圃住在一起,两个孩子年龄相近,也便于交流。杨月楼武功扎实,得益于家传,又经过名师张二奎的指点,假以时日,成为一个红武生当不是难事。杨月楼还有一个特长,就是擅长猴戏,能连翻一百零八个筋斗,人送绰号"杨猴子""美猴王"。

下午,程长庚正在喂鹤。他将白薯切碎,装了大半只盆子,放到了鹤棚里。这只鹤也像怕洋鬼子似的,这几天也不出门寻食去了,整日只待在家中,窝在棚里,一动不动。

忽然,有人敲门。杨月楼去开门。来人一见就嚷道:"你是谁?大老板呢?才半个月的工夫,难道就没了吗?连房子都卖了?"

听这声音,程长庚就知道是卢胜奎回来了。卢胜奎不认识杨月楼,但卢胜奎是梨园红角儿,杨月楼肯定认得他。听了卢胜奎的话,他"扑哧"一声笑了,说:"卢老板,我师父在呢,在喂鹤。"

卢胜奎指着杨月楼问程长庚说:"这位是……?"

"他叫杨月楼,新收的徒弟。"

卢胜奎将杨月楼上上下下打量了一番,啧啧称赞:"好相貌,好身板!恭喜大老板收了个好徒弟,将来肯定又是一个红角儿!"一连串的夸赞让杨月楼的脸都红了,赶紧去给他泡茶。

程长庚问道:"你怎么回城了?胜姑和孩子都还好吧?"

卢胜奎说:"都还好,她们在延平我朋友家中。胜姑老是催我回来看看情况,顺便看看大老板。胜姑让我告诉大老板,要是城里形势不好的话,就把戏班子带到京西北昌平、延庆一带去,那里百姓也喜欢皮黄戏,糊口没问题。刘赶三天天跟着草台子走村串乡,收入很可观。徐小香天天待在租房里,他瞧不起草台班子,不愿演,刘赶三一日三餐供着他。"

程长庚说:"这也奇怪了,刘赶三向来吝啬,爱财如命,这回怎么大方起来了?"

"哟,哪里是大方,都记着账呢,还跟着利息,徐小香答应日后还他。"

"这还差不多,我说呢,怎么就突然大方了。"程长庚说。

卢胜奎打开包裹,从里面拿出一副羊杂碎,说:"咱穷,买不起羊腿,大老板将就着点。"

程长庚说:"都什么时候了,饭都快没的吃了,还费钱买这些东西。"

"不至于,朋友也接济了我几个。"卢胜奎又望着杨月楼说,"大老板的这个徒弟真是个好苗子。"

程长庚说:"这徒弟是收了,可是戏园歇业,戏班子也散了,哪里有登台的机会?"

卢胜奎说:"现在洋鬼子进城,这京中的形势下一步会如何恶化,谁也说不准。我下午去国子监看了,大门两边架着两尊洋炮,扛着枪的洋士兵在门口晃来晃去。洋士兵挤走了太学生,洋炮架到了学府里,读书人的地方却让洋人占了,这真是羞辱人到家了。依我看,大清国是彻底没救了。"

程长庚说:"你向来口无遮拦,这些话你在外面可不要乱说。"

"我不说,别人就不说吗?防民之口甚于防川,京中民情汹汹,又哪里防得住?"卢胜奎说道。

卢胜奎在程长庚宅中歇了一夜,第二天一早就回延庆去了。临走时,他一再叮嘱程长庚,一旦城中有变,就带着戏班子到延庆去和他会合。

一天下午,又一个惊人的消息传来,说洋鬼子开始放火烧圆明园。程长庚大惊,他掐指一算,洋士兵进城才五天。百姓又在争相跑动,程长庚也夹在人流里,杨月楼和程章圃紧跟在他后面,随大家跑到城外的一座小山上,眺望着西北郊方向。果然不假,圆明园内大火已经烧起来了,大大小小有几十个着火点,怕是将全园的建筑都点燃了。遍地火光,浓烟冲天,整个西北郊的天空都黑了。

百姓们议论纷纷。有的说,洋鬼子提出了苛刻的条件,皇帝没有答应,他们等得不耐烦了,一怒之下放火烧了圆明园。也有的说,洋人搬空了圆明园里的奇珍异宝,为了掩人耳目,毁灭罪证,这才放火烧园。

大半个京城里的百姓都跑到外面来了,到处是黑压压的人群,人们望着火光痛心疾首。还有人坐在山崖上放声痛哭,仿佛那被烧的是他们家的房子。有的看了一会儿,就骂骂咧咧地回城去了。有人仍继续在山上观望着,仿佛在等着那园中的火什么时候熄灭。

程长庚率伶人多次在圆明园中唱过戏,前几天也在那里受过洋人的羞辱,他对那园子还是很有感情的。洋鬼子欺负人到了头上,他想起洋人进城时永定门大街两旁跪迎的清军,连哼都不敢哼一声。

这时,只见一位清癯老者,手中持着一把折扇,来到一面山岩上。人群中爆发一阵欢呼:"王叟!王叟!……"程长庚见过这个老头,是城中有名的说书先生,人称王叟,师祖是江南著名说书人柳敬亭。程长庚到时,他正在茶楼里说着杨家将的故事,备受欢迎。有人叫道:"王叟,来一段!"

只见王叟咳嗽了一声,将折扇在掌中一拍,这大约就当是醒木了。老者高声说道:"话说金军占了临安,宋高宗赵构像一条丧家之犬,带着大臣、妃子和宫女仓皇出逃。金兀术率五千金兵,紧追不舍,千里奔袭,南宋军中竟无人阻挡。金兀术纵兵一路烧杀抢掠,劫得金银财宝无数,掠得妇女千万。靖康元年(1126)的惨景在江南再现:'鹁鸪鸪,鹁鸪鸪,帐房遍野相喧呼。阿姊含羞对阿妹,大嫂挥泪看小姑。一家不幸俱被掳,犹幸同处为妻孥。愿言相怜莫相妒,这个不是亲丈夫。'靖康耻,犹未雪,犹未雪啊!旧恨未泯,又添新仇……"

山下聚集了数千人,全都鸦雀无声,个个支起耳朵听着。大家都心如肚明,王叟明显是在以南宋说清。他以近乎呜咽的腔调,声情并茂地说着南宋灭亡的故事。

程长庚再也听不下去了。他对杨月楼和程章圃说:"你俩去通知三庆班的伶人,今晚我们到这山上来唱一场戏,不是庆节,不是贺寿,也不是献艺,而是祭园。参加者要穿素服,场面要用大鼓、大锣、大钹和唢呐、二胡。"

三庆班的角儿们晚饭都没有吃,陆续来到圆明园边的小山上。山上有一块平地,大小同戏台差不多,勉强可用作唱戏的地方。大家清理着地面,摆弄着乐器,准备唱戏。

这时,程长庚看见余三胜也来了。他说:"余老板,你怎么也来了?"

"我正要找你计较呢!你身为精忠庙首,唱戏祭园,怎么只通知你三庆班的人?我余三胜难道不能来?"

"玉珊抱歉。"程长庚说,"月黑风高,我是怕惊动你余老板,你能来当然更好。"

程长庚发现,张二奎也拄着拐杖来了。他赶紧迎了上去:"张老板,你怎么也来了？你的身子还没有完全康复，今晚的演出可以不参加的，这山上的冷风可吹不得。"

张二奎说："大老板，我就是硬撑着也要来，这般梨园盛会，怎么能少了我张二奎？承蒙戏迷们厚爱，将张某列入'三鼎甲'，这'鼎甲'二字，没点硬骨头，岂是能背得动的？"

程长庚说："张老板，说得好！来就来了吧，这样的大火，怕是几百年也遇不到一次，憋屈得很啊！国难当头，长歌当哭！身为伶人，不喊上几嗓子，心中不快！"

程长庚看见班里的贵云、桂林率着一班小旦也来了。他们曾经为争夺豪客明争暗斗，程长庚并没有让人通知他们，没想到他们却主动来了。

圆明园的大火，夜间看去，与白天又有不同。夜间的火更加触目惊心，几十个着火点，到处烈焰熊熊，从脚下铺排到天际，京西北的天空都快被烧着了。

火焰喷射到空中数丈高的地方，那该是位列圆明园四十景之首的正大光明殿吧？该殿完全依照紫禁城里的太和殿而建，是皇帝朝会听政的地方，同时又是举行重大庆典之所，像每年的万寿宴（皇帝生日）、千秋宴（皇后生日）都在这里举行。这座宫殿用的木材都是千百年的老树。老树是有灵气的，民间的百年老树都会被当成神树，百姓初一、十五都会焚香祭拜。这些充作皇木的老树，本以为跨进了龙门，哪里想到，有朝一日竟会被人付之一炬。哪里比得上在荒郊野外或深山老林里逍遥自在呢？老树浴火，发出噼噼啪啪的声音，它们在痛苦地呻吟着。火堆中不时传来砰砰砰的炸裂声，那是它们的胳膊断了……大腿断了，脊梁骨断了，最后魂断了……直到轰然倒下，成为一堆灰烬。

起风了，火势越来越大，巨大的火苗舔舐着天空。那是皇帝的龙袍烧着了，皇后的霞帔烧着了，是王公大臣绣着文禽武兽的官服烧着了。皇帝和百官在大火中挣扎着，想逃离火场。可他们哪里逃得掉呢？他们的双脚就像被铁镣牢牢地锁住了，只能在火堆中徒劳地蹦跶，发出绝望的叫喊。

看着山下的百姓越聚越多，圆明园方向的火也越来越旺，余三胜对程长庚说:"大老板,你先来一段吧。这么好的一座园子没了,怎能不哭几声?"

程长庚说:"那就让玉珊先哭吧。"

他唱的是传统老生戏《明末遗恨》,扮的是崇祯皇帝。崇祯在臣子接连背叛、农民军攻入京城后,于煤山上吊自尽。程长庚唱的正是崇祯自尽前的一段:"战鼓咚咚连声振,莫非流寇入禁城?再登景山观动静,烽火炮声震天庭,鬼哭神嚎是百姓。痛碎心肝不忍闻,心慌意乱站不稳,已到煤山寿黄亭。"然后,崇祯撕了一条衣襟,咬破手指,写下血诏,以晓谕天下。写完后,该自尽了。他唱道:

莫坏我尸!莫毁我陵!莫留我官!莫杀我民!写罢遗诏寻自尽,待我以发遮面,有何面目见先灵!

程长庚唱时,山下的百姓静静听着,除了呼呼风声,没有人发出一点声响。他的乙字调像夜枭在孤嚎,凄厉而惊心,在山林间回荡。唱毕,程长庚长发披面,一身素服,慢慢地向身边的一棵歪脖子松树走去。他解下腰带,挽了个套,最后打量了一眼四周的人群,然后伸出脖子,自系于树上,久久不动,真像死过去了一般。

此时,百姓们再也顾不得大老板平时不准叫好的规矩,大声叫起好来。

程章圃抱起叔父的双脚,卢胜奎将他的脑袋从带套中弄了出来,程长庚久久不动,他们担心大老板伤心过度,无意中假戏真做,那可就要酿成惨祸了。幸好,程长庚只是目光呆滞,不过是沉浸在崇祯自尽的悲情氛围里,一时无法自拔,人并没有事。

圆明园中,周围一大圈黑乎乎而中间亮着几团火的地方,肯定是福海中心的蓬岛瑶台了。那里习惯上被称为仙岛,那岛上的建筑自然相应地称为仙阁了。皇帝,还有他的皇后,和许许多多的妃子,他们都想当神仙。可他们当得了吗?就算躲到天涯海角,跑得了和尚跑不了庙。他们当不了神仙。前几天被洋人强迫去献戏时,在仙岛附近,程长庚就发现了十几具宫女的尸体。她们身着华丽的长裙,虽然死了,可还穿得整整齐齐。程长庚又想到九红旦,他趁大家不注意,突然跳进了福海里。他是想做一个仙人吗,从此长住蓬岛瑶台?此时,瑶台上大火熊熊。火苗尖上,那最高的火焰耀眼起伏,多么像九红旦在翩翩起舞。他死得冤,他不服呢。此时,他换了一袭红裙,完全是一个女人的装扮。他的胸腔里有一团火,他的身上也着火了。他在跳,无数的火苗在跳。看这样子,九红旦是要领着这场大火,把那些仙阁都烧得干干净净。

丑行的杨鸣玉说:"我也要唱!"说着,走到了戏台中央。

"冤啊——"一声叫头,像刀光劈来,将四下里的人吓了一跳。看这样子,他要唱一出冤情戏。难道他是要扮窦娥?平日里演戏,他虽扮的是丑行,但今天他不是小丑,而是有着血海深仇的冤妇。果然,他唱的是窦娥故事《六月雪》里的三个毒誓:

> 我不要半星热血红尘溅,
> 将鲜血俱洒在白练之间,
> 四下里望旗杆人人得见。
> 还要你六月里雪满阶前,
> 这楚州要叫它三年大旱,
> 那时节才知我身负奇冤!

这是一曲百姓熟知的老戏。杨鸣玉唱的时候,百姓们都跟在他后面唱着。男女老少,异口同声,吼声如雷。今晚,人人都是窦娥,个个都心中有恨。只是,这沉冤何时得以洗雪呢?

张二奎说:"到我了。"

说着,他倒背着双手,一步一顿地走到了山岩上。他唱的是《风波亭》里岳飞自述的一段:"岳鹏举,在驿馆,自思自想。想起了,征战事,好不凄伤。恨金兵,累次里,兴兵犯上。遵圣命,统大兵,对敌刀枪。那兀术,败至在,金牛岭上。

听说是,我兵到,他个个隐藏。金牌到,要调我,进京受赏,一霎时,身体倦,倒卧在床……"

张二奎的嗓子被额尔金用枪管捅坏了,像一面锣破了一个眼。他的气泄了,唱戏远不如前。所以,当他开口时,听过他唱戏的戏迷都感到很诧异。大家心里都有一个疑问:张老板这是怎么了?"少年争学张二奎",一等一的红角儿,曾经的风云人物,叱咤京师梨园,如今像中了弹的蒙古铁骑,人仰马翻,横尸沙场。虽说再也无法再现往日的气势,但是张二奎还是执意要唱,只要他还能发出声音,还能叫喊。破锣也是锣,哪怕它成了碎片,砸在地上,也能发出脆响。

张二奎三字一顿,他的声音仿佛像一支军队,自然就是岳家军。大军左右奔突,在夜色里跌跌撞撞,好不容易杀出一条血路,一路向前,渡过黄河,直抵中都燕京,眼看着就要到达胜利之巅。可是,十二面金牌来了,敕令停止前进,班师回朝。谁能受得了呢?是兵,兵殇;是将,将死;是山,山塌;是园子,成了废墟;是嗓子,哑了。

唱到最后,张二奎的嗓子完全哑了,发不出声音。但是,他仍不愿停止,使出浑身的气力,大张着嘴巴,眼珠子都快要蹦出来了,气流不断地从嗓眼里冲出来,啊啊啊的,断断续续,没有一句完整的唱词。

程长庚见状说:"张老板,你要说什么我们都知道,可身体要紧,你还是先回去歇息吧。"张二奎说:"我我我……"拍着自己的胸脯,意思是他还行,说什么也不肯离场,仍坚持要唱。程长庚要派人将他送回去,他指着圆明园里的火光,说什么也不肯离场。程长庚懂了,只好将他扶到一块避风的山岩后。

圆明园里的大火越烧越旺。大风将浓烟吹向京城方向,烟尘里夹杂着火星,像满天的星星,大半个天空都红了。突然,一阵大风吹来,那无数的火星像千军万马一般,向山上山下的百姓直扑而来。有人大叫道:"快捂住口鼻!"众人吓得赶紧趴在地上,更多的人发出剧烈的咳嗽声。这可不是一般的灰尘,而是千年老树化成的灰烬。有人传言,就算化成了灰,它们还带着戾气,千万不能吸进身体里,会伤嗓子,会烂肺。

"香妃宫也烧了吗?"

这是哪个小旦问的?是贵云,是桂林,还是他们的哪个徒弟?真是哪壶不开提哪壶。程长庚心想,小旦的见识就是要差一点,覆巢之下,焉有完卵?洋人还管你是香妃宫还是太子宫?统统一把火烧了完事。

说起那个香妃,民间传言很多。说她本是新疆回部酋长霍集占的王妃。乾隆中叶,回部叛乱,清廷出兵平叛。霍集占被杀,香妃被擒。平叛将军见其貌美,且身体能自然散发出一种神奇的香味,就将她带回京城,献给了乾隆。乾隆对香妃一见钟情,赐她为妃,并专门为她新建了一座宫殿。

那座香妃宫,程长庚倒真的见过,它是西洋楼里一座独特的建筑,确实精致。它正式的名字叫远瀛观,建成于乾隆四十八年(1783),是专为香妃在圆明园打造的寝宫。门窗均镶嵌玻璃,宽敞明亮。殿顶还安有二十四个铜铸的出水口,均是龙头形状。遇到雨天,雨水从龙头中倾泻流出,如同真龙施雨。嘉庆有一首御制《远瀛观歌》,诗曰:"石级参差列珠树,玻璃为墉佳境布。八窗洞开引清风,翠屏紫凤萦香雾。"

当年香妃被带到京城时,乾隆皇帝已七十二岁,可谓老态龙钟。杀人丈夫,掳人妻子,还要据为己有。难道封一个皇妃,建一座宫殿,就能给一个女人带来快乐和幸福?这是养起来,还是囚起来呢?这香妃宫与监狱又有何异?这大约是圆明园里烧得最让人解气的一座宫殿了。然而,宫殿又何罪之有?

贵云说:"我们旦行来唱一出《金钱豹》。"

贵云的话差点将程长庚逗乐了。《金钱豹》的故事,说的是红梅山妖金钱豹欲强娶乡绅邓洪之女,唐僧师徒取经路过此地,寻宿时得知其事,孙悟空和猪八戒分别变作邓女和丫鬟,除掉了山妖金钱豹。程长庚之所以乐,是觉得这个戏选得好,这不是将乾隆皇帝比作金钱豹吗?

贵云说:"谁来扮金钱豹呢?"

丁四挺身而出,说:"金钱豹一角向来由武生扮,此角色非我莫属。"金钱豹本是妖,戏中他变成一位书生前来邓家迎亲。丁四借了顶书生帽,戴在头上,就算入戏了。

丫鬟：（白）我说大王，这男女婚配，乃是两家情愿，哪有强占的道理？
书生：（白）胆大丫鬟，有何本领，敢在你大王面前胡言！
丫鬟：（白）你且听了——
（念）自幼生来武艺精，武艺精，花果山前逞威风。龙宫海藏俱闯过，也曾大闹到天宫！
书生：（念）听一言来怒气扬，怒气扬，胆大丫鬟休逞强，红梅山前无对手，谁人不知金大王！

这大约是当天晚上最让人开心的一出戏了。特别是看到猪八戒扮的小姐戏弄金钱豹时，看戏的百姓难得发出会心的笑声。这笑声让他们忘了是在见证一场亘古未有的大火，倒像是坐在茶楼里看戏。

程长庚在无数的火点中寻找着同乐园大戏楼的位置。说真的，园里那么多大大小小的宫殿，没有哪一座比同乐园大戏楼被烧更让他心疼。多好的戏台啊，天上、人间、地下三层，多少伶人以能在上面唱戏为荣。一个伶人，唱了一辈子的戏，也不一定会逢到一次机会。找着了，找着了，它果然被点着了。院落式的戏楼，前面有看戏楼和角楼，仅凭着火的形状，就能在火海中一眼找到它。

看着戏楼在熊熊燃烧，程长庚的心在滴血。他感觉自己此时就站在戏台上，站在一场大火里。他的身子像一截木柴，先是脚被点着了，手被点着了，头发也被点着了，最后整个人都被点着了。唱了一辈子戏，真没想到会是这样的下场。唱戏的命真苦啊！

卢胜奎问道："你们给我找找，藏书楼呢？着火了吗？"

圆明园里有一座文源阁，是一座藏书楼，是乾隆下旨仿照宁波著名藏书楼天一阁而建的。《四库全书》因工程过于浩大，并未印行，乾隆命人手抄七部珍藏于全国各地。文源阁就收藏了一套。从今夜开始，天下就少了一套《四库》

了。文源阁里还收藏了大量珍稀古籍,现在被洋鬼子付之一炬,都没了。卢胜奎真是一个书呆子,都什么时候了,还问这样的怪话。命都保不住了,难道还能保住一本书?国子监都成了洋鬼子的司令部,难道他们还会留下一座藏书楼?你不过是个唱戏的,虽读书多年,但孔老夫子也没有赏你一碗饭吃,最后还是不得不寄身梨园。此时还心心念念放不下旧日所爱,真是呆到家了。

听说文源阁也被点着了,卢胜奎瘫倒在地上。程长庚说:"那里是皇家的藏书,和你没半点关系,就算不烧,你这辈子连瞅一眼的机会都没有。"

卢胜奎说:"书是天下书生的书,我替天下读书人一哭。"

不能不承认卢胜奎说得有理。文源阁的火很旺,纸张带着火飘到半空中。著书、刻书、抄书,多少人的心血说没就没了。

程长庚见余三胜只管望着火发愣,问道:"余老板,你在想些什么呢?"

余三胜叹了口气,说:"我的老家湖北罗田是山区,山多田少,八山一水一分田。比不得你的老家怀宁,得江河之利,一个石牌就够富庶的了。"

程长庚不解地问道:"你将我俩的老家对比,是什么意思?"

"我们罗田穷,这么大一个园子,要是不烧,其价值恐怕要管我们全县百姓吃喝上几年。"

程长庚懂他的意思了,是痛心和惋惜,说:"你们罗田一邑才多少人?这园子从康熙年间就开始建设了,多少白花花的银子投进去,黄金如土银如铁,不说你们罗田,就是管全京城的人吃喝,恐怕也要管上几年。"

余三胜不言语了。程长庚说:"余老板,你是嘉庆御封的'戏状元',你来一段压轴吧。夜深了,唱一段我们就散了,这个园子恐怕还要烧上几天几夜,这火一时不得熄。"

余三胜说:"好,我就来一段《搜孤救孤》。"

《搜孤救孤》说的是春秋时期晋国大夫赵氏被奸臣陷害,一门三百余口惨遭杀害,门客程婴和公孙杵臼为保护赵氏遗孤,两人定计,一个舍身救孤儿,一个留命抚养孤儿长大。余三胜唱的,正是公孙杵臼被害前的一段唱:

可怜我年迈人受了苦刑,我与程婴把计定,我舍老命他舍亲生。纵然一死有何恨,搭救了忠良后代根。含悲忍泪法场进,咬定牙关等时辰……

余三胜擅长花腔,将公孙临死的一段唱演绎得愁肠百结而又无怨无悔。"纵然一死有何恨",每个字都是带着赴死的决心冲出来的,能保护忠良后代,死而无憾。

程长庚说:"余老板,你这段戏选得好呢,可谓用心良苦。忠良有后,就能昭雪报仇,就还有希望,我们台上的戏也能继续唱下去。"

余三胜用念白的腔调说:"希望如此。"

程长庚对在场的伶人说:"夜深了,大家都回去吧。"于是,各人收拾着行头,准备下山。下山的时候,程长庚发现说书的王叟仍被一圈圈的百姓围着,他端坐在中心,仍在眉飞色舞地说着。那些走江湖卖艺的也来凑热闹,一个个光着膀子,憋着狠劲,好像自家的房子被贼烧了,刀枪棍棒,舞得呼呼生风,叫好声此起彼伏。山上山下的百姓一点也没见减少,看这样子,他们是打算在这里坚持到天亮。

程长庚边走边看,突然,一个趔趄,摔倒了。杨月楼和程章圃二人赶紧搀起他。他的左脚踝肿了起来,疼痛不已,无法用力。程长庚勉强支撑着,一瘸一拐地走着。好不容易到了城门口,发现城门仍是开的。一问,答复是,守城的军士见百姓进进出出,索性连城门也不关了。还关啥呢?强盗都进城了,而且还是洋强盗,还用得着防范谁呢?

到家后,程长庚发现左脚踝肿得老高,无法行走,只好在床上躺着。他天天让杨月楼到城外察看圆明园火势,一直看到第三天,才说火熄了。

接着,京城里扬起了黑灰,这是从未有过的景象,百姓都说是大风将圆明园那边的灰烬吹过来了。程长庚让徒弟将他扶了起来,在院子正中坐着。那只鹤静静地待在他边上。黑灰飘落在身上,没多久,就积了一层,像下雪一样。鹤也成了黑鹤。

第十四章 祭园

这黑灰中隐隐约约有种气味。程长庚叫过杨月楼,说:"你闻闻,这黑灰中有股异味。"杨月楼在他身上嗅了半天,说没有。程长庚又叫过程章圃说:"你来闻闻。"程章圃说:"好像有股松木味。"

"你们说得都不对。"程长庚说,"你们仔细闻闻,是不是有股脂粉味?"

两人都说没有。程长庚自言自语:"怎么没有呢?我闻着明明有股脂粉味。"

程长庚的脚踝接连疼了好多天,请大夫开药敷过,总算恢复了些,能站起来走路了。可自此程长庚就落下了腿疾,时常复发,疼痛难忍。

第十五章　罢风烈

　　这才是今生难预料，不想团圆在今朝。回首繁华如梦渺，残生一线付惊涛。

　　　　　　　　　　　　　　　　　　——《锁麟囊》

　　咸丰皇帝死了。

　　他驾崩时才三十一岁。这个皇帝去世前一年的种种奇怪举动，不说普通百姓，就连朝中的王公大臣们都看不明白。去年夏天，自大清精锐蒙古铁骑败于英法联军之后，咸丰就率重臣与妃子逃离了圆明园，入住承德避暑山庄。洋鬼子在京师城郊烧杀抢掠近五十天，清廷在被迫接受了割地赔款条件之后，他们才撤离了。按理，洋士兵一撤离，住在承德避暑山庄的咸丰就该回京了。可令人费解的是，咸丰一直没有回来，一直到334天后，病死在承德避暑山庄。

　　咸丰帝宾天的消息是突然宣布的。关于他的死因，民间众说纷纭。有的说，他一直躲着不与洋大人见面，洋大人一怒之下，派杀手将他杀了；有人说他在避暑山庄吃喝玩乐，不想回京；有人说他吸大烟过度，中毒而死；更多的人说他是因圆明园被烧、京城被占和最终不得不答应洋人的全部要求，无颜回来，郁郁而终。总之，这个皇帝是没了。年仅六岁的同治小皇帝即位，东、西两宫太后垂帘秉政。

　　皇帝驾崩，倒霉的是梨园，戏园子关门歇业，戏班子禁止唱戏，伶人只得另谋生路。百天后，按惯例，伶人能唱清音桌了。程长庚想起此时正在延庆的卢胜奎,他曾说京郊百姓也喜欢皮黄。程长庚决定带着戏班子出城去唱清音桌,在城里闷得太久了,出去透透气,也不求挣钱,能糊口就行。

管事赵德禄统计了下,丁四、杨鸣玉、贵云等二十几个伶人愿跟程长庚到京郊去唱清音桌。唱清音桌也有它的好处,那就是不用带许多行头,大衣箱、二衣箱、盔把箱里的很多东西,基本就不用带了,用不上。各人简单收拾一下,雇了几辆驴车就出发了。杨月楼和程章圃自然也随行。

一行人很快就到了延庆州城。州城位于妫水河边的一块台地上,山水相依,街衢纵横,虽比不得京城繁华,但也让人赏心悦目。按上次卢胜奎提供的地址,程长庚很快就找到了他。三庆班的人在京郊见了面,大家都很高兴。当晚,卢胜奎订了一家酒楼,给大家接风。吃饭的时候,人几乎都到齐了,独缺一个刘赶三。程长庚见酒楼颇为豪华,菜品也丰富,心疼花钱,就怨卢胜奎说:"非常时期,找家小酒馆凑合一顿就行了。"

卢胜奎说:"大老板放心,尽管敞开肚子吃,不用我花钱,有人埋单。"

正说着,门口有人大喊:"卢台子,真的是大老板来了吗?"

程长庚出来一看,见是刘赶三骑着一头毛驴到了。卢胜奎说:"大老板,埋单的人到了。"

刘赶三说:"人情让你做了,凭什么让我埋单?"

"就凭你在延庆得了这头毛驴。"卢胜奎对程长庚说,"他的这头驴可是神了,我们初到延庆时,在集上闲逛,这头驴像认得他似的,走到他身边,蹭他的衣服,说什么也不肯走了。"

刘赶三拍了拍驴脑袋说:"是这情况。这畜生缠着我不走,不得已,我就将它买下了。"程长庚见驴体格健壮,浑身乌黑,没一根杂毛,连夸"好驴"。

刘赶三说:"它叫墨玉。我这驴除了脚力好,还有一项好处,就是无论我到了哪里,不用系缰绳,这驴不见我出来,任谁也牵不走的。"

程长庚连连称奇。卢胜奎说:"延庆多山路,多亏了这驴,整日驮着他,一天也不知赶了几个场子,哪天回来时荷包里不是满的?都是钱。"

刘赶三乐得大笑："你就别说了，不就是让我埋单吗？还要拿一头驴来说事。"

戏班租住在妫氏宗祠内，程长庚有一间单独的屋子。晚上，卢胜奎带着胜姑和孩子前来看望大家。和大家见过面后，卢胜奎将老婆、孩子送走了，自己却留了下来。程长庚愣道："你怎么不回去？"

卢胜奎说："大老板，您此行来得正是时候。这几年，我都在断断续续地研究《鼎峙春秋》，试着将它改编成连台本戏《三国志》，这也是您交给我的任务。改了几次，总是感觉没有成功。有许多想法，正想和您和交流，您正好来了。这部大戏到了该问世的时候了。"

程长庚说："有什么疑问你尽管提出来，我们好好商量，我寄予厚望呢，这部戏一定要唱火。"

卢胜奎说："我给您大致说说，您就明白宫廷戏的特点了。宫廷戏是演给皇帝看的，要符合帝王的心思，只要他看得满意，看得高兴，就达到了意图。乾隆命庄恪亲王主持编写了两部大戏，一部是根据水浒故事改编的《忠义璇图》，另一部就是根据三国故事改编的《鼎峙春秋》。庄恪亲王是康熙皇帝第十六子，他受命改编此两部大戏，自然领会乾隆的意图。有些地方，改编幅度较大，甚至匪夷所思。比如《忠义璇图》，最后的结局，增加了梁山108将死后被东岳大帝审问的情节，目的就在于说明宋江等好汉罪孽不浅，假托忠义，招纳亡命，擅杀官军，欺世盗民。最后，判处为首者宋江和吴用永世不得超生。"

程长庚惊道："我还是第一次听说梁山有这样的结局。这样看来，将昆腔《鼎峙春秋》改为皮黄腔《三国志》，不是简单地搬过来了事，而要有大幅度的改编。"

卢胜奎说："《鼎峙春秋》第二出，开场人就代他们说出了清廷改编这部戏的目的：'要使普天下愚夫愚妇看了这本传奇，莫不革薄从忠，尊君亲上。台下的，莫当作妙舞清歌轻轻观听过了。'"

程长庚道："怎么还骂人呢？'普天下愚夫愚妇'，看戏的人是我们的衣食父母,竟然还有此等称谓!我看这话的意思,不就是教天下人看了这部戏,然后都忠于朝廷忠于皇上呗?"

卢胜奎说:"大老板,就是这个意思。"

"那你可得好好揣摩,该删的删,该改的改,该添的添,可不能弄岔了。"

卢胜奎说:"所以,自大老板交给我这个任务,搁下了好多年。现在不能再拖了,一定要尽快弄出来。"

就这样,程长庚白天带着戏班子,沿着妫水河走村串乡地唱戏,晚上就和卢胜奎聚在灯下商讨连台本戏《三国志》剧本。程长庚也不安排卢胜奎唱戏,只让他安安心心地待在家里写本子。

一天,程长庚带着戏班子来到了延庆城东南八达岭下的岔道城。这里之所以叫岔道城,顾名思义,因它地处西、北两个方向的岔道上。别看岔道这名字听着不顺耳,它可是个好地方,是拱卫京师的要地。自明代始,这里就一直有驻军防守。城池依山而建,北部城建在半山之上,城内有千余户人家,酒楼、茶馆、钱庄、当铺等一应俱全,仅各类庙宇就有十来座。唱戏要选人口密集的地方,像岔道城这样的地方,当然不能错过。

到岔道城当天,程长庚就率戏班子前去祭拜关帝庙。关帝庙有山门、中殿及后殿,十分壮观。关公像居中,关平执剑、周仓捧刀分立两侧。中殿正中悬挂一块"义薄云天"的金字大匾。两旁柱子上挂着木板刻的楹联:"兄玄德弟翼德威镇孟德,师卧龙友子龙手提青龙。"令人惊喜的是,庙内还有一座古戏楼。关帝庙香客众多,香火旺盛。程长庚点了一把香,与众伶人在关帝庙前祭拜。他说:"关老爷,程长庚率三庆班伶人有幸到了您的地盘上,望大慈大悲的关圣人大发善心,保佑我们诸事顺利,到时一定唱大戏上大供。为略表梨园弟子一片诚心,今天先献上一份薄礼,望老爷收纳。"

说罢,他郑重其事地念道:"烧刀子一坛,牛肉、大馍各一斤,金银百两。"程长庚说时,赵德禄将酒、馍和牛肉一一放到供桌上,又将一串纸元宝和几刀纸烧了。

众人又磕了三个响头。程长庚又说:"关老爷,三庆班今晚要借您的戏台宝地唱戏,您老也顺便听听。要是听得高兴了,有那么几分意思,您就让百姓多给几个赏钱;要是听得不满意,只怪弟子们学艺不精,还请您老多多包涵!"

岔道城地处交通要道,一年到头,南来北往路过此处的戏班子不少,但在程长庚来之前,多年来,尚没有哪个戏班子敢在关帝庙戏楼唱关公戏。俗话说"关公面前耍大刀",在关帝庙唱关公戏,多少有点不知天高地厚的意思,是对关公不敬。所以,当三庆班放出戏码,说程长庚要在关帝庙唱关公戏时,岔道城的百姓大多摇首咋舌,称其狂妄,不屑一顾。当晚,程长庚唱的是《单刀会》。因是清音桌,场面只有一面小锣、一把胡琴。当程长庚身着灰袍,头顶青巾,戴着一尺八的美髯,手持他那把沉甸甸的青龙偃月刀登场时,勇猛威严,仿佛关公从神龛上走了下来,将下面看戏的百姓吓了一跳。程长庚念道:"赤兔马快似闪电,青龙刀遮日光寒。守荆州威镇华夏,保大哥驾坐西川!"

关帝庙里有一棵古槐,树顶上有个硕大的喜鹊巢。待程长庚开口时,他那实大声洪的乙字调高腔,在胡琴的衬托下,像一束耀眼的光,在暗夜里炸了开来。巢中的喜鹊一阵乱叫,扑棱着翅膀飞了起来。

一场戏还未演完,程长庚是关公显灵的说法就在人群中很快传开了。百姓奔走相告,当晚他们就没能离开,大家央求三庆班明天接着演。次日,除百姓外,当地和附近的守军、经过此地的贩夫走卒,都加入了看戏的队伍。三庆班的戏演了一场又一场,程长庚的关公戏更是每场必演。一转眼,他们在岔道城接连演了半个月。关帝庙前,每天午时开始,人流如织,热闹非凡。

戏班就住在关帝庙内。一天晚上,演完戏,程长庚正在院子里坐着休息。忽然,他听到有人在轻轻叫他:"大老板。"

程长庚张目一望,并没有人,他怀疑是自己听错了。正殿里有些暗,烛火摇曳。这时,那声音又叫了一次。

这次程长庚听得很清楚,声音就是从正殿里发出来的。莫不是自己这些天扮演关帝挣钱,惹得关老爷动怒,要找自己的麻烦?想到这里,程长庚汗毛直竖,感觉脖子后面凉飕飕的。

进了正殿,程长庚发现,关公神像下面站着一个女子。程长庚大惊道:"你、你是什么人?"虽然他平时并不信鬼神,可是在这种场合,神像边突然出现的女子还是将他吓得连连后退。

"大老板,我是庄芳。"

程长庚伸着脖子,瞧着关公暗影里的妇人,问道:"你是人是鬼?"

"大老板,您别害怕,我是人,我就是穆彰阿府中的婢女庄芳。"

程长庚这才松了口气,庄芳他当然知道。第一次在穆府唱堂会时,她那时不过八九岁,他在情急之下,向她借了一面小镜子。从那时起,他就记住了她那张活泼可爱的娃娃脸。当了三庆班班主后,穆府的人强迫他"外串"唱戏,他不同意,被绑在马厩里,是庄芳从厨房偷了半只烧鹅,悄悄地送给他吃了。那时,她已是个大姑娘了。这么多年来,他何曾忘记过她?只是,他做梦也想不到,他们会在这人地生疏的岔道城相遇。

程长庚问道:"你是怎么到这里的?我以为这辈子再也见不着你了。"

庄芳哭了。考虑到这里毕竟是关帝庙,不便在关公面前说些儿女情长之事,程长庚说:"走,我们到外面去说。"

到了外面,庄芳止住了哭,说:"穆彰阿被革职后,穆府就散了,我被他们卖到这里一孟姓把总家,替他们家放羊,孟家养了好几百只羊。"

程长庚仔细看了看庄芳的脸,已没有了早年的圆润,长期在户外放羊,这山里的风就像刀子一般。程长庚在打量庄芳时,她也在看着他,忽闪着大眼睛,那股清新气息和俏皮个性依旧。

"你第一天在关老爷戏楼唱戏时,我就认出了你。可是,我这样子……又不敢上前认你。于是就天天来看戏,前天羊还丢了一只,挨了一顿打。考虑到你可能很快就要走了,不管怎么着,还是认了吧,怕以后再也没有机会见面了,大老板不嫌弃庄芳就好。"庄芳在说出这一番话时,显然下了很大的决心。

"没有,哪里会嫌弃呢!自在穆府吃了你的烧鹅后,我也常常想到你呢。"程长庚在说出自己埋藏多年的心事时,把自己也吓了一跳。

庄芳一乐:"是吗?"

程长庚点了点头:"转眼间,十年过去了,穆府散了后,我想我们这辈子恐怕再也见不着了。哪里会想到,我们会在这里见面。"

庄芳说:"他们都说你是关老爷显灵。"

程长庚笑了:"显灵的不是我,是关老爷。关老爷一显灵,你就出现了。"

庄芳扑哧一笑。程长庚问道:"你嫁人了没有?"

庄芳摇了摇头:"孟把总见我会放羊,将我当作他家的摇钱树,一直不让我嫁人,这一拖就误了年龄,转眼就三十了,这辈子也没想着嫁人了,也没人肯要我了。"

程长庚说:"我也还未娶妻呢。"

庄芳瞪着眼说:"大老板有五十岁了吧,戏唱得好,又当班主,没房夫人怎么行?谁服侍你?"

"前些年是老娘在身边服侍,老娘去世后,身边就没人了,还带着个打鼓佬侄子,我还要服侍他,凑合着过吧。"程长庚说。

"那……我……"庄芳嘟哝着,欲语又止。

程长庚激动难抑,巴不得她有所表示,见她吞吞吐吐,已知道她的想法了,当下接上说:"那请你来服侍我,你可愿意呢?"说着,看着庄芳的眼睛。

庄芳垂着头:"只要大老板不嫌弃,那是庄芳的福分,只是,孟把总那里……"

程长庚知道,他要是替庄芳赎身,孟把总那里他肯定要支付一笔银子。他当下表态说:"孟把总那里,我明天就和人去说,你就等着好消息吧。"

次日,经过打听,程长庚得知,孟把总就是岔道城驻军的军官。程长庚和赵德禄一道,带着礼品,前去孟把总家中拜访。孟把总扼守岔道城要地,向来骄横,吃拿卡要惯了,哪里将唱戏的放在眼里?他听说程长庚和他家的婢女是故人,大发雷霆,将礼品扔出门外,将程、赵二人训斥一顿,命他们率戏班子立即离开岔道城,否则将对他们不客气。

程长庚被孟把总当头一棒,他完全没料到是这样的结果。如若不能带走庄芳,她恐怕终生难脱苦海。回到关帝庙中,程长庚在关帝像前长跪不起,他在心里一遍一遍地说:"关老爷,您大慈大悲,让我和庄芳有幸在您府上见面,可我怎么就不能带她走呢?关老爷,求您再发发慈悲,让她跟我走吧!"一边说,一边将脑袋在地上碰得砰砰响。可无论他怎么哀求,关老爷毕竟是一尊泥胎,不能帮他半点忙。孟把总虽下令戏班子立即就走,可程长庚还是借故拖延了两天,其实就是在等庄芳出现。可哪里能看到她的人影呢?孟把守大怒之下,已将庄芳关了起来,不许她出门。

明天就要离开了,晚上,程长庚怎么也睡不着,他决定到孟家去看看情况。他瞒着戏班里的人,蹑手蹑脚地出了关帝庙,向后山孟宅走去。

孟家房子四周是一丈多高的石头院墙。程长庚远远地看着,孟家有多栋房屋,谁知道庄芳在哪里呢?况且,此时,她也不知道程长庚在外面等着要和她告别。在一棵大树下,程长庚默默地坐了会儿,远远地看着孟宅里的灯火出神。他真的舍不得离开,舍不得这荒凉的岔道城,舍不得庄芳。他的心里突然有了种眷恋。这是他从来都没有过的感受,也是他平生从未遇到过的难题。

还是回去吧,程长庚沿着街衢,向关帝庙走去。刚进仪门,就像第一次一样,突然有一个声音叫道:"大老板。"程长庚一喜,快步走进中殿,果然是庄芳。几天没见,她好像清瘦了不少。庄芳说:"孟把总将我关在家里,今天营房里有事,他一天都没回来。我趁他不在家,偷偷溜了出来。"

程长庚一把抱住了她,说:"我们明天就要离开了,我刚到孟宅附近转了转,就是希望能见你一面。"

"大老板,明天就要走了吗?不知这辈子还能不能见到您。"庄芳哭了。

突然,几个人打着火把冲进了关帝庙。程长庚伸头一看,为首者正是孟把总。孟把总正好也看到了他俩,他大叫道:"好啊,这一对狗男女,果然在这里,快给我抓起来!"

几名兵丁一拥而上，将程长庚和庄芳绑了起来，带走了。三庆班的伶人全起来了，和他们据理力争，可是没用，当兵的人多势众，胳膊扭不过大腿。孟把总以调戏民女为由，命将程长庚送到兵营里关押，将庄芳送回他家里，严加看管，再不许出门。

程长庚傻眼了，没想到事情弄成这样。他被关在山顶上的一座石头房子里。这里是军营里的监狱。明月高悬，西北面是连绵的群山，野长城隐隐约约；东南面就是岔道城，各要道都亮着灯火，显然有兵丁把守，不说人，就算鸟落到了这里，也插翅难飞。

兵丁将门一锁，就反身离去了。石头房子里只有一个四四方方的小窗户。北风呼呼，从小窗户里灌进来，就像有根鞭子伸进来，朝程长庚抽打着，人根本无法入睡。半夜，屋外忽然响起了狼的叫声。好几只狼围着石头房子转来转去，可能是人的气息将它们引到了这里。可它们又无法进去，不断地扑打着门和墙壁，发出愤怒的嚎叫。有好几次，它们竟然跳到了窗口边，将爪子伸到了窗台上，不过很快跌落下去了。程长庚一晚上心惊肉跳，他想庄芳平时在这种地方放羊，遇到狼可能是家常便饭，她一个女子，又该如何应对呢？想到这里，程长庚就不感到害怕了。

他索性坐到了小窗户正对面，任由北风吹着自己。夜里，就像是有人在撕着自己的脸皮，有一种麻木的疼痛。撕掉一层，然后接着撕，感觉脸上有血在向下流。撕到最后，脸变得僵硬，只剩下骨头了，再也无皮可撕。那情景，就像是罡风中坐着一具骷髅。

第二天天明，赵德禄带着众伶人，来到孟把总家门前，要求他将程长庚放出来。好说歹说，孟把总开出两个条件：一是程长庚赔礼道歉，赔偿白银五十两；二是程长庚从此不许再进入岔道城半步。这两个条件，第二个倒还好办，可这白银五十两，不是个小数目。当时，买卖一个婢女，不过几两到十几两银子。孟把总开口就是五十两，显然是狮子大张口。三庆班在岔道城唱了半个月戏，也才挣了四五两银子。可是，孟把总是岔道城的土皇帝，不答应他的条件，要想让

第十五章　罡风烈

他放人，恐怕是难上加难。

赵德禄决定瞒着程长庚，回京去筹资。他让戏班继续在关帝庙戏楼唱戏，好歹能挣上几个，管管饭钱，他自己租了匹快马，向京城赶去。三天后，他带着银子再次来到岔道城，将银子交给了孟把总。当然，做这些都是瞒着程长庚的，要是让他知道了，肯定不会同意。

赵德禄回京还有个意外收获，他听说西太后特别爱看戏，命京城各大戏楼尽快恢复唱戏。也就是说，这次国丧期可能不必像以往一样延续二十七个月。

程长庚被放了出来。离开岔道城时，他心事重重，像丢了魂一般。一行人也不走村串乡唱戏了，而是直接回京。又派人通知延庆的卢胜奎，让他也准备回京。

赵德禄说："我听说，咸丰皇帝在承德避暑山庄的三百多天里，三天两头地看戏，升平署那班唱戏的把会唱的戏都唱了个遍，有的戏唱了好多场。那里离京城远，又无法从外面传戏，升平署的人只好重复唱那些老戏，自己都厌倦了，可皇上还是看得津津有味。皇上每次看戏都带着东、西两宫娘娘，两个娘娘都成了戏迷。"

程长庚说："皇上这是一头钻进了戏里，出不来了，分不清戏里戏外了。"

赵德禄轻声说："听说西太后的戏瘾，比鸦片鬼们的烟瘾还要大。国丧期刚过一百天，她就等得不耐烦了，传谕升平署，让宫里的伶人抓紧编排新戏，命精忠庙告谕各家戏楼和戏班子，做好准备，下个月正式复戏。"

程长庚说："好了伤疤忘了疼，这洋鬼子前脚才离开，皇帝才咽气，他们就要开始乐了。孤儿寡母，何乐之有？就不怕百姓说闲话吗？"

"可我们只是唱戏的，有人看，有人付茶钱，我们就唱，哪里还管得了许多？这天下大事，到底敌不过一日三餐。"

赵德禄说的也是实情，是的，他们不过是群唱戏的，凭本事混一碗饭吃而已。有人爱看，有人付钱，他们就唱，难道还要管看戏的是孤儿寡母还是儿孙满堂？话是这样说，可是，这戏怎么唱得越来越没滋味、越来越不着调儿？心气不顺，又如何唱戏？

到京了，程长庚到各大戏楼转了一圈，情况果真如赵德禄所说，下个月梨园正式恢复演出。

程长庚回来后就病倒了，浑身滚烫，接连躺了四五天，请大夫看了，吃了药。烧虽退了，人却还是无精打采，沉默寡言，半天也不说一句话。赵德禄心急如焚，戏班子要恢复演出，还有一大摊子事要班主过问，在这节骨眼上，班主还是一副荒腔走板样，事关一百多人的吃饭问题，可不是小事。赵德禄知道程长庚的心事，他的魂是丢在岔道城了，丢在庄芳身上了。思来想去，赵德禄决定去找延煦，看他能不能帮上忙。

延煦在听了赵德禄说的情况后，一口应承下来，答应帮忙，并让赵德禄暂时不要告诉程长庚。

三天后，延煦派家人前来程长庚宅中通知，说明天上午，他要和一位重要的客人前来程宅拜访。

虽然身体不佳，可延四爷要来，程长庚还是很重视。他打起精神，带着杨月楼和程章圃，将室内室外清扫一番，买了馓子、芝麻饼和杏仁酥等几样精致茶点，静等着延四爷和贵客到来。

次日上午，两顶小轿在程宅门口停了，一顶是喜轿，一顶是官轿。喜轿后面还跟着一班抬嫁妆的。三庆班的赵德禄、徐小香、丁四、卢胜奎、刘赶三等都来了。延煦从官轿中下来，程长庚听见动静，已从家中出来迎接。程长庚见到大红的喜轿，想起他曾买来胜姑送给自己，莫不是又买了一个女子送来？他惊道："延四爷，您这是……"

延煦说："我这叫人情做到底，前些年派人送了胜姑来，你将她转送给了卢胜奎，这次可不能再送人。不过，我估计你也舍不得送了。"说着，命伴娘将轿中的女子搀下来。女子盖着盖头，程长庚并不知道是谁。他只管嚷道："延四爷，这万万使不得，使不得……"延四爷见他那紧张的样子，乐得大笑："玉珊，话也别说早了，你倒是看看是谁再表态啊！"

程长庚仍嚷道:"任是谁也使不得,使不得啊……"

女子被带到了程长庚房中。程长庚仍站在院外,不肯进家门。延煦拉着程长庚,拉到女子身边,又捉着程长庚的手,将盖头扯了下来。程长庚一看,愣了,原来是庄芳。

延煦笑道:"玉珊,你说这是使得还是使不得?"众人跟着哄笑起来。

瞧着程长庚发呆的样子,延煦解释道:"长话短说,赵管事将你在岔道城偶遇庄芳的事告诉我后,我立即到那边去了一趟,昨天才将庄芳领了回来。"

"可是,那个孟把总很不好说话,四爷您是怎么说服他的?"程长庚问道。

延煦正色道:"官大一级压死人,他不过是一个小小的把总,敢在本官面前说半个'不'字?不但给了人,还陪了不少嫁妆。"说着,延煦命人将庄芳的嫁妆抬进来,什么闷户柜、樟木箱、妆匣、龙凤被、子孙桶等,一应俱全。

看到庄芳,又看看满屋子的嫁妆,程长庚坐到桌旁,突然埋头放声大哭。延煦纳闷道:"咦,玉珊,你这是……"

赵德禄懂得程长庚的心思,说:"延四爷,他这是受了委屈,又悲又喜,就让他哭会儿吧。"

程长庚哭了一会儿,多日的委屈一扫而空。延煦拿出一封银子,说:"我也送点贺礼,表表心意。酒就不喝了,你们乐一乐,我还有事。"

程长庚拉着庄芳,给延煦磕头谢恩。临走时,延煦故作严肃地说:"玉珊,我可跟你明说,本官这是替你二度娶妻,这次可不能重蹈覆辙了啊。"延煦的话将大家逗得大笑。

程长庚说:"延大人请放心,玉珊知道珍惜的。"

择日不如撞日,当晚,赵德禄就安排程长庚和庄芳拜堂成亲。又在酒楼订了几桌酒席,三庆班的伶人们共同庆祝班主新婚。

娶妻之后,程长庚像换了一个人,整天容光焕发,再不像从岔道城回来那般失魂落魄。他每天忙着安排戏班里的事,编排连台本戏《三国志》,就等着恢复唱戏。

很快，各家戏楼开始唱戏。由于西太后爱看戏，升平署那班伶人忙得不可开交，宫里三天两头地唱戏，有时一唱就是几天。西太后虽享太后之尊，其实很年轻，才二十七岁。她自己爱看戏不算，还经常拉着大臣陪着看。她赏赐大臣的方式也有些特别，常奖赏看戏，也不管臣子喜不喜欢。西太后不喜欢昆腔和弋阳腔，就喜欢皮黄戏。不但喜欢，而且听说还很精，要是遇到哪个伶人唱错了，她还能给指出来。主子有爱好，大臣们就争相仿效，请戏班，唱堂会，成为一时之风。戏园子里自然也跟着热闹起来。皇城内外，夜夜笙歌，皮黄艺术进入鼎盛时期。

一天，余三胜带着一个青年来访。同列梨园"三鼎甲"，余三胜比程大九岁，成名也比他早。所以，程长庚对他向来比较尊敬。

余三胜取笑说："听说你新娶了媳妇，也不请老夫喝杯喜酒，今天虽来迟了，但心意还是要表示一下的。"说着，拿出一只纯金的鼻烟壶，递给程长庚。

程长庚叫过庄芳，见过余三胜。庄芳款款地行了个礼，说："小女子看过余老板的戏。"

余三胜一愣。程长庚又解释一番，说庄芳曾是穆彰阿府上的人，咸丰年间余三胜常到穆府唱堂会，她在一边看过。余三胜这才恍然大悟，又取笑道："老夫总算明白了，原来你们在那时就对上了眼。"

程长庚也不否认，又将在岔道城偶遇庄芳的经历说了一遍，余三胜不胜唏嘘，又夸他俩有缘。

临了，余三胜牵过带来的青年，对程长庚说："玉珊，老夫还有一事相托。"

程长庚也取笑道："我就知道你是来找我麻烦的，偏偏非要说前来祝贺。有什么事就尽管说吧。"

"这个孩子天资不错，有一身好武功，跟我学过一段时间，我看可以出来登台唱戏了，就举荐给你。三庆是大班，红角儿多，能学到很多能耐。我老了，六十岁了，现在专攻汉调，登台也少，他跟我在后面学不到什么东西，我不能误人子弟。你收着，看在老友的面子上，给他个吃饭的地方，平时点拨几句，我就阿弥陀佛了。"

程长庚笑着说："你瞧瞧，我说没什么好事吧，净是来给我添麻烦的。"

"这孩子人称'小叫天'。你不是有个'叫天'外号吗？这孩子说不定将来能接你的班呢。"余三胜叫过那个年轻人，说，"快过来给大老板磕头。"

小叫天恭恭敬敬地给程长庚磕了三个头，这就算收下了。程长庚又问了一些小叫天的情况，得知他坐过科班，出师后长期在草台班子唱戏，也曾在天津一带给人看家护院，在镖行保镖，直到拜在余三胜门下。程长庚听了，心里有种隐隐的担忧，这行走江湖惯了，性子野，能安下心来唱戏吗？

程长庚命杨月楼将小叫天带到戏班大下处安顿下来。只是，程长庚不会想到，这个小叫天日后会在京师梨园掀起一番风浪。

第十六章 《三国志》

眼望江东水沧沧,好似汉阳对武昌。常德武陵依然在,猛虎口内藏荆襄。

——《连营寨》

一天晚上,程长庚正在家中喂鹤。他将猪肝切碎,放在鹤棚前。戏园恢复唱戏,有了稳定的收入,连鹤的伙食都跟着改善了不少。正在这时,卢胜奎夹着厚厚一沓本子进来了。看他的神色,可能是改编中又遇到了什么困难。

"大老板,我快被这剧本折腾疯了。"卢胜奎放下本子,焦急地说。

"别急,有什么问题慢慢说。"

这时,庄芳泡了一杯茶,放在了卢胜奎面前。卢胜奎吸了吸鼻子,说:"好香!大老板的茶都是上等货,闻着这么好的茶,再乱的思路都通了。"

程长庚对庄芳说:"夫人,把我那潜山茶包上一包,一会儿给卢台子带回去。"庄芳很快包好了茶叶,放到了卢胜奎面前。

程长庚笑着说:"说吧,又遇到什么问题了?"

卢胜奎说:"《鼎峙春秋》这个本子,过于强调因果报应,关羽、曹操分别代表善和恶两类人物:关羽前世是佛门红护法,死后成仙,成为伏魔大帝;曹操欺世欺君,恶贯满盈,是十恶不赦的奸贼,阎罗派恶鬼将其劈出脑髓,死后在地狱十殿中受尽折磨,最后变为畜生。"

程长庚听了大笑:"真不知道庄恪亲王是咋弄的,怎么弄成了这样,这不成了四不像了吗?"

卢胜奎说:"还有,《鼎峙春秋》的本子完全淡化曹操的功绩,如最能体现曹操军事智慧和才干的官渡之战只字未提,他平定北方的功劳也被一笔抹杀。为了丑化曹操,本子无视基本史实,甚至移花接木。如脍炙人口的温酒斩华雄情节,曹操根本没有出场,他敬关羽的'壮胆酒'也被改为袁绍所为。"

程长庚明白,丑化曹操,明显是受了元杂剧的影响。元杂剧诸多三国戏中,就将曹操当成一个无足轻重的小人物或一个备受嘲笑的小丑,对他的功劳,只字不提或一笔带过,而将他的一些有争议的行为,如逼帝迁都、杀伏后及皇子、杀董贵人、灭袁术袁绍、杀刘琮、杀杨德祖和孔融等,夸张放大,反复细说,不厌其烦。

程长庚说:"我现在算是彻底明白了,演给皇上看的戏,和演给百姓看的戏,完全是两回事。皇上希望看到的戏,和百姓希望看到的戏,也是截然不同的。哪怕是同一个人物,处理起来也大不一样。"

"大老板,您算是说到点子上了。"

程长庚说:"那你还等什么? 大胆地删改就是了。"

卢胜奎吃了定心丸,对《鼎峙春秋》原剧本中他认为不合理的内容进行了大篇幅的删改。经过一段时间的忙碌,连台本戏《三国志》剧本初稿终于改编完成,一共36本。从刘表托孤、刘备马跃檀溪始,至取南郡止,相当于小说《三国演义》第34至52回的内容和跨度,包括了三顾茅庐、草船借箭、借东风等脍炙人口的内容。其中曹操挥师南下至败走华容道的部分,包括《舌战群儒》《激权激瑜》《临江会》《群英会》《横槊赋诗》《借东风》《烧战船》《华容道》8本戏,另冠名《赤壁鏖兵》,结构严谨,情节引人入胜,是其中最精彩的篇章。

程长庚迫不及待地看完了初稿。他看了整整一天,卢胜奎也陪了一天,说着剧情,以及自己改编的理由。待程长庚看完了,卢胜奎紧张地等着他的评判。程长庚拍了拍厚厚一大摞本子,点了点头说:"很好,卢兄辛苦了。"

程长庚说:"有两点建议:其一,因为这是一部三国大战的大戏,那些和两军对战有关的程式化的东西,不能全删了,如升帐、摆宴、点将、发兵、操练、行军、布阵等。你这一删,战场上的气氛就淡化了许多。"

卢胜奎说:"大老板说得有道理。我见这些形式性的东西无甚内容,就删除了。经您这一提醒,完全有恢复的必要。"

程长庚说:"我们徽班的特点,就是'联络五方之音,合为一致',也就是取人所长,这也是我们在花雅之争中占了上风的原因。但学戏要学昆,人家毕竟是老大,积淀深厚,有些唱段还要移植过来,为连台本戏《三国志》增色。"

卢胜奎说:"看来我的理解又狭隘了,以为改成皮黄戏,昆腔的东西都可以不要了。"

"要的。"程长庚说,"比如,《群英会》全本以西皮声腔为主,但周瑜升帐时则唱【点绛唇】,宴请蒋干唱【园林好】,舞剑时唱【风入松】;再如《长坂坡》全剧为皮黄,但曹操发兵时群唱【泣颜回】;等等。这些昆腔唱段,都有它们的独特用处。还有,我们徽班的靠把戏就借鉴了弋阳腔的表演方式。《三国志》中的战争场面,同样可以吸收弋阳腔的长处。一句话,融昆、弋于皮黄之中。"

卢胜奎说:"我懂了。"

程长庚点点头:"就是这个意思。一句话,别的腔调中,凡出彩的地方,尽量为我所用。"

经过一段时间完善,卢胜奎终于将本子改好了,程长庚十分满意。下一步的任务,就是准备排戏。虽说升平署编排过连台本戏,但那毕竟是演给皇帝看的,从不到民间戏园演出。像《三国志》这样一部36本连台本戏,不说在三庆班,就是在京师梨园,也是第一次。这样一部大戏,情节丰富,阵容庞大,角色众多,一般的戏班子根本不敢涉足。排戏就要分配角色,生旦净末丑,叫得上姓名的角色就有几十个。程长庚决心将这部大戏打造成精品之作,一定要火爆梨园,成为三庆班拿得出手的保留剧目。因此,对每本戏的剧情演绎,他都要和班里的老师傅们一起反复推敲,选择最合适的舞台表现方式;对扮演每个角色的人选,他都要精心选择,力求形成最佳阵容。

现在,他就被一个角色难倒了。经初步安排,程长庚扮鲁肃和关羽,卢胜奎扮诸葛亮,徐小香扮周瑜,杨月楼扮赵云,黄润甫扮曹操,刘贵庆扮刘备……蔡夫人、糜夫人、甘夫人等人选更不用说了,三庆班旦行伶人向来人数较多。现在的问题是,扮演张飞的人选尚无法确定。

张飞一角属净行。梨园有一句行话,叫"千生百旦,一净难求"。意思是,找唱生行和旦行的伶人很容易,但是唱净行的伶人少之又少,要挑一个唱得好的更是难上加难。净角行当,俗称大花脸,不仅要求有扎实的童子功,而且手眼身法均极为讲究。表演时,伶人要穿上厚重的服装,涂上浓重的油彩,戴上及耳的宽大髯口,更要承担几乎连续的高强度动作,有时必须边做边唱,表演任务十分繁重。所以,愿意从事这一行当的伶人很少。

程长庚看上的净角名叫钱宝峰,但他并不是三庆班的人,目前搭四喜班唱戏。同行是冤家,徽班之间表面上和和气气,其实长期以来都在暗中较劲,大家争的毕竟都是共同的客源。按常理,一个戏班排戏,如果某个行当没有满意的角儿,那只能采用本班中次点的,即二路或三路角儿。偏偏程长庚是个不肯将就的人,张飞一角,非钱宝峰莫属。他和张二奎还有点交情,能不能借个角儿呢?不管行不行,总要试一试。

程长庚和赵德禄来到张二奎宅中,张二奎的嗓子已基本恢复,但他心灰意冷,已很少登台唱戏了。听到老友说明来意,张二奎说:"从我们彼此的交情出发,不说借个钱宝峰,就算借我张二奎又如何呢?一句话的事。可是,大老板,我毕竟还任着班主。既当班主,当然要为全班人的饭碗考虑。借角儿,是为他人作嫁衣裳,为他人抱薪,到时同行的唾沫星子能把我淹死。"

程长庚说:"有这么严重吗?"

张二奎说:"还有,最让我担心的是,我们四喜的这个净角,不是说句吹牛的话,就怕你用着舍不得放手,到时会借而不还。"

"绝对不会的,"程长庚说,"这一点我可以打包票,借就是借,演完了就还。"

"你说得好听,还了之后呢?再有张飞的戏,你让谁上?谁能代替他?戏迷们认吗?"张二奎抛出了一连串的问号。

程长庚说:"借给我们唱个三五场,然后完璧归赵,好吧?"

"不行。"张二奎说,"他要是不回来,我和班里无法交代。"

场面一时有点尴尬。赵德禄说:"张老板,我们这台大戏真的缺个净角,只怪我们平时没有培养。事情难道真的没有转圜余地了吗?"

张二奎想了想,说:"我有一个主意了。四喜班正在排《盘丝洞》,我们缺个能扮孙悟空的角儿,你们三庆的杨月楼不是擅演猴戏吗?我们换!"

这个主意还真不错。程长庚说:"那我们还是吃亏了。我这个徒弟杨月楼,可是一等一的角儿,四喜的钱宝峰,勉强算二路角儿吧?"

张二奎摆了摆手,意指程长庚说得欠妥。他说:"你一点不亏,你用了就知道了。钱宝峰在我们四喜的戏不多,戏迷们还不大熟悉他,我有一种预感,他会在你们三庆成为一代红净。这不是妄言,你等着瞧。"

换角儿就换角儿吧,虽然已安排杨月楼在《三国志》中扮赵子龙,但只要与四喜的戏码不冲突就行,两个戏班都能各取所需。

小叫天到三庆班后,程长庚见他武艺不错,就让他担任武行头目,负责武生戏的人员安排和身段设计等。小叫天初来乍到,应该说,这样安排说明对他颇为器重。可小叫天并不满意,当然他并没有表达出来,只是和程长庚说他想唱老生,说了好几次。因为老生才是当时梨园各个行当的翘楚,一个戏班,向以老生为台柱。小叫天想当"三鼎甲"那样的红角儿,这是他心底的秘密。在小叫天多次要求下,程长庚只好安排他唱了两次老生,看看效果。程长庚在看了小叫天的老生戏后,没有表态,但仍叫他负责原职。小叫天跑了数年草台班,见多识广,善于察言观色,是个八面玲珑的主儿,他见大老板没有表态,心里就有数了。

三庆班排连台本戏,十几个主要人物都定了角儿,连次要人物蒋干、庞统之类都定了人选,小叫天估计自己到时只有跑龙套的差事了。听说扮赵云的杨月楼被借到四喜班演猴戏,小叫天觉得机会来了,他跑到程长庚面前,提出要演赵云。

程长庚打量了一眼小叫天，心想，这孩子真是不自量力，赵云是何等人物，你这长相，扮得了吗？你面颊瘦削，身体单薄，更要命的是，嘴大。武生讲究英俊潇洒，玉树临风，凭你小叫天这副模样，唱武生都不行，总是显出几分苦相。程长庚平时只好安排他唱武老生，戴上髯口，遮上嘴，这样显得眼睛有神，又巧妙地掩盖了嘴大的短处。当然，这些话还不能明说，说白了怕伤他的心。可现在小叫天执意要扮赵云，这不说还不行了。想来想去，程长庚说他长相不行，长相是父母给的，说之不恭，就从他不适宜唱老生说起。

程长庚说："我们这辈唱老生的，讲究圆宏庄重，平正无巧，拉长声，翻高唱，发悲音，嘴里有劲，吐字有分量，非如此不能让人听得过瘾。你学得了余三胜师父的'花腔'，却又比师父走得更远一步，发明了一种'巧腔'，手段翻新，花样百出，可不守唱法，外造添魔，这就把老生的腔调改了。和你说白了，我三庆班没有这种唱法。"

小叫天的脸红一阵白一阵，大老板这一顿数落，句句说在他的痛处，他丝毫不敢反驳。其实，他何尝不想唱乙字调高腔？可他没那天赋，唱得了吗？难道他愿意花样百出？不就是想要点小聪明，以显示自己技高一筹吗？可没想到被大老板看出了破绽。花腔也好，巧腔也罢，其实质就是投机取巧，失之油滑。

"你的声音甜软柔媚，近乎亡国之音。"话刚出口，程长庚觉得言重了，年轻人，毕竟要给些鼓励，他说，"当然，肯定也有人喜欢你这种唱法，将来也可能会火，还要锤炼，等待时机。"

角色没争到，反遭班主一顿数落，句句是诛心之语。在程长庚眼里是实话实说，可在小叫天看来是横遭奚落，无异于当头一棒。他一时接受不了，没精打采，病恹恹的，干脆从戏班里告了长假，回家休息去了。躺了几天之后，想想不是事，眼看年关近了，总要想办法弄几个过年费，于是又和以前跑草台班子的旧友接上了头，到京东一带唱戏去了。

三庆班排演连台本戏《三国志》，是京师梨园的一件大事，未演先火。在这之前,程长庚就以《群英会》《借箭》《华容道》等三国戏享誉京城。现在集中京师梨园一流的角儿,一次性奉献 36 本三国连台本戏,这让那些喜欢看戏的老少爷们如何不激动和期待呢?他们奔走相告,拭目以待,等着大戏上演。

隆冬之际,北风呼啸,天气寒冷,座儿们不大愿意出门,此时是戏园子里每年最冷清的时候。可是,戏迷们期待已久的三庆班连台本戏,于冬至日这一天开始演出。之所以选择这一天,正是精心安排的结果。从冬至演到春节前夕,正好全部演完,然后封箱过年。36 本连台本戏,三庆班只在一年的岁末演一次。也就是说,要是错过机会,只能等下一年了。对一个戏迷来说,让他等上一年,实在是无法接受的。三庆班就是仗着这部戏的强大吸引力,让梨园淡季也火了起来。事实证明,他们成功了。《三国志》连台本戏首演地在三庆园,而大栅栏内其他几家戏园子也跟着热闹起来。

众伶人也没有让戏迷们失望,他们各施绝活,带来了一场场精彩纷呈的大戏。钱宝峰扮的张飞,身躯魁伟,工架凝重稳练,嗓音响亮,多用炸音,不愧为"京师第一净"。最为人称道的是他的勾脸技法,像女人绣花一般,异常认真,异常之慢,异常之细,两种颜色交界处极为齐整,绝不互相沾染,严丝合缝,极为美观。

钱宝峰唱腔多顿挫,念白一字一顿,铿锵有力,平中突然突出一二字,如晨钟陡响。《长坂坡》中他扮演张飞,单人独马立于当阳桥上,一声怒吼,阔口巨嗓,倾泻而出,"燕人张翼德在此!哇——"犹如惊雷劈下,有风云激荡之势。戏台上的曹将夏侯杰应声而倒,戏池里的座儿们吓得目瞪口呆。

这样的净,梨园确实难寻,一时也难以找到第二个人来替代。难怪程长庚向张二奎借角儿时,张二奎说就怕他用惯了后,用而不还。还真被他说着了。现在程长庚就是不想还了,想把他长久地留在三庆班,张飞这个角色非他莫属。

黄润甫是钱宝峰的徒弟,因在家中排行老三,人称黄三。这次他与师父同台演出。他继承了师父的优点,同时又有自己的特点,能够运用念白表现不同人物的性格和感情变化。他的"哇呀呀"一声叫喊,就能表现出震惊、生气、愤怒等不同感情,效果绝佳。他的白口有劲有韵,文而不平,显示曹操的臣相身份。为了表现变化,他往往在平念中用拔高的炸音,给人平地一声雷的听觉效果。

徐小香的翎子功更是出神入化。比如《群英会》中,他与蒋干对桌共饮时,打黄盖时,与诸葛亮共饮时,都有不同的翎舞。恼怒时,头一低,两翎子之尖一齐点到甄觅上。翎子落下和扬起,干脆利落,就像听话一般,非常美观。据知情人透露,徐小香在两翎的尖上各系有一粒梧桐子,一般的人根本看不出来。徐小香最绝的翎子功体现在吕布戏貂蝉这出戏中。吕布与貂蝉在凤仪亭中相会,徐小香扮演的吕布以翎戏貂蝉,只见徐小香头一低,再向左一扭,那翎子竟能从貂蝉的脸上滑过来,顺着脖颈上的劲头再绕到鼻子边,吸气一闻,将吕布的好色之举表现得入木三分,令人拍案叫绝。

程长庚和卢胜奎亦表现出色。特别是在《借箭》一折中,鲁肃与诸葛亮端坐于舟中,舟行江上,借大雾茫茫视野不清引诱曹兵放箭。这种场景,舞台上不好表现。鲁、诸葛二人谈笑风生,不时举杯畅饮。鲁肃面前的桌上放着一只巨觥。他便借着巨觥这个道具,表现船只在江中起伏运行,以及"草船借箭"的经过。在曹操下令乱箭齐发后,鲁肃手中的巨觥向一边倾倒,表明船身正朝向曹兵放箭的方向,船上放置的草人中箭后倾向一边,船体吃重从而发生倾斜。当诸葛亮命令掉转船头,船上另一侧草人也同样密密中箭后,鲁肃手中的巨觥逐渐恢复原状,说明船体平衡了。程长庚就是通过一系列巧妙的动作,借助一只巨觥的微小变化,再现了"草船借箭"的逼真情状,以小见大,生动传神。

一部连台本戏,成就了诸多红角儿。程长庚被称为"活鲁肃""活关公",卢胜奎被称为"活孔明",徐小香是"活周瑜",杨月楼是"活赵云",钱宝峰是"活张飞",黄润甫是"活曹操",夏奎章是"活马超",产桂林是"活吕布",其他角儿都有出彩之处。

三庆班的连台本戏不仅轰动了京城,也享誉全国。三庆班的成功,无疑刺激了在京的各大徽班,他们争相仿效,争先恐后地编排《三国戏》和连台本戏,形成了各戏班争演《三国戏》的热潮。春台班的《龙凤呈祥》、四喜班的《陇上麦》,

以及其他小班社的《空城计》《截江夺斗》等，均名噪一时。连台本戏有四喜班的《五彩舆》《雁门关》《德政坊》、春台班的《铡判官》《混元盒》《五花洞》等。程长庚提出的融昆、戈于皮黄之中的艺术形式已呈百花争艳之态，被百姓广泛接受，艺术上也日趋成熟。

一天，传来了张二奎的死讯，说是病死的。其实，了解情况的人都知道他是被活活气死的。咸丰十年（1860），张二奎母亲去世出殡。老北京习俗，出殡时要在交通要道两侧搭棚公祭。这种棚往往是由死者的好友发起，集资搭设，在殡葬队列经过时上祭，并向死者家属表示慰问；也有本家出钱自搭的，属于花钱买面子之类。张二奎好友众多，前来祭祀的好友沿街搭棚，设席张筵，哪知道声势过大，触犯了清廷禁律。结果，张二奎因"优伶僭用官宦排场举动"而获罪，发配口外。在路过通州时，当地官员素知张二奎的名气，强迫他登台唱戏。张二奎嗓子被洋人的枪管捅伤，后虽基本恢复，但已久不登台，况且彼时意外遭遇发配，内心万分痛苦，可不登台又无法通行，于是，勉强支撑着唱了一场戏。他觉得憋屈、窝囊、忧愤，演完戏后就一病不起，于同治三年（1864）十二月死于通州，年仅五十岁。同治五年（1866），余三胜病逝，年仅五十五岁。至此，"三鼎甲"中，只剩程长庚还活跃在戏台上。

再说小叫天。他在京东几个县跑了一个来月，回京时，街头巷尾，听到的都是人们热议大戏《三国志》，品评这个角儿那个角儿的出彩之处。小叫天听了茶客们的议论，心里自然不是滋味。他虽有一身武功，可三庆班里没有他的用武之地，他又不愿屈居人下，可哪里才有他的舞台呢？

一天，在玉泉茶楼，小叫天从清早就来了，坐在那里发愣。他叫了几盘干果、糕点，又在门口叫了盘驴肉，要了一壶酒，一个人喝了起来。身边的人来来去去，来了一拨，又走了一拨，直到天快黑了，他还不愿回去。早在他十五六岁时，他爹就给他定了一门亲事，后来女方父母不想将女儿嫁给一个唱戏的，打算悔亲，还是他的未婚媳妇坚持要嫁给他，可他到今天也没有在京城梨园混上什么名堂，感觉愧对妻子，不想回去。

小叫天早就有点醉意了。这时，和春班掌班人罗三爷进了茶楼。罗三爷自九红旦在圆明园被额尔金羞辱投湖自尽后，班子就散了。好在他组班并不是为了赚钱，而是借此走近权贵。现在他看到皮黄大兴，宫廷内外盛行一时。特别是年轻的西太后，嗜戏成瘾，而且她看戏还有一个特点，不喜欢看升平署演的宫廷戏，而是三天两头地从外面传戏。对戏班和伶人来说，这叫应承，是天上掉下来的美差。那些能有机会常进宫唱应承戏的戏班和角儿，立即名声大噪，身价顿涨。要是太后看得高兴，角儿得片言只语的称赞，那更是身价百倍，王公大臣生恐落后，跟风赶潮，争相邀请。这样的好机会，罗三爷怎能错过呢？他决心重新拉起戏班，编排新戏。

可天下的事情，都是想起来容易做起来难。拉班子面临的首要问题就是要物色角儿。俗话说："三年出一个状元，百年不出一唱戏好的。"这一时之间到哪里找好角儿去？罗三爷看到小叫天，有主意了。

这个小叫天目前虽还不是红角儿，但他在三庆班任过武行头目，又是余三胜的弟子。更重要的是，此人心眼活络，是个极聪明的主儿，这样的人往往能干一般人干不了的大事。

罗三爷坐到了小叫天对面，也不看他，叫了一壶茶，自言自语道："当一个角儿，就要当能挑班的角儿，挂头牌，唱压轴，拿最多的戏份。长期屈居人下，不如去跑粥班，倒落个自由。"

粥班就是草台班。罗三爷的话，正戳中了小叫天的痛处。小叫天回道："罗三爷，哪个角儿不想挑班？可这样的机会，也不是说有就有。"

"你离开三庆是对的。"罗三爷说。小叫天一愣，看来罗三爷知道自己的底细。罗三爷说："三庆的角儿一抓一大把，凭你那点能耐，待在那里，说不定永无出头之日。"

小叫天没有吱声。罗三爷将他上下打量了一番，问道："听说你武功不错，和杨月楼比咋样？他从小跟着他爹在天桥耍大刀卖艺，底子扎实，膂力过人，能大刀开石。"

小叫天仍没有吱声,只是哼了一声,表示不屑。他拿起一根筷子,手指一拨,筷子像根峨眉刺一般在他手中快速转动起来。

罗三爷点了点头,称赞道:"不错,手上有点功夫。"

小叫天站了起来,来到店里烤火烧的火炉前。炉膛里,炭火烧得正旺。小叫天拿出一枚铜钱,扔进了火里,火星四溅。他伸出双指,在罗三爷面前晃了晃,罗三爷还没看清他如何出手,只见他的胳膊动了一下,那枚铜钱就已经夹在了手指中。再看小叫天,面不改色心不跳,手指也安然无恙。

罗三爷大惊:"好功夫!"

小叫天说:"我替人看家护院多年,只是不想当个下人,这才投身梨园。不是我吹牛,放眼这京师梨园,单论武功,要说超过我的,恐怕还没有。"

罗三爷说:"算我罗某没有看错人。我正在组班,想搞一台大戏,就请你来挑班,不知意下如何?"

小叫天哪有不答应的理? 罗三爷凑近小叫天耳边,低声说:"我这台戏可不是一般的戏,是准备进宫献艺的。"

"你有这个把握?"小叫天怀疑地问道。

罗三爷说:"没有金刚钻,别揽瓷器活。当然,这也要看你能不能把握住机会。"

小叫天说:"行,那就这么说定了。"

京师伶人的住处,都集中在前门八大胡同一带。"活周瑜"徐小香向来自视清高,他不愿像其他伶人一样在外城安家,而是在内城小安澜营胡同置了一处堂子,收了几个徒弟,宅名岫云堂,自号岫云主人。

一天,罗三爷来到岫云堂。进门是一个院子,花木扶疏,树影交织。墙角一片竹林内,悬挂着一只画眉笼子。里面一只画眉,见来了生人,兴奋地跳来跳去,发出脆亮的鸣叫。室内的徐小香听到鸟叫,一句念白道:"那牛素昧平生,因何到此?"

这是《牡丹亭》中杜丽娘看到书生柳梦梅时的一句问语。罗三爷一愣,难道徐小香在家中唱戏不成？伸头一看，只见他头插长翎，脚踏高方靴，也正打量着他呢。罗三爷说："徐老板，你这是……"

旁边一个徒弟说："我师父居家都是这般打扮。"

只见徐小香脖子轻轻一晃，又是一句念："请了——"长翎子从罗三爷眼前晃过。这，难道就是请他入座？罗三爷笑了笑，不断地点着头说："有趣，实在有趣得很。徐老板，我看你爱戏成痴了。"

徐小香说："见笑了，徐某长期如此，已成习惯，还望罗三爷不要见怪。"

"哪里哪里，"罗三爷说，"罗某钦佩得很，哪里会取笑？"

罗三爷环顾着室内，陈设极为讲究，苏式紫檀桌椅，描金彩绘，富丽堂皇。墙上挂着名人字画，画屏边放着几盆墨兰，正幽幽地吐出香气。

徐小香穷困潦倒时，曾向罗三爷借过"驴打滚"高利贷，后来还是程长庚替他还清了。罗三爷边环顾室内，边点头赞许，他明显想起了徐小香的窘迫往事，说："徐老板今非昔比，还是当角儿好。只是，三庆班那个地方，甭管你贡献大小，吃的基本是大锅饭，拿的戏份基本都一样，还不许唱'外串'。否则，凭徐老板的能耐，挣的戏份恐怕是现在的几倍。"

徐小香说："我拿的戏份不少了，和大老板一样高。"

当时的戏班实行的是戏份制。徐小香作为头等角儿，和程长庚、卢胜奎的戏份一样，每演一次戏，拿戏份四十吊。在同治年间，四十吊约折合二十五六两银子。假如每月演二十场，可拿五六百两银子。这个收入，应该说很高了。

小生行常见的毛病，就是脂粉气浓，过于讲究风流和阴柔，反而失去了男性美，有女性化倾向。武功基础差的，根本演不了武小生和翎子生。徐小香没有这个毛病，所以，罗三爷看准了他。最重要的是，要是进宫献艺，西太后肯定不会喜欢一个有女性化倾向的小生。在听说徐小香在三庆的戏份后，罗三爷连连摇头："不高，一点也不高。凭你的能耐，唱场戏，戏份少说也应该在百吊以上。"

徐小香说："这么说，罗三爷愿意给我开这么高的戏份？"

"聪明，"罗三爷夸道，"这正是我此行目的。除了戏份百吊，搭我和春班，你可以自由地唱堂会。"

徐小香不言语，他明显心动了。要是按罗三爷的说法，他每个月的收入要比现在高出两三倍。

"我知道程长庚帮助过你，可此一时，彼一时也。良禽择木而栖，万不可在一棵树上吊死。"罗三爷见自己的话起到了效果，趁热打铁，"小生行当，你知道的，红也就三四年，过了年龄，只能跑龙套了。"

罗三爷最后一句话，可以说彻底击中了徐小香的痛点。是的，和旦行一样，小生行在戏台上的艺术生命是短暂的，虽不至于像罗三爷说的三四年，但一般也只有十余年。到了四十岁以后，由于年龄关系，就唱不好小生了。要是不趁现在年轻多挣几个，可就错过庙门无处躲雨了。

徐小香终于下定了决心，说："三爷，对您的建议，我好好考虑一下。"

罗三爷拍了拍手："好，我等着你的好消息，只是，别让罗某等得太久。"能让徐小香动心，罗三爷此行就算成功，他起身告辞，开始实施他的下一步计划。对一个戏班子来说，角儿的事情有眉目了。眼下他还缺一台戏，一台属于他和春班而别班没有的戏，一台能让西太后满意的戏。最后一点才是最难的，但罗三爷有了好主意。

过了几天，罗三爷带着随从，拎着几件礼品，来到卢胜奎宅中。和徐小香的岫云堂相比，卢胜奎的家中要寒碜得多，几间普通的住宅，没什么像样的家具，收拾得倒是很干净。与岫云堂相比，卢宅中最大的不同，就是多了一间书房。望着书架上一摞一摞的线装书，罗三爷用手中的折扇指了指，说："还是古人说得好，书中自有千钟粟，书中自有黄金屋，书中自有颜如玉。"说罢，哈哈大笑。

胜姑端来了茶水，请罗三爷喝茶。罗三爷端起茶碗，嘴唇沾了沾茶水，却皱了皱眉，说："卢老板，你这夏茶味道倒也醇厚。"他故意将"夏"字说得重些，意思是嫌他家茶叶低劣。

卢胜奎笑了笑："我倒是也想喝谷雨香叶呢，可一大家子人吃饭，全仗着那点戏份，只好省着点。三爷您将就着喝吧。"

第十六章 《三国志》

罗三爷说："现在有一个好机会，不知你愿不愿意挣些外快。"

"哪有有钱不挣的理？三爷说来听听。"

罗三爷从袖子里掏一根金条，放到了卢胜奎面前，瞅着他的眼睛说："我要预订一本戏。"

卢胜奎望着金条，想推还到罗三爷跟前，可那金条像烫手似的，他的手挨不着边。他咽了一口口水："三爷，不就是编一部剧本吗？哪里……哪里用得着这么多？"

罗三爷说："这只是定金，事成之后，再奉上同等分量的金条一根。"

这下卢胜奎坐不住了，他问道："那是台什么戏？我、我行吗？"

"你不但行，而且非你莫属。"罗三爷说，"你别紧张，对你来说，小菜一碟。是你最拿手的三国戏，写刘备托孤。"

听说是三国戏，卢胜奎以为他要和三庆班抢生意，又听说新写一部刘备托孤，才松了一口气。罗三爷说的这部戏和三庆班的连台本戏《三国志》没什么关系，后者到刘备取得南郡后就没有了。

卢胜奎思忖了一会儿说："写刘备托孤要从火烧连营写起，遭埋伏兵败才有托孤之举。"

"你怎么写我不管，"罗三爷说，"托孤一定要写透了，写得情真意切、催人泪下才好。"

卢胜奎说："我向来只为三庆班写本子，还从未给他班写过。大老板待我恩重如山，这事我还想和他商量一下，要征得他的同意才行。"

罗三爷说："他肯定会同意的。"

卢胜奎不解地问道："您怎知他肯定会同意？"

罗三爷默笑，摇了摇折扇说："天机不可泄露。"

第十七章　骂曹

俺这里有个裴炎,好生方头不劣。

——关汉卿《钱大尹智勘绯衣梦》

卢胜奎将替人编创刘备托孤的本子一事告诉了程长庚,大老板不仅没有反对,反而说:"好事啊,多编排几部三国戏,梨园兴盛,你个人也挣得一笔收入,何乐而不为?"

卢胜奎本来还有点担心,没想到大老板如此豁达。难怪罗三爷说大老板肯定会支持,看来,他了解程长庚比自己了解的还要多些。

有了前期连台本戏《三国志》打底,卢胜奎很快就写出了以刘备托孤为主题的另一部三国戏《连营寨》。因关公、张飞相继丧亡,刘备与东吴结下仇怨,亲自举兵,誓欲灭吴。初战大捷,在猇亭大败某宁。孙权大惧,遣诸葛瑾议和,刘备不许。吴无奈之下,拜青年将领陆逊为帅。刘备闻之,颇为轻视,未加戒备,因天气炎热,竟将军营移至树林深处,扎下七百里连营。陆逊乘机火攻,将连营寨烧得片甲不存,刘备也差点命丧火海。幸得赵云来救,杀败吴兵,退走白帝城。经此一役,刘备一病不起,向诸葛亮托孤,忧愤而亡。

小叫天终于唱上了老生,只不过是武老生。老生,按照扮演角色的身份地位和与其相适应的服饰来划分,主要有王帽老生(帝王类)、袍带老生(官员类)、褶子老生(百姓类)、靠把老生(武将类)、箭氅老生(短打类)。另有一些老生,文戏、武戏都擅长,唱功、做功、靠把都能演,戏路宽,能耐多,这样的老生称为"文武老生",如大老板程长庚等。小叫天虽然唱功不如程长庚,也就是文戏差点,但他决心要做大老板那样的角儿。他想起程长庚让自己演武老生、戴髯口的叮嘱,那是叫他扬长避短。此时他方感受到大老板对他的一片苦心。小叫天要走自己的路,不演王帽戏,专在箭氅老生戏上下功夫,突出武功技巧和绝活,一定要在梨园闯出一片天地。

现在,罗三爷给了他挑班的机会,他如何不珍惜?小叫天使出浑身解数,将刘备先喜后悲的剧情表现得酣畅淋漓。而且,小叫天还按照自己的理解,在剧情中合理地添加了许多动作。如当刘备被火烧的时候,有几番扑火的身段,他充分发挥自己的武功优势,运用吊毛、硬抢背、单腿蹉步等扑跌动作,将浓烟滚滚中刘备走投无路的狼狈相表现得十分逼真。重点剧情白帝城托孤,更是他用心的地方。垂死之人不好演,此时刘备已病入膏肓,躺在病榻上,只能依靠表情、语言和简单的动作来表达他复杂的情感,表演起来相当有难度。小叫天大煽悲情,将托孤一幕演得生动感人。

《连营寨》先是在戏园里演出,大获成功。

有戏迷的好评,罗三爷的心里就有底了。他又通过升平署,联系上西太后身边信任的太监安德海,让他找机会向太后推荐这部新戏。

一天上午,一辆马车吱呀呀地停在了大栅栏外廊营胡同首的小叫天家门口。罗三爷从马车上下来,手里拿着一封帖子,满面春风,敲打着小叫天家的院门。小叫天手里拿着柄单刀,正在院里练功,听见门响,急忙过来开门。门开了,罗三爷见小叫天持刀前来,吓得脸都白了。小叫天见闹出误会,赶紧收起家伙,向罗三爷赔罪。罗三爷松了一口气,举着帖子说:"你家祖坟冒青烟了!"

小叫天不识字,瞅着那封帖子干着急。罗三爷说:"你也将我让进去坐会儿,就这样站在门口说事?"

小叫天笑了笑,将罗三爷请进客厅,又上盏了好茶。罗三爷这才说:"天大的好事!西太后开恩,召你后天进宫献戏!"

小叫天似乎还不相信,连问几句:"真的吗?真的有这样的好事?"罗三爷抖着手里的帖子,念道:"外学民籍教习小叫天。"

得到确认后,小叫天对着宫里的方向连拜了几拜:"谢谢太后,您老是大慈大悲的观音菩萨再世!"

罗三爷说:"太后还不到三十岁,你说'您老'?到时千万别说错话,太后一不高兴,脑袋就要搬家。"

"瞧我这张臭嘴!"小叫天啪啪给了自己几个耳刮子,说,"三爷放心,我一定圆满完成献戏差事,给您长脸。"

罗三爷说:"那就好,不枉我对你的一片苦心。"

小叫天羡慕那些能入宫献艺的伶人,羡慕他们获得的丰厚赏赐和能光宗耀祖的荣誉。多少次,他盼望着这样的好事能降到自己的头上,没想到,机会真的来了。

进宫演出同样获得成功。特别是托孤一节,小叫天躺在床上,凡足慢慢举起了手,示意有话要对军师说。接着,他以有气无力、似断非断的腔调说:"蜀国……和幼主刘禅……就委托……军师了……"说着,声音越来越小,手臂也突然滑落下去,刘禅和诸葛亮适时地放声大哭,凄惨动人。看到这里,好几个看戏的宫女、太监都抹起了眼泪。西太后的眼圈也红红的,她似乎想起了咸丰皇帝临终前的情景。

演出结束,西太后夸这出戏好看,对参演的伶人都予以赏赐。其中小叫天的赏赐最厚,赏他纹银百两、宁绸四匹。西太后说砌末简单了些,还拨出银两,派人到江南置办全套的行头、旗帜和布景,然后重新演。

当晚,罗三爷在酒楼大摆宴席,邀请京城梨园名流,包括程长庚等三庆班多名角儿都在邀请之内。接到请帖,卢胜奎问程长庚:"大老板,您去吗?"

"怎么不去?"程长庚说,"小叫天毕竟是从咱这里走出去的,他能有今天也不容易,去给他捧捧场,也显得咱们有气量。"

"也是,只是总感觉不是滋味。这个小叫天向来轻狂,这次得了西太后的奖赏,还不狂得没边儿了?"

第十七章 骂曹

"人出一百,形形色色。各人有各人的德行,我们不能要求别人都和自己一样,毕竟各有各的活法。"

"小人得志的样子是很难看的,我只希望,大老板赴宴回来还是这副好心态。"

程长庚大笑:"他走他的阳关道,我过我的独木桥。"

席间,有人请小叫天说说进宫演出细节,小叫天说起西太后给他们赏赐的情景。他说:"太后的恩典太重了,小叫天我实在感激。安总管叫我们戏班子到丹墀集合,发放赏赐。我快步走过去,随大家一起跪下,不敢仰视,心里虽想抬头看看太后的尊颜,但觉得头顶有重物压迫,根本抬不起头来,连眼睛都难以睁开。可见,太后的威严有多么尊贵!"

有人说:"听说西太后有沉鱼落雁之容,这么说,你还是没有看到她长什么样?"

又有人取笑道:"小叫天,听你这么说,赏赐时你是一直闭着眼的?"

众人大笑。小叫天既不肯定,也不否定,一晚上呆呆的,说来说去就是那句"太后的恩典太重了",好像他仍跪在丹墀上,仍处在太后的威严之下。

西太后像咸丰皇帝生前一样,频频从外边传戏。三庆班中,徐小香、杨月楼、杨鸣玉、刘赶三等都进宫演出过。艺人一旦被选中,成了宫廷的教习,会声名大振,名利双收,许多人家更愿意将自己的子弟送到宫廷教习门下学戏。程长庚也被传过几次,每次他都以腿疾为由婉拒了。他对外声称圆明园大火当晚,他率伶人唱戏祭园,返程时不小心摔了一跤,自此落下了腿疾,时常复发。升平署传戏的人一听他提起圆明园大火,自然心知肚明,也就不愿再多提。西太后毕竟是年轻的妇人,对老生戏并不是很感兴趣,她更喜欢武生戏。但程长庚毕竟没给宫里面子,据说里面的人对他已颇有微词。

一天,经罗三爷的怂恿,徐小香来到三庆班后台,找到程长庚。大老板见他半天不吱声,已预感不是什么好事。在他的一再催促下,徐小香方说:"大老板,多年来承蒙关照,但我一大家子十几口人,全指望着我唱戏那点收入,本人又向来不知节俭,因此每天开销巨大,班里又不许'外串',因此总是入不敷出。"

程长庚点了点头:"一场戏四十吊戏份,已经不少了,班里三路以下的角儿还有每月两三吊钱的,日子不也过了?"

"我向来大手大脚惯了,家人也受我影响,这样一来,日子就过得很紧巴。"

程长庚说:"我也听说了,你前不久纳了二房,少不得又要花一笔钱。"听大老板提起他的小妾,徐小香微微低了低头,有点不好意思。

程长庚问道:"那你打算怎么办呢？你是来向班里借钱的?"

"不是,借是要还的,解决不了问题。我是想,大老板能不能给我增加些戏份?"

程长庚的脸黑了,班里的一路角儿只有四五人,哪有破例给一个人加的?他问道:"你的意思是……?"

徐小香鼓起勇气说:"每场戏份七十吊,另加四吊车钱。"

一路角儿现在的戏份是每场拿四十吊,徐小香提出要七十吊,还另加四吊车钱,这委实也要得太多了。程长庚实在接受不了,他啪地拍了下桌子,将徐小香吓了一跳。

见大老板半天沉默不语,徐小香说:"大老板,您考虑下,三天内给我个准信儿。"说着,逃一般地去了。

徐小香前脚刚走,管事赵德禄就进来了。程长庚望着他,赵德禄说:"我听见了,大老板您拿主意吧,我没意见。"

程长庚想了想说:"不行。眼下生意是不错,上座率高,但戏园子里有热有冷,不会总是这么火的,不能看现在挣了几个钱就提出加戏份儿,到时冷了咋办？喝西北风去?"

"可是,小香是红角儿,要是不答应他的条件,说不定会……"赵德禄没说下去了,言外之意是徐小香可能会去攀高枝儿。

果然,三天后,徐小香就不接三庆班的戏了。程长庚很无奈。加戏份吧,徐小香提的价格确实高得离谱;不加钱吧,一个红角儿,就拥有一大批捧角儿的戏迷，要是加入了其他班，势必将这部分人也带走了。程长庚决定冷他一段时间。程长庚让赵德禄仍安排人每天给他送去四吊车钱。他的意思是，你徐小香仍是我三庆班的人，不要想着外搭他班。此后，相当长一段时间内，徐小香都狠不下心来离开三庆班，毕竟程长庚有恩于他。他虽性情孤傲，但事理还是分得清的。为了生计，他只唱堂会，不再到戏园唱戏。

一天，程长庚带着戏班到安庆会馆唱堂会。他已六十多岁，头发花白，又对外声称有腿疾，已自觉减少了登台次数。安庆会馆有别于其他场合，毕竟有一份乡情在，且程长庚和安庆商会会长聂宜和私交甚厚，自然要来。当天有一出戏叫《彩楼配》，是传统老戏《红鬃烈马》中的一折。说的是二月二这天，当朝丞相之女王宝钏彩楼招亲，绣球打中了此前赠金定情的叫花郎薛平贵，二人喜结良缘。场面热闹，喜庆吉祥。旦行贵云扮王宝钏，他的徒弟如仙扮侍女。王宝钏是丞相之女，当天又是她招赘之日，自然精心装扮。她出场时，头上戴着点翠凤冠，流光溢彩，熠熠生辉，艳惊四座。

贵云的这套头面一共有五十余件，用翠羽、钻石和纯银制成，共花了三百多两银子，货真价实，确实好看。这是他的私人行头，程长庚也不知道他是什么时候置下的。

程长庚当天的戏是他的成名作《文昭关》。不过，他在腔调上做了些创新，将嘉道年间形成的二黄一板一眼的节拍，发展为一板三眼，又细分为慢三眼板、中三眼板和快三眼板，使唱腔迂回、曲折、短促和顿挫，适宜表现剧中人物复杂的情感。当天他尝试着运用了这些新腔调，收到良好效果，大家都觉得很新鲜。

程长庚和聂宜和会长在客厅里叙话，准备打道回府，突然听到后台传来一阵哄乱。赵德禄匆匆跑来报告说："聂会长、大老板，不好了，后台打起来了！"

"怎么回事？"程长庚大惊。

赵德禄说："有个洋人闯后台，要抢贵云的头面。"

三庆班班规很严，程长庚向来禁止陌生人进入后台。他曾对那些对戏班后台好奇的人说，后台没什么好看的，净行在画脸，人不像人鬼不像鬼；旦行在装扮,不男不女。可是,哪里来的洋人呢?

程长庚来到后台一看,一个洋军官正趴在账桌上,被打得鼻青脸肿,大口大口地喘着粗气。程长庚简单了解了事情经过,原来,这个洋军官见贵云的头饰很漂亮,演出结束后就强行闯入后台,拿出一张洋钞票,说要买贵云的头饰。贵云哪里肯卖,理也不理。洋军官哪里肯饶,竟然伸手抢夺。戏班里的人向来憎恨洋人,见他无理取闹,又是孤身一人,丁四、杨鸣玉和几个年轻武生你一拳我一腿,洋军官仗着身材高大,体格健壮,和他们打了起来。本来,洋军官没将这些唱戏的放在眼里,一交手才发现这些人身手并不简单,结果被一顿胖揍。

程长庚知道事情闹大了,他赶紧让赵德禄将会馆区域管治安的巡城御史请来。巡城御史来了,不敢处置,事情一直上报到都御史那景德那里。那御史匆匆赶来,他也老了,胡须都白了。他一见洋军官的惨样,紧张得浑身发抖,连说:"你们闯大祸了,闯大祸了……"

赵德禄还要辩解:"都老爷,是洋人先动的手……"

那景德摇了摇手,示意他别说了。这时,大家才知道这个洋人是英国使馆里的一名军官,名叫卡尼。那景德迅速安排人手将卡尼送了回去。那景德的处理结果当晚就出来了:将带头打人的丁四、杨鸣玉抓起来,头面首饰白送给卡尼,三庆班和安庆会馆各赔银三百两,三庆班班主程长庚和安庆商会会长聂宜和到英国使馆去向卡尼赔礼道歉。

得知处理结果,三庆班全班上下个个义愤填膺,纷纷要求到玉河西岸的英国使馆去说理。程长庚虽也气愤难平,但是胳膊扭不过大腿,两个人关在监狱里,戏班子也还要正常唱戏,他们得罪不起都老爷,更惹不起洋人。贵云泪水涟涟地将头面包了,递给了程长庚。程长庚带着头面和银两,和聂宜和一道到了英国使馆。使馆是在原淳亲王府的基础上改建的,他们二人到达时,那景德已等在那里。程长庚虽然去了,但他并没有道歉。向卡尼道歉的是那景德。当着卡尼的面,那景德将程长庚训斥了一番,命他对全班伶人严加管束,对洋人要做到打不还手,骂不还口。丁四和杨鸣玉被关押了半个月后,程长庚又找到延煦说情,二人才被放了出来。

几个月后,眼看着元旦佳节快要到了,都察院有在元旦日宴请百官举办堂会的旧例。那景德自恃上次为三庆班摆平了一桩麻烦事,就传三庆班当日献戏。那景德看了看赵德禄送来的戏码,见上面并没有程长庚,质问道:"程长庚呢?他怎么不唱?"

赵德禄说:"回那大人,我们大老板患有腿疾,行动不便,现在已很少出门唱戏了。"

"是真病还是假病?"那景德不悦地说,"腿疾没关系,只要嗓子是好的就行。"

"腿是在圆明园大火那天晚上摔的,在床上躺了几个月,自那以后就留下腿疾,时常复发。赵某一定将那大人的意见转告大老板,尽量参加堂会。"

那景德说:"不是尽量,是一定要唱。否则,就是蔑视御史台衙门!"

"不敢,不敢。"赵德禄连忙退了出来。他来到程长庚家中,将那景德的要求转告了程长庚。

程长庚淡淡地说:"我唱就是了,不就是唱戏吗?"

赵德禄没想到大老板答应得如此爽快,问道:"那您唱什么戏?我安排一下。"

"《击鼓骂曹》。"程长庚说。

赵德禄又愣了。程长庚的脾气他是知道的,他很少唱这出戏,莫不是要借这戏指桑骂槐?他忧心忡忡,担心又会惹出什么祸端。

元旦到了,堂会地点在前门外肉市胡同的正阳楼内。这是一家著名的老酒楼,里面有一座楼台。上午程长庚率三庆班的伶人来到正阳楼,到了门口,发现胡同里的梧桐树上绑着几个乞丐。这一年北方大旱,京城里的流浪百姓特别多。程长庚就问店里的伙计:"门口干吗绑着几个乞丐?"

伙计说:"今年要饭的多,一天到晚在酒楼前晃来晃去,一点剩食根本舍不过来。都老爷叫绑几个,那些流浪百姓自然就不敢前来,免得扰了他们的清兴。"

卢胜奎说："看看,这就叫饱汉不知饿汉饥。"

程长庚命伙计将他们放了,伙计吓了一跳："小人哪敢啊？要是都老爷怪罪下来,我可承受不起。都老爷说了,谁要是将他们放了,就要绑谁。"

程长庚走到树边,开始解乞丐身上的绳子,伙计前来阻止。程长庚说："一会儿要是都老爷问,就说是我放的。"放了乞丐,程长庚又叫程章圃买了些火烧,分发给他们。几个乞丐感激不尽地走了。果然,放走了那几个绑着的乞丐,酒楼前荡来荡去的流浪百姓身影就多了起来。毕竟,酒楼里的吃食对他们的吸引力太大了。

今天都察院将整座酒楼上下包了下来,大宴宾朋,前来赴宴的都是文官武将。临近午时,酒楼前热闹起来,各路客人陆续到来,骑马的骑马,坐轿的坐轿,一个个兴高采烈,进了酒楼。

宴席开始了,楼上楼下一共有二十多桌,每张桌上都摆满了美味佳肴。那景德是今天的主角,他挨桌敬着酒,红光满面,像是年轻了十岁。戏台上,三庆班的伶人们唱着一出又一出的戏。众官员一边吃喝,一边赏戏,个个眉飞色舞,笑逐颜开。

唱了半天,那景德还没见程长庚登场。宴前他听说是程长庚放了门口绑着的乞丐,早憋了一肚子气,就质问管事赵德禄道："你们班主程长庚呢？他怎么还没登场？"

赵德禄说："那大人请放心,我们大老板已答应登台。"

那景德说："让他来出《战长沙》。"

赵德禄眉头一皱,按来前大老板的说法,他是要唱《击鼓骂曹》的。可是,这话又不能直说。他转身向后台走去,假装去向程长庚传话。

很快,赵德禄来到那景德身边,对他耳语道："那大人,实在抱歉,我们大老板说唱关公戏要沐浴斋戒,今天实在唱不了。"

伶人唱关公戏之前要沐浴斋戒以示敬意,梨园中的这些规矩那景德当然也

第十七章 骂曹

听说过,不唱倒也说得过去。他又问道:"那程长庚准备唱什么戏?"

"我们大老板说,近来三国戏很火,他要唱《击鼓骂曹》。"

"《击鼓骂曹》?"那景德似乎意识到了什么,不悦地说,"他程长庚不是有什么想法吧?"

赵德禄说:"大人,哪会呢,不过是一出戏而已,给各位大人助助酒兴,绝无其他意图。"

那景德这才放心,他傲慢地说:"那就唱吧,谅他姓程的也不敢有什么坏心思。"

说着,那景德走到酒楼中央,拍了拍手,示意大家静一下:"各位大人,下面三庆班班主程长庚将亲自献戏,给各位大人助兴。大家吃好喝好,今日一醉方休,共享太平盛世!"那景德话音刚落,众人齐声叫好。程长庚年事已高,平时很少参加戏班演出,听说今天他将亲自献戏,自然众情激奋。

黄润甫扮曹操。与当天的宴会一样,戏中的曹操也在大宴群臣,酡颜若醉。程长庚扮的祢衡推着一面大鼓登场了。只见他半裸着臂膀,重重地击了一下鼓。曹操和群臣吓了一跳。紧接着,只听祢衡一声断喝:

祢衡:(白)曹操!

曹操:(白)你为何叫老夫曹操?

祢衡:(白)你叫得我祢衡,我就叫得你曹操。

曹操:(白)老夫也不计较于你。今天大宴群臣,你是这样赤身露体,成何体统?

祢衡:(白)我露父母清白之体,显得我是清洁的君子。

曹操:(白)你是清洁君子,哪个是混浊小人?

祢衡:(白)你就是混浊的小人!

曹操:(白)老夫身为首相,何言"混浊"二字?

祢衡:(白)你且听道!

曹操：(白)讲来！

祢衡：(白)你虽居相位，不识贤愚，贼的眼浊也。不讷忠言，贼的耳浊也。不读诗书，贼的口浊也。常怀篡逆，贼的心浊也。我乃天下名士，你将我辱为鼓吏，有如阳货轻仲尼，臧仓毁孟子。曹操啊，奸贼！你真乃匹夫之辈也！

酒楼里鸦雀无声，众人都瞪眼看着。曹操由喜转怒，咆哮如雷。程长庚本就声调高亢，加之心中怒气郁积已久，怒骂声字字如铁，喷在曹操脸上，砸得他眼冒金星。眼前的曹操，仿佛就是他不共戴天的仇人。咚咚咚，鼓声阵阵，他左一声奸贼，右一声奸贼，骂得酣畅淋漓。

祢衡：(白)呸！

(西皮散板)曹操把话错来讲，

祢衡言来听端详：

鼓打一通天地响，

鼓打二通国安康。

鼓打三通灭奸党，

鼓打四通振朝纲。

鼓发一阵连声响，

管叫你狗奸贼死无下场！

骂着骂着，程长庚突然用鼓槌指着酒楼里的官员，怒骂道："方今群狼环伺，外患未平，内忧隐伏，百姓流离失所，你们一帮奸党，尚在此花天酒地，吃喝玩乐，好不愧也！有忠良，你们不能保护；有权奸，你们不能弹劾！你们一班奸党，尸位素餐，声色犬马，好不愧也！"

骂罢而唱，唱罢而骂，须发皆动，声震梁尘。酒楼里的一班官员不觉战战兢兢,敛声屏气。那景德一时也被骂晕了,他想了想,还是装糊涂不吱声为妙。不吱声,就说明程长庚是在唱戏,是在骂戏里的曹操。要是此时出头,就是对号入座,那面子就下不来了,传出去更不好听。梨园中,伶人临时添加或更改唱词非常常见。虽然程长庚的唱词明显有所指,抑或骂的就是他们这些文武官员,但那景德来个死不认账,任他发泄一番算了。

在后台收拾行头的时候,黄润甫说:"大老板,您今天骂得痛快,可把我骂傻了。"

程长庚说:"不是针对你,想到一些事情,实在怒不可遏,不骂不快。"

黄润甫说:"我都担心死了,生怕他们说您是故意的,到时百口莫辩。"

赵德禄揩了把额头上的汗,说:"你们看我急得,我看那景德的脸涨得通红,眼珠子里像是要瞪出血来,恨不得将大老板吃了。幸好有惊无险,我们快收拾东西回家吧。"

程长庚说:"不用怕,这些文武官员,一个个只知道做缩头乌龟,哪里有人敢出头?真要是有人出头我也不怕,我今天是豁出去了。"

程长庚在都察院堂会上怒骂百官的消息还是悄悄传出去了。平时伶人们受这些官员欺负惯了,一时间人人称快。庄芳听得街巷里的妇人们都谈她丈夫怒骂都老爷的事,她自己还蒙在鼓里,晚上程长庚唱戏回来,就问道:"官人,外面都在传你借唱戏怒骂都老爷,不知是真是假?"

程长庚不想让她担心,就说:"夫人,那都是传言而已,别当真。可能是看戏的人误会了,我是骂曹操,哪敢骂都老爷呢!"

庄芳这才放了心,说:"那就好,你唱戏就唱戏,别惹出什么事来。你那脾气我知道,就像戏文里唱的那样,'俺这里有个裴炎,好生方头不劣'。"

程长庚摸了摸自己的脑袋,笑道:"我是方头吗?"

庄芳扑哧一笑:"咋不是?我瞧着它就是方的,特别是后脑。不过,我是喜欢你这硬生生的样子,娘胎里带来的,改也改不了。"

"那就对了。"程长庚说,"难怪梨园里说我是脑后音,原来后脑是方的。"

"你还嘚瑟,教训还少吗? 想当年被绑在穆府马厩里,要不是我送了你半只烧鹅,还不知要饿成啥样。"说着,庄芳急得眼圈都红了。

程长庚说:"好好,我下回注意,保证不再惹是非。"

庄芳说:"做人不易呢,该转弯时要转弯,否则吃亏的是自己。"

小叫天天没亮就来到卢胜奎常来的玉泉茶楼。他找了个僻静角落,一边喝着茶,一边注意着门口的动静。等了半天,终于看见卢胜奎拎着一只大篮子出现在门口。小叫天喊了一声,卢胜奎见是熟人,就坐了过来。

小叫天看了看他的篮子,里面是几样菜蔬,没有荤菜,就笑道:"卢兄,这日子也忒清贫了些,清汤寡水的。"

卢胜奎笑道:"家里还有半只羊腿,今天就省点了。一大家子十几口人,全仗着我呢。"

小叫天淡淡笑了笑:"我们唱戏的,人家老了就不能登台,你倒是越老越值钱。"

"愿闻其详。"

小叫天说:"你写戏、排戏,不是照样挣银子?"

"哪里有那么多生意?"卢胜奎摇摇头说。

小叫天轻声说:"眼下就有一桩,不知你肯不肯接,现成的东西,稍微加工一下就成,到手的财气。"

"知道你来了我就有活干。说来听听,我看难不难。"

小叫天瞅了瞅茶楼,已坐满了茶客。他说:"这里人多眼杂,我们到后院去找个雅间慢慢说。"说着,又叫了几份茶点、一壶好茶,命伙计随他端到后院去。

重新坐好后,小叫天说:"大老板前几天不是唱了出《击鼓骂曹》吗? 恕我直言,这种戏,戏楼里也好,堂会上也好,都不大适宜唱。毕竟是出骂人的戏,所以你们三庆班也很少唱它。但大老板对郗老爷积怨已久,他在梨园里的身份也摆在那里,所以郗老爷和那些当官的也不敢拿他怎么样,毕竟是唱戏,他们装装糊涂就过去了。"

卢胜奎说："听你说得头头是道,好像那天你在场似的。"

小叫天大笑："不过是臆想。还是说说正事吧,你把这出骂曹的戏改一改,我也不瞒你,是打算到宫里唱的。"

西太后喜欢看戏,但也不是啥戏都爱看,她只爱看对她口味的戏,比如《连营寨》。小叫天虽然会的戏不少,但唱哪出,不唱哪出,还要新编哪出,这里面的学问大了,要琢磨西太后的喜好。当小叫天听到程长庚以《击鼓骂曹》暗骂百官时,他"脑洞"大开,这出戏只要稍加改动,西太后肯定会喜欢。因为西太后也有要骂的人,那就是以肃顺为首的顾命八大臣。咸丰帝病危之际,肃顺联合八大臣中的其他七人一起向咸丰进谏,请咸丰皇帝效仿汉武帝赐死太子生母钩弋夫人的做法,及早除掉那拉氏,以免后患。但咸丰帝没有采纳肃顺的建议。咸丰帝死后,以肃顺为首的八大臣对慈禧步步紧逼,处处刁难。她发动政变,成功清除了八大臣,这才坐稳了皇权的核心。这是一场你死我活的斗争,慈禧与肃顺等人的仇恨,可谓不共戴天。只要将《击鼓骂曹》的唱词稍作改动,历数肃顺的罪过,痛骂一番,必然会成为一出得到西太后赏识的"好戏"。正因如此,小叫天才如此迫不及待地找到卢胜奎。

小叫天这么一解释,卢胜奎很快明白他的意思了。他有些不寒而栗,又仔细看了看小叫天,尖嘴猴腮,三角眼,低眉骨,鹰钩鼻,貌不惊人,戴着顶瓜皮小帽,遮去了半个脑袋。真没想到,此人貌不惊人,城府却极深,心机深不可测。他来找自己改戏,不过是拿改后的戏到宫里去邀宠。这样的人,怎么会甘心在三庆班屈居人下?他有这般心思,将来可谓无人能敌。

卢胜奎承认,像小叫天这样的人,才是真正的人精。这样的人往往混得风生水起,受赏识,吃得开,行得通,能干所谓的大事。

这个差事接还是不接呢?接,有点不大情愿;不接,小叫天即使唱不成进宫版的《击鼓骂曹》,他也会很快找到别的戏。他天天琢磨,取悦太后成了他的人生常态。他是会唱戏的人,把人生唱成了戏。而大老板那样的人呢,唱着唱着,戏里戏外就分不清了,他成了戏中人,成了忠臣良将。而当离开氍毹,走进现实,他又成了一个再普通不过的伶人,并无力改变什么。所以,他孤傲、痛苦,索性连戏也懒得唱了。

小叫天见卢胜奎半天不说话,催道:"卢兄,这活你接还是不接?"说着,拿出一大锭银子。

卢胜奎拿过了银子,说:"接,为什么不接?"

卢胜奎很快就改了本子,交给了小叫天。没多久,梨园里就传出一则消息,说小叫天在宫里唱《击鼓骂曹》,将西太后感动得落泪。西太后自当妃子时起就跟在咸丰皇帝后面看戏,也不知看了多少场,当场感动落泪还是头一回。西太后当场夸赞道:"好一个小叫天。"她还从来没有这样夸过一个伶人。上有所好,下必甚焉。一时间,小叫天成了王公大臣竞相邀请的对象,他们以能请得到小叫天为座上宾为荣。西太后喜欢的戏,他们一定要紧跟着看,且要用心研究,以便哪天西太后和他们聊起戏来,也能说出个子丑寅卯。如此一来,小叫天身价百倍,红透梨园。

第十八章　不奉召

　　二十年前摆战场,好似猛虎赶群羊。光阴不催人自老,不觉两鬓白如霜。

——《群英会》

　　同治十年(1871)底,程长庚宅中来了一位特殊的客人,他就是程长庚的老朋友、上海商人刘维忠。

　　早在咸丰年间,太平军进攻上海,为躲避战乱,刘维忠来到京城。由于喜欢看戏,他很快和程长庚成为朋友。刘维忠是个精明的商人,他看到皮黄戏在京城如此受欢迎,就决心将它搬到上海。演出要有场地,刘维忠打算在上海新建一座戏园子。返回上海后,他投入巨资,启动戏园建设。同治六年(1867),一座名叫丹桂茶园的戏楼矗立于上海宝善街大新街口。戏楼分为两层,楼上隔成很多单间,这是与京城戏园不同的地方。行头是在广州特别定做的。刘维忠并不是第一个在上海建设新式戏园的人。就在他建园的同一年,有个名叫罗逸卿的英籍华人,在英租界内率先建造了一座仿京式戏园满庭芳,并派人到天津邀角儿,置办行头。京戏就这样从天津传到了上海。丹桂茶园建成后,刘维忠再次来到京城,在程长庚的帮助下,邀请了一批角儿赴上海唱戏,其中就有三庆班红武生夏奎章。夏奎章系安庆府怀宁县小吏港人,有"活马超"之称。他嗓音洪亮,武功扎实,多演文武兼备、唱做繁难的大戏,如《反西凉》《赚历城》《冀州城》等剧。夏奎章等角儿就此留在了丹桂茶园长期演出,并在上海安家落户,广收门徒,京戏在上海迅速传播开来。

两地戏园和戏班在体制上不同:上海的戏园有自己的戏班子,戏园和戏班合为一体;京城的戏园和戏班各自独立,互不隶属,戏班在各大戏园流动演戏,双方按一定比例分成。自上海有了两座大戏园,京、津两地京班艺人不断南下,成为常态,京戏被越来越多的上海市民所接纳和喜爱,戏园演出日渐兴盛。

刘维忠此番来京,是为邀一个武生红角儿,他就是杨月楼。

程长庚在酒楼设宴,为刘维忠接风,赵德禄、卢胜奎、杨月楼、丁四、杨鸣玉等三庆班的角儿们作陪。

刘维忠五十来岁年纪,中等身材,面目含笑,和蔼可亲。他坐在程长庚右侧。程长庚端起一杯酒说:"刘经理远道而来,只为将我们三庆班的角儿引到上海,这是我们全体三庆伶人的荣光。来,我们先敬刘经理一杯!"

刘维忠说:"京戏在上海越来越受欢迎,主演京戏的两家人戏园子,除了我的丹桂茶园外,还有满庭芳。自开业以来,我们丹桂生意一直很红火。可是,最近满庭芳从天津邀了一个武旦九阵风,此人好生厉害,手中的刀枪把子如流星赶月,快捷如风,看得人眼花缭乱。一个武旦,硬生生将我丹桂茶园的风头压下去了,来丹桂看戏的越来越少。这样下去,有关门歇业的危险。有困难就想起了老朋友,这不,我到三庆班求救来了!"

赵德禄指着杨月楼说:"刘经理莫慌,常山赵子龙在此,再厉害的对手都不怕。"

"那我就放心了。"刘维忠喜滋滋地看着杨月楼说,"丹桂今后就仰仗杨兄了!"

"伶人唱对台戏司空见惯,京城里也常这样,这种竞争有好处。身为伶人,要琢磨着怎么把戏唱好,不要总想着要挣多少钱。要人捧戏,而不是人捧钱。戏捧好了,钱自然也来了。"程长庚说,他这话是对杨月楼说的,又貌似是对在座的全体伶人说的。

刘维忠说:"大老板说话就是深刻,刘某受教了。杨兄即日就请起程,明年

第十八章 不奉召

初一正式登台,要保证一炮打响。"

本来刘维忠还打算多邀几个角儿赴上海演出,程长庚没有同意。眼下正是年关,三庆班正在演连台本戏《三国志》,角儿们实在抽不出身来。程长庚派出杨月楼,也是忍痛割爱之举。三庆班武生多,走了一个杨月楼,还能派个人顶一下。要是走得多了,势必影响戏班正常演戏。丹桂茶园目前的主要威胁是满庭芳的武旦九阵风,派出杨月楼,势必能夺回风头,至少也能平分秋色。程长庚对此有充分把握。

次日,刘维忠带着杨月楼返回上海了。同治十一年(1872)开春,程长庚就收到了杨月楼从上海寄来的信件。信中说,他到上海后,挂丹桂茶园戏院头牌,以客串身份演出,上海市民喜欢京戏,每场演出上座率都很高,一切顺利。关于戏份,上海实行的是包银制,刘经理给他开出了每年1200块银圆的高价。最后,杨月楼说,他打算在上海再唱一段时间,暂时不回京城。

上海的戏园运行体制比京城灵活得多。京城伶人,仍执行着传统的报庙搭班制。上海却有了客串艺人,多为外地名角儿,他们是戏园不可或缺的组成部分,地位和经济收入也高于戏园里的其他成员。

刘维忠在给程长庚的信中对杨月楼赞不绝口,称杨月楼在丹桂茶园扮演《大闹天宫》中的孙猴子,一出场就干脆利落地翻了108个筋斗,上海戏迷一时惊为天人,掌声如潮。加上他长相英俊,嗓音洪亮,武功娴熟,技艺超群,相貌和才华兼具,很快就受到戏迷热捧。一时间,丹桂茶园每天车马喧嚣,生意火爆,楼上楼下水泄不通。他在信中还说,希望杨月楼像先期来上海的夏奎章等人一样,就此长期留在上海,娶妻生子,授徒传艺。

同治十一年(1872),夏奎章在丹桂茶园排演京剧连台本戏《五彩舆》。这部戏说的是明代清官海瑞与奸臣鄢懋卿的故事。海瑞赴严嵩处拜寿,忤其子,被贬降职,出任淳安知县。鄢懋卿则受命总理盐政,严嵩党羽赵文华赠其五彩花轿。鄢懋卿妻乘五彩舆出行,与娶亲队伍争道,引起诉讼。这部忠奸相斗的大戏共有十本,全部演完要数天。一经推出,就引起了上海观众的浓厚兴趣,一时风靡全城。当时有《竹枝词》云:"自有京班百不如,昆徽杂剧概删除。门前招贴人争看,十本新排《五彩舆》。"其盛况可见一斑。

西太后仍频频向宫里传戏。一天,升平署管事太监送帖到管理精忠庙事务衙门,恩赏三庆班三天后进宫唱戏。西太后特地吩咐,她要看程长庚的戏。

此时的堂郎中名叫文素。赵德禄接到通知匆匆赶到管理精忠庙事务衙门,当听说让大老板进宫演戏时,赵德禄犯了难,说:"文大人,您知道的,我们班主患有腿疾,行动不便,已很少登台,让他到宫里唱戏,恐怕难以从命。"

文素说:"西太后有旨,只要他还有口气在,就得乖乖地进宫。我告诉你,要是将太后惹恼了,那可是要掉脑袋的事,不要不知轻重。"

"可太后也要考虑一下实情。我们班主自圆明园大火那晚摔了一跤,就落下了腿疾,这是梨园人人皆知的事。总不能让我们班主爬进宫里去吧?"

文素挥了一下手,不耐烦地说:"他怎么去我不管,本官只是奉命办事。难不成西太后赏戏,他程长庚给脸不要脸,还敢抗拒不成?"

赵德禄见事情已没有缓和余地,只好说:"那好吧,我回去和班主商量商量,再来回复大人。"

从衙门出来,赵德禄直接来到百顺胡同程长庚家中。见到帖子,程长庚眉头紧锁,半天不语。赵德禄说:"大老板,这回恐怕是躲不过去了。要不,您就将就着唱一回?也就一盏茶的工夫,糊弄下就过去了。"

程长庚两眼一闭,坚定地说:"不去。让我去给孤儿寡母唱戏,他们不憋屈,我倒还觉得憋屈呢。那口气被压住了,出不来,没法唱。"

"宫里太监传话,西太后说咸丰年间她在同乐园看过您的戏。"赵德禄说。

那还是咸丰三年(1853),国丧期刚过,咸丰皇帝就急不可待地召三庆班到圆明园演戏。他看得尽兴,当场赏了程长庚五品顶戴,皇后也赏了四匹宁绸。皇后就是现在的东太后慈安。现在要看戏的是西太后慈禧。京中都说这个女人是武则天再世,她轻松扳倒了顾命八大臣,又将恭亲王奕䜣玩弄于股掌之间。

第十八章 不奉召

241

百姓传说她手中有柄施了妖法的团扇,只要轻轻一晃,就要有人头落地。程长庚对她也没有半点好印象。大清朝规定女人连进戏园子看戏都不行,她倒好,搞起了垂帘听政,亏她想得出来。唱戏的虽然身份卑微,但嗓子是自己的,心气不顺就不唱,天下哪有逼人唱戏的理?

程长庚说:"照例先送份戏码进去,不要排我的戏,要是问起来,就说腿疾犯了。难道他们还要将我绑进宫里去不成?"

赵德禄无奈地说:"那好吧,我就先按您的意思回复他们,但愿能顺利过关。"

赵德禄走后,程长庚郁闷难平,他来到院子里,从墙角拿起一根竹竿,打算练练刀法。才起势,手中的竹竿轻飘飘的,半点使不上劲,当下更是有气无处出,唰的一声将竹竿扔了,将正在院角静静晒着秋阳的鹤吓了一跳。鹤也老了,羽毛蓬松,耷拉着脑袋,几天也听不见它叫一声。庄芳见状说:"不愿唱就不唱呗,难道她还能杀了咱不成?"原来,程长庚和赵德禄的谈话她都听见了。

"要不是带着个戏班子,管着一百多号人吃饭,我早就告老还乡,带着你回程家井了。"程长庚说。

"这主意倒不错。"庄芳乐了,"我还没去过你老家呢,早该回去了。"

程长庚说:"相信那一天不远了,到时眼不见耳不听心不烦。这京城就像只大油锅,当官的也好,拉车的、唱戏的也罢,都在这油锅里煎呢。"

庄芳似懂非懂,她劝丈夫说:"你到外面走走吧,免得待在家里闷。把那腿也装装瘸的样子,人家见了也帮你做个证。"

程长庚一乐:"夫人说得是,这倒是个好主意,我现在就出去。"说着,倒背着双手向外面走去,还真是一瘸一拐的,庄芳在后面瞧着,捂着嘴直笑。

程长庚漫无目的地走着,不知不觉已走到了城外。他沿着城墙根又走了一段,到了他年轻时常练声的地方。那时,他才到京城不久,不熟悉京城百姓的听戏口味,好不容易有了次登台机会,却在座儿们的哄笑声中被赶下了台。再后来,他苦练脑后音。数九寒冬,城墙上覆盖着一层薄冰。他就对着城墙吼出气柱子,那热乎乎的气柱子能将冰融化出一道水印。想想那时的苦,程长庚的眼角湿湿的。

程长庚信步走着,也不知走了多久。忽然,一阵急促的鸟鸣让程长庚清醒了过来。他定了定神,打量了一下四周,发现自己竟然来到了圆明园大火那晚献艺祭园的小山下。既然来了,就上去看看吧。他快步上山,圆明园的全貌出现在眼前。不过,此时园内已是一片废墟,到处是灰白色的石头,这里一堆,那里一片,如同累累白骨。福海蓝汪汪的,像一只干枯的眼里盈满了泪。

程长庚在断壁残垣中寻找着同乐楼的位置。他只能确定大致方位,因为同乐楼是木质的,烧得连骨头也没有剩下。他想起第一次到同乐楼唱戏的情景,眼前又出现了那个病恹恹的咸丰皇帝。咸丰戴着一顶夏朝冠,帽子周围那一圈朱纬太艳了,他苍白的脸被一团血光包裹着,死鱼眼一般,没有半点生气。程长庚第一眼看见这个万民心中神秘的皇帝时,心里咯噔一下,又仿佛是手中的青龙偃月刀断了,发出一声脆响。他惴惴不安,支撑着唱完了戏。唱完后,他感觉意犹未尽,总觉得有什么不祥的事情要发生。那时,他主要担心他们的戏能否让皇帝满意,演出中不要出什么意外。可后来发生的一系列变故,他是做梦也没想到。

突然,同乐园观戏楼的位置,那团血光在废墟上又出现了,不停地晃动起来,如同一粒小火星。程长庚使劲揉了揉眼,那团血光越来越大,将整个园子都烧了起来。火势越来越大,将人半个天空都烧着了。这是怎么回事?圆明园不是已经被洋人一把烧没了吗,哪里又来的大火?

圆明园又烧起来了!程长庚大惊,手忙脚乱地向山下逃去。一群乌鸦惊叫着从圆明园方向飞了过来,飞得极快,已经到了程长庚的头顶上。乌鸦的叫声凌厉而迅速,像洋枪里射出的一颗颗子弹,疯狂而胡乱地扫射着。程长庚加快了脚步,忽然,他脚下一滑,扑通一声摔倒了。由于是在斜坡上,倒地后,他的身子向山下滚去。

等到身体停下来的时候,程长庚感觉浑身疼痛难忍,特别是两条腿,一时完全失去了知觉。他使劲拍打着麻木的腿,过了一会儿,终于能动了,可还是无法站起来了。这真是叫天天不应,叫地地不灵。这时,他看见远处有人影晃动,就大叫道:"救命啊——"幸亏他的嗓音足够大,叫了几声,那边的人显然听见了,向他这边走来。

待走到身边,程长庚发现,来者是两个太监。两人身着蓝袍,一个戴着红顶子,看样子是个官,另一个戴着普通圆帽。这地方怎么会有太监呢?实在太奇怪了。

见程长庚满身划痕的狼狈样子,两个太监直皱眉。红顶子尖着嗓子问道:"你是何人?到这地方来干什么?"

程长庚心想,你们能来得,我为什么来不得?但现在是求人家帮忙的时候,就说:"到这边来散散心,没想到摔了。能不能麻烦您替我叫辆车?"

"散心?"红顶子一愣,"这里是散心的地方吗?莫不是到这附近来想偷什么东西?我可告诉你,这里是皇家园林,拿一块断砖残瓦都是死罪!"

程长庚心中的火噌地一下就上来了,他没好气地说:"不过是一座废园子,让洋人一把火烧了,你们自己瞅瞅,这里还有值钱的东西吗?"

圆帽是个年轻人,稚气未脱,应该刚入宫不久。他说:"谁说是废园子?太后让我们过来看看,是要着手修复了!"

红顶子咳嗽了一声,大约是不满圆帽插嘴。听说要修复,程长庚又傻眼了,那要多少银子?他说:"这个条约,那个条约,银子都赔付洋人了,还有银子修复圆明园吗?"

"这个你就甭操心了。"红顶子说,"太后有的是银子。"

程长庚心想,多少民脂民膏又要付诸东流。红顶子像是想起了什么似的,问道:"你还没答复我们呢,你到这里来干什么?是不是打算从园子里捞点便宜?"说完,一双小眼睛滴溜溜地瞅着程长庚。

程长庚叹了一口气:"二位爷,想当年洋人烧了圆明园,大火烧了三天三夜,无数百姓到这里来看热闹。那晚,我也在。年纪大了,喜欢怀旧,这不,今天又到这里来转转,经这废园里的凉风一吹,没想到犯了晕症,摔了一跤,这腿看样子是受伤了,走不了路。二位爷受累,帮我叫辆车,回头必有酬谢。"

红顶子看了看圆帽,年轻的太监说:"那好吧,你躺在这里别动,我去叫车。"

圆帽很快叫来了一辆骡车,车夫将程长庚搀到车上。程长庚对两位太监说:"谢谢二位爷,回头我请你们看戏。"

车子向城中驶去。到了家,庄芳见他好好地出门,才个把时辰的工夫就摔成这样,又心疼又气恼。叫来大夫看了,说还好,只是皮外伤,没伤着骨头,叫他安心休息几天。

虽然摔伤了,程长庚心里却有点暗暗高兴,这下宫里的演出可以冠冕堂皇地推掉了。此前他还有点心虚,毕竟腿疾只是个借口,底气不足。现在都摔成这样了,假的成了真的,西太后应该会放他一马,可以放心地躺几天了。

次日,赵德禄来了,拎着两瓶壮骨药酒。得知摔伤的原因,他说:"大老板,你就不该到那地方去。火烧地旺,大火烧过的地方,阳气特别盛,你年纪大了,心虚体弱,这是被阳气冲了。"

程长庚一笑:"明明是不小心摔的,怎么说是被阳气冲了呢?"

"你不信我的话,这麻烦一个接着一个。你数次不肯进宫唱戏,西太后早就不悦了,听说这次动了肝火,今天下午就派御医来查看你的腿疾真假。"

程长庚指着腿说:"这下不怕了,真的摔伤了。"

赵德禄说:"话虽是这么说,可我这心里不踏实,老是担心出什么意外。"

程长庚安慰他说:"别担心,是福不是祸,是祸躲不过。咱们进京几十年,也算见过点风浪。虽然我们是唱戏的,人微言轻,但只要堂堂正正做人,勤勤恳恳做事,就不怕无妄之灾。"

赵德禄也老了,脸上皱纹成堆,比程长庚的还多,他在三庆班劳碌一生,向来谨小慎微。他叹了一口气:"连刘赶三的驴都御批进宫了,这年头,怪事一桩接一桩,咱只求过几天安稳日子。"

下午,赵德禄领着几顶官轿,在程长庚院门口停了。文索对着中间一顶轿中喊道:"李总管,到了。"一个身着蟒袍、戴着红顶子的俊伟太监下了轿,他就是西太后跟前的心腹太监李莲英。李莲英挥了下手中的拂尘,说:"前头带路。"众人众星拱月般侍奉着李莲英进了程长庚家院子。

赵德禄、程章圃和庄芳在院子中迎接。赵德禄说:"我们班主腿疾犯了,不能亲自下床恭迎,还请李总管恕罪。"

李莲英在院子里站着,并不进去。他眼望青天,对着身后一个御医模样的人挥了下拂尘,说:"进去看看,可要看仔细了,本总管还要回禀太后。"程章圃端出一把椅子,李莲英瞧也不瞧,更不说坐了。

御医应了一声。赵德禄将他领进了内室。程长庚躺在床上,一头白发,满面病容,正在哼哼唧唧。庄芳将被角掀开,又卷起程长庚左腿裤管,让御医查看伤势。程长庚解释说:"我这腿本就有旧疾,今天又摔了一跤,现在疼痛难忍,无法下地。"

御医托起程长庚的左脚,左瞅瞅,右瞧瞧,又是敲打又是揉捏,然后,放下了,回到了院子里。

御医说:"李总管,微臣仔细看过了,不过是点皮外伤,而且还是新跌的,是不是故意为之,微臣不好说。"

李莲英重重地哼了一声。檐下的那只鹤吓得扑棱着翅膀,突然发出一声长唳,飞了。鹤的突然鸣叫,也将李莲英等人吓了一跳。程章圃对着内室欣喜地说:"叔,鹤又会叫了!"显然,他是说给躺在床上的程长庚听的。

李莲英说:"程长庚不听宣,摔伤了腿,是不是故意为之他心里清楚。你们这些唱戏的,平时演戏演惯了,现在跟太后演起戏来了!我告诉你们,别聪明过了头,把假戏演成真的,到时可要吃不了兜着走!"

赵德禄说:"李总管,太后赏我们进宫唱戏,是天大的福分,哪敢不听宣?我们班主真的摔伤了,绝不是有意为之,请李总管明鉴!"

李莲英气呼呼地将拂尘快速地一挥,雪白的拂尘像刀光一闪。他恼怒地说:"御医已经看过了,不过是点皮外伤。再说了,唱戏是用嗓子唱,腿有什么大碍？着程长庚明天率班进宫献艺，唱一出就是了。不去，就是对太后不敬！就是绑也要给我绑去！"

文索大声对内室说："程长庚听见了吧？你身为庙首和班主，向来深受主子隆恩，就算有点小疾，也要顺利完成献戏差事。"

"文大人，明天就看你的了。洒家告退！"说着，又见亮光一闪，李莲英收了拂尘，上轿回宫去了。

文索来到内室，对程长庚说："刚才都听见了吧？无论如何，你明天都要进宫去露个面，唱得好不好不重要，重要的是去给太后和圣上请安！"

程长庚说："老夫去不了！"

文索警告说："你不为自己着想，也要为三庆班想想，为京城的这些徽班想想。千万别由着性子，因小失大，到时后悔就来不及了。明天卯时，本官陪你们进宫。"说着，文索也上轿走了。

待大家都走后，程长庚愣了，两眼发直。见他这样子，庄芳心疼不已，劝丈夫说："就去一趟吧，唱几句，低低头就过去了。"

"这孤儿寡母可真能折腾人，连刘赶三的毛驴都和文武百官一样，从大清门堂而皇之地进出了。我程某虽是一个唱戏的，倒还有点尊严，瞧着他们如此费心到处找乐呵，心里不是滋味。"

"眼不见为净，你就装作没看见，把明天的差事糊弄掉算了。他们乐呵他们的，咱们过咱们的清贫日子，管那么多不累吗？"庄芳说。

程长庚说："我的戏不是谁要看就给看的。天下没有忠臣良将，咱们就在戏里守着他们。想看，哼，没门儿！"

庄芳担心地说："我的大老板，你明天好歹闭着眼睛唱几句，这个坎就能过去了。你要为大家着想，不能让他们跟着你受罪。我也还想过几天太平日子。"

程长庚说："放心，我自有应对之策。"

次日，天还未亮，文索就早早地来到程长庚家门口。文索建议程长庚穿上当年咸丰皇帝赏他的那套五品官服，被他婉拒了。程长庚的理由是，那个程长庚已被圆明园的一场大火烧成了灰。皮之不存，毛将焉附？那套官服自然也成了灰，虽然它还保存在程长庚家的柜中，但在他的眼里，已经和他没任何关系了。他仍穿着一件洗得发白的灰布长袍，坐着骡车，和三庆班其他伶人一道，向紫禁城方向走去。刘赶三骑着那头名叫墨玉的毛驴，走在队伍的前面。

到了大清门，所有人下车步行，除了刘赶三。刘赶三拍了拍墨玉的臀部，那畜生就懂了，走到路边哗哗地撒起尿来。驴尿发出冲人的臊味，众人不由得皱了皱眉头。刘赶三说："你们看我骑驴风光，其实，每次带着这畜生到宫里唱戏，我都很紧张，怕它拉屎撒尿。皇宫禁地，弄脏了可是砍头的大罪。"众人都笑了，刘赶三说的是实情，众人哪里想到他也有一肚子苦水。

赵德禄说："刘赶三，大老板的腿不方便，一会儿进宫让大老板骑你的驴吧。"

刘赶三灵机一动，说："应该的，我也正有此意，打算和大老板说呢。"程长庚说："谢谢你们的好意，我哪有在宫里骑驴的资格？还是老老实实地走吧。"

程长庚说得也是，西太后恩准刘赶三骑驴进宫，并不代表程长庚也可以。班主不骑驴，刘赶三自然也不好意思骑，大家都步行进宫。

墨玉在前面走着，一行人跟在后面，在内侍的带领下，向西边走去。

过了太极殿，就到了它的后殿体元殿。该殿后檐接抱厦三间，新建了一座戏台，称为长春宫戏台。西太后听政寝居长春宫，因爱看戏，就组建长春宫近侍为本宫戏班，在此排练演出。近日，她嫌宫班的戏不好听，这才从外面传戏。这也是外班伶人第一次在长春宫戏台唱戏。

演出前，所有伶人先向西太后行礼。程长庚朝前方扫视了一眼，正中坐着一个面貌姣好、体格微胖的妇人，她肯定就是西太后。她身上的衣服花团锦簇，可惜，正如戏文里唱的，"原来姹紫嫣红开遍，似这般都付与断井颓垣"，到头来都是落红无数。虽只是匆匆扫了一眼，但程长庚感觉到，这个女人不简单，她的眼光太冷太硬。瞧她一眼，就像是突然撞到了一块石头上，被撞得眼冒金星，头晕眼花。难怪小叫天说，他想抬头看看太后的尊颜，但总觉得头顶有重物压迫，让他根本抬不起头来,甚至连眼睛都难以睁开。程长庚先前觉得小叫天说得太过夸张,现在才信了。

行过礼,大家进入后台开始扮戏。程长庚压根没打算唱戏,坐在后台一动不动,像没他什么事似的。

戏开演了,刘赶三扮《拾玉镯》中的刘媒婆。这是一折喜剧小戏。刘赶三骑着墨玉上场。《拾玉镯》讲述了小姐孙玉娇在家中刺绣,偶遇书生傅朋,两人一见倾心。傅朋为了试探孙玉娇的心意,将一只玉镯放在她家门口,孙玉娇果然去捡。这一幕被路过的刘媒婆看到,她到傅朋家说媒,成就了一段美满的姻缘。刘媒婆的夸张表演活灵活现,诙谐有趣。当孙玉娇不承认玉镯是傅朋送给她的时,刘媒婆就将两人你来我往情愫暗生的过程演绎了一遍。刘媒婆一人分饰两角,同时演害羞腼腆的孙玉娇和潇洒大方的傅朋。她以老装嫩,在一男一女、一羞一正之间转换,夸张搞怪,让人笑逐颜开。

这样的小戏,当然适合西太后这般妇人观看。当她看得开心大笑时,那些太监、宫女才敢陪着她干笑几声。深宫高墙,宫殿重重,人到了这里,就像一只小蚂蚁。程长庚觉得和这里的一切都不相融,他有一种强烈的想逃跑的感觉。他无法想象眼前的这些人如何在这里生活。墙是红的,屋顶是黄的,这皇宫就像一座座大戏台,宫里的人演着谁也看不懂的戏。

又唱了几出戏,都很顺利,西太后也看得开心。看得出来,她确是一个爱戏的人。

突然,赵德禄匆匆来到程长庚身边,说:"大老板,到你了,李总管说太后非要你唱几句。"

"我不是说过不唱的吗?"

"西太后旨意,大老板,你好歹唱几句,唱完咱们这趟差就算完成了。"

程长庚说:"你去回他们,就说我年事已高,久未登台,嗓子干涩,唱不了。"

赵德禄不敢去禀报,愣在那里。程长庚说:"你就这么说,有什么问题我来担当。"

很快，李莲英带着两个太监来了。他一脸愠色，用拂尘指着程长庚说："姓程的，你好大的胆子！梨园里的人叫你大老板，你还真把自己当大老板呢？这里是什么地方，你敢在这里摆谱！"

"回李总管，不是摆谱，久未登台，真唱不了。"程长庚坚决地说。

"来呀！"李莲英甩了一下拂尘，"将程长庚给我请上台去！"两个太监一左一右，架起程长庚，向戏台走去。

无奈，程长庚只好一瘸一拐地来到台上，他朝西太后行了个礼，说："程长庚年事已高，久未登台，嗓子干涩，早已唱不了戏，还请太后恕罪！"说着，像一截木桩似的杵在台上，再不言语。

西太后看戏正在兴头上，没想到程长庚动了真格，她看看李莲英，一时也不知道怎么表态。李莲英说："程长庚敢对太后不敬，推出去打一顿板子算了。"

西太后想了想，说："他也一大把年纪了，板子就免了吧，交给御史们去处置。"

李莲英朝台上叫道："还不谢恩？"

程长庚也不言语，他不知道恩从何来。见程长庚像根木头似的愣在台上，李莲英吩咐道："把他搀下来，交给都御史去处置，关他几天，叫他横！"

都御史那景德带着人很快来了，他听说程长庚在长春宫装大拿乔，命人将他五花大绑，关到了五城兵马司的监牢里。

终于挨过这一关了，监牢里的程长庚心情大好。他想起《华容道》中的曹操，从关羽面前逃脱，大难不死，该和他此时的心情一样吧。想到这里，他不禁放声唱道："曹操兵败走华容，正与关公狭路逢。只为当年义气重，放开金锁走蛟龙……"

狱卒听见叫道："好你个程长庚，西太后叫你唱时你不唱，唱了还有赏钱；不该唱时你现在又偏要唱，你唱给谁听？我看你就是头不折不扣的倔驴！"

程长庚说："爷你说得对，我就是头倔驴。"

程长庚被关了起来，可把戏班里的人急坏了。赵德禄来到程长庚家中，将班主被关的事告诉了庄芳。听说丈夫被关进了监牢，庄芳道："这可怎么办？管事的，您可要想想办法，救大老板出来！"

赵德禄倒背着双手，在院子里来来回回地走着。这时，卢胜奎和他老婆胜姑来了。胜姑骂道："好个贱妇，不把唱戏的当人！孤儿寡母的，一天天拿我们伶人寻乐子！活该是我们命贱咋的，偏不唱给你听！"

卢胜奎说："我有一个主意，听说西太后慈禧有点怵东太后慈安。慈禧不过是沾了皇上生母的光，慈安才是咸丰的正宫娘娘，大老板当年到圆明园献艺时，她还有过赏赐。借着这份情缘，托延煦延四爷到东太后面前陈情，请她出个面，在西太后面前给大老板说个情。听说慈安人好心善，只要她出面，西太后不敢不从的。"

赵德禄说："好主意。卢台子，我们一会儿就到延四爷府上去禀报。"

延煦向来关照梨园，特别是和程长庚交情深厚，听说他拒唱被关，虽觉得他做得有点过头，但延煦向知大老板秉性，还是答应帮忙。延煦知道程长庚和那景德素有旧怨，当即修书一封，派人送给那景德，让他关照一下大老板。其实也不指望他关照，只要不故意刁难就行了。他让赵德禄和卢胜奎回去，等程长庚关上几天，他才方便进宫去求情。

庄芳和胜姑轮流给程长庚送饭。由于延煦打了招呼，狱卒果然没有为难，程长庚被关在一间单独的囚室里，倒也没有受罪，不过就是没有自由。程长庚在监牢里也没有闲着，抻胳膊踢腿甩腰，练毯子功、腰腿功，两天的工夫，把地面都磨平了，身上全是灰。

三天后，延煦进宫去求情。又过了两天，程长庚果然被放了出来。赵德禄、卢胜奎、庄芳和程章圃带着辆骡车去接他，程章圃赶车。赵德禄发现，程长庚面色红润，精神焕发，完全不像是坐牢的样子，而且腿也好了。赵德禄说："大老板，你这几天过得不赖啊。"

程长庚说："庄芳和胜姑天天送饭，吃得好；关在里面无事一身轻，休息得好；华容道上走蛟龙，侥幸过关，心里舒坦。你说，我能过得不好吗？"

第十八章 不奉召

庄芳嗔怪说："你在里面倒好,我在外面却瘦了一圈。"说着,想起连日的担心,眼圈红了。

程长庚瞅了瞅众人,面露愧色地说："让大家担心了。唉,我们这些唱戏的,不过只想活得像个人样,不过只想做个堂堂正正的人,没想到如此之难!"

卢胜奎说："大老板,你已经做得很好了。至于别人怎么说,也不是我们能左右的,随他去吧。"

同治十二年(1873),为了培养人才,替祖师爷传道,程长庚于百顺胡同住宅中创办四箴堂科班,延请名师,授徒传艺。四箴堂由程章圃负责日常管理。这个堂名来自程氏宗谱,程氏先祖——理学家程颐对孔子所语视、听、言、动四个方面做出进一步阐发和具体规诫,称"程子四箴"。平时,三庆班戏单上的演唱者一栏,程长庚也不署本名,而署"四箴堂"。久而久之,京师戏迷都知道四箴堂就是程长庚。

杨月楼在上海出事的消息很快传到了北京,那就是他和韦阿宝的案子。杨月楼到上海不久,一个年方十七、名叫韦阿宝的女子狂热地喜欢上了他。同治十二年(1873)十一月,两人举办了婚礼。韦阿宝的叔叔以杨月楼拐骗良家女子为名,将他告上县衙。上海县衙叶廷眷向来不喜伶人,他将杨月楼屈打成招。这件事成为轰动一时的新闻。经过层层复核,刑部最终还是以诱拐罪名对杨月楼进行量刑,杨月楼被判发配到黑龙江充军,韦阿宝由官府安排另行婚配。

程长庚本有让杨月楼接任三庆班班主的打算,没想到他遭此横祸,只能感叹造化弄人,伶人的命运就是如此无常。

第十九章　英雄血

戏外人爱恨写在红尘间,青灯随去叶落满天,想起他的脸,戏中人悲欢离合看遍。

——《伶人》

同治十三年(1874)冬天的一个下午,天阴沉沉的,北风呼呼,夹杂着沙尘,吹得人根本睁不开眼睛。行人纷纷用手在眉前遮挡着,那风沙像认得路似的,专往人的眼睛里钻。

程长庚带着三庆班在恭王府唱堂会,正演到《镇潭州》。戏台上,岳飞与杨再兴各持长枪,打得难解难分。程长庚扮岳飞,他虽年届六旬,但身段仍很灵活,手中一柄沥泉神枪像一条银蛇,牢牢地封住了杨再兴的枪花。杨再兴虽年轻气盛,武艺高强,但在岳飞面前,他一点也没有占到便宜。

这时,一个官差骑着快马在恭王府门口停了,径直向后院走去。他是管理精忠庙事务衙门里派来的。此人到了戏台前,对台上的程长庚喊道:"大老板,不要再打了,皇上驾崩了!"

原来是同治皇帝病死了。听到这个消息,在场的人都大吃一惊。台上的程长庚一愣,手中的枪也不知道格挡了。只听扑哧一声,枪尖刺穿了他的铠甲,扮杨再兴的武生大惊失色,赶紧收回枪。程长庚的肩头中枪的地方,渗出了鲜红的血。望着惊慌失措的年轻武生,程长庚说:"没关系的,一点皮外伤。再说,皇上宾天,臣民流点血也是应该的。"

听了官差的通报,伶人们个个愁容满面,有的老伶人当即哭了起来。他们倒不是为皇上的去世伤心,而是为以后的生活无着而忧愁。国丧期戏园照例要停演二十七个月,百日后才能唱清音桌。在这两年余的时间里,平时靠唱戏吃饭的艺人们可犯了难。整个后台一片悲凉的气氛,坐的、站的、歪倒的,全都没半点生气。程长庚一边卸装,一边安慰大家说:"这戏暂时是不能唱了,我们三庆班也不是头一回经历国丧期,大家不要垂头丧气,更不要散伙,慢慢想办法。只要我程某有口吃的,就不会让大家挨饿。"

晚上,回到家中,程长庚和夫人庄芳说起白天的经历。庄芳察看了程长庚的伤势,担忧地说:"从监牢里出来还没多久,又遭此伤害,怕不是好兆头。"

程长庚说:"夫人,你也太多虑了吧。不过是点皮外伤而已,无大碍的。"

"今后行事要多加小心,我是怕你有血光之灾,这是老天爷示警呢。"庄芳说。

程长庚说:"夫人,你就放心吧,我程某人不信这个邪。"

本来程长庚准备隐退,让杨月楼当三庆班班主。现在杨月楼出了事,他这个班主还要继续当下去。他又是精忠庙会首,在国丧这节骨眼上更不能有打退堂鼓的想法。此时京城梨园,大点的戏班子有三庆、四喜、春台、和春、义顺等七八家,台前台后合计不下两千人。这些人中,生计困难者为数肯定不少。程长庚让各戏班统计本班穷苦艺人人数,他又利用自身的影响力,向富贵人家募钱募米,扶危济困。百日后,能唱清音桌了,六十多岁的程长庚又带着大家四处清唱,坚持亲自登台,所得报酬,自己分文不取,全部用来支持同人生活。提起程长庚,梨园之人无不跷指称赞。

光绪元年(1875)春天,庄芳病倒了,延医问药,也不见好。五月初七,庄芳病故。这个打击对程长庚太大了,他也因而大病一场,本就虚弱的身子雪上加霜。离国丧期结束还早,他还要支撑着身子,带领京师伶人走过这一段艰难时期。夫人去世,程长庚伤心过度,加上连日劳累,落下了心痛病。发作时,前胸后背疼痛难忍,气息不畅,也完全唱不了戏。

好在杨月楼的案子有了转机。光绪皇帝登基,同时遇上西太后四十大寿,为了收买人心,她颁旨大赦天下。杨月楼案属诱拐,罪行轻微,在大赦之列。杨月楼遇赦后回到上海,韦阿宝已不知去向。当初案发时,一位暗慕他的名叫沈月春的女子帮他上下打点。杨月楼被关押期间,沈月春不离不弃,给了他很多关怀和帮助。光绪二年(1876)九月十七日,杨月楼与沈月春举行了婚礼。婚后,杨月楼偕夫人返回京城,重回三庆班唱戏。

来自京城的皮黄传入上海后,风靡一时,成为大众喜爱的剧种,上海也形成了丹桂、金桂、天仙、大观四大京班戏园。在京剧形成的初期,有过黄腔、皮黄、二黄、京调、京戏、平调、国剧等多种别称。而最先将它称为"京剧"的,反而是上海人。光绪二年(1876)三月二日,上海《申报》上刊登了一篇题为《图绘伶伦》的文章,其中有一句说道:"京剧最重老生,各部必有能唱之老生一二人始能成班,俗呼为'台柱子'。"其实,"京剧"一词,并不是该文作者的发明。在正式见诸报章前,该词在上海人口中已流行数年。虽然《申报》这篇文章中出现"京剧"一词纯属偶然,但它确是"京剧"首次见诸文字的记载。在京剧这一艺术形式诞生多年后,自此,它才有了正式名称,并被人们广泛接受。

光绪三年(1877),京城戏园恢复了唱戏。

程长庚年事已高,夫人又病逝,他有了隐退的想法,戏班里的事务大都让杨月楼过问,只不过班主一职还没有正式移交。

眼看着快到年底了,按惯例,三庆班要上演连台本戏《三国志》。戏迷们憋了三年,也早已期待着好好过把戏瘾。可程长庚心里很清楚,要演《三国志》,还缺一个重要的角儿,他就是"活周瑜"徐小香。

几年前,年轻气盛的徐小香自恃是戏班里的红角儿,在罗三爷的怂恿下,向程长庚提出增加戏份,被程长庚拒绝了。徐小香一怒之下,干脆请起长假,不再到戏班唱戏。他此后也没有加入别班,只唱堂会维持生计。

想想这些年,徐小香也不容易。少年落难,好不容易在梨园唱红了,却因为一时冲动暂别戏台,那份煎熬,也不是一般人能承受得了的。

程长庚派卢胜奎去徐宅岫云堂请徐小香复出。卢胜奎很快回了,说徐小香同意复出,但要答应他三个条件:第一,每演出一场开七十吊戏份,四吊车钱另算;第二,他每请假不出演,或出演不上座儿,唱大轴观众"抽签"(中途退场),都一文钱不拿;第三,要程长庚亲自到徐宅去请。

说是三个条件,其实是两个。每场七十吊的戏份,在当时是很高的酬金了。包括程长庚在内的三庆班头等角儿,每场戏只拿四十吊酬劳。

解铃还须系铃人。程长庚决定去将徐小香请回戏班。那般心高气傲的人,不给点面子他是不会回来的。

次日,杨月楼陪着程长庚,乘着辆骡车,向内城小安澜营胡同驶去。到了徐小香的岫云堂,只见大门紧闭。杨月楼上前敲门,叫道:"徐兄,大老板看你来了。"

叫了两声,只听里面响起两句念白:"大老板,哪个大老板呀?我徐某从来不认识什么大老板!"

程长庚一听,这么多年过去了,这家伙还怄着气呢。他朗声回道:"是我,我是程长庚!"

"哟,原来是程班主到了,有请——"

徐小香打开院门,不冷不热地说:"祝贺杨兄劫后逢生,你的事我都知道了;也谢谢程班主在国丧期为同业所做的善事。"

徐小香这么说,说明他虽闭户在家,但仍关心梨园里的事情。他闭口不提复出的事,等着程长庚先行说起。

宾主双方坐下后,杨月楼说:"你昨天提出的条件,大老板都答应了,明天就到戏班报到吧。"

徐小香用力眨了眨眼,眼里湿润了,他等着这一天到来,似乎等得太久了。他何尝不为当年和大老板赌气而后悔?只是,他向来心高,宁可吃哑巴亏也不愿低头。现在,程长庚亲自登门邀请他复出,说出去,也算给他在梨园中赚足了面子,他还能有什么话呢!徐小香说:"谢谢大老板对徐某的信任,徐某一定竭尽所能,好好演戏,对得起七十吊的戏份。"

程长庚说:"这几年发生了太多的事,不管怎样,戏还是要唱的。京剧这么受欢迎,百姓爱看,我们就要唱。伶人全凭一口气撑着,忠臣良将、才子佳人、侠义公案,都离不了这口气。没了这口气,就算你有再多花哨的俏头,赚再多的钱,又有何意义?今日老夫登门,就是看中了你这口气仍在,让我们重新开始吧!"

大老板一番话,说得徐小香连连点头。当年徐小香拒绝了罗三爷的重金邀请,虽说不出多少道理,但就是觉得和他不是一路的人。现在看来,当年的拒绝是对的。

徐小香的复出戏是在庆和园演的。演出前几天,戏单就登在一家报纸上。第一日演《借赵云》,第二日《群英会》,第三日大轴《拾画·叫画》,第四日《朱仙镇》,连演四天。虽数年未在戏园登台,徐小香在梨园的影响力丝毫不减。消息一出,戏迷纷至沓来,场场爆满,将戏园挤得水泄不通。戏迷们发现,几年未见,徐小香的唱腔、身段和翎子功等绝活更臻娴熟,技惊四座,远非昔日可比。如双枪花各式抛甩出手、朝天蹬三起三落、前射雁后探海……这些繁复却井然有序的肢体动作,依然能呈现出心比天高、一往无前的少年锐气,让人心悦诚服,目眩神迷。

小叫天的名声也一天比一天响。他演戏有一个特点,善于根据自己的特长进行创新,因而总能给人一种出乎意料的新鲜感。他有一句口头禅:"咱要琢磨添上点俏头,好醒一醒人的耳目。"比如他演《打棍出箱》,闹府一场中,他使了一个绝技——一只脚踢出的鞋子,能准准地踢到头顶上,又快又稳!再如他演《乌龙院》里的宋江,又显了一手绝活,一条腿向外画圈,同时一手向内画圈,表演两种相反的动作,一般人还真学不来。西太后常当着百官的面夸奖小叫天,百官自然都对他另眼相看,争相邀请。如此一来,小叫天的声望便一天比一天高,架子也一天比一天大。他本姓唐,梨园里就有了"唐贝勒"的外号。

光绪五年(1879)夏,天气特别闷热。一天,管理精忠庙事务衙门郎中文索陪同一个洋人来到三庆班大下处,送来了一封请帖。杨月楼负责接待他们。文索说:"英国公使向来喜欢中国京剧,再过三天就是公使的寿辰,他特地差人送来请帖,请三庆班当天去唱一场堂会。至于报酬嘛,任三庆班开价,公使先生向来大方,说一不二。"

这个洋人,肯定就是英国公使派来的邀戏者。他叽里呱啦地说了一通,杨月楼自然是一句也听不懂。不过,这家伙态度倒也诚恳。唱堂会对三庆班来说是常有的事,可是他们还从来没有给洋人唱过堂会。况且,大老板对洋人向有敌意。想到这里,杨月楼说:"文大人,此事事关重大,大老板虽说久不到戏园唱戏,但他还是班主,我得征求他的意见后再答复您。"

文索说:"说一声也好,你们大老板的性格我领教过。不过,我告诉你们一声,这可是趟洋差,是名利双收的好事。洋人要是看得高兴,这根线就算牵上了,今后就会常邀你们唱戏。这样的好事要是让别的戏班子捡了去,那就太可惜了。"文索素知程长庚的脾性,担心他会拒绝,所以才有此一说。

杨月楼说:"杨某不敢擅自做主,我现在就去大老板家,下午去衙门里答复您。"

杨月楼匆匆来到程长庚宅中,没待他说完,程长庚就说道:"这样的事还用问吗?应该当场回绝!洋人作恶多端,三庆班怎么可能给他们唱堂会?出再多的酬劳也免谈!"

杨月楼说:"弟子也知道大老板不会同意的,只是当场回绝,文索大人面子上会挂不住,这才找了个借口,说向您禀报后再予答复。"

"立即答复他们,就说三庆班不会给洋人唱堂会,现在和将来,都不会给洋人唱戏!"

杨月楼说:"知道了,我现在就去戏衙门,他们还在等着我回复。"

杨月楼离开后,程长庚还有些气愤难平。这些洋鬼子,竟然到梨园找乐来了。他们以为多花点银子,就自动会有人给他们唱戏,真是想得太美了。谁愿去谁去,三庆班的伶人不会去,他程长庚更不会去。

很快,小叫天带着和春班到英国使馆献艺贺寿的消息传出来了。小叫天在使馆大秀绝活,使馆里的英国人看得心花怒放,大呼小叫天"唐贝勒"。英国公使看得兴起,给了他双倍的报酬,临了还问他有什么要求。小叫天说:"听说洋枪十分厉害,被洋巫婆施过魔咒,希望洋大人能够赠送一把洋枪,让中国的老百姓也开开眼界。"英国公使哈哈大笑,他犹豫了一会儿,还是赠给了小叫天一把崭新的洋枪和三发子弹。纵使小叫天有一身武功,善使刀枪,会飞檐走壁,可当第一次拿到洋枪,双手握着那冰冷的玩意时,他竟紧张得瑟瑟发抖。他多年前就听说过,洋人就是凭借着这个,在通州八里桥消灭了三万蒙古铁骑,直接让咸丰皇帝趴下了。公使教小叫天端起枪,说:"我现在装上一颗子弹,能从这里打到通州。"小叫天不知他的话是真是假,不过,看洋人说得那么认真,不像是开玩笑。公使扣动扳机,只听叭的一声响。小叫天吓得顿时瘫倒在地上,裤裆都湿了。见小叫天狼狈的样子,公使笑得前仰后合,说:"不要害怕,我并没有装子弹。Mr. Tang,这是我多年来过得最开心的一个生日,Thank you very much!"临走时,他还送了小叫天一块洋表,说:"这玩意连你们皇帝都没有。"

自此,洋人常邀小叫天进使馆唱戏,小叫天出入各国使馆如同自家菜园子。洋人也不叫他的艺名,都称他为"唐贝勒"。自此,小叫天声名如日中天,请他唱戏的人排成了长龙。

小叫天将英国公使送的洋枪当成了砌末,每次他到戏园里演戏前,都要放到戏台上摆台,以吸引戏迷。此举果然收到奇效,小叫天的戏本来就唱得不错,绝活多,又善于添加俏头,哪怕是老戏,到了他手中,也总有与别人不一样的地方。因此,戏迷们夸他是当今梨园第一聪明之人。现在又添了洋枪摆台,虽然此举也招来了一些非议,有人批评他不伦不类,但更多的人觉得新奇。毕竟老百姓们都没有近距离地见识过货真价实的洋枪。现在小叫天公然将它摆到了戏台上,除了收取正常的茶钱之外,又不额外收费,京城的百姓就怕被别人说没见识,不看白不看。一时间,戏迷们挤破了头,争着去看小叫天的戏。小叫天所到之处,戏迷们闻风而动,唯恐落后。

一天,杨月楼拎着两盒新上市的果脯拼盘,来到百顺胡同,看望大老板。程长庚见杨月楼不时苦笑一下,就知道他有心事。杨月楼就把小叫天的做派告诉了大老板,并说:"我们三庆班的戏不上座儿了,戏迷们都争着瞧热闹去了,这下怎么办?"

程长庚笑道:"我当什么事呢,原来是为这个。现在是夏天,戏园子里热得像蒸笼,看戏的人少一点也正常。"

"可他们去看小叫天的戏怎么就不嫌热呢?"杨月楼不解地问。

程长庚说:"你不是说了吗?那叫看热闹,看戏有那么看的吗?弄把洋枪摆台,祖师爷要是地下有知,会被活活气死的。真正懂戏的人不屑于此,让他们看热闹去吧,看能热闹几天。"

"上座儿太少,弟子压力好大。"杨月楼说。瞧着爱徒疲惫不堪的样子,程长庚心疼不已,他想了想说:"世间有好钻营之人,也有你我这般老实本分之人;看戏的有好花腔俏头之人,也有好本腔本调之人。这样吧,你给我安排一下,让老夫亲自来救救场。"

"大老板,您今年都六十八岁高龄了,久未登台,身体又不好,要是在台上犯了心痛病咋办?不行不行!"杨月楼说什么也不同意。

程长庚拍了拍胸脯说:"老毛病今年都没犯,偏偏唱戏就犯了,那也是怪了!你放心,我虽久未登台,但哪天不在练声唱戏?只要我有一口气在,就绝对能唱!唱就要让戏迷听过瘾,连唱三出戏,真要是不上座儿,那也是时运到了,我们要尽人意、听天命。"

杨月楼愣在那里,久未发声。程长庚拍了拍他的肩:"去安排吧,在报章上登出来,我们也搞点声势。"

程长庚为什么要坚持在此时登台?为三庆班救场挣些收入是一个方面,更重要的,身为"三鼎甲"最后一位元老,他觉得眼下梨园的风气不能让人给带偏了。唱戏就是唱戏,总会有人喜欢本色的唱腔,喜欢中规中矩的唱念做打。对此他充满自信。他就想赌一把,赌这京城里还有没有人看他的戏,赌戏迷们究竟喜不喜欢原汁原味的京剧。

程章圃是戏班里的司鼓,晚上回到家,见程长庚穿着一件破汗衫,手里拿着支枪,正在院子里练习,练得汗水淋淋的。他说:"叔,最近戏迷都捧小叫天去了,您毕竟年纪大了,又不会耍俏头,现在的形势可不比你们当年唱戏,上不上座儿的谁也说不准,您老得有心理准备。"

程长庚说:"你小子是不是瞧不起我们老艺人,嫌我们不中用了?"

"叔,不是这个意思,我是担心万一不上座儿,您心里不舒坦。"

"你放心吧,叔心里有数,帮我把鼓打好就行。"

要说程长庚一点担心没有,那是假的。毕竟六十八岁了,这个年纪还坚持登台的,眼下京师梨园找不到第二个。但程长庚坚持认为,越是岁数大了,越要把平生积淀下来的那点能耐呈现到戏台上,展示给戏迷,毕竟属于自己的时间不多了。

程长庚将亲自登台唱戏的消息很快见诸报章,戏迷已久未听过他的戏,于是纷纷奔走相告。演出的地点在广和楼。程长庚想好了,如果上座儿还过得去,他明天就在三庆园加唱一场。他一点不担心自己的年纪。

广和楼是一家老戏楼,乾隆年间,四大徽班进京后,常在此演出。戏园子门前两边摆着各种各样的京城风味小吃摊,什么卤煮小肠、炸丸子、炸豆腐、馄饨、热烧饼等等。现在是夏天,还有冰镇的扒糕、凉粉儿、杏仁豆腐、奶酪等,都非常可口,色香味诱人。

舞台是方形的,四根大柱子支撑着。台口及舞台两侧都有护栏,以防武戏时刀枪掉下去伤人。前台两根柱子上挂着一副木制楹联,上联是"学君臣学父子学夫妇学朋友汇千古忠孝节义重重演出漫道逢场作戏",下联是"或富贵或贫贱或喜怒或哀乐将一时离合悲欢细细看来管叫拍案惊奇"。正中挂着一块横匾,上书四字"盛代元音"。

程长庚一大早就来到戏园后台,想和班里的伶人们聊聊。结果,除了陪同他的侄子程章圃,只有琴师汪桂芬来了。汪桂芬跟随程长庚多年,是他的专用琴师,因长着个大脑袋,人称"汪大头"。程长庚拿起汪桂芬的胡琴,说:"胡琴的声音全靠这张蛇皮,最难伺候的也是这张皮。平时要注意保养,现在是夏天,不能放在湿气重的地方,更要小心汗滴到上面去了。每次拉完琴,要把琴弦松掉,以免弄塌琴皮。"

汪桂芬挠挠头说:"大老板,弟子知道的,你以前都跟我说过好多遍了。"

程长庚说:"人上了年纪,就有点啰唆,你不妨再听听。这二胡是吃饭的家什,要当宝贝侍弄。在干冷的天气,蛇皮会收紧,发出的音会变得尖噪,可以在琴皮上涂层绵羊油。涂上后,音马上就柔了,好听多了。"

汪桂芬说:"大老板,你说的我都记住了。"

上午,广和楼前人突然多了起来。各式小贩跟着人群走。戏园还没有开门,门前已热闹非凡。都知道大老板今天亲自登台,演戏要到午时才开始,可戏迷都早早地过来抢座,生怕来迟了抢不着。

巳时,戏园刚开门,哗的一声,人流都拥进了广和楼戏池里,将楼上楼下挤得满满当当。戏池后面靠墙的位置放了一排高凳,这个位置叫"背大墙的",看戏时坐在高凳上,前面的人遮不着。高凳价格最便宜,所以吃香,要看戏又想省点钱的人都争抢着坐。给客人提茶壶的人叫"茶房",茶房手里提着只壶,胸前挂个袋子,负责倒茶和收取茶钱。不过,今天茶房可犯了难,看戏的人太多了,他寸步难行,倒茶和收钱格外费时费力,得像只会钻的猴子才行。

就有人夸还是大老板厉害,喜欢他的戏的人就是多,得到了他唱戏的信儿,都撵过来捧场;有人夸他的腔调原汁原味,戏就该像大老板那么唱;当然也难免会有人将他和眼下正红的小叫天比较,都说小叫天俏头多,也明知那俏头耍多了没什么意思,可人就是好那口,就像吃大烟,谁不知大烟有害呢?可就是戒不掉。

程长庚今天要唱的三出戏是《文昭关》《钗钏大审》和《洪洋洞》。这都是他唱熟了的戏,唱了二三十年,也是他最拿手的,是平生得意之作。其中《文昭关》是他的成名作,是他得了"叫天"外号的戏。自京城梨园里有了小叫天之后,大老板就不乐意有人再称他叫天了。

戏开始了,前面几出是叠戏。到大老板的压轴戏了。程长庚扮着伍子胥登场时,戴着儒巾,身上仍是平时常穿的灰袍,也没怎么装扮。他一登台,就慌慌张张地跑起了圆场。待跑完两圈,他在台口站定唱道:"伍员马上怒气冲,逃出龙潭虎穴中……"乙字调气息从丹田而起,从喉门转到脑后,再冲出嗓门,破空而来,如裂帛碎玉,见风而长,在池子中央炸开了。戏迷们也顾不得大老板昔日的规矩了,抑或他久未登台,规矩已被他们淡忘,他们一齐惊雷般地喊了声:"好——"

大老板老了,早年扮一夜白头,还要准备个白发头套,如今登场倒要戴个黑发头套了。虽已六十八岁,但他腰不勾,背不驼,身板挺直。"一轮明月照窗前,愁人心中似箭穿……"月色寒凉,愁肠百结,每个字都裹着霜气,仓皇落逃,从耳朵钻进心里。戏迷的脸上怔怔的,一个个引颈而望,他们也被阻挡在关前,被拦住了。每个人都有无路可走的时候,只好一圈又一圈地徘徊,在焦躁不安中等待着……

《钗钏大审》一戏,说的是落难书生皇甫吟与富家女史碧桃几经波折终成眷属的爱情故事。程长庚扮的是主审官——观文殿学士李若水,杨月楼扮书生皇甫吟。这个戏会让人不由自主地联想起杨月楼和韦阿宝冤案。公堂之上,李若水以钗钏为线索,俨然老吏断狱,既明且辣,抽丝剥茧,理清冤案,还书生皇甫吟清白。而现实中呢,多是葫芦僧乱判葫芦案。看了此剧,联想起杨月楼的案子,人们不禁感慨万千。

《洪洋洞》是出悲情戏,说的是六郎杨延昭打听到父亲杨继业遗骨被存放于辽邦洪洋洞内,于是命孟良前往盗取。孟良到了辽邦洪洋洞,如愿盗得遗骨,没想到焦赞暗随至洞,孟良误以为是敌将前来,误杀焦赞。孟良后悔莫及,哀痛不已,自尽于洞前。杨六郎正在病中,惊闻噩耗,病情加重,他唱道:"叹杨家投宋主心血用尽,真可叹焦、孟将命丧番营。宗保儿搀为父软榻靠枕,怕只怕熬不过尺寸光阴……"最后,呕血而死。程长庚扮杨六郎,如鲠在喉,如泣如诉,将热血仍在、英雄落幕的凄凉和无奈演绎得淋漓尽致,催人泪下。

这三出戏是程长庚精心挑选的,他扮的都是忠臣良将,唱的都是正气雄风,不唱花腔,不玩噱头,这才是他理解的戏,才是京剧。

程长庚的唱腔脱胎于徽调,取法于汉调,兼收昆曲、梆子诸腔之长,融汇为皮黄调,以徽音为主。他的嗓音内行称"脑后音",是当时梨园一绝,如长江大河,一泻千里,奔腾向前,讲求字正腔圆,不事花哨,直腔直调,沉雄爽朗,给人以荡气回肠之感,"穿云裂石,余音绕梁,而高亢之中又别具沉雄之致"。做工身段沉稳凝重,一招一式都是遵循老徽班演法,绝不逾越规矩。他的投袖、扬袖、捋髯等小身段,无不讲求端凝肃穆。他的表演,善于体察人物性格和身份,注重表现气质和神采。关公戏更是得到了米喜子的真传。

演出结束,戏迷好评如潮。达到这样的效果,正是程长庚所期待的,登台前的各种担心和忐忑一扫而空。看样子他还没有失去时运,他还能唱。乘着这股兴头,他决定,明天在三庆园再演一场。

次日,三庆园里仍同昨天的广和楼一样,人满为患。得到消息的人越来越多,一个个争先恐后地往戏园里钻。看这势头,演完这场,说不定还要加演。杨月楼担心大老板的身体吃不消,程长庚乐得合不拢嘴,他从来没有这么开心过。真没想到,都六十八岁的老叟了,还有这么多人喜欢他的戏。这怎能不叫人高兴呢?他向杨月楼夸下海口,只要戏迷愿看,他要连演十场。

后台,杨月楼不停地给程长庚打着扇子,天太热了。程长庚说:"热点怕什么?再热的天我都唱过。"伶人在台上不能大汗淋漓,即使演武戏,再怎么折腾,都不能满面流汗,否则会弄花了脸,那就没法看了。所以,角儿在台上流汗不是本事,而是露拙,收汗才是功夫。这可真让人犯了难。然而,有经验的伶人就是有他独特的办法,能在炎热的夏天从从容容地演好戏,不会让观众看到满脸是汗的狼狈样。

当程长庚出场的时候,一股热浪扑面而来,差点将他烤晕了。楼下楼下挤满了人,热浪滚滚,虽然窗子和门都是开的,可是没用,人太多了,人人汗流浃背。手巾把子在人群间飞来飞去，都喊着要擦汗。可就是这样热的天，也没有人溜号。在戏迷看来，要看好戏，就是要受点罪，那才值得。

程长庚激情饱满，坚持着演到第三出。当听说孟、焦二将双双殒命的噩耗时，他感觉胸口突然剧烈地疼痛起来，一个趔趄，差点摔倒。正在打鼓的程章圃试图一把将他扶住，他做了个手势拒绝了。当杨六郎呕血时，程长庚用手帕捂住嘴，剧烈地咳嗽了几声，拿开，手帕上全是血。本来是没有这么多血的，他只不过含了一点朱红膏。他支撑到戏结束，一脚跨进下场门就摔倒在地上，什么也不知道了。

程长庚醒来的时候，发现自己躺在家中，身边围满了人，一个个是焦急的眼神。见他醒来了，大家松了一口气。杨月楼说："大老板，您的心痛病犯了，吐了许多血，把我们吓死了。"

瞧着他们一个个惊魂未定的样子，程长庚说："连累你们受惊了……我怕是像六郎一样，到时候了……"

众伶人一个个泪流满面。突然，又一阵心绞痛袭来，程长庚汗如雨下，痛苦地呻吟起来。

由于劳累过度，程长庚犯了病，就此躺下了，身子越来越虚，再也没能站起来。

秋天的时候，程长庚感觉精神好了些。他对程章圃说："叫杨月楼和卢胜奎来，再叫辆驴车，我想到圆明园附近的那座小山边去看看。"

到了城西的山边，程章圃将他叔背了起来，杨月楼和卢胜奎在一边照应着。到了半山腰，程长庚命程章圃将他放下来。程长庚扶着一棵松树，望着远处的圆明园。这次，他没有看见半点火星。

"我上次来的时候，那个戴红顶子的太监说西太后要修园子，这不还是老样子吗？好几年过去了，半点动静也没有。"程长庚自言自语道。

卢胜奎说："依我看，没有修的必要了，废了就废了。就算修了起来，也不是当初那个味了。"

杨月楼说:"留个耻辱和见证也好,'原来姹紫嫣红开遍,似这般都付与断井颓垣'。不然,人们还以为戏文里唱的是假的。"

程长庚说:"我要唱一段。"他唱道:

大江东去浪千叠,引着这数十人,驾着这小舟一叶。又不比九重龙凤阙,可正是千丈虎狼穴。大丈夫心烈,我觑这单刀会似赛村社。

水涌山叠,年少周郎何处也?不觉得灰飞烟灭。可怜黄盖转伤嗟。破曹的樯橹一时绝,鏖兵的江水犹然热,好教我情惨切!

(白)这也不是江水,(唱)二十年流不尽的英雄血!

这是《单刀会》里的唱段。声音像一根线,音调有些低,断断续续,大老板的那口气接不上去了。

程长庚扶着松树,他知道,要是一放手,他肯定会就此摔倒。福海边的御道上仿佛出现了一行人影,那不正是程长庚带着三庆班的伶人到同乐楼为咸丰皇帝贺寿献艺吗?那是多么美好的回忆。一转眼就到了咸丰十年(1860),京师的伶人们被逼前往同乐楼给洋统帅额尔金唱戏,在一番惊心魂魄的经历后,一行人垂头丧气地返程。路过福海时,九红旦跳水自尽。程长庚怎么也忘不了福海里漂着的尸首,他情愿相信他们都变成了鱼,沿着一条隐秘的河道回到了家乡。

程长庚的嘴角渗出了一滴鲜红的血,他自己并没有察觉。程章圃要去擦,卢胜奎阻止了他。卢胜奎知道,大老板此时完全沉浸在往事里,就让他在回忆中静静地多待一会儿吧,现实太让人不堪了。卢胜奎痴痴地望着大老板嘴角的那滴血,他的心痛了起来。

起风了,程长庚紧紧地抱着树,白发飘飞,破长衫也迎风抖着。他也瘦成了一棵树,在风中无法自持,就像要被风连根拔起。

十二月十三日夜间,程长庚的心痛病又犯了,汗如雨下,上气不接下气。这些日子,杨月楼和程章圃日夜侍奉在床前。程章圃心疼叔父,拿出早已备下的一杆烟枪,将烟土点着了,将烟嘴递到程长庚嘴边,哀求道:"叔,都说这玩意止痛,效果好,都什么时候了,您就听一句劝,吸一口吧!"

疼痛中的程长庚睁开眼睛,见到眼前正冒着烟的烟枪,如看到厉鬼一般。他费力地伸出手,啪的一声,将烟枪和烟灯打翻在地。

程长庚说:"吾宁死,也绝不食此害人之物!"

众人面面相觑,看来这招没用。大老板平生最恨之物就是鸦片,他怎么会为了止痛而吸食大烟?

一代名伶程长庚与世长辞。卒前,将班主一职交与杨月楼,并叮嘱他好生经营,勿散了几代班主苦心经营的百年名班。并嘱程章圃,将他自制的那柄青龙偃月刀陪葬。

程长庚和庄方没有子嗣,族兄闻瀚以三子章瑚兼祧,章圃为养子。程长庚生前,曾于咸丰七年(1857)于右安门内盆儿胡同集资购置了"潜山义园"。随着时间的推移,葬于此的伶人越来越多,义园显得有些紧张。他病故后,葬于彰仪门外,未占义园之地。

杨月楼牢记程长庚的嘱托,维持三庆班十年,直到光绪十五年(1889)病逝。他死后不久,三庆班报散。

程长庚去世后,由于对京剧艺术的特殊贡献,他被后人尊为"京剧鼻祖"。